O ÚLTIMO DIA
DE DAVA SHASTRI

KIRTHANA RAMISETTI

O ÚLTIMO DIA DE DAVA SHASTRI

Tradução
Alline Salles

Esta edição foi publicada por acordo com a Grand Central Publishing, Nova York, Nova York, EUA. Todos os direitos reservados.

Copyright © 2021 Kirthana Ramisetti

Capa copyright © 2021 Hachette Book Group, Inc.

Título original: Dava Shastri's last day: a novel

Tradução para Língua Portuguesa © 2023 Alline Salles

Todos os direitos reservados à Astral Cultural e protegidos pela Lei 9.610, de 19.2.1998. É proibida a reprodução total ou parcial sem a expressa anuência da editora. Este livro foi revisado segundo o Novo Acordo Ortográfico da Língua Portuguesa.

Editora Natália Ortega

Editora de arte Tâmizi Ribeiro

Produção editorial Brendha Rodrigues, Esther Ferreira e Felix Arantes

Preparação de texto Luciana Figueiredo

Revisão Rodrigo Lima, João Rodrigues e Fernanda Costa

Capa Sarah Congdon/Hachette Book Group **Adaptação** Tâmizi Ribeiro

Foto da autora Sub/Urban Photography

Dados Internacionais de Catalogação na Publicação (CIP)
Angélica Ilacqua CRB-8/7057

C447u

    Ramisetti, Kirthana

        O último dia de Dava Shastri / Kirthana Ramisetti ; tradução de Alline Salles. — Bauru, SP : Astral Cultural, 2023.

        416 p.

    ISBN 978-65-5566-309-9

    Título original: Dava Shastri's Last Day

    1. Ficção I. Título II. Salles, Alline

22-6648   CDD 895.13

Índices para catálogo sistemático:
1. Ficção

BAURU
Av. Duque de Caxias, 11-70
8º andar
Vila Altinópolis
CEP 17012-151
Telefone: (14) 3879-3877

SÃO PAULO
Rua Major Quedinho, 111
Cj. 1910, 19º andar
Centro Histórico
CEP 01050-904
Telefone: (11) 3048-2900

E-mail: contato@astralcultural.com.br

Para meus pais e os pais deles.

CAPÍTULO UM

DAVA SHASTRI, FALECE AOS SETENTA

DAVA SHASTRI, FILANTROPA RENOMADA, FALECE AOS SETENTA

26 de dezembro de 2044, 8h24

NOVA YORK: Dava Shastri, criadora da Fundação Dava Shastri, faleceu aos setenta anos. O advogado de Shastri, Allen J. Ellingsworth, confirmou que ela morreu na sexta-feira devido a uma doença não revelada. A filantropa criou a influente plataforma musical Medici Artists antes de criar a Fundação Dava Shastri, direcionada ao empoderamento feminino, em 2007.

O marido de Shastri, Arvid Persson, faleceu aos 46, em 2020. Subsistem a ela quatro filhos e quatro netos.

Este texto será atualizado conforme houver mais informação disponível.

Dava não esperava gargalhar após ler seu obituário. No entanto, ela estivera deitada na cama desde o amanhecer, alternando entre frivolidade e ansiedade ao especular como seria a história. Ver seu anúncio de morte como um boletim de última hora — do tipo normalmente reservado para políticos e artistas — a encheu de prazer.

Ela queria que a vista de sua suíte master refletisse sua vitória; um sol sorridente acima da água ou a rara visão de uma baleia saltando no mar de um jeito magnífico. Mas o mundo lá fora permanecia uma concha branca, com Ilha Beatrix coberta de gelo como se estivesse dentro de um globo de neve. Mesmo assim, sua alegria não poderia ser contida, e ela colocou a mão na boca para acobertar sua gargalhada. O movimento repentino piorou sua sempre presente dor de cabeça e, para se distrair, ela voltou ao artigo e se concentrou na palavra "influente". Dava deu zoom no obituário até a única palavra que sobrasse na tela ser "influente", e ficou maravilhada com a tranquilidade com que conseguira transformar seu plano em realidade.

— Moleza. — Como diria seu falecido marido, Arvid.

A parte mais difícil seria explicar à família dela. Precisava contar a eles o que estava havendo, mas queria saborear um pouco mais a conquista. As vozes entrelaçadas deles subiram do andar inferior, majoritariamente lamentando o tempo. *A Costa Leste inteira é uma merda. Deus, preciso de café. No próximo Natal, vamos para o Havaí.* Dava conseguia reconhecer mais claramente a voz de seus filhos, tendo passado uma vida inteira ouvindo Arvie, Sita, Kali e Rev brincar e discutir um com o outro.

Dava não se importava com o barulho deles. A conversa a lembrava de uma época em que ela ainda não tinha o ninho vazio e fornecia um contraste bem-vindo ao silêncio de seu quarto. Desenhado para ser um "oásis da tranquilidade sem tecnologia", o cômodo tinha muitos tons de lavanda, do papel de parede de seda damasco à lareira de calcário. A exceção era a cama king-size, uma das únicas duzentas que existiam em todo o mundo, uma maciez ridiculamente cara de caxemira, seda e algodão com fios de ouro e prata costurados na cabeceira da cama. Dava se sentia minúscula e à deriva quando dormia nela, já que a cama se estendia por metade do quarto, como uma piscina infinita. Ela quisera que o espaço parecesse um refúgio, mas dentro de suas paredes ela se sentia uma rainha cujos súditos estavam planejando destroná-la.

A batida suave na base de sua cabeça persistia, então Dava colocou seus fones de ouvido abafadores de ruído. Embora gostasse da falação Shastri-Persson, temia que sua dor de cabeça se agravasse. O apetrecho sonoro a lembrava de um Arizona úmido, quente e com clima amplamente diferente: ela deitada em sua cama de casal com a cabeça alegremente presa entre fones de ouvido, o resto do mundo silenciado pela música.

Em um segundo, a cacofonia de sua família se dispersou em um silêncio limpo. Ainda que ela precisasse se proteger de uma enxaqueca, a falta de barulho instilava nela uma ansiedade sussurrante e baixa, ameaçando explodir em um ataque de pânico. Ela esperava que a visão de seu obituário a ajudasse a se acalmar, mas o tablet tinha desaparecido em algum lugar nas camadas de seus cobertores fofos. Então, Dava pegou seu BlackBerry na mesinha de cabeceira, puxou as cobertas por sobre a cabeça até cada centímetro de luz do dia estar obscurecido e ficou rolando a bolinha do aparelho com o polegar, o que, para ela, era como colocar uma toalha úmida em uma testa febril. O smartphone antigo, com um trincado no canto esquerdo e as letras no teclado excessivamente gastas, a levava de volta aos seus anos de Medici Artists. Agora servia apenas a um propósito: ser uma máquina do tempo.

Alguns meses antes, Dava tinha pagado uma quantia exorbitante a fim de restaurarem o aparelho para que pudesse acessar todas as mensagens de texto dela e de Arvid. Ela sempre pensara em sua vida em termos cinematográficos, e a época do BlackBerry, abrangendo quase uma década do início do século XXI, era a montagem ensolarada com uma música pop animada que vinha logo antes da complicação inevitável do segundo ato.

Conforme a angústia diminuía a cada rolar de seu polegar na bolinha, Dava se permitia ler suas antigas mensagens de texto. Sua marca como filantropa foi construída em cima do progressismo, que ela sempre resumia em entrevistas como "olhe para a frente e siga nessa direção". Mesmo assim, em sua vida pessoal, ela tinha vergonha de seus ataques de sentimentalismo e os comparava à mania de acumular: um hábito vergonhoso que ela lutava para esconder do resto do mundo, principalmente de seus filhos.

Como tinha feito com cada vez mais frequência no mês anterior desde seu diagnóstico terminal, Dava fechou os olhos e rolou por suas mensagens só para depois abrir e ver em que parte da sua vida havia parado.

"Quando estará em casa?" Essa era uma mensagem comum que recebia de seu marido e, sem dúvida, a que ele mais enviou durante o casamento deles. Então Dava rolou a bolinha de novo, como se estivesse competindo em seu segundo programa de TV preferido da infância, *Roda da Fortuna*, esperando o ponteiro cair em um prêmio fabuloso.

Em sua segunda rodada, ela caiu na mensagem: "Juro que vi Bono na fila do Zabar's. É ele mesmo, certo?". Ela não conseguia baixar a foto anexa, mas, pelo que conseguia se lembrar, ele tinha fotografado um homem com cabelo vermelho, óculos grandes que cobriam boa parte do rosto e uma jaqueta de couro. Dava riu quando viu o que respondeu: "De jeito nenhum. Se Bono está ruivo, então eu sou a Julia Roberts". Arvid sempre pensava que via celebridades no Upper West Side, e sorrateiramente tirava fotos das pessoas e as enviava para Dava a fim de confirmar. Ele parou com essa mania quando eles começaram a realmente conhecer celebridades por causa do trabalho dela, primeiro com Medici Artists e, depois, com sua fundação — e Dava tinha ficado meio triste por seu sucesso ter privado Arvid de seu hobby e tornado um pouco menos mágico o fato de encontrar pessoas famosas.

Mas, para ela, a mágica nunca tinha se perdido. Ela conseguira trabalhar para chegar do nada até um círculo pequeno, no qual não precisava ficar boquiaberta com a elite porque fazia parte dela. E os frutos de todo esse esforço significariam que sua vida, e sua morte, teriam um impacto genuíno no mundo.

Dava precisava ver o obituário de novo. Saiu debaixo das cobertas e tirou os fones para que tivesse todos os cinco sentidos disponíveis para ajudá-la a localizar seu tablet, que estava no pé da cama. Ela subiu de volta na cama, ligou o aparelho e olhou para a palavra "influente" com fascinação até a tela se apagar. *É assim que minha vida vai acabar*, ela se perguntou, *perdendo o brilho até se apagar de repente?* Mas Dava ainda não queria pensar no fim, na completude de tudo. Ainda havia palavras para ler, elogios sobre tudo que ela conquistara. A falta de brilho do outro lado da vida poderia esperar mais um pouco. Ela estava quase dormido quando foi desperta com um susto pela porta do quarto sendo aberta de repente. Arvie estava de pé diante dela.

— Que porra é essa, mãe? Por que o noticiário está dizendo que você morreu?

CAPÍTULO DOIS

UMA PERSONALIDADE
MUITO FORTE

*Defendo que uma personalidade muito forte consegue
influenciar descendentes por gerações.*

Beatrix Potter

Terça-feira, 23 de dezembro
(três dias antes)

Sandi viu a Ilha Beatrix se erguer do nevoeiro como um tipo de terra das fadas, aquelas descobertas por crianças doces e de bochechas avermelhadas em romances antiquados. Quando seu noivo, Rev, a tinha convidado para passar o Natal com a família dele, ele brincara que a casa Shastri-Persson parecia um chalé de esqui no meio do oceano. Ele não estava errado. Conforme o motor do iate deles se movimentou pelas correntes agitadas, ela conseguiu discernir mais detalhes, pedacinho por pedacinho: tinha dois andares, era feita de um tipo de madeira no tom quase dourado, e se destacavam um grande telhado inclinado e uma varanda que se estendia por todo o comprimento do segundo andar.

A ilha em si parecia ser do tamanho de muitos campos de futebol, o perímetro estava pontilhado com pinheiros envolvidos em luzes natalinas como se fossem velas em um bolo de aniversário. Ela soltou uma risada espantada, sua face corando quando os braços de Rev envolveram sua cintura.

— É muito incrível, não é? — ele disse no ouvido dela, seu queixo com barba por fazer em seu ombro. — Às vezes me esqueço.

— Como você consegue? — Sandi respirou e se perguntou como ainda sentia o mesmo frio na barriga depois de quase um ano de relacionamento. — É... formidável. — Ainda que ela se aninhasse nos braços de Rev e se enchesse de prazer pelo abraço forte dele revelar o quanto estava envolvido com ela, Sandi podia sentir os olhos de Kali sobre os dois.

Como se ouvisse os pensamentos de Sandi, a irmã de Rev se juntou ao casal na proa da embarcação, o perfume de patchouli dela irritando o nariz de Sandi. Depois de ficar parada ao lado deles em silêncio por alguns instantes, Kali disse:

— Lar doce lar.

Como resposta, Rev soltou uma gargalhada sinalizando que aquela era uma piada interna entre os dois irmãos Shastri-Persson mais novos. Sandi se enterrou mais em Rev conforme ouvia os dois relembrarem os Natais passados, dos quais nenhum foi naquela casa.

Depois de muitos minutos de brincadeira entre eles, ela teve a nítida sensação de que estava invadindo um espaço que não era propriamente seu, embora Kali é que tivesse se intrometido no momento aconchegante dela e de seu noivo.

— Já volto — Sandi murmurou conforme se desenrolava do abraço dele.

Nenhum dos dois pareceu perceber que ela tinha saído, só se aproximaram mais um do outro, mantendo um tom conspiratório que provavelmente significava que os dois estavam fofocando sobre o irmão e a irmã mais velhos. Sandi foi até a parte de trás da cabine e se sentou à mesa, bufando, observando os dois juntos. Rev sorria para a irmã mais velha e, provocando, puxava sua trança que ia até a cintura, entremeada com enfeites coloridos que lembravam uma pena de pavão. Na presença de Kali, ele estava ainda mais ferozmente lindo do que o normal, um sol que ficava cada vez mais quente e brilhante, o que ela pensava ser pouco possível. Contou até 403 para se permitir se unir novamente a eles.

— Eles iam brigar por um brownie! — Rev disse, curvando-se com a gargalhada.

— Eu sei! — Kali riu. — Mas eram os brownies de chocolate com menta de Anita, então até que entendo. — Sandi ficou aliviada de saber que Anita tinha sido a babá da infância deles.

— Amma resolveu isso ao fazê-los escrever uma redação sobre quem merecia mais?

— Não, isso foi quando Arvie e Sita queriam o ingresso extra dela para um show da Beyoncé. Não consigo me lembrar do que aconteceu com o brownie, mas foi nosso último Natal com papai, então...

O falatório dos irmãos se dissolveu no silêncio conforme o iate continuou pelas águas cinzentas de Gardiners Bay, correndo para a ilha como um ímã incapaz de resistir à atração do metal. Depois da viagem de trem apertada e chacoalhante de Nova York para East Hampton ("Queria que ela tivesse nos deixado pegar o helicóptero!", Kali tinha resmungado), Sandi ficou agradavelmente surpresa pela tranquilidade da viagem de barco.

Tinha ficado preocupada com o enjoo causado pelo mar antes de embarcar, mesmo depois de o capitão do iate, um homem robusto com sobrancelhas simpáticas, assegurar a ela que "nem um único passageiro já vomitou em meu barco, e ninguém nunca vai". Sandi queria que a tagarelice do capitão atraísse Kali para uma conversa para que ela e Rev pudessem passar mais tempo juntos, mas até ele estava quieto agora, o único barulho vindo do motor energizando a embarcação branca e brilhante para o leste através da baía.

Do canto de seu olho, Sandi viu Kali abrir a boca, como se estivesse prestes a falar.

— Então nós somos os primeiros a chegar, ou os últimos? — Sandi interveio, sorrindo, torcendo para trazer Kali e Rev de volta ao presente com ela.

— Somos os últimos — Kali disse, virando-se para olhar para a ilha, que agora estava tão perto que dava para ver uma árvore de Natal brilhando em uma janela gigante no primeiro andar.

— A gangue toda está aqui — Rev disse com um ronco. E os dois estavam rindo de novo, dentro da bolha particular de entretenimento deles. Sandi estava ansiosa para sair do barco.

· · ·

Depois de ela ter aceitado o convite de Rev para passar o Natal na Ilha Beatrix — abraçando-o tão rápido que quase o cortou com a faca que estivera usando para passar manteiga na torrada —, ele lhe encaminhou uma mensagem que tinha sido enviada por sua mãe aos seus quatro filhos.

— Amma é bem específica, principalmente quando se trata de momento familiar na ilha. — Ele contou a ela. — Só para você saber o que esperar.

Nas três semanas que antecederam o feriado, Sandi a releu com tanta frequência que quase a havia decorado, em especial, o aviso de Dava quanto à tecnologia:

Como esta é a primeira vez em muitos anos que estaremos todos juntos para o Natal, não quero que ninguém fique distraído e excluído pelos cantos. Então devem saber que, se não deixarem seus aparelhos e dispositivos em casa, devem colocá-los em um cofre assim que chegarem. Claro que terão acesso à comunicação com o mundo exterior, mas ao meu critério.

Este é o momento família. Se temem ficar entediados, tragam livros, baralho e o que mais precisarem para se divertirem que não exija tomada, energia solar ou carregador. Acredito que também consigam encontrar divertimento na companhia um do outro.

Conforme eles desembarcavam do iate e andavam pela doca até a casa, Sandi começou a suar por baixo de seu casaco. Ficara tão intimidada que havia deixado seus aparelhos em casa e levado dois livros: a autobiografia de uma ex-primeira-dama que lutou por direitos humanos e um romance de uma premiada autora indiana, comprados especificamente para a viagem.

Mas, conforme Sandi olhou para a imponente mansão de madeira, desejou ter trazido uma câmera. De que outro jeito ela provaria que tinha estado ali?

Eles entraram na casa por um acesso lateral, que se abria para um lamaçal, onde havia uma longa fileira de cofres de mogno aguardando-os, assim como um armário enorme onde deviam deixar seus casacos e botas. Rev e Kali trocaram um revirar de olhos conforme depositaram vários aparelhos nos quadrados de madeira que tinham seus nomes escritos.

Para a sua alegria, Sandi percebeu que tinha seu próprio cofre debaixo do cofre de seu noivo. No entanto, ela não tinha nada para colocar lá dentro, e seu rosto ficou vermelho de vergonha.

— Uau, você obedeceu! — Kali apontou ao abrir o zíper de sua jaqueta, revelando uma túnica verde-esmeralda com enfeites dourados ao longo da gola em V. Sandi sentiu uma corrente de zombaria em seu tom, porém ficou aliviada quando Kali complementou: — Amma ficará impressionada.

Após o trio tirar suas roupas pesadas, botas e o que Rev tinha chamado, brincando, de "bugigangas tecnológicas", Sandi os seguiu pela cozinha até o vestíbulo e teve que conter um suspiro. Diante dela havia uma escadaria gigante, ornamentada e esculpida, uma cachoeira de madeira escura de carvalho que fluía rigidamente para o primeiro andar. Ela nunca tinha visto uma escadaria dessa, que ocupasse quase todo o vestíbulo, a versão arquitetônica de um colar ousado chamando toda atenção para si, e com razão.

— Amma? — Kali chamou.

No topo das escadas, havia uma mulher pequena com cabelo preto liso, salvo pela mecha branca emoldurando seu rosto, que tocava levemente seus ombros. Vestida com uma blusa de gola alta de caxemira e impecáveis calças sob medida, a mãe de Rev era ainda mais elegante e intimidadora ao vivo do que nas fotos. Ela lembrava Sandi de uma vilã da Disney, o tipo de personagem que faz a heroína parecer sem graça quando são comparadas. Sandi não conseguia fixar o olhar em Dava enquanto ela descia as escadas. Em vez disso, inclinou o rosto na direção do teto do vestíbulo magnificamente arqueado, onde um candelabro que lembrava fogos de artifício prateados a observava do alto.

— Vocês chegaram — Dava disse carinhosamente, seu olhar focado apenas em seus filhos. — Bem-vindos. — Então, percebendo a blusa de Kali, adicionou: — Alguém invadiu meu closet de novo.

— Sim, mas não é alegre? — Kali deu uma giradinha antes de engolir a mãe em um abraço.

— Minha bata ficou linda em você. — Primeiro, Dava pareceu suportar o abraço da filha, sua expressão estava tensa antes de relaxar em um sorriso hesitante. Quando se virou na direção de Rev, suavizou ainda mais. — Oi, R...

Ele a pegou no colo, e Sandi deu risada ao ver Rev dar à mãe o mesmo tratamento de "abraço e colo" que lhe dava quando não se viam há muito tempo.

Só quando viu Dava e Kali em relação ao seu noivo que ela percebeu como as mulheres Shastri-Persson eram pequenas. Ele só tinha 1,82 metro, mas, comparado à mãe e à irmã, parecia quase um gigante.

— Ah, Rev, pare. — Dava arfou quando foi devolvida ao chão. Colocou a mão na testa e fechou os olhos por um breve segundo. Então riu e deu um soquinho no braço do filho.

Conforme os três se reuniam, Sandi roubou um rápido vislumbre de si mesma em um espelho próximo e ficou consternada ao ver seu rabo de cavalo castanho bagunçado pelo vento, e sua blusa pink cheia de fiapos.

— Amma, esta é Sandi. — Rev apresentou com um sorriso. Após um segundo, ele complementou: — Minha noiva.

— Sra. Shastri. Sra. Shastri-Persson. É um prazer enorme conhecê-la — Sandi gaguejou, quase escorregando ao caminhar apenas de meias para apertar a mão de Dava.

— Bem-vinda, Sandi. Como você está? Deve estar exausta de toda essa viagem. — Ela segurou a mão congelante de Sandi entre as suas, que estavam quentes, e a apertou um pouco antes de soltá-la. — E pode me chamar de Dava.

Antes de Sandi responder — dizer "Obrigada por me receber; Fiquei muito emocionada quando Rev falou que a senhora queria que eu me juntasse a vocês no feriado" —, Dava começou a se empenhar em um vai e volta com seus filhos, perguntando se tinham tomado café da manhã ("Sim, Amma") e se já haviam guardado seus aparelhos nos cofres ("Claro, Amma"), então os informou em quais quartos ficariam (Kali xingou baixinho quando soube que ficou com o "quarto confortável", enquanto Rev deu um soquinho no ar ao ouvir que tinha ficado com um dos quartos de hóspedes que ficava no andar de baixo).

A natureza amigável da conversa deles foi interrompida por outros emergindo no vestíbulo, um borrão de cor e vozes que alcançava teto alto.

— Pensei que fossem chegar antes de nós — Rev disse na direção do grupo, o amontoado de bagagem deles rangendo alto no chão de madeira.

— Era para chegarmos, mas aí Sita...

— Não vamos começar, Arvie. Estou exausta. Oi, Amma — disse Sita, dando um abraço cauteloso na mãe. A filha mais velha de Dava parecia ser quase uma réplica perfeita da mãe, exceto por uns dois centímetros a mais. — Não tinha ninguém nos aguardando na doca para nos ajudar com nossas coisas.

— Sem empregados desta vez. — Dava abriu um sorriso abatido para ela.

— Rá, então desta vez é raiz — concluiu Rev, colocando um braço em volta de Sandi. — Pessoal, esta é...

— Espere, e o Mario? Pensei que você tivesse dado a ele minha lista de restrições alimentares para os gêmeos — Sita disse, enquanto seus meninos gritavam "Oi, Gamma!" conforme passavam correndo. Seu marido, Colin, acenando um olá enquanto corria atrás deles.

— Sem chef também — Dava respondeu. — Mas eu trouxe umas comidas que Mario preparou para nós. Ele prometeu incorporar seus pedidos.

Sita suspirou alto e murmurou:

— Certo.

— Imagino que possamos cozinhar para nós mesmos, não? Tenho quase certeza de que um de vocês se casou com um chef.

— Vincent está de férias. Ele não quer cozinhar — Arvie, o filho mais velho de Dava, resmungou no lugar do marido.

— Ele quer, sim — Vincent disse, curvando-se para beijar a bochecha de sua sogra. Ambos os homens eram brancos e calvos, e o único jeito que Sandi encontrou para distingui-los foi que Arvie usava óculos e Vincent tinha a altura e a barba de um Viking.

— Vincent, sabe preparar refeições sem glúten e enriquecidas de proteína?

— Sita, dê um tempo a ele — Arvie pediu. — Só faz cinco segundos que chegamos.

Sandi viu Rev e Kali trocarem olhares e reprimirem a risada enquanto a mãe balançava a cabeça com um sorriso largo e divertido.

— Onde suas meninas foram? — Dava perguntou, tentando olhar por cima do ombro de Arvie e Vincent como se espreitasse entre duas sequoias-gigantes.

— Elas têm muitas coisas para guardar em seus cofres — Vincent respondeu, rindo. — Estão com dificuldade de desapegar.

— Meninos, voltem aqui, precisamos levar nossas malas para cima — Sita gritou, conforme adentrou a casa.

— Por que você presume que tenha ficado com o quarto de hóspedes do andar de cima? — Kali perguntou.

— Sempre ficamos, Kal. — E passou trombando pela irmã.

— Sempre ficamos, Kal — Arvie imitou, baixinho, conforme ele e Vincent seguiram Sita para dentro da casa, com Dava atrás.

— Lá vamos nós — Rev e Kali disseram em uníssono, e os Shastri-Perssons mais jovens riram conforme saíram do vestíbulo com o restante da família. Sandi os observou saírem, aguardando alguém se lembrar de que ela existia. Bem quando estava prestes a se render à autopiedade, perguntando-se como ela pôde ter acreditado que seria recebida de braços abertos, Rev se virou de lá da frente e gritou: — Você vem?

. . .

Sandi teve apenas duas conversas de verdade com Dava durante toda sua estadia. A primeira ocorreu enquanto a senhora mostrava a casa para ela, tendo Rev como companhia. Sandi esperava poder conectar-se rapidamente com sua futura sogra, no entanto Dava tinha a arrogância de um acadêmico, agradável porém distante.

Ela os levou pelo andar de baixo, com os quartos de hóspedes do piso inferior que eram vizinhos ao grande quarto de um lado da escada, e a cozinha, a sala de jantar e a sala aconchegante do outro lado. Conforme faziam um tour pela casa, Dava explicava que a inspiração para a construção foi um chalé do século XIX em que ela havia ficado hospedada uma vez, na Suíça.

— Amma amou tanto que o trouxe para cá — Rev disse assim que voltaram ao vestíbulo, como se estivesse explicando algo levemente vergonhoso.

— Não trouxe… dupliquei. Na verdade, é exatamente o mesmo layout, mas com algumas modificações. Vai ver uma foto do original pendurada em seu quarto. — Ela ergueu uma sobrancelha para o filho, e ele inclinou a cabeça mansamente, embora não conseguisse esconder seu sorriso. — Então, quando decidi construir uma casa para a família, minha própria Kykuit, diria, sabia que era naquele chalé onde eu queria que tivéssemos lembranças juntos, passássemos férias, comemorássemos aniversários.

— Não poderíamos ter tido uma Kykuit no Havaí, em vez desta? — Rev zombou. — Juro que todos nós viríamos mais vezes.

— É uma casa incrível — Sandi elogiou, inclinando-se para frente para conseguir ver por cima de seu noivo e fazer contato visual com a mãe dele. — Estou simplesmente muito honrada de estar aqui com todos vocês.

Então as mãos dela começaram a tremer como se estivesse em um abismo. Conforme ela as escondeu no bolso de trás de sua calça jeans, repreendeu-se por sucumbir ao "ataque blush", uma frase cunhada pelo namorado presunçoso dos tempos de faculdade para descrever como ela ficou com o rosto vermelho e ansiosa quando conheceu um de seus autores preferidos.

Entretanto, Sandi nunca tinha conhecido alguém tão famoso quanto Dava Shastri. Antes de Rev, ela conhecia sua futura sogra como a mulher que aparecia nos programas de TV a cabo falando de feminismo ou iniciativas de caridade, ocasionalmente viralizando quando atropelava os especialistas que tentavam interrompê-la em suas falas. Depois de conhecer Rev, Sandi descobriu que Dava era muito mais do que aquelas aparências e se sentiu envergonhada por ignorar o quanto ela havia conquistado — começando um negócio que quebrou a indústria da música, depois vendendo-o por dezenas de milhões — quando tinha sua idade.

Ela precisava perguntar a Dava alguma coisa, qualquer coisa. Sandi estava prestes a questionar o que era uma Kykuit mas decidiu não o fazer, pensando que ela só queria perguntar algo que ganhasse o respeito de Dava. Mordeu o lábio, depois se apressou com uma pergunta que esperava que a apresentasse como uma pessoa intelectualizada, letrada.

— De onde vem o nome Ilha Beatrix? Deu o nome porque…

— Eu adorava os livros de Beatrix Potter. Minha mãe lia *Pedro Coelho* para mim quando eu era criança. — Dava suspirou, como se fosse uma pergunta a que ela já tinha respondido muitas vezes. — Muito sentimental da minha parte, eu sei.

Sandi continuou sorrindo, mesmo que internamente se esvaziasse. Teve a sensação de que a propriedade tinha sido nomeada por causa dos amados filhos da autora. Se ao menos tivesse tido a oportunidade de dizer. Resolveu tentar impressionar Dava uma última vez.

— E Rev me contou que esta ilha foi construída com a mesma tecnologia de...

Dava parou e pressionou dois dedos em sua têmpora direita, e toda sua energia pareceu se esvair de uma vez.

— Sabe, por que não tiram um tempo para desfazer as malas? Vocês tiveram uma longa viagem. E é melhor eu ver como estão os outros. — Sem esperar resposta deles, ela subiu as escadas.

— Até mais tarde — Sandi gritou para ela. — Cuide-se. Foi um prazer conhecê-la. — E aquelas foram as últimas palavras que ela diria para Dava até depois do Natal.

· · ·

Sandi tinha duas metas em mente para sua estadia na Ilha Beatrix: desenvolver uma relação com Dava e aproveitar as vantagens de tirar férias na residência particular de uma das mulheres mais ricas do mundo. Nada disso parecia perto de se tornar realidade.

Antes de morar com Rev, ela tinha morado em sete apartamentos diferentes no Queens, nenhum tinha mais de um quarto, incluindo o porão em que ela e sua mãe tinham morado durante quase toda sua infância.

Então, inicialmente, ficou bastante impressionada pela Ilha Beatrix, principalmente as vistas cinematográficas do oceano que a cumprimentavam em cada janela. Mas o encantamento logo diminuiu porque Sandi não conseguia evitar enxergar a casa pelos olhos de sua versão profissional como corretora de imóveis.

As "modificações" de Dava pareciam arbitrárias e, francamente, estranhas. Um nível subterrâneo tinha sido adicionado à propriedade, mas não quartos extras, o que significava que os filhos de Arvie e Sita tinham que dormir nos quartos de seus pais. E, por mais que a casa tivesse o mesmo desenho da original, a metragem quadrada tinha sido triplicada. Então, apesar de apresentar todas as características de um chalé suíço — tetos abobadados de madeira, paredes de pedra e vigas de madeira —, sua mansão era grande porém vazia, semelhante a um museu fantasiado de casa de veraneio. Uma casa que não tinha muitos visitantes nem sequer uma governanta, julgando pelo fraco odor de maresia e pela mobília empoeirada.

O principal motivo da empolgação de Sandi para visitar a Ilha Beatrix era o fato de o lugar ter sido construído pela mesma empresa de arquitetura ecológica que ficou famosa por salvar Grenacia — um país insular no Pacífico Sul consumido pelo aumento do nível do mar — ao construir novos arquipélagos para seus cidadãos desalojados.

Como o novo Grenacia, Beatrix era uma propriedade flutuante construída para conseguir suportar tempestade e inundação extremas. Todo item e acessório interno, e árvores e rochas externas, tinha sido escolhido por Dava, a propriedade inteira customizada exatamente como suas especificações. Sandi tinha chegado esperando uma terra encantada de maravilhas tecnológicas com que apenas bilionários poderiam arcar. A ausência delas foi uma extrema decepção, e algo que o mais velho de Dava não conseguia parar de destacar.

— Este lugar poderia fornecer energia para um país africano pequeno, mas não é equipado nem para passar um filme que saiu nos últimos cinco anos — comentou Arvie conforme suas filhas, Priya e Klara, resmungavam diante de uma televisão que tomava quase toda a altura e largura da parede da grande sala, as duas suspirando dramaticamente enquanto percorriam os quadrados coloridos que apareciam e evaporavam da tela.

— Ah, meu Deus, esqueci que precisa abrir a porta para verificar o ponto da comida. Seria mais fácil encontrar eletrodomésticos melhores em uma lanchonete na floresta — Arvie gemeu para Vincent conforme seu marido enfiava um garfo na carne assada que estava preparando para o jantar.

— Devo ter pedido umas cinco vezes para o chuveiro ligar até me lembrar de onde estava. — Ele riu, procurando o olhar dos irmãos para assentirem, concordando com a dificuldade de ter que apertar um botão a fim de ativar o chuveiro.

Todas essas reclamações foram no primeiro dia dos Shastri-Persson na ilha, sendo que a última aconteceu enquanto os adultos jantavam na sala de jantar. Tinham três galhos unidos amarrados servindo como luminária, e uma mesa de jantar oval desenhada para parecer o centro de um tronco de árvore, com seus anéis ecoando para fora em círculos concêntricos salpicados de dourado. A sala se esforçava para fingir que estava localizada em uma cabana de inverno nas montanhas, em vez de na beirada do Atlântico.

Ela estivera ouvindo só mais ou menos a anedota de Arvie, que ele contava como se fosse parte de uma esquete de *stand-up*, aumentando o absurdo cômico para tentar provocar risadas. Mas a atenção de Sandi estava em Dava. Ela a observava como quem buscava furtivamente vislumbres de uma atriz vencedora do Oscar no metrô, alguém muito familiar porém estranho, ao mesmo tempo. Ansiosa pelo encontro, Sandi havia lido o máximo de perfis e assistido ao máximo de entrevistas que conseguiu, então ela estaria pronta com seus próprios casos para impressioná-la. Ainda assim, as palavras estavam apenas ali paradas, lentas e inúteis em sua língua, enquanto Arvie continuava com a história do chuveiro burro.

— É intrusivo — Dava disse, e o som da sua voz pareceu congelar o tempo. Talheres ressoaram nos pratos, até espirros pareceram ser interrompidos. — Nunca entendi a tecnologia ativada por voz. Para mim, foi o início do fim. As pessoas simplesmente desistiram e ficou tudo bem ser preguiçoso, e não tem problema ter sua privacidade roubada e desvalorizada. Me deixa perturbada. Já vejo o suficiente lá fora. Não quero isso aqui. — Ela lançou um olhar aguçado para o mais velho. — E você sabe disso, *Arvind*.

Arvie deu de ombros, sua expressão se enrijecendo de vergonha quando Dava pediu licença para usar o lavabo. Depois que ela saiu, ele desfiou seu assado em dúzias de lascas marrom-rosadas com um zelo meticuloso.

— Ela pode gastar, tipo, cinquenta milhões para construir uma ilha, mas eu sou um idiota por comentar como tudo aqui é antiquado. — Arvie parou de dissecar seu assado e olhou desafiadoramente para Rev. — Sei que não estou sozinho. Já ouvi você reclamar da falta de uma sala de cinema. E sauna. E uma piscina.

Rev pareceu ofendido.

— Falei isso durante nossa primeira visita — ele respondeu, seus olhos na bagunça de carne que seu irmão estava criando. — Não ligo mais. Se faz Amma feliz, é só isso que importa.

Sandi olhou do irmão mais velho para o irmão mais novo e não conseguiu evitar se perguntar como eles eram irmãos. Seu Rev era uma estátua de Michelangelo que ganhou vida. Arvie era a famosa pintura do homem em um grito feroz. Talvez Arvie pudesse ser atraente se não parecesse sempre estar à beira do ódio, mas não conseguia chegar perto da beleza sobrenatural de seu noivo, do tipo que frequentemente levava estranhos a confundi-lo com uma estrela de cinema.

— Então, você viu a notícia… — Vincent começou.

— A Terra está apodrecendo — Arvie interrompeu, jogando pedaços de assado na boca como se fossem amendoins. — Os humanos têm sido péssimos inquilinos, e nossa proprietária está se preparando para nos despejar. — Os lábios dele se curvaram em um sorriso estranho, como se ele estivesse orgulhoso de sua metáfora. — E o que nossa mãe faz? Constrói um abrigo flutuante para ela. Quem se importa se o mundo está queimando ou se afogando ou o que quer que aconteça contanto que ela e seus amigos ricos tenham uma forma de se proteger?

— Não consigo identificar com o que você está bravo. — Rev manteve seu tom estável, embora Sandi conseguisse vê-lo cerrar os punhos sobre as pernas. — É porque esta casa não é chique o suficiente para você ou porque Amma tem os meios para construir este lugar?

— Por que não pode ser ambas as coisas? — Ele deu uma risadinha. — Se ela ia gastar dinheiro em uma mansão flutuante, que fizesse direito, ou é simplesmente um desperdício de dinheiro.

Sita e Colin trocaram olhares desesperados, seus pratos de vegetais orgânicos e arroz selvagem praticamente intocados. Sandi gostava de vê-los sentados tão próximos, com as cadeiras praticamente grudadas uma na outra. Ela arrastou sua cadeira alguns centímetros para a esquerda até sentir sua perna encostar na de Rev.

— Ilha Beatrix não é para ela. É para nós — Sita disse tranquilamente, cruzando os braços. — Não apenas nós, mas para nossos filhos, os filhos dos nossos filhos. Por que é uma coisa ruim?

— Você não acha irônico a mamãe ser obcecada com a passagem do seu nome para a próxima geração sem considerar que o planeta pode não sobreviver para que ela o habite?

As bochechas de Sita ficaram rosadas.

— *Você* não acha irônico que Amma esteja pagando uma mesada para um homem adulto que só trabalha na organização sem fins lucrativos dela, tipo, três dias por mês? — Os lábios de seu irmão se curvaram em um escárnio, e ela lhe abriu um sorriso presunçoso. — Ah, desculpe… Quis dizer "salário" — ela complementou, fazendo aspas com os dedos.

— Podemos parar? — Kali acenou os braços no ar, como se estivesse tentando pousar um avião.

Arvie bateu a faca no prato muitas vezes, fazendo um barulho metálico que machucava os ouvidos de Sandi.

— Sei que você pensa que está fazendo um trabalho sagrado na fundação da mamãe, mas bilionários não são deuses benevolentes compartilhando sua riqueza com oprimidos patéticos. Eles se aproveitam de brechas e paraísos fiscais…

— De novo, não! — Rev resmungou.

A sala se transformou em um emaranhado de conversas: Arvie falava mais alto, jorrando estatísticas para embasar seus argumentos conforme os outros três replicavam com exemplos dos vários bons trabalhos da mãe. Colin e Vincent murmuravam um para o outro, mas fora da briga. Como estudou os esforços beneficentes de Dava como se eles fossem seu TCC, Sandi concordava amplamente com Rev e as irmãs dele. Ainda assim, vê-los debater o papel da filantropia na sociedade como se recitassem frases em uma peça bem ensaiada a deixava inquieta. Não estavam sendo exatamente hipócritas, não no mesmo sentido de Arvie, que achava que podia reduzir filantropos bilionários a pessoas antiéticas enquanto aceitava o dinheiro da mãe. Mas os sentimentos dos outros três eram vazios. O que realmente sabiam sobre viver com um salário-mínimo e precisar escolher entre comprar comida e pagar a conta de luz?

Os filhos Shastri-Persson agiam como se a riqueza deles não existisse, mesmo que cada frase e gesto a denunciasse.

As roupas eram tão caras que não tinham marcas. Rev havia confessado para ela que o guarda-roupa deles era projetado para cada um individualmente, mesmo itens tão simples quanto camisetas e jeans. A testa dos quatro era lisa, sem os vincos e as rugas de quem ainda paga financiamento estudantil ou vive de salário em salário. Era como se habitassem uma bolha, totalmente capaz de ver disparidades de classe e de renda, porém totalmente intocados por elas.

A voz ansiosa de Kali assustou Sandi, tirando-a de seus pensamentos.

— Parem com isso. Agora mesmo. — Kali se levantou da mesa e inclinou a cabeça. — Ela está voltando. — Na palavra "voltando", Dava entrou de novo na sala e se sentou, suas mãos descansando brevemente na testa, como se estivesse protegendo os olhos do sol claro. Depois de alguns instantes de silêncio apreensivo, Kali começou a falar de como estava caindo bastante neve e, com uma risada forçada, destacou como, definitivamente, iriam ter um Natal branco.

— Não percebi que a tempestade Imogen nos atingiria tão rápido — Dava comentou, mais para si mesma, conforme olhou para fora, onde montes de neve estavam se acumulando em enormes aglomerados, escurecendo parcialmente as janelas da sala de jantar. — Pensei que só chegaria amanhã.

— Ficaremos bem por aqui? — Sandi sussurrou para Rev. Ela estava pensando em uma tempestade sísmica que tinha devastado muitas comunidades costeiras em Long Island dois Natais antes.

— Amma, estamos preparados para isso? — Sita perguntou alto, assentindo para Sandi e confirmando que tinha ouvido as preocupações dela.

Essa pergunta motivou Dava a fazer um minidiscurso que apenas Sandi parecia achar fascinante. Usando termos como "painéis de vidro triplo", "concreto perfurado" e "tanques de captação de água da chuva", Dava explicou como ela trabalhou bastante com engenheiros e arquitetos para garantir que a ilha e a casa em si fossem especialmente projetadas para suportar as condições extremas de clima do Atlântico Norte. Ela também reforçou que, com três geradores reserva, não estava preocupada com queda de energia.

— O pior que pode acontecer é ficarmos presos pela neve até o Ano-Novo, se vocês conseguirem suportar — Dava complementou, com uma risada silenciosa.

— Ah, sério? Imogen não é só categoria um? — Kali estava com a boca cheia de pizza. Ela tinha escolhido comer as fatias restantes da pizza vegana de Mario que as crianças haviam devorado mais cedo naquela noite.

— O quê? — Dava gritou. Seus filhos olharam, surpresos, para ela. — Pensei que fôssemos ter mais de dois metros de neve.

— Nós vamos — disse Colin, limpando uma mancha de molho de salada de sua barba grisalha. — Aposto que está pensando na tempestade que vai atingir o Centro-Oeste, Kal.

— Ah, é mesmo — Kali comentou. Ela se concentrou na sua mãe com um olhar questionador. — Por que isso importa, Amma?

— Nada de mais — Dava respondeu, respirando fundo. — Nada de mais. — Rapidamente, ela mudou de assuntou e perguntou sobre a reforma da casa dos pais de Colin em San Paolo. Mas seu comportamento estava instável, como se ela tivesse acabado de girar em círculos e agora estivesse tentando recuperar o equilíbrio. Sua mão tremulava constantemente para a testa conforme conversava com seu genro, até que a forçou sobre seu colo. Sita e Kali olharam uma para a outra, então para a mãe, depois de volta uma para a outra, parecendo dizer muitas palavras sem realmente falar. Observá-las fez Sandi desejar ter tido uma irmã, em vez de um ex-meio-irmão que parecia só ter surgido para pedir dinheiro emprestado.

O filho de Sita, Theo, entrou na sala correndo e se esmagou no espaço entre as cadeiras de seus pais.

— Estou entediaaado. Podemos jogar no seu... digo, assistir TV?

— Ãh, podem. Mas façam isso em nosso quarto. — Sita se mexeu, nervosa, em seu assento, e ele comemorou ao sair correndo da sala. *"Enzo, te falei que ela diria sim!"*, os adultos o ouviram gritar, seguido de dois pares de pegadas martelando nas escadas.

— Não tem TV no seu quarto — Dava disse abruptamente, apontando o garfo para Sita. — Como eles vão assistir?

Sita abriu a boca, depois a fechou, então abriu de novo. Com o olhar penetrante da mãe ainda nela, tirou a franja dos olhos e fez beicinho com a boca.

— Amma, eu trouxe só um aparelho, o.k.? Linh e eu estamos trabalhando em um projeto grande para a iniciativa GlobalWorks, e preciso conseguir conversar com ela 24 horas por dia.

Dava estreitou os olhos, e sua filha murchou na cadeira. Colin colocou uma mão de apoio no ombro de sua esposa. Se Sandi tivesse algum arrependimento quanto a deixar seus aparelhos em casa, ela ficou grata por ter seguido as regras. Esticou a mão para procurar a de Rev debaixo da mesa, e sentir sua mão grande quente na dela a fez suspirar de alívio.

— Falei para você que teria um laptop disponível se precisasse trabalhar — Dava lembrou.

— Mas, se houver uma emergência de trabalho às duas da manhã, não posso bater na sua porta para pegá-lo com você, posso?

— Ah, meu Deus — Kali sussurrou, baixinho.

— Você conhece as regras, Sita. Deixei muito claro. — Dava bateu as unhas vermelhas impacientemente na mesa.

— É ridículo, mãe — Arvie se intrometeu. — E você sabe que eu preferiria comer terra do que concordar com Sita em alguma coisa, mas é mesmo.

— Não peço muita coisa para vocês, peço? — A voz de Dava saiu baixa, mas o estrondo de raiva era inconfundível. Ela se voltou para Sita. — Por favor, vá guardar no cofre. Agora.

• • •

— O que é uma Kykuit? — Sandi perguntou a Rev na cama naquela noite. Estava tudo escuro, a não ser por uma única vela brilhando no peitoril da janela.

— Só uma casa chique de alguma família rica — Rev murmurou no pescoço dela.

— Quer dizer uma casa de veraneio ou um condomínio? E que família?

— Os Rockefeller — ele disse, bocejando. — O que importa?

— Só estou curiosa… só isso. — Ela pegou o braço dele e o envolveu na cintura dela como um cinto de segurança. — Acha que sua mãe gosta de mim?

— Claro que gosta.

— Sério?

— É muito fácil gostar de você. — Rev beijou o ombro nu dela.

— Mas como você sabe? — Ela tentou ao máximo soar equilibrada, torcendo para não parecer carente demais. — Sabe, acho que se eu me sentasse com ela…

— Na verdade, ela pede muita coisa para nós, sim.

Sandi se virou para encará-lo.

— O que foi, querido?

— É engraçado ela dizer que não pede. Porque pede. O tempo inteiro. É estranho ela não conseguir enxergar isso. — Ela esperou Rev explicar, mas ele não disse mais nada. E, nos dias que seguiram, Sandi se lembraria das palavras do noivo, da irritação e do ressentimento que ele deixou escapar, e entenderia o que ele quis dizer.

CAPÍTULO TRÊS

FILANTROPA E BOATOS DE INSPIRAÇÃO

DAVA SHASTRI, FILANTROPA E SUPOSTA INSPIRAÇÃO PARA MÚSICA VENCEDORA DO OSCAR, MORRE AOS SETENTA

Por Rachel Tsai, *The New York Times*
26 de dezembro de 2044, 9h25

Dava Shastri, fundadora e presidente da Fundação Dava Shastri, uma organização dedicada a apoiar artistas e empoderamento de mulheres, morreu na sexta-feira em sua propriedade em Ilha Beatrix, em East Hampton, Long Island. Ela tinha setenta anos. Sua morte foi confirmada por seu advogado, Allen J. Ellingsworth.

A senhora Shastri se autodescrevia como "nova-iorquina comprometida" cuja personalidade espirituosa serviu como ponte entre dois mundos diferentes os quais ela atravessou com facilidade: o cenário da música independente e o mundo dos filantropos abastados de Nova York.

De acordo com a *Forbes*, seu patrimônio valia 3,8 bilhões de dólares, colocando-a na lista das 20 mulheres mais ricas do mundo que conquistaram a própria fortuna.

A sra. Shastri tinha 26 anos quando criou a Medici Artists, em 2000, uma empresa que desafiou o mercado tradicional de gravadoras ao conectar músicos com clientes que patrocinavam seu trabalho. Ela vendeu a Medici Artists para a Sony por 45 milhões de dólares em 2006, uma atitude controversa que dividiu a indústria da música.

Logo depois de adquirir a empresa, a Sony fechou a Medici e encerrou os contratos de patrocínio, o que foi visto como uma ação para proteger a indústria de rotas não tradicionais de disseminação de música. A venda foi vista como uma traição aos artistas que a organização da sra. Shastri tinha protegido. Dava Shastri rebateu essas reclamações durante uma entrevista no *Davos Women's Business Forum*, em 2011. "Dei minha vida e meu suor para construir a Medici Artists para que pudesse ser uma força para o bem no mundo. Esperava que a Sony continuasse minha visão, não que a desmantelasse. Mas não posso me arrepender do que já passou."

Não muito depois de vender a Medici Artists, ela alinhou a Fundação Dava Shastri com o caráter de sua primeira empresa, criando bolsas concedidas anualmente a músicos, que foram nomeadas de "bolsas Medici", em homenagem a seu primeiro negócio. Atualmente, cinco bolsas de 10 mil dólares são atribuídas a candidatos de todas as classes sociais; sete bolsas de 25 mil dólares são para pessoas de origens diversas e desfavorecidas.

A experiência de Shastri também a levou a se tornar uma das primeiras investidoras do Mobile-Song, um MP3 que foi visto como um competidor peculiar e principal rival do iPod, da Apple. Quando a Apple comprou o MobileSong por 3 bilhões de dólares, em 2009, ela lucrou 540 milhões, e seu patrimônio líquido aumentou em doze vezes da noite para o dia.

Um momento de virada em sua carreira filantrópica ocorreu dez meses depois, quando ela doou 5 milhões de dólares para a Mulher Independente, uma organização sem fins lucrativos, fundada por Vash Myers, que auxiliava mulheres de baixa renda e vítimas de violência doméstica a encontrar empregos e moradias. Um processo arquivado pelo ex-marido de Myers tinha deixado a organização à beira da falência. "Eu só não queria que fechasse", Shastri explicou em uma entrevista para o *Times*, em 2010, sobre por que ela havia feito a doação, que ela descreveu como "impulsiva". "Alguém tinha me enviado um artigo sobre a dificuldade da MI, e pareceu uma barbaridade uma organização tão incrível poder ser fechada por causa da arrogância de um homem. Então me lembrei de que poderia realmente fazer algo quanto a isso. E essa sensação foi muito boa."

Tomar essa atitude levou Dava Shastri a expandir a missão da fundação e focar em doações internacionais para organizações que apoiassem o empoderamento das mulheres, e ela fez de Vash Myers sua vice-presidente de desenvolvimento. Quando Myers foi promovida a gerente de operações quase duas décadas depois, Sita, 38, filha de Shastri, assumiu seu cargo anterior.

"Sempre pensei que caridade deveria ser um negócio de família", Dava Shastri disse em um discurso após ser nomeada Filantropa do Ano pelo *New York Cares*, em 2032. "Meu objetivo final é que o nome Shastri se torne sinônimo de doação e generosidade."

Dava Anoushka Shastri nasceu em 8 de março de 1974, em Calliston, Arizona, filha de Rajesh Shastri, um engenheiro mecânico, e Aditi Shastri, uma dona de casa.

Ela se formou pela Universidade de Nova York e, após se graduar em 1996, passou dois anos como voluntária da *Peace Corps* em Ruiz, Argentina, onde conheceu seu marido, Arvid Persson. Eles se casaram em uma cerimônia civil no Manhattan City Hall, em 2002.

Enquanto Shastri buscou empreendedorismo e filantropia, Persson estabeleceu uma carreira no ensino básico particular, primeiro como professor de inglês e depois como vice-diretor. Ele faleceu de câncer de estômago em 2020, aos 46 anos.

Dois anos depois dessa perda, Dava Shastri criou a *Helping Perssons* em homenagem ao marido. O filho Arvind, 40, supervisiona a organização sem fins lucrativos, que oferece uma bolsa de 2 mil dólares por semana para uma variedade eclética de candidatos.

Além de Arvind e Sita, subsistem a Dava Shastri a filha Kali, 35, artista visual, e o filho Revanta, 30, ex-modelo (ambos também fazem parte do conselho da *Helping Perssons*), assim como os quatro netos.

Dava Shastri expressou o desejo de que seu sobrenome sempre fosse ligado à caridade, porém é seu primeiro nome que permanece na consciência popular. A canção vencedora do Oscar "Dava", de Tom Buck, provocou boatos de que ele e Shastri, que se conheceram em um evento beneficente do MusiCares de 2012, tinham tido um envolvimento amoroso. Tanto ela quanto Buck, que morreu em 2035, sempre negaram os boatos.

"Se eu soubesse que a música ficaria tão popular, teria dado o nome de 'Maria' ou 'Lisa'", riu Buck em uma entrevista de 2019 para a *Rolling Stone*, no mesmo ano em que recebeu o Oscar de melhor música original. "Foi uma simples canção de amor que dei para minha parceira Jinna Azure (diretora de *The Skylight*), quando ela me pediu algo para usar em seu filme. A música precisava de um nome, e pensei que o de Dava era bem único."

Apesar da negação dos dois, "Dava" contém um quê de escândalo. Vários detetives da internet postaram teorias detalhadas argumentando que a música, que passou seis semanas como número dois na lista da Billboard, era de fato sobre Shastri.

Quando questionada sobre isso, Shastri sempre soube voltar a conversa para a fundação que levava seu nome.

"A música, por mais bonita que seja, não tem nada a ver comigo", ela disse em uma entrevista para a *Feminist First* no ano passado. "Mas minha fundação, as pessoas que tenho ajudado... espero que esse seja meu legado."

Correção: 26 de dezembro de 2044

Devido a um erro de edição, uma versão anterior deste obituário relatou incorretamente onde

Dava Shastri e Tom Buck se conheceram. Foi em um evento beneficente do MusiCares, não em uma festa do Grammy.

— Por que estão pensando que você está morta?

Apesar de todo seu planejamento cauteloso, Dava nunca previu que sua família soubesse da notícia sem que ela mesma lhes contasse. Então a chegada de Arvie a deixou estupefata, e ela ainda nem tinha respondido à pergunta dele quando Sita apareceu na porta, seu cabelo ensaboado ensopando os ombros de seu robe pink.

— Amma, você está bem? Colin falou...

— Ela ainda está respirando. — Arvie andava de um lado a outro com a energia fria e lunática de um tornado. — Ela não quer me contar o que está acontecendo. Talvez conte para você. — Ele inclinou a cabeça. — A menos que você também esteja envolvida nisto. Isto é algum tipo de golpe publicitário?

— O quê? Não!

As palavras "golpe publicitário" fizeram Dava retornar a seu corpo.

— Meninos, estou bem. Desçam. Já estou indo.

— Ela está bem, certo? — Kali entrou correndo com uma caneca pendurada em seus dedos e uma mancha de café escorrendo em sua camisa. — Eu sabia. Alguém está passando um trote.

Rev entrou em seguida, usando apenas sua cueca boxer, seu peito arfando com suor.

— Ah, graças a Deus.

Os mais velhos olharam o mais novo de cima a baixo. Para fugir da cacofonia dos filhos, que agora falavam todos ao mesmo tempo, Dava mirou além deles na direção de um quadro pendurado acima da lareira. Ela se desconectava do tempo conforme seu olhar viajava da pintura de seus filhos — sorrisos sem dentes, ternos e vestidos de veludo em tamanho infantil — para os adultos resmungando aos pés da sua cama.

— O que houve com suas roupas, cara? — Kali perguntou.

— Sandi e eu... e aí ouvi Arvie gritando... — Ele parou de falar quando Kali caiu na gargalhada. — Sério, Kal? Está rindo de mim?

— Não de você. — Ela tocou gentilmente o braço dele. — Da situação. Estão dizendo que Amma morreu, você está aqui de cueca e Sita ainda está com xampu no cabelo. É tudo tão bizarro, sabe?

— Não. — Ele afastou o braço dela. — Não sei.

Kali cambaleou um passo para trás.

— Ah, meu Deus, relaxe.

— Vocês dois podem parar? — Sita pediu, fazendo um aceno com a cabeça na direção de Dava. — Ela está chateada.

— Sempre o cão de guarda dela. — Arvie bufou forte. — Sempre a postos.

Dava colocou a mão em sua testa latejante e desejou colocar seus fones de ouvido antirruídos. Em vez disso, olhou para a pintura de novo, um presente de Arvid para seu aniversário de 41 anos. Os três mais velhos cercavam o irmão caçula bebê com um orgulho quase desafiador, as mãozinhas nos ombros um do outro.

"Nossa gangue de quatro", como carinhosamente seu marido referia-se a eles.

— Quando você está a postos? — Sita se virou para encarar Arvie como se o estivesse desafiando a um duelo.

— Não podemos ser todos robôs como você.

— Melhor do que ser um perdedor e um vagabundo. A Helping Perssons merece coisa melhor.

— Chega — Dava usou sua voz de chefe, a mesma para indicar uma decisão final. — Vão para o salão. Já vou para lá.

• • •

O salão da propriedade fazia mais do que jus ao nome. Do tamanho de uma quadra de basquete, sua amplitude era intensificada pelo teto abobadado, vigas expostas e duas janelas que iam do chão ao teto. Uma ficava virada para leste, a fim de capturar vistas ininterruptas do oceano, e a outra olhava para oeste, na direção do cais, e, mais à frente, a baía e o continente a muitos quilômetros dali. Ambas as vistas também serviam para exibir a extensão de árvores povoando a ilha de dez acres, cheia de pinheiros suíços e abetos geneticamente modificados para crescer no solo sintético. Mas, no momento, não era possível avistar nenhuma vegetação do salão; a ilha estava coberta por muitos metros de neve.

De um lado, três poltronas aveludadas rodeavam uma lareira enorme de pedra; do outro, um sofá cinza em formato de L, levemente desgastado pela luz solar direta que recebia, ficava de frente para a televisão. Uma mesa de sinuca retrô entre eles como uma tentativa de dividir o espaço em dois cantos aconchegantes. Mas a sala era tão comicamente enorme que o clã Shastri-Persson começou a chamá-la de salãozão.

Todos os doze estavam agora reunidos ali pela primeira vez desde a manhã de Natal. Sentada na cadeira de balanço diante da lareira, Dava sentiu os olhos de sua família sobre si enquanto esperavam que ela falasse. No entanto, preferia encarar a tela plana do outro lado da sala. Ela não fazia ideia de que o aparelho antigo incluía uma conexão de "TV ao vivo", o que Arvie descobriu mais cedo naquela manhã, desesperado por uma atualização sobre a tempestade Imogen. E, embora ela estivesse irritada por não ter conseguido controlar a forma como sua família ficou sabendo de sua "morte", Dava ainda desejava saber como foi relatado pelo jornal do canal de notícias 24 horas. Mas claro que não poderia perguntar a eles. Ainda não, pelo menos.

Algumas conversas sussurradas surgiram conforme ela permanecia em profundo silêncio. Rev falava baixinho no ouvido de Sita, sua mão descansando no joelho dela. Arvie sussurrava para Vincent em sueco, enquanto Colin e Sita murmuravam confortando seus filhos, de cabeça curvada como cachorrinhos repreendidos. Theo e Enzo pareciam pequenos para a idade, apesar de, na verdade, Dava não conseguir se lembrar se eles tinham nove ou dez anos. Já as meninas de Arvie pareciam adultas. Brilhavam com gloss nos lábios e atitudes ranzinzas, lembrando Dava de si mesma durante a adolescência.

Somente Kali permanecia em silêncio, com braços e pernas cruzados firmemente, sentada sozinha na poltrona mais próxima da janela. Sem dúvida, sua filha mais nova ainda estava magoada por não ter tido permissão para convidar seus parceiros para aquelas férias em família, principalmente porque Rev pôde trazer Sandi. Ela esperava fazer as pazes com Kali nessa questão em certo momento, após terminar o discurso que havia ensaiado, no mínimo, uma vez por dia desde sua visita ao consultório da dra. Barrett.

Então Dava foi atingida por uma tontura. Apoiou a cabeça nas mãos.

— O que houve? — Sita perguntou, levantando-se.

— Me dê um instante. — Lentamente, Dava ergueu a cabeça. — O.k., estou bem.

— Colin, pode pegar um pouco de água para ela?

— Falei que estou bem, Sita.

— Bem, o noticiário diz o contrário — Arvie murmurou.

— Sei que tenho muita explicação para dar. — Agora que o momento que ela havia planejado escrupulosamente tinha chegado, seus sentimentos sufocavam suas palavras. Dava se recompôs com a ideia que sempre fazia seu foco retornar durante momentos de crise: ela tinha que pensar no panorama geral. — Bom — ela começou, não gostando de como sua voz soava trêmula —, tenho câncer. É terminal.

Dava fez uma pausa para deixar todo mundo absorver a informação terrível que ela tinha acabado de jogar no colo deles, ecos de uma conversa que teve com seus filhos em relação ao pai deles décadas antes.

— Estive tendo dores de cabeça nos últimos meses. E tonturas, vertigem, alguns problemas com visão embaçada. Só achei que tivesse a ver com envelhecimento ou trabalho em excesso. Mas, logo antes do Dia de Ação de Graças, percebi que tinha algo bem estranho. — Dava evitou a expressão horrorizada de Sita conforme ela apertou mais a mão na cadeira de balanço, os diamantes de sua aliança cravando em sua pele. Como era a única filha que a via com alguma regularidade, Sita estivera insistindo com ela há quase um ano para diminuir a carga de trabalho. E Sita estivera lhe dizendo isso apesar de não ter noção dos episódios envolvendo a saúde da mãe.

Ninguém na vida de Dava sabia. Ela manteve esses incidentes escondidos de todo mundo, também escolhendo não os mencionar durante sua consulta médica anual em setembro. Primeiro, ela conseguiu protelar as dores de cabeça com aspirina. Então começaram as tonturas, e as dores de cabeça se tornaram mais implacáveis e insensíveis à medicação comum para dor. Dava sabia que havia algo errado, mas continuava dando desculpas a si mesma, aterrorizada por o que um exame revelaria para ela. Quando pensou em ligar para seu médico, lembrou-se do médico de Arvid dizendo "câncer". Ela conseguia se lembrar vividamente da boca do médico, seu bigode brilhando com suor e um pedacinho de alface preso entre seus dentes amarelados. Dava ficava enjoada toda vez que a lembrança chegava como um fantasma malévolo, assombrando-a até a tontura passar ou a dor de cabeça recuar.

Assim, um dia antes do Dia de Ação de Graças, uma dor de cabeça atingiu Dava de forma tão intensa que ela caiu de joelhos depois de passar pela porta do prédio de seu apartamento no Upper East Side. Ela enxotou a assistência atrapalhada do porteiro e exigiu que ele chamasse seu motorista para levá-la a uma clínica médica vinte quarteirões ao norte.

Dava pagava anualmente uma quantia de sete dígitos para que pudesse ter acesso imediato e exclusivo aos melhores médicos de toda a cidade. Conforme ela explicava seus sintomas para sua médica, disse a si mesma que ter dinheiro suficiente para arcar com um plano de saúde de ouro iria, de alguma forma, resultar em um atestado de saúde limpo. Ainda assim, após sua consulta inicial com sua médica, ela foi submetida a uma grande bateria de exames que acabaram por confirmar seus piores medos.

A piora das dores de cabeça e tonturas estava ligada ao adenocarcinoma em seu pulmão esquerdo: estágio 4 de câncer de pulmão. E o câncer havia se espalhado bastante, resultando em dois tumores cerebrais metastáticos, uma lesão em seu fígado e outra em sua glândula adrenal.

— Mas estou tendo dores de cabeça há apenas alguns meses — Dava alegou à sua oncologista, dra. Barrett, ao receber a notícia. — E nunca fumei na vida — ela complementou conforme encarou a tomografia de seu cérebro, que mostrava uma lesão prateada do tamanho de uma nota de dinheiro em seu lobo occipital e uma menor perto de seu tronco cerebral. Após a médica explicar gentilmente que até não fumantes podem desenvolver câncer pulmonar, Dava perguntou se teria feito diferença se ela tivesse buscado tratamento assim que as dores de cabeça começaram.

— O raio-X mostra que seu primeiro tumor já está bem avançado — a dra. Barrett disse com pesar, balançando a cabeça.

O coração de Dava se despedaçou.

— Claro que tem que ser superdotado — ela murmurou.

— Não precisa ser dura consigo mesma, Dava. Normalmente, câncer de pulmão é diagnosticado em estágios mais avançados porque pode passar despercebido por anos. Um terço dos pacientes com sintomas presentes de adenocarcinoma têm resultado de metástase a longo prazo... no seu caso, no cérebro. Geralmente, os pacientes nem sabem que têm o primeiro tipo de câncer até apresentarem sintomas do órgão em que houve metástase. — A médica fez uma pausa, então abriu um sorriso reconfortante. — Mas temos feito avanços promissores no tratamento da sua condição, com o potencial de chegar à remissão.

— Nem sempre a remissão dura — Dava retrucou mais rudemente do que pretendia, lembrando-se da dolorosa e breve remissão de seu marido antes de o câncer retornar. Ela batucou os dedos em seu peito. — Só seja direta comigo. Isto tem cura?

Conforme a dra. Barret detalhava as opções de tratamento, Dava entendeu que seu fim era claro: o câncer era terminal. Os tratamentos poderiam estender sua vida em alguns meses, possivelmente em até um ano. Mas a rotina médica acabaria levando a uma queda na qualidade dessa vida estendida, deixando-a suscetível à perda de memória, convulsões e diminuição da visão com possibilidade de cegueira.

— Então a resposta à minha pergunta é não — Dava respondeu, suspirando profundamente. — Certo. Se eu seguir alguns desses tratamentos, quanto tempo poderei continuar com meu dia a dia? — Ela bateu seu punho com força em sua coxa. — Por quanto tempo posso permanecer ativa na fundação?

A dra. Barrett levantou as mãos para o teto, como se esperasse por uma bênção.

— É difícil dizer — ela respondeu, com cautela, sua testa se franzindo com empatia. — Mas seu dia a dia não será diferente do que é agora. Será um novo normal.

— Entendo. — O punho de Dava se abriu como uma flor morrendo. — Não estou interessada em um novo normal — ela disse, baixinho, esticando a mão para pegar sua bolsa e ligar para seu motorista.

. . .

— Devido ao estágio avançado do meu câncer, optei por não fazer o tratamento — ela contou à família após compartilhar a extensão terrível de seu prognóstico. — De acordo com minha médica, isso significa que tenho apenas algumas semanas de vida — Dava continuou, conforme deixou de lado a lembrança dos olhos verdes da dra. Barrett arregalados enquanto insistia que ela reconsiderasse sua decisão. — Então vocês podem... — Aí ela parou de falar, porque Rev começou a chorar, e os gêmeos reagiram caindo em lágrimas também. — Ah, nossa — ela balbuciou. — Talvez os netos devessem sair por um instante.

A sala ficou completamente quieta exceto pelo choro, que agora vinha de Sita e Kali. As adolescentes pareciam atordoadas, mas seus rostos também denunciavam certa curiosidade. A boca de Sandi permanecia aberta, formando um grande e rosado O. Arvie parecia estar tremendo ao ser engolido pelo enorme abraço de Vincent. O silêncio era excruciante para Dava, por saber que ela era a causa do choque e da dor deles. Isso foi até Klara falar.

— Eu quero ficar — ela disse, mastigando o chiclete pensativa. — Porque há mais coisa para contar para nós, certo? Tipo por que o noticiário diz que você já está morta?

— Klara! — Vincent a repreendeu. Neste momento, Arvie tinha se soltado do abraço de seu marido e se sentado rigidamente ao lado dele, sua expressão inescrutável.

— Bom, é verdade.

— Alguém pode pegar um lenço para Rev? — Dava disse para ninguém em particular.

— Estou bem, Amma — Rev murmurou, seus soluços diminuindo. Sandi tentava dar tapinhas na perna dele e, quando Dava olhou na sua direção, ela se encolheu em seu assento.

— Se todo mundo precisar de um tempo para eu continuar...

— Não. Só termine — Arvie exigiu, olhando-a diretamente no olho.

— Certo — ela disse, retornando seu olhar até ele desviá-lo. — No dia em que soube do meu diagnóstico terminal... bem, pensei em uma coisa. — Dava virava sua aliança de casamento no dedo conforme falava. — O câncer do pai de vocês foi devastador, mas tivemos seis anos juntos para nos preparar para a... pior eventualidade. E resolvi olhar para minha condição como um presente, no qual eu poderia me despedir do mundo, e de todos vocês, em meus próprios termos.

Atrás dela, o fogo rugindo começou a afligi-la com seu calor. Ela tentou ignorar o aquecimento, e as agitações de uma nova enxaqueca, e continuou.

. . .

— Como sabem, só tenho uma quantia limitada de tempo sobrando — ela disse, resistindo ao impulso de pressionar a mão na nuca. — E já que todos nós estaríamos reunidos aqui para o Natal, planejei ter... — Dava viu o queixo trêmulo de Theo e, de novo, foi atropelada pelo arrependimento de falar isso tão claramente diante de seus netos — ... ter um médico para me ajudar a tirar minha vida. — Ela se sentou mais ereta, abanando a mão diante de seu rosto em um esforço inútil de se acalmar. — De novo, quero ir embora sob meus termos.

Dava nunca quis anunciar isso assim, de um jeito tão desastroso e apressado, e não conseguia suportar olhar para o rosto deles enquanto absorviam a notícia. Então, em vez disso, encarou a árvore de Natal, as luzes brilhantes e os pendurica-lhos alegres parecendo cruéis como pano de fundo para a dor de sua família. Apenas vinte e quatro horas antes, eles estavam em volta da árvore, bebendo champagne e trocando presentes luxuosos. Ao passar seu último Natal com eles, Dava também se lembrou de seu último como uma pessoa normal. Tinha sido uma reunião simples com Arvid e Arvie bebê: uma árvore de plástico do tamanho de um abajur de mesa, três meias pendu-radas na televisão e vários brinquedos para o menininho deles abrir. Mais tarde naquela noite, contudo, Dava desmoronou em lágrimas, lamentando para Arvid que tinham dado ao filho um Natal "comum, quase Dickensiano", o que fizera seu marido rir, até ele perceber que ela não estava brincando.

Quando ela ficou milionária com a venda da Medici Artists quase um ano depois, jurou a si mesma que não haveria mais Natais comuns para os Shastri-Persson. Passadas cerca de quatro décadas, e olhando para aquelas expressões arrasadas, Dava entendeu que havia cumprido muito bem esse juramento.

Apesar da angústia deles, ela continuou e explicou como tinha conseguido que uma das médicas de Nova York autorizada a executar suicídio assistido fosse à ilha. A médica e a esposa tinham ficado secretamente abrigadas na casa de hóspedes nos últimos quatro dias...

— Então foi por isso que mamãe não nos deixou ficar lá — Arvie murmurou para Vincent.

... prontas para administrar o medicamento a pedido de Dava.

— E a notícia? — Sita perguntou.

— Ah, bem, sim — Dava respondeu, seus nervos à flor da pele. — Contei ao meu advogado que meu horário com a médica estava agendado para esta manhã. Então, obedientemente, ele fez o anúncio antes de eu avisá-lo de que queria esperar mais um dia...

— Isto foi muito antiético! — Arvie retumbou. — Nenhum médico nem advogado em sã consciência anunciaria sua morte antes de você estar realmente morta!

— Bem, o que importa? Logo estarei — Dava disse, encolhendo-se com a altura da voz de seu filho. — E vou poder ver o que o mundo pensa de mim antes de ir. Não é até... legal?

— Você planejou isso — Kali disse. Dava viu sua filha mais nova encarando-a com fascinação.

— Kali, querida... — ela começou.

— Foi por isso que você não permitiu que trouxéssemos nossos eletrônicos — Kali continuou. — Acho que queria conseguir controlar a situação. Ninguém pode nos contatar, e nós não podemos contatar ninguém. E agora, com essa tempestade, estamos basicamente excluídos do mundo. Então ninguém vai saber que ainda está viva.

Dava observou todo mundo absorver as palavras da filha. Os olhos que a perfuravam. Sua família estava tentando compreender tudo o que tinham ouvido até ali.

— Puta merda, Gamma. — Klara estava impressionada.

CAPÍTULO QUATRO

NOSSOS SENTIMENTOS PARA A FAMÍLIA SHASTRI-PERSSON

> *Nossos sentimentos para a família Shastri--Persson pela perda de sua bela e inspiradora mãe, @DavaShastri. Nossos pensamentos e orações estão com vocês neste momento difícil.*
> — *Equipe de mídias sociais da Fundação Dava Shastri,*
> *26 de dezembro de 2044, 10h.*

Dava massageou as têmporas, frustrada. Ela pensou se deveria tentar persuadi-los de que essa, na verdade, foi uma decisão de última hora, em vez de uma escolha planejada após uma série de especulações pós-consulta com a dra. Barrett.

A primeira coisa que ela fez quando voltou para casa da clínica foi trocar sua saia e blazer formais pelas roupas de Arvid, a camiseta preta dos Beatles e as calças de moletom com um buraco na virilha, que foram das últimas coisas que ele vestiu antes de falecer. Arvid tinha a camiseta desde a adolescência, e as calças de moletom pertenceram a seus dias de Peace Corps. As roupas estavam impregnadas dele, não com seu perfume, mas com a pureza de seu cheiro e seu suor, como se seu cheiro tivesse sido costurado no próprio tecido. Ela só recorria a essas roupas em seus momentos mais sombrios, seu porto seguro para "casos de emergência". Vesti-las era quase como tê-lo ao seu lado, e o cheiro de Arvid a ajudava a se acalmar. E a pensar.

Quando a dra. Barrett descreveu sua vida após o diagnóstico de câncer como um "novo normal", imediatamente Dava entendeu o que aquilo significava: ir e vir de hospitais constantemente, suportando uma gama de procedimentos debilitantes que exigiriam que ela se afastasse da fundação, levando uma vida sem propósito enquanto seus filhos discutiam sobre "o que fazer com Amma". Pelo menos Dava conseguira ficar ao lado do marido durante os últimos anos dele. Mas não poderia pedir aos filhos que fizessem a mesma coisa por ela. E ela não queria vê-los se afastarem da sua convivência, mais do que já estavam afastados, conforme o fardo de cuidar dela — ou de vê-la murchar — se tornasse pesado demais.

A última coisa que Dava Shastri queria era ser inútil; isso seria sua morte em vida. Ela conseguia aceitar mais facilmente morrer de uma vez do que definhar aos poucos e, de certa forma, poderia até se convencer a enxergar isso como uma bênção. Dava se lembrava da dor abrupta de perder os pais de infartos, como se seu coração tivesse sido arrancado do peito. A doença do marido, por mais prolongada e angustiante que tenha sido, pelo menos deu aos dois tempo para planejar os últimos dias dele, assim como para preparar a vida da família sem ele. E agora, sabendo que seu próprio fim estava chegando, ela poderia fazer a mesma coisa para si mesma.

Nas primeiras horas do Dia de Ação de Graças, bebendo uma xícara de café na cozinha e contemplando a extensão escura do Rio East, ela decidiu oficialmente que não queria buscar tratamento e que, em vez disso, procuraria um plano para o fim da vida. Ao tomar essa decisão, ela se sentiu melhor, porque poderia parar de nadar em autopiedade e canalizar sua energia em estratégia, que dava a ela o mesmo tipo de endorfina que um corredor conquistava. Originalmente, ela havia planejado passar o fim de semana do Dia de Ação de Graças em um spa, em grande parte porque os filhos haviam feito os próprios planos para aquele feriado sabendo que estariam juntos no Natal. Então, a agenda de Dava já estava livre de todos os compromissos até a segunda-feira seguinte, e ela planejou se aproveitar da rara, e agora bem-vinda, solidão.

Passou o dia na poltrona de sua sala de estar enrolada em cobertores, mordiscando queijo e bolachas de água e sal com a televisão no mudo, pesquisando opções de fim de vida e analisando seu calendário. Deveria ser após a próxima reunião do conselho ou o próximo evento da Helping Perssons? Dava sentiu um prazer perverso em tentar agendar sua morte como se fosse apenas outro compromisso importante. O que, de certa forma, era.

Mesmo com seu computador no modo 3D projetando os conteúdos da tela, ao anoitecer, sua visão começou a ficar embaçada. Dava se permitiu fazer uma pausa, fechando os olhos e tirando a televisão do mudo para lhe fazer companhia. Estava passando um tipo de retrospectiva e ela estava prestes a pegar no sono quando começou o bloco "in memoriam". Com sono, Dava assistiu a uma sequência de rostos de atores, celebridades, gênios da tecnologia e políticos. Reconheceu a maior parte dos nomes e tinha conhecido alguns deles. Tinha até ido a dois dos funerais. Então Dava se sentou ereta com um estalo, o cobertor caindo de seus ombros. *Meu rosto estará incluído no ano que vem.*

Ela tentou imaginar como seria a cobertura de sua morte na mídia. Diferente de outros que tinham herdado suas fortunas, casado por dinheiro ou recebido dinheiro por divórcio, Dava tinha se feito bilionária — e era uma mulher. Uma mulher indiana, especificamente. Então, claro que seria elogiada nos blocos "in memoriam" e nas publicações de negócios e nos círculos filantrópicos. Tudo bem. Era esperado, afinal.

Mas diferentemente dos cabelos grisalhos mofados, cujo patrimônio líquido também ultrapassava dez casas, Dava era um dos pontos mais silenciosos que costuravam o tecido da cultura estadunidense. A canção infernal de Tom Buck era parte disso, o.k., mas ela também era muito mais do que isso. Seu nome era citado em livros e documentários como uma peça-chave nos primeiros anos da cena musical. Elogiada em entrevistas por antigos Medici Artists e vencedores da bolsa, alguns dos quais foram aclamados pela crítica. Procurada para palestras e programas de notícias para falar sobre feminismo e filantropia. Amiga de artistas e cineastas, atores e escritores — na verdade, se houvesse uma foto tirada em uma festa dada por uma celebridade de Nova York nas duas primeiras décadas do século XXI, as chances eram grandes de ela poder ser flagrada na multidão reluzente, no melhor estilo *Onde está Wally?*. Dava tinha sido classificada como a décima segunda na lista de nomes mais populares em jogos de caça-palavras ao lado dos recorrentes Etta e Ali. (Ter um nome singular e de quatro letras ajudavam, mas ainda assim.)

Ela era um tipo diferente de filantropa. Tinha vivido uma vida de serviço, sim; no entanto, também tinha vivido uma *vida*. Do tipo que merecia adjetivos como "visionária" e "ícone" por parte daqueles que a conheciam e daqueles que desejavam tê-la conhecido. Mas isso significava que ela seria enaltecida? E por quem?

A curiosidade de Dava rapidamente mudou para um desejo, agarrando-se tão dolorosamente aos seus pensamentos que foi levada a abrir uma garrafa de vinho tinto, dando goles grandes que queimavam sua garganta. Mas o efeito entorpecente da bebida seria apenas temporário. Porque ela sabia que seu desejo de saber como o mundo a enxergava iria apenas crescer conforme sua saúde piorasse.

Então, sua mente começou a funcionar freneticamente, uma ideia levando a outra e a mais uma, como uma corrente elétrica. Como resultado, ela se deu conta de que, pela primeira vez em anos, ela tinha convencido a família inteira a passar o Natal junto na Ilha Beatrix. E de maneira tão inesperada quanto, sua pesquisa havia mostrado que Nova York era um dos poucos estados a legalizar suicídio assistido para pacientes com doenças terminais. Desde o lançamento de sua fundação, quase quarenta anos antes, Dava não enfrentava um desafio dessa magnitude. Ela tinha apenas um mês para pensar na logística, mas sabia que conseguiria fazê-lo.

Entretanto, quando Dava pensou no plano, não tinha imaginado que sua família desconfiasse tão facilmente de que o momento do anúncio de sua morte não tinha sido acidental. E agora, sentada com eles à sua volta, sua vergonha se aprofundou quando seu estômago roncou alto o suficiente para poder ser ouvido acima das rajadas de vento do lado de fora. Ninguém mais pareceu perceber, e Dava viu de novo as palavras "panorama geral" brilharem em sua mente. *Assuma o comando disto*, ela disse a si mesma. *Você está no controle.*

— Sim, eu planejei — ela disse, invocando sua voz de executiva. — Queria saber o que era dito sobre mim, e o que as pessoas realmente pensavam de mim. Não acho que essa ideia seja tão estranha.

Dava olhou para cada um dos adultos na sala, a maioria parecendo confusa e levemente enjoada, como se eles tivessem acabado de sair de uma montanha-russa depois da décima volta.

— Um dia, quando tiverem minha idade ou forem mais velhos, talvez vocês entendam por que escolhi fazer isto.

Dava fez uma pausa de alguns instantes para dar um efeito dramático à sua fala. Ela queria que suas próximas palavras fossem absorvidas cuidadosamente por sua família, e queria ajudá-los a simpatizar com as ações dela.

— Estou escolhendo não desaparecer como uma sombra de mim mesma, mas como alguém ainda no controle de suas faculdades mentais. Eu não…

— E quanto às nossas escolhas? — Arvie interrompeu. Dava ignorou sua pergunta e continuou. Pela primeira vez naquele dia, as condições de nevasca tinham se acalmado, e havia feixes estreitos de luz do sol cascateando através das janelas, lançando sombras elegantes pela sala. O fim da manhã estava se transformando em tarde. O tempo estava passando. Desde seu diagnóstico, Dava tinha ficado consciente demais de como as horas e os minutos se esvaíam rapidamente.

— Nesse meio-tempo, há muitas coisas que precisamos fazer, e fazer com rapidez. Então, sim, proibi vocês de trazer aparelhos por esse motivo. Sei que estou pedindo muito colocando todos vocês, e meus preciosos netos, em uma posição em que têm de ser falsos quanto ao que está acontecendo aqui.

— Cinco — Rev disse.

— Cinco o quê? — Sita perguntou, zonza, como se tivesse sido acordada de um sono profundo.

Rev e Sandi trocaram olhares, então ela assentiu discretamente para ele.

— Estamos grávidos — ele disse, sorrindo timidamente. — Sei que não é o melhor momento para anunciar isto, e queríamos esperar até Sandi ter passado em segurança pelo primeiro trimestre, mas… é isso.

Uma rodada alta, porém vazia, de parabéns ecoou pela sala, com Kali correndo para abraçar Rev e Sandi, seguida por seus irmãos mais velhos e cunhados. Dava os observou impassivelmente, então abriu um sorriso rígido na direção de seu filho mais novo e da noiva dele. Então esse era o motivo do noivado apressado após apenas alguns meses de namoro. Em seguida, uma onda de tristeza a envolveu. Ela nunca conheceria o filho de Rev, seu novo neto Shastri.

— Desculpe interromper, Amma — Rev disse, assim que terminaram de dar parabéns. — Eu só queria que você tivesse todos os fatos.

— Meu amor para vocês dois — ela disse, dessa vez convocando carinho genuíno em sua voz. Ela esticou os braços e ambos lhe deram abraços rápidos e bizarros. — Estou muito feliz por terem me contado. Sua novidade, na verdade, me leva a explicar alguns arranjos que fiz. — Ela respirou fundo de novo. — Acho que preciso de uma bebida. Alguém mais precisa de uma bebida? — Ela quis fazer uma brincadeira, mas, quando viu Colin andando na direção do bar, acenou para ele voltar. — Não temos muito tempo. Deixem eu falar rapidamente.

Dava explicou que havia mudado seu testamento de forma significativa. Inicialmente, quando estudou o rascunho, ela não atribuiu nenhuma herança financeira aos filhos e netos, devido ao fato de que seus filhos já estavam assegurados na forma de dez milhões de fundos que ela e Arvid tinham criado para eles. Os fundos foram projetados para que um terço da quantia fosse acessível no aniversário de trinta anos deles, o resto permaneceria bloqueado, com as crianças recebendo cheques mensais derivados dos juros. (Até então, todo mundo, com exceção de Sita, tinha retirado a quantia de 3,3 milhões de dólares dentro das quarenta e oito horas pós-aniversário de trinta anos.)

Além da renda do fundo, os Shastri-Persson tinham a oportunidade de ganhar dinheiro adicional dos "bônus familiares", uma ideia que Dava teve após a morte de seu marido: ela dava 100 mil dólares para aqueles que mantivessem Shastri como parte do sobrenome depois do casamento e 500 mil para qualquer um que lhe desse um neto, contanto que ele ou ela também tivesse o sobrenome Shastri. Dava também havia criado fundos para seus netos, que tinham exatamente os mesmos termos dos criados para seus filhos.

Em seu testamento revisado, ela havia instruído seu advogado a premiar todo mundo da família com o que ela disse a eles ter sido uma quantia bem significativa.

— E estou falando de cada um de vocês — Dava enfatizou —, não apenas dos meus filhos. — Ela destacou que, apesar de os fundos ficarem disponíveis imediatamente para os adultos após a morte dela, o dinheiro seria adicionado aos fundos existentes dos netos.

— Isto não está certo — Arvie apontou. — Você está comprando nosso silêncio... o silêncio dos meus filhos.

— Estou, simplesmente, compensando cada um de vocês por tê-los colocado nessa posição. Mas, em troca, estão absolutamente proibidos de falar sobre as circunstâncias da minha morte.

— Meu Deus! — Arvie estava gritando agora. — Seu advogado corrupto vai arrancar nossa herança se dissermos uma palavra sobre esta farsa?

— Estão proibidos — Dava repetiu, olhando ameaçadoramente para ele —, porque fazer isso enfraqueceria a família e a fundação. — Ela se virou para olhar para cada um dos filhos. — Estou confiante de que todos vocês farão a coisa certa. Porque, se isso vazar, acabaria com o legado que trabalhei tanto para construir para todos nós, e você e seus próprios familiares teriam que viver com as consequências.

Ela respirou fundo de novo; estava se sentindo fatigada e faminta.

— Vejam — ela se apressou —, o mundo exterior está aguardando uma declaração e, sinceramente, tive sorte com essa tempestade, o que dá cobertura digna de confiança para a falta de resposta imediata.

— E a necessidade de começar as preparações do funeral — Kali destacou. — Digo, se você realmente estivesse, você sabe, teríamos que começar a pensar em transportar seu... — Ela parou de falar quando compreendeu a obsessão anterior de sua mãe em relação ao clima. — Enfim, isso também.

— Certo, isso também. — Originalmente, Dava tinha planejado ficar viva apenas por umas vinte e quatro horas após sua morte ser anunciada. Mas, assim que soube da tempestade Imogen, ficou empolgada porque significava que poderia viver mais um dia, o que lhe dava uma chance de ler ainda mais da cobertura de seu falecimento.

— Certo, crianças, o que decidi foi o seguinte: Sita, estou concedendo apenas a você acesso a celular e e-mail.

— Quer dizer que posso acessar meu cofre? — Sita perguntou, pela primeira vez soando como ela mesma.

Sua mãe balançou a cabeça.

— Tenho um aparelho especial preparado para você para que possa monitorar todo o negócio relacionado à fundação e agir como a porta-voz da família. — Quando viu a filha abrindo a boca para responder, Dava complementou: — Não precisa mentir nem falar da minha doença. Apenas faça uma declaração; pode ser tão vaga quanto quiser. Apague qualquer fogo imediato, e o resto pode esperar até depois que esse fim de semana terminar.

Sita assentiu e parecia já estar fazendo uma lista mental de afazeres. Dava conteve um sorriso. Sita era uma abelha trabalhadora aplicada, independentemente das circunstâncias.

— Quanto a vocês outros, me desculpem, mas gostaria de manter isto o mais contido possível, então vou manter o acesso de vocês negado por enquanto. — Quando começaram as reclamações e as perguntas, Dava os silenciou. — Por favor, vamos só acabar com isso. Tenho tarefas para cada um de vocês.

CAPÍTULO CINCO

FORÇA DA NATUREZA

Nossa mãe era uma força da natureza, e nossa família ainda está se acostumando com a ideia de sua partida. Teremos mais a dizer nos próximos dias, porque definitivamente pretendemos comemorar a vida formidável e o legado de nossa mãe. Por favor, respeitem nossa privacidade neste momento difícil.

— Nota de Sita Shastri-Silva para a mídia em nome da família Shastri-Persson

Arvie e Kali observavam Vincent inspecionar os armários, metodicamente analisando cada tempero, molho e não perecível antes de fazer anotações em um caderno.

Do salão os irmãos tinham ido direto para o armário de bebidas a fim de servirem-se de refrigerante com vodca, então se sentaram lado a lado na ilha de mármore preto conforme Vincent contabilizava quanta comida tinham e quanto duraria no caso de a tempestade de neve continuar e ultrapassar o final de semana.

— Você é bem casado — Kali sussurrou para seu irmão.

— Sou mesmo. — Arvie sorriu apesar da sensação de enjoo no estômago. Ele tinha orgulho da diligência bem-humorada do marido, que tinha sido forjada por anos administrando o restaurante da família dele. — Vincent, faça uma pausa. Você não parou de se mexer desde que chegamos aqui.

— Mas precisamos conseguir alimentar doze pessoas por quem sabe quanto tempo, e já usamos a maior parte dos suprimentos. Pelo menos ainda temos algumas refeições prontas — Vincent argumentou, dando de ombros.

— Não acredito que ela pensou que conseguiríamos nos sustentar com pizzas congeladas. — Arvie bufou. — Ela sabia que viria uma tempestade de neve e, mesmo assim, não pensou em abastecer a despensa. Estava focada demais nos prazos dela.

— Tudo que sai da sua boca tem que ter tanta raiva? — Kali comentou, enrugando o nariz. — Estamos lidando com muita coisa, e sua negatividade não está ajudando.

— Minhas filhas foram envolvidas nessa maluquice, então posso ficar tão bravo quanto eu quiser.

— Ou são catorze pessoas? — Vincent perguntou, ignorando a briga deles. — Não consigo me lembrar se vamos alimentar a médica e a esposa dela também. O que sua mãe falou? Vocês se lembram?

— Ela não falou nada — Arvie resmungou. — Porque, mesmo quando ela está morrendo, não consegue parar de nos tratar como herdeiros de seu trono.

— Não exagere — disse Kali.

— Estou falando sério. Ela age como se o nome Shastri fosse um direito de nascença sagrado que a permite ditar nossas vidas, só porque ela teve sorte e ganhou um monte de dinheiro. — Ele pulou do balcão. — Vou acabar com o Glenlivet desta vez. Vinte e cinco anos. Alguém quer?

Tanto Kali quanto Vincent ergueram as mãos. Arvie serviu uísque em três copos com dois cubos de gelo, então adicionou muito mais para si antes de entregar a dose dos outros.

Desde a primeira noite na ilha, quando a mãe o tinha repreendido no jantar por ousar criticar sua casa de veraneio fora de moda, Arvie começou a se permitir mais "doses" de bebida do que o normal. O que o deixou bravo não foi apenas que ela o tinha repreendido diante de todo mundo, mas que ela havia invocado seu nome de nascimento: Arvind. O nome era para ser uma síntese de seus pais — um tributo para o pai dele, Arvid, enquanto também era uma reflexão da herança indiana de sua mãe —, mas todo mundo, incluindo seu falecido pai, referia-se a ele como Arvie. Somente Dava sempre o chamava de Arvind. E, quando ela o chamou de Arvind no jantar naquela noite, ela falou como se estivesse usando aspas, como se ele não fosse merecedor daquele nome.

Arvie deu um gole no seu Glenlivet e observou sua irmã cheirar o dela e depois colocá-lo de lado. Seu primeiro instinto foi torcer para que ela não desperdiçasse o excelente uísque. Mas, quando ele a viu secar as lágrimas e as bochechas dela se encherem de manchas de máscara para cílios, ele pegou leve.

— Como está indo, mana? — Arvie perguntou, juntando-se de novo a ela no balcão, seus pés calçados com meias cinzas inadvertidamente batendo nos dela, calçados de arco-íris.

Os olhos de Kali se arregalaram.

— Você está me perguntando sobre… mim?

— Não pode ser tão difícil de acreditar. — Arvie tentou não se sentir ofendido pela reação surpresa dela e lhe deu um sorriso acolhedor. Ela desviou o olhar, traçando a mancha apagada de café em sua camisa.

— Bom… estou me sentindo bem sozinha.

Vincent se virou da geladeira, onde ele estivera inspecionando os produtos, para envolvê-la em um abraço. Arvie, da parte dele, deu um tapinha esquisito nas costas dela.

— É como ser abraçada por um lenhador. — Kali deu risada quando Vincent retornou para a geladeira. — Ele até cheira a pinheiros. — Ela se virou para o irmão e ergueu seu copo. Eles brindaram, deram um gole na bebida e ela continuou:

— O que acabamos de passar lá dentro com Amma foi muito intenso. Pensei que nunca ficaria mais devastada do que quando soubemos que o câncer do papai tinha voltado. — Vincent se aproximou de novo e tirou um lenço do bolso da sua camisa. Kali agradeceu e secou os olhos. — E agora, aqui estamos de novo, mas tudo está acontecendo depressa. Não vamos perdê-la em alguns meses; vamos perdê-la em um ou dois dias. Saber que está chegando... e que ela planejou... é estranho. E isso nem inclui a bizarrice de ela fingir para o mundo que está morta.

Arvie bufou.

— Como sempre, ela só se importa com...

— Concordo que ela não pensou direito nisso — Kali interrompeu. — E ela nos colocou em uma posição estranha. — Ele assentiu e deslizou um cubo de gelo para dentro da boca, como se sugá-lo amenizasse sua raiva. Kali dobrou as pernas contra o peito e as abraçou. — Esse foi o momento mais irreal da minha vida. E, enquanto Amma foi nos contando tudo, fiquei vendo você com V e as meninas, e Sita com a família dela, e Rev tem, aff, Sandi... — Sua voz vacilou, e ela abraçou mais as pernas. — Dá para acreditar que eles terão um bebê? Como ele só me contou agora? — Ela tamborilou os dedos nos lábios, como se tivesse falado demais. — Enfim, eu não tinha ninguém ao meu lado.

Arvie tinha certeza de que Vincent teria dado um segundo abraço em Kali se ele não estivesse fora de alcance na despensa grande. Então Arvie colocou o braço em volta dos ombros estreitos dela, algo que ele não fazia desde que eram crianças. Ele não estava acostumado a ser tátil com os irmãos nem a estar em momentos de desabafo sentimental.

Mas Sandi rompendo o laço meio gemelar de Rev e Kali era quase tão impensável quanto as travessuras recentes da mãe dele. Ele não conseguia deixar de sentir um prazer amargo naquela desavença.

— Agora que sabemos dos planos de Amma — Kali continuou, seca —, acho que foi por isso que ela não me deixou trazer Mattius e Lucy.

— Você ainda está, hum, com eles?

— Sim, Arvie. — Ela mudou seu peso para que o braço dele caísse de seus ombros. — Estamos juntos há mais tempo do que Rev e Sandi. Mais de um ano. Eles são a *minha* família.

Arvie revirou os olhos só para si. O histórico de namoro de Kali era como as obras de arte dela: colorido e desconcertante. Ele ainda não conhecia o casal de artistas com quem ela morava por meio período em uma cabana de madeira em Poughkeepsie com o filho pequeno deles, Jicama, e esperava que nunca conhecesse.

— Eles deveriam estar aqui — Kali disse, batendo seu copo no balcão de mármore. — Amma acabou de lançar um torpedo emocional na gente e eu tive que sofrer esse ataque todo sozinha. Ela nem pensou que eu poderia precisar do apoio deles. — Ela estava chorando de novo, desta vez secando lágrimas com um punho cerrado. Arvie simpatizava com a irmã, porém não poderia imaginar estar preso na Ilha Beatrix com Mattius e Lucy, e ele estava grato que sua mãe tinha tomado pelo menos uma boa decisão em relação a esse fim de semana maluco.

— Bem-vinda ao Clube da Raiva. — Arvie deu risada. — Estamos precisando de uma tesoureira. — Kali lhe deu um sorriso triste, e eles brindaram os copos de novo antes de beber o restante do uísque.

Quando Vincent retornou da despensa, os dois Shastri-Persson estavam perdidos em seus próprios pensamentos, porém conectados por um humor azedo que pairava sobre eles como uma nuvem carregada.

. . .

Sandi pulou da poltrona quando a prateleira de livros se abriu e Rev entrou no refúgio tirando o pó de sua jaqueta. Dava tinha pedido a ele para verificar a doutora e a sra. Windsor na casa de hóspedes. Elas tinham chegado um dia antes do clã Shastri-Persson e estavam escondidas no chalé no extremo norte da ilha. A casa de hóspede e a casa principal eram conectadas por um túnel subterrâneo com uma entrada escondida atrás de uma das prateleiras de livros do refúgio.

— Não consigo acreditar que Amma ficou indo e voltando para vê-las sem nos contar — ele disse, estremecendo, conforme a abraçava. — Não é uma caminhada longa, mas é bem frio lá embaixo.

Rev se jogou no sofá, e Sandi se aconchegou firmemente ao lado dele.

— Você está bem? — Ele entrelaçou os dedos nos dela. — Precisa comer alguma coisa? Ou...

— Estou bem. Feliz que você voltou. Não sabia quanto tempo ficaria fora.

— Onde está Kal? — Rev tirou os sapatos, depois colocou as pernas de Sandi no colo dele e massageou os pés dela.

— Ainda na cozinha com Arvie e Victor.

— Vincent — ele corrigiu. — Você poderia ter ficado com eles em vez de esperar sozinha.

Sandi balançou a cabeça, contendo suas lágrimas.

— Você está de volta, e finalmente temos tempo para nós. Porque... uau, não sei quanto a você, mas eu ainda estou em choque.

Rev assentiu e pressionou os dedos no arco do pé esquerdo dela. Um tempo depois, ela tirou o pé do colo dele e se reposicionou para descansar a cabeça nele. Ele pegou a mão dela, e os dois ficaram sentados em silêncio por um instante, cada um com o próprio pensamento.

Localizado no porão, o refúgio era o único cômodo que parecia pertencer à casa de uma pessoa normal e marcava a maior divergência do chalé suíço em que a mansão foi baseada. O cômodo continha móveis da primeira casa dos Shastri-Persson, onde Dava e Arvid começaram a criar seus filhos, incluindo um sofá azul-royal achatado por anos de uso e uma mesa de centro de madeira com uma rachadura grande no meio. Três das quatro paredes eram repletas de prateleiras com livros e discos de vinil, e a quarta era ocupada por um piano de armário.

Rev contou a ela que visitava o refúgio com frequência quando ia à Ilha Beatrix. Seus pais tinham vendido a casa antiga e evoluído para uma cobertura de três andares quando ele nasceu, e a mobília havia ficado definhando em um depósito até Dava descarregá-la ali. Ficar no refúgio era como viajar no tempo para uma época da qual ele ouvia muito falar — o breve período em que sua mãe havia enriquecido da noite para o dia após vender a Medici Artists, mas ainda não era uma bilionária —, uma época em que seus pais dançavam música lenta na cozinha e dobravam roupas limpas juntos enquanto assistiam à televisão.

— Quantos anos você tinha? — Sandi perguntou, apontando para uma fotografia em um porta-retratos prateado em cima do piano. — Você parece muito mais novo do que seu irmão e suas irmãs. Tem bochechas gordinhas, e eles são como adolescentes.

— Acho que eu tinha seis anos.

— Você era muito fofo! — Sandi elogiou. — Digo, você estava definitivamente destinado a ser um modelo

— Se você diz... — Rev riu, embora parecesse realmente feliz pelas palavras dela.

Os dois haviam se conhecido nove meses antes, quando Sandi foi a corretora de imóveis de Rev. Ela o havia ajudado a fechar um apartamento de um quarto no arranha-céu mais desejado do Brooklyn, adquirido uma semana depois do aniversário de trinta anos dele com os fundos disponíveis da herança. Quando saíram para beber após fechar contrato, Rev confessou, com algum charme, que, quando ele listou "modelo" como profissão em seu cadastro, estava se referindo a um período pós-universidade.

"Eu estava trabalhando como modelo e manequim para designers italianos não tão famosos... e agora o trabalho da minha vida é apagar a prova da internet", ele tinha dito.

Sandi, a quatro créditos de um diploma de graduação, tendo pagado três quartos de seus empréstimos estudantis e recebido um total de cinquenta cartas de rejeição de revistas literárias, tentou não se apaixonar por Rev após perceber que ele era um herdeiro desempregado que também era cinco anos mais novo do que ela. Então, ele a convidou para mais um drinque e, quatro meses depois, o apartamento dele se tornou o dela também. E agora eles estavam noivos, e ela estava grávida. A Sandi de nove meses atrás dificilmente poderia ter imaginado como sua vida poderia mudar maravilhosamente em tão pouco tempo.

— Quantos anos todos vocês tinham na época?

— Arvie tinha dezesseis anos; Sita catorze, acho, e Kali... onze ou doze.

— Eu sabia que eles eram mais velhos do que você, mas não tão mais velhos.

— Parece uma distância maior quando se tem seis anos — Rev comentou. E acrescentou, melancólico: — Meu pai faleceu alguns meses depois de essa foto ter sido tirada. — Ele fez uma pausa. — Agora estou pensando, provavelmente tiramos essa foto porque Amma e papai sabiam que poderia ser nossa última.

— Ah, amor. — Sandi se esticou e colocou gentilmente a mão na bochecha fria dele. Ele sorriu para ela, porém seus olhos estavam tristes.

— Estou bem, de verdade — ele disse. — Depois de todo o meu choro mais cedo, estou me sentindo entorpecido. Mas, tipo, entorpecimento que me deixa febril e confuso. As Windsor me deram um café irlandês, bem irlandês mesmo.

Rev explicou que o motivo de ele ter demorado tanto foi o tempo gasto questionando exaustivamente a médica quanto à condição de sua mãe, além de como o processo de suicídio assistido funcionava. Ele também ficou sabendo que ela estava tomando remédios para administrar seus sintomas, e que era por isso que ela ainda parecia a mesma, exceto mais cansada e arredia.

Quanto ao plano de fim de vida de sua mãe, Rev não entrou em detalhes:

— Basicamente, a médica disse que Amma vai sentir como se estivesse pegando no sono. — No entanto, ele saiu do chalé sentindo que sua mãe estava em mãos competentes. E a dra. Windsor pareceu ter um pressentimento de que a mãe dele já havia se declarado morta.

— Uau. Ela falou isso na lata?

— Não, mas ela parece simplesmente não se alterar em nada com tudo isso. — Rev pressionou com firmeza a mão no encosto de veludo do sofá, então a soltou e olhou sua marca no estofado. Esse movimento fez Sandi se lembrar de ele mencionar que seus irmãos mais velhos costumavam fazer essa brincadeira quando eram crianças. — Fico pensando no que Amma vai dar a ela em troca de seus... serviços. Uma ala de hospital? Ou um hospital inteiro?

Enquanto Rev continuava especulando sobre o que a mãe havia prometido à médica, Sandi fixou seu olhar em um porta-retratos enorme da família pendurado acima do piano na parede oposta a eles.

A foto foi tirada em uma rocha inclinada a leste da ilha, proporcionando uma vista ilimitada do oceano. A família inteira estava com camisas brancas de botão e fora posicionada de forma que os quatro homens ficassem de pé no topo da rocha, seguidos pelas três mulheres Shastri com Dava no meio, e então as quatro crianças compondo a última fileira. As crianças chamaram a atenção de Sandi primeiro, já que os gêmeos estavam fazendo careta, enquanto Klara e Priya posavam como se estivessem tirando fotos no tapete vermelho.

Ao ver Sita e Kali paradas ao lado de sua mãe, Sandi ficou surpresa pelo quanto elas eram mais parecidas umas com as outras na foto se comparadas à vida real, com suas sobrancelhas elegantemente arqueadas e cabelos ondulados à altura do ombro. Dava era mais baixa do que suas filhas, mas Sita tinha o formato curvilíneo e o corpo ampulheta da mãe, enquanto Kali era mais esguia e mais alta do que ambas.

Desde que aquela foto foi tirada, as três haviam mudado o estilo do cabelo: o de Sita estava comprido e liso, o de Kali estava ainda mais comprido e sempre trançado, enquanto Dava usava o dela um pouco mais curto e mais chique.

Acima delas, Vincent e Arvie pareciam quase gêmeos por causa de suas carecas e de seus cavanhaques castanho-claros, e a altura de Vincent era o jeito mais rápido de diferenciar os dois. Rev era de longe o mais bonito com sua mandíbula quadrada e maçãs do rosto elegantemente destacadas, embora Colin, pequeno comparado aos outros homens, também fosse bonito de uma forma levemente exótica.

— No que está pensando? — ele perguntou carinhosamente.

Sandi saiu de seu devaneio, e seu rosto ficou corado.

— Colin é descendente… do quê?

— Ele é meio brasileiro e meio japonês.

— E Vict...Vincent é sueco, como seu pai.

— Isso mesmo. Por quê?

Lentamente, Sandi se sentou ereta e se aproximou mais dele no sofá, colocando suas pernas debaixo dela, evitando o olhar dele conforme prendia o cabelo comprido e castanho em um rabo de cavalo.

— Está tudo bem... pode me perguntar — Rev murmurou, pegando a mão dela de novo.

Ela assentiu na direção da foto.

— Aquela foto foi tirada recentemente?

— Sim, Amma quis tirar da última vez que estivemos todos aqui. Acho que faz dois anos.

— Estava só pensando... Estou olhando para os filhos de Sita e as filhas de Arvie... Eles se parecem. Digo, tipo, a cor da pele. — Ela corou ainda mais. — Tipo, não consigo dizer que os gêmeos têm alguma descendência japonesa. E as meninas não parecem muito indianas, principalmente Klara. Acho que se parecem mais comigo. — Sandi olhou Rev de forma preocupada. — Estou soando muito branca, não estou?

Ele deu risada.

— Entendo aonde quer chegar. É, todos parecem bastante morenos.

— Morenos?

— Em anúncios matrimoniais, quando os indianos querem descrever sua cor da pele, mas não querem admitir que é escura, eles se chamam de "morenos". É como a cor da pele que é aceitável entre branca e negra. Nós estamos no meio. — Os dois se ergueram, percebendo-se famintos conforme o cheiro de alho e cebolas fritos flutuava para baixo da cozinha. — Vincent está fazendo a mágica dele... ainda bem.

O estômago de Sandi roncou, e ela esfregou a barriga.

— Eu e o bebê agradecemos muito. Espero que não seja mais pizza. — Quando ela viu seu noivo olhar para ela de forma esperançosa, finalmente cedeu e soltou seus pensamentos potencialmente politicamente incorretos.

— Só estava tentando descobrir como nosso bebê se parecerá... só isso — Sandi disse, com cuidado. — Estive tentando imaginar nosso bebê baseado em nossas sobrinhas e nossos sobrinhos, mas isso só está me deixando mais confusa.

Rev soltou uma grande gargalhada e abriu o zíper de sua jaqueta e a jogou no chão. Ele puxou Sandi para perto, e ela se aninhou no peito dele, confortada pela flanela macia em sua face. Então, ele lhe deu o resumo completo no que chamava de sua "família arco-íris, pesando bastante no bege". Explicou que Klara, a de quinze anos de seu irmão, era filha de Vincent com uma doadora de óvulo, e Priya, a de treze anos, era de Arvie com a mesma doadora de óvulo. Então Klara era totalmente escandinava, enquanto sua irmã mais nova era um quarto indiana. Os meninos, Theo e Enzo, eram um quarto indianos, um quarto suecos, um quarto japoneses e um quarto brasileiros.

— Eles são coisas tão diferentes que não se parecem com nada em particular. — Então, Rev complementou, rindo: — E Sita me mataria se me ouvisse dizer isso.

— Acho que isso significa que nosso bebê será assim. — Sandi achou engraçado. — Minha mãe é irlandesa e meu pai, alemão, mas gosta de dizer que é um quarto Cherokee. Significa que o bebê Shastri-Persson-Berger será...

— Incrivelmente amado e bem-cuidado — Rev disse. — Não se apegue muito na coisa de cor, Sandi. Só espero que o bebê tenha seu sorriso e seu cérebro.

Ela se sentou para olhar para ele.

— Mas e quanto a... — Sandi hesitou em fazer a pergunta que martelava nela desde que Dava fizera seu anúncio no salão.

— Quanto a quê?

Sandi falou tudo de uma vez antes de perder a coragem.

— Quando sua mãe estava falando do testamento e de como já tinha planejado fundos para os netos, agora que sabe de nós, será que vai planejar um fundo para nosso bebê, embora tecnicamente não possa pois já está morta?

— Huh — Rev disse, coçando a cabeça. — Bem, tem simplesmente muita coisa acontecendo, San.

— Eu sei. — Sandi alisou sua barriga inexistente. — Mas, depois que contamos a ela que estávamos grávidos, pareceu que ela ia falar algo, mas não falou.

Em uma de suas entrevistas mais recentes, Dava tinha se chamado de pragmática quando se tratava de sua relação com a riqueza: "Para mim, é uma responsabilidade e uma promessa. Uma responsabilidade de ir embora melhor deste mundo e uma promessa de que gerações de Shastri sempre serão bem-cuidadas, para que possam se concentrar em ajudar outros menos afortunados".

Quando Sandi leu isso enquanto estava no trem para East Hampton, começou a entender plenamente o que significaria para seu bebê fazer parte dessa família. O bebê Shastri-Persson-Berger nunca passaria aperto para pagar aluguel nem se preocuparia em pagar faculdade, poupado das piores ansiedades e afrontas da sociedade por uma vida inteira. Mas, agora, com o anúncio de Dava jogando tudo no caos, Sandi precisava de uma garantia de que o bebê dela e de Rev realmente seria tratado como membro das próximas gerações dos Shastri.

— Imagino que sua mãe iria querer se certificar de que seu novo neto fosse bem-cuidado do mesmo jeito que os filhos de Sita e Arvie são. — Sandi se aninhou mais no peito de Rev, e sentiu o corpo dele tenso debaixo dela. — Sei que não será fácil. Mas acho que deveria conversar com ela.

Rev mordeu a unha de seu polegar, e Sandi sabia que ele estava nervoso. Em certo momento, ele deu tapinhas na mão dela e prometeu que tentaria falar com Dava.

Os dois ficaram sentados em silêncio até que ouviram Kali chamando o nome deles, dizendo que o almoço estava pronto. Conforme se levantaram para sair do refúgio, Sandi parou diante da foto do piano.

— Fico pensando se ela se sente sozinha.

— Quem?

— Sua mãe — ela respondeu, com tristeza. — Ela é a única que tem pele escura. Seu pai e vocês são muito mais brancos do que ela. Eu… eu fico pensando em como isso a faz se sentir.

Sandi saiu do refúgio sem esperar a resposta dele, deixando Rev encarando o porta-retratos por mais alguns instantes. Ela esperou no primeiro degrau até ele pegar a jaqueta e a seguir para o andar de cima.

. . .

Sita não conseguia ficar sentada. Ela andava de um lado a outro pela extensão da biblioteca, desenhando um hexágono conforme seguia o perímetro do cômodo, então ziguezagueando da poltrona de couro para o globo no canto e de volta à escrivaninha de mogno. Então, finalmente, parou em frente à janela enorme, contemplando as condições de branqueamento que tinham transformado a vista em um vazio de nada. Sita se abraçou mais forte com sua blusa e estremeceu.

Atrás dela, a porta se abriu e ela se virou para ver Colin carregando uma bandeja com uma tigela de chili, um copo de água e uma taça de vinho. Mesmo com seu mundo virado de cabeça para baixo, ela não pôde deixar de sentir orgulho de que aquele homem impossivelmente lindo com cabelo grisalho, olhos cor de mel e ombros musculosos fosse marido dela. Com tudo isso acontecendo, ela tinha o apoio dele.

— Eu falei que desceria em um minuto — ela disse, com um sorriso.

— Isso foi há quarenta minutos — Colin apontou, colocando a bandeja na escrivaninha. — Se eu não trouxesse isto para você agora, não sobraria mais nada. Os meninos comeram três. — Ele ainda informou que Vincent havia feito seu máximo para fazer o chili seguindo as diretrizes da dieta de Sita.

— Ele é o melhor — Sita elogiou, sentando-se à escrivaninha. — E você também. Obrigada, querido. — Ela deu um gole grande no vinho antes de mergulhar vorazmente no chili. — Como estão os meninos? O que estão fazendo?

— Ele estão, hum, lendo — ele respondeu. — Com Klara e Priya. Estão bem agora.

— E Amma? E todo o resto?

— Eles estão conduzindo uma investigação minuciosa no bar. Acho que sua mãe está tirando uma soneca. Ela não terá nenhum uísque sobrando no fim da noite.

— Então eles estão só se embebedando.

— Exceto Sandi. — Colin se aproximou e lhe deu um beijo na cabeça, depois se sentou na cadeira oposta à dela.

— Sandi — Sita murmurou, mexendo o chili com a colher. — Ah, sim, ela está grávida. Essa é uma tempestade de merda esperando para arriar. Mas me deixe lidar com o furacão de merda primeiro.

— Sita, você não precisa lidar com tudo isso sozinha — Colin lembrou. — Pode pedir para outros te ajudarem.

— Está se referindo à brigada bebum no salão? Ou à minha mãe, que provavelmente está lendo seus obituários na cama com uma taça de champagne?

— Falando em obit… — Colin começou.

— Sabe por que não consegui descer? — Sita se ouviu falar estridente, quase histérica. — O que está fazendo minha mente quicar? — Ela se recostou na cadeira, segurando sua taça de vinho. — "Era".

— Era? Era o quê?

— Quero dizer a palavra "era". Naquela declaração que publiquei, eu escrevi "Nossa mãe *era* uma força da natureza". Tive que mentir.

Colin começou a se levantar, mas Sita o fez parar.

— Vasculhei meu cérebro tentando encontrar um jeito de publicar uma declaração sem usar o verbo no passado, mas foi impossível. E agora me sinto uma mentirosa. E você sabe que odeio mentir.

— Sei, amor, eu sei. — Ele se esticou para pegar o copo de água e bebeu a maior parte em um gole barulhento.

— Amma orquestra essa mentira enorme sem nos contar, depois a joga em nosso colo... no meu colo, na verdade. Ela não pensou mesmo em como isso afetaria a todos nós.

— Você está parecendo seu irmão — Colin observou, chutando suas pernas para cima e pendurando os pés com mocassim marinho na escrivaninha.

— Morda a língua, amor. — Sita deu risada, apesar de tudo. — E a questão é que pareço mesmo, em certo nível. Digo, pelo menos mais do que os outros pareceriam. Mas queria que ela tivesse no mínimo me contado antes, porque aí eu poderia ter tentado criar uma estratégia de como seguir em frente: como lidar com doadores, membros do conselho, a imprensa. — Ela pegou seu caderninho e mostrou a ele sua lista de afazeres com 57 itens e apenas três ticados como completos. — No momento, estou apenas paralisada.

Colin assentiu de forma solidária.

— Você conseguiu entrar em contato com Emilia e Linh?

— Sim, ainda bem. Elas têm sido ótimas até agora. Disse a elas que todos os nossos serviços estão intermitentes, o que é meio que verdade, pelo menos, e que seria difícil, para mim, entrar em contato até que a tempestade diminua. Elas só disseram para eu me cuidar, e que vão lidar com qualquer questão da fundação e pedidos da imprensa nos próximos dias. Emilia está de férias no Cabo e Linh está recebendo quinze pessoas na casa dela! Ainda assim, as duas se colocaram à disposição e estão me apoiando. Diferente de meus irmãos. E eu deveria ter percebido que tinha alguma coisa errada com ela — Sita continuou. — Digo, ela parecia cansada durante as reuniões e mais facilmente distraída do que o normal. Mas eu sou a única que a visita regularmente e, mesmo assim, não fazia ideia.

Quando Colin a consolou dizendo que ela não poderia se permitir ser atropelada pela culpa, ela disse com tristeza:

— Não consigo me desligar como se apertasse um interruptor. Principalmente quando se trata de Amma. — Ela conteve lágrimas. — Ela está morrendo, prestes a falecer… e não sinto que tenho tempo para lamentar. Ou me embebedar. — Ela passou a taça de vinho para o marido. — Simplesmente tenho que lidar com tudo. Agora está tudo em cima de mim.

— Sinto muito, amor. — Ele se esticou e apertou a mão dela, depois deu um gole no vinho e se virou novamente. — Não consigo imaginar pelo que você está passando. Saber que vai perder sua mãe em breve, e nestas circunstâncias, e ter que pensar na fundação além de tudo… — Então ele inclinou a cabeça, como se tivesse pensado em uma ideia nova. — Mas, talvez, com o tempo, você também ache isso libertador.

— Como assim?

— Você não falou que, às vezes, quando toma decisões, pedindo a aprovação de sua mãe, é como tê-la verificando sua lição de casa? — Sita deu de ombros, depois assentiu. — Bem, daqui para frente, você estará no comando. Cem por cento. — Ele abriu um sorriso grande para ela, exibindo seus dentes perfeitamente brancos. — Um pouco do lado "Silva", se é que me entende.

— Que trocadilho ruim, sr. Shastri-Silva. — Sita deu risada.

— Pois é, obrigado, sra. Shastri-Silva — Colin respondeu, com uma entonação cavalheiresca.

— Obrigada por enxergar o lado Silva — ela disse. Esperou um segundo e deu outra colherada em seu chili. — Isto está maravilhoso.

Colin a encorajou a terminar antes que esfriasse, e ela o fez, sentindo um pouco do estresse se derreter a cada colherada. Eles falaram sobre transformar o leilão de primavera da fundação em um tributo à mãe dela, o que significaria convidar alguns dos colegas e amigos famosos de Dava para falar no evento. Então a conversa mudou para se deveriam ou não adiar a viagem para Índia e Nepal planejada para fevereiro. Para Sita, era mais fácil se concentrar em tarefas relacionadas a trabalho no futuro, em vez de as mil e uma coisas precisando de sua atenção imediata.

Conforme a tarde se estendia em noite, sombras ficavam maiores e mais longas pelo cômodo. Sita acendeu a luz, depois atravessou o cômodo e se sentou no colo do marido.

— Vai ficar tudo bem, certo? — ela perguntou a ele.

— Vai, sim, amor. — Ele deu-lhe um beijo na bochecha. — Vamos só lidar com uma coisa de cada vez. — Ele lançou um olhar nervoso a ela. — Então, sua mãe deu uma tarefa apenas para Enzo. Não sei como você vai se sentir quanto a isso.

. . .

Enzo ficou perplexo. Será que deveria mostrar à sua avó o que ele encontrou? Ele olhou para Theo, folheando um gibi do Batman que eles desenterraram das prateleiras do refúgio. O irmão dele não ajudaria em nada. Então, ele se virou e viu suas primas, esparramadas na cama atrás dele, sussurrando uma para a outra em sueco.

Após o almoço, os gêmeos tinham subido para o quarto de hóspedes que estavam compartilhando com os pais, quando Priya e Klara entraram e declararam que precisavam de uma pausa de "todo drama de nossos pais".

Não muito tempo depois, Dava tinha acenado para Enzo ir ao corredor a fim de lhe dar um tablet que fora especialmente entregue junto com um pedido: manter uma lista atualizada contendo artigos, reportagens e mensagens das redes sociais relacionados ao "falecimento" dela, os quais ela revisaria logo após sua soneca.

— Eu mesma faria — ela disse a Enzo, falando rapidamente enquanto ouviam passos subindo as escadas —, mas não estou me sentindo muito bem. Você é tão esperto que acho que consegue fazer isto, sim? — Enzo só conseguiu assentir, indignado pela imensidão da tarefa dada a ele. — E talvez possa aprender algo sobre sua avó.

Mas o que Enzo tinha lido lhe deu o mal-estar de uma dor de estômago. Ele sabia que não era para contar a seus pais, embora eles estivessem bem do outro lado do corredor. Quando seu pai viu como eles estavam antes de levar almoço para a mãe dele na biblioteca, ele pareceu cético diante do orgulho de Enzo quanto à tarefa de sua avó. Priya e Klara eram a melhor opção, apesar de elas estarem de mau humor após suas tentativas inúteis de entrar em contato com suas amigas pelo tablet dele. ("Só dá para ler coisas? Aff!) Mas duas horas se passaram, e a avó provavelmente acordaria em breve. Então ele secou as mãos suadas na calça jeans, engoliu seu nervosismo e se aproximou de suas primas.

— Podem assistir a este vídeo? Estou tentando entender se deveria mostrar para Gamma.

Klara olhou para cima e assentiu com um bocejo exagerado.

Ela pegou o aparelho das mãos dele, que pairou acima do ombro de Klara conforme assistiam a "Dava Shastri: a secreta musa sexy de Tom Buck?". Um narrador explicava, sem pausa, a teoria de que Dava e Tom tiveram um caso, que o inspirou a escrever a música com o nome dela. O vídeo incluía fotos individuais de Tom e Dava e uma foto em grupo de Dava, Arvid, Tom e outra mulher, que segurava dois Grammys.

— Com o falecimento de Dava — o narrador concluiu —, talvez essas almas gêmeas finalmente se encontrem… no paraíso. — O vídeo terminava com um trecho da performance de Tom cantando "Dava" no Oscar.

— Uau! — Priya disse. — Esse cara é sexy pra caralho. — Ela disse a última palavra de forma desajeitada, como se testasse para ver se soava descolada saindo de sua boca.

— Gamma *detestaria* isto — Klara gritou. — Nossa, mas ele é muito gostoso. Boa, Gamma!

— O que devo fazer? — Enzo perguntou, pegando o tablet. — Ela falou que queria ver tudo que dissessem sobre ela.

— Não sei se ela iria querer ver isso. — Klara passou suas unhas compridas e azuis-brilhantes pelo cabelo loiro-escuro. — Já ouvi papai dizendo o quanto Gamma odeia essa música.

— Mas é só disso que todo mundo está falando — Enzo disse, saltitando de um pé para outro. — Todos os artigos mencionam isso. Alguns mencionam bastante.

— Acham mesmo que Gamma e esse cara, tipo, fizeram isso? — Priya perguntou, copiando sua irmã mais velha passando as unhas curtas e pinks por seus cachos castanho-claros.

— Hum, espero que sim — Klara disse, dramaticamente lambendo os lábios. — Ele é delicioso.

— E quanto ao vovô Arvid? Isso significaria que ela... — Priya parou quando viu a expressão confusa de Enzo. — Deixa pra lá.

— Do que vocês estão falando? — Theo perguntou, parando de ler seu gibi e olhando para cima. — Quem é delicioso?

As meninas trocaram olhares.

— Não mostre a ela — Klara disse a Enzo.

— Mostrar a ela o quê? — Dava perguntou.

A avó estava parada na porta, seus óculos com armação vermelha precariamente pendurados em sua cabeça e seu robe preto de seda dando-lhe a aparência de uma bruxa em dia de folga.

— Enzo vai te contar — Priya disse, esbugalhando os olhos para seu primo.

Ele engoliu em seco, depois pegou o tablet e mostrou a ela. Theo deu alguns passos à frente para ver, porém Enzo acenou para ele se afastar. As meninas trocaram olhares de novo, e Klara prendeu a respiração, um sorrisinho pinicando seus lábios.

— Tem um vídeo sobre você e um homem chamado Tom Buck. Não sabia se você queria que eu o incluísse em minha lista.

— Porra — ele ouviu sua avó sussurrar, o queixo dela caindo no peito. — Pode excluir qualquer coisa que o mencione — Dava disse a ele, cuspindo cada palavra.

Conforme ela se virou para sair, Enzo se ouviu fazendo a pergunta que estivera morrendo de vontade de fazer desde que embarcou nesse projeto.

— Ele escreveu essa música sobre você? — Ela parou de andar. — É só que... tantos artigos o mencionam. Muitos deles estão especulando que ele escreveu, então eu... eu não sei.

— Não — ela disse, de frente para a porta, porém sua voz estava tão fria quanto o gelo. — Dei a ele permissão para usar meu nome e me arrependo profundamente desde então. — Ela deu outro passo, então parou de novo. — Meus amigos ou meus colegas disseram alguma coisa?

Ele desceu desesperadamente por sua lista, porém não fazia ideia de quem eram os amigos de Gamma.

— Hum, talvez? Ainda tem muita coisa para ler. — Dava chegou à porta com os dedos trêmulos. Enzo engoliu em seco. Ele não poderia decepcioná-la. — Vou encontrar, Gamma. Só preciso de um segundo.

Ela ficou ali parada por alguns instantes, depois se virou.

— Estou meio tonta — ela disse, rouca. — Me ajudem a me sentar.

As meninas desceram da cama e a levaram para uma poltrona de encosto alto ao lado do armário. Conforme suas primas se preocupavam se deveriam avisar os pais, Enzo recebeu um novo alerta de notícias "Dava Shastri", um que tinha um pico de tráfego significativo e nenhuma menção de Tom Buck.

— Gamma? Um artigo novo sobre você acabou de ser publicado. Está chamando bastante atenção. — Com dificuldade aparente, Dava focou sua atenção em seu neto. — E — ele complementou, com um sorriso aliviado: — não menciona esse cara.

— Fala do quê?

Ele lhe mostrou a história.

— Conhece Chaitanya Rao?

Quando Enzo tinha sete anos, ele teve pesadelos por semanas após encontrar um guaxinim em sua banheira. Ele teve um vislumbre de seu reflexo ao ver o animal e se lembrou do choque e do terror nos olhos dele, parecidos com a expressão de sua avó agora conforme ela se afundou em seu assento.

CAPÍTULO SEIS

MINHA AMIGA, MINHA MENTORA

A última vez que falei com Dava foi semanas atrás. Ela estava a mesma, carinhosa e falante, mas também havia um toque de tristeza em sua voz. Senti que ela queria dizer alguma coisa para mim, porém estava se contendo. Nos mais de dez anos de convivência que tivemos, ela foi um livro aberto — histórias incríveis e beleza pura. Então, era raro quando ela se continha, e fácil de reconhecer quando o fazia.

Agora, é claro, parece óbvio que ela sabia que estava morrendo. Queria que ela tivesse me confidenciado. Talvez ela não quisesse que eu a visse em uma condição enfraquecida. Mas mesmo assim. Meu coração dói por não termos tido mais tempo juntas. Ela foi minha amiga e minha mentora… e acho que, talvez, minha mãe.

— Excerto de um post escrito por Chaitanya Rao no grupo de mensagens privadas do Clube de Leitura de Oakland, publicado no The Takeover (26 de dezembro de 2044, às 15h15)

O céu estava preto-azulado, lembrando um ferimento profundo, mesmo assim ninguém se importou de acender nenhuma luz no salão exceto pelos feixes dourados brilhando na árvore de Natal. Sita percebeu que a mesa de sinuca também estava brilhando, porém com garrafas de bebida e copos meio cheios. Assim que Arvie inclinou seu taco na tentativa de acertar uma bola oito através do copo, ela iluminou o lustre.

— Que se faça a luz! — Arvie gargalhou, apontando o taco para o teto.

Vincent estava roncando alto do lado da TV, seu corpo tão comprido que seus pés ficavam pendurados para fora do sofá. Perto dele, Kali e Rev estavam de pernas cruzadas no chão, enquanto Sandi estava longe, sentada do outro lado do cômodo na cadeira de balanço com a mão em sua barriga chapada, observando-os com uma expressão de dor. Sita balançou a cabeça com a cena e arrancou o taco da mão de seu irmão mais velho.

— Está sendo um idiota, Arvie. — Sita entregou o objeto para Colin e começou a recolher os copos da mesa de sinuca e empilhá-los no bar.

— Pode desligar o modo vaca por um segundo? Estamos tentando espairecer. — Arvie olhou para o marido querendo apoio, então se lembrou de que ele estava dormindo.

— O único aqui a espairecer como um universitário é você — Sita acusou, ainda se arrastando de um lado a outro entre a mesa de sinuca e o bar. — Podem se levantar e ajudar? — perguntou aos outros irmãos.

Kali a ignorou. Em vez de ajudar, ela sussurrou, animada, para Rev, que mal assentiu de volta, seus olhos focados no teto. A tensão que tinha se instalado entre eles no quarto de sua mãe mais cedo naquela manhã estava em andamento, assim como as tentativas desesperadas de Kali em fazer as pazes.

—Amor, onde guardo isto? — Colin perguntou, segurando o taco como se fosse uma espada.

Arvie se lançou na direção dele, porém tropeçou nos próprios pés, caindo no chão.

— Você está bem? — Colin perguntou, em pé ao lado dele.

— Ele está bem — Sita respondeu. — Não sei como Vincent aguenta isso.

— Tire o nome de meu marido da sua boca. — Arvie se levantou, trêmulo, afastando a mão estendida de Colin. — Ele está exausto depois de fazer algo que seus gêmeos pudessem comer com as milhões de restrições alimentares deles, e você não deu a mínima.

— Não fale assim com ela — Colin alertou. Ele era muitos centímetros mais baixo do que Arvie, porém ainda musculoso e em forma por seus anos como ginasta olímpico e, portanto, tinha uma presença bem mais imponente do que seu cunhado desengonçado. Arvie murmurou um pedido de desculpa, depois ficou mal-humorado, parado sozinho perto da lareira.

Sita sorriu para o marido em agradecimento e apontou onde guardar o taco. Então, ela pegou uma garrafa vazia de Johnnie Walker Black da mesa de sinuca e a colocou no bar, causando um barulho.

— O que está acontecendo? — Vincent perguntou, sonolento, erguendo a cabeça.

— Nada importante — Kali respondeu, dando tapinhas nas costas dele. — Volte a dormir.

— Pelo amor de Deus, vocês podem levantar a bunda da cadeira e ajudar? — Sita gritou para eles.

— Só deixe aí e venha se sentar com a gente — Rev respondeu. — Ainda estamos nos recuperando desse dia longo e maluco.

Com o encorajamento de Colin, Sita deixou a bagunça e se juntou a eles. Ela se sentou na parte livre de Vincent do sofá e olhou para Sandi, que parecia estar tentando se tornar invisível. Sita poderia tê-la chamado para se juntar a eles no sofá, porém decidiu que era trabalho de Rev deixá-la confortável, não dela. Após alguns minutos, Arvie também se aproximou e se empoleirou bizarramente perto dos pés do marido. Então, Enzo entrou correndo na sala, seu rosto brilhando com lágrimas.

— Amma, Amma! — ele disse, correndo para os braços de Sita. — Acho que Gamma está tendo um infarto!

. . .

Somente às duas da manhã que os irmãos Shastri-Persson conseguiram se reunir no refúgio, acompanhados de uma garrafa de tequila e do tablet de Enzo. Após o desespero dele, a dra. Windsor foi chamada para examinar sua paciente e diagnosticou o episódio como um ataque de pânico. Dava tinha jurado que foi provocado por uma compreensão repentina de sua mortalidade iminente, depois insistiu que se sentia melhor e ainda queria seguir com o tratamento de fim de vida no domingo. A médica aconselhou Dava a descansar mais e falou que voltaria pela manhã para conversar sobre os próximos passos.

Depois que a médica saiu, Dava exigiu ser deixada sozinha, então sua família permitiu. Foi só quando ela se retirou para seu quarto que seus filhos souberam o que Chaitanya havia escrito, e que tinha sido publicado por um site de fofocas. Conforme eles seguiram pelos rituais de jantar e hora de dormir, Sita puxou cada um de seus irmãos de lado e sugeriu que os quatro se encontrassem em particular depois de todo mundo ter ido dormir. Quando chegou a hora de se acomodarem no refúgio, o choque tinha praticamente passado, e a ansiedade e a exaustão haviam se instalado. Eles passaram o tablet de um para outro, lendo o artigo e analisando as fotos da mãe de Dava e Chaitanya.

— São extremamente parecidas — Kali se indignou, passando o tablet para Sita, depois pegando a garrafa para encher de novo seu copo de shot. — É quase como se essa mulher fosse clone de Avva. É um mistério.

Sita olhou para sua irmã com um misto de admiração e desdém.

— Como você ainda está bebendo?

— Prática — ela respondeu, antes de engolir o shot. Ao ver a expressão preocupada da irmã, Kali pareceu envergonhada. — Esse foi o último para mim esta noite... não se preocupe. — Ela esperou um instante. — Por que não está bebendo mais?

— Sou mãe — Sita respondeu. Mas soou mais cruel do que pretendia e resolveu contar a verdade. — Sinceramente, se eu começar a beber agora, nunca vou parar. Não sei como lidar com Amma fingindo sua morte *e* uma filha secreta.

— Suposta filha secreta — Arvie disse, bufando.

— Recebi, tipo, dezessete mensagens de Emilia e Linh perguntando como lidar com isso. Aparentemente, foi retirado das páginas de fofoca e se tornou, tipo, a principal história de entretenimento. É uma loucura. — Sita explicou que a "morte" de sua mãe levou a muitas publicações sobre celebridades reacenderem os boatos de Tom Buck, então, quando a questão da filha há muito tempo perdida emergiu durante um lento ciclo de notícias pós-Natal, a história explodiu. — Não sei o que dizer. Ainda não as respondi, deixando-as pensar que estamos sem sinal por causa da tempestade.

— Bom, podemos agradecer um pouco pela tempestade — Rev disse. Agora ele estava com o tablet e tinha ampliado a foto para que o rosto de Chaitanya e o de sua avó ocupassem a tela inteira. Ele soltou um assobio baixo. — Acho que elas nem precisam fazer um teste de DNA. É sinistro.

— Elas ou nós? — Arvie perguntou, seguido por um arroto alto. Os quatro trocaram olhares inquietos. Além da atenção indesejada a eles e à fundação, uma nova irmã significaria que uma parte da herança da mãe deles poderia ser designada a Chaitanya.

— Vamos pensar em uma coisa de cada vez — Sita aconselhou com a mesma voz que usava com os gêmeos quando eles estavam chateados por não poderem comer o bolo do aniversário do amigo por causa da alergia ao ovo. — Vamos começar com o fato de que Chaitanya nunca pareceu querer que esta história se tornasse pública. Ela postou seus pensamentos em um grupo privado, e alguém enviou para esse site.

— Na verdade, vamos começar com o fato de Amma ter feito amizade com Chaitanya sabendo quem ela era, mas nenhuma vez lhe contado que ela era sua filha — Kali disse, puxando sua blusa pink maior que o normal para cobrir seus joelhos. — Isso significa que Amma não queria que ela soubesse a verdade, o que significa que ela não a incluiu no testamento, pelo menos não como uma Shastri-Pers... digo, como uma herdeira Shastri.

Uma busca on-line feita por Rev revelou um site de empregos para o qual Chaitanya tinha mandado seu currículo.

— Levando em conta quando ela se formou na faculdade, ela tem quase cinquenta anos. O que significa que Amma a teve...

— Na faculdade — Sita disse, irritada. Ela bateu três palmas altas. — Vamos nos concentrar em duas coisas: como conversar com Amma sobre ela e como lidar com isso em termos do mundo exterior, inclusive se deveríamos entrar em contato com essa mulher.

Arvie, que estava com o tablet agora, soltou uma arfada de reconhecimento.

— Ela é auxiliada pela Helping Perssons.

Ele explicou que estivera encarando o nome dela, tentando se lembrar do porquê parecia tão familiar para ele, então, enquanto lia o artigo, deparou-se com a explicação de Chaitanya sobre como ela conhecera a mãe deles.

— "Dava entrou em contato comigo após eu receber uma bolsa da Helping Perssons, uma instituição de caridade que ela criou como parte de sua fundação" — Arvie leu em voz alta. — "Fiquei surpresa quando recebi uma ligação do escritório dela solicitando me encontrar enquanto ela estava na região da baía de São Francisco a trabalho. Na época, só pensei que ela era realmente uma pessoa que gostava de colocar a mão na massa. E, quando nos demos tão bem da primeira vez que ela veio à minha casa, nunca mais me perguntei por que Dava queria me conhecer. Até sua morte, quando vi uma foto da mãe dela."

— Acham que Amma a estava procurando? — Rev perguntou. — Ou foi simplesmente puro acaso que Chaitanya se inscreveu e que elas conseguiram se encontrar?

— Por que já está presumindo que ela seja filha de nossa mãe? — Arvie assoou o nariz em um lenço usado que ele encontrou no bolso de sua calça. — Não temos prova de que elas são parentes.

— Por que mais Amma a procuraria? — Kali retrucou. — Ela odeia a Costa Oeste e, ainda assim, é um hábito visitá-la uma vez por mês... e na casa dela também. Chaitanya teria que ser bilionária ou sua filha perdida para receber esse tipo de tratamento especial. — Kali soou magoada e desviou o olhar de seus irmãos para a foto da família pendurada acima do piano.

— Talvez ela tenha pensado que essa mulher pudesse ser sua filha por causa da semelhança com a própria mãe dela — Rev refletiu, traçando a rachadura enorme na mesa de centro com o dedo.

Irritada por seus irmãos não conseguirem se manter focados nas questões da imprensa, Sita encheu desastradamente um copo de shot e bebeu a tequila em dois goles meio sufocados.

— Uau, pronto — Kali disse, com um sorriso surpreso. — Isso combina com você.

Sita colocou o copo na mesa de centro com um barulho.

— É, bem — ela disse, dando de ombros, e pegou seu caderno.

Enquanto seus irmãos especulavam sobre quando sua mãe poderia ter secretamente dado à luz e se ela tinha mantido isto em segredo de seu pai, Sita folheou suas anotações rapidamente. Toda vez que ela tentava perguntar a opinião deles em um monte de questões que precisavam ser solucionadas — tal como os arranjos do funeral da mãe ("Tenho certeza de que ela já planejou um funeral Viking com mil pombas chorando") ou se deveriam entrar em contato com o advogado dela ("Esse parece ser o seu departamento, mana") —, eles só a ignoravam, concentrando-se apenas no mistério do momento. Enfim, ela desistiu de envolvê-los e encarou suas anotações até sua visão embaçar.

O mais urgente era determinar a resposta pública da família para Chaitanya. Como eles poderiam falar disso sem gerar mais especulação? E, com certeza, Amma iria querer ler. Mas isso significava que ela deveria? As palavras "lado Silva" brilharam na mente dela, fornecendo uma luz repentina porém bem-vinda. Embora Dava ainda estivesse viva, Sita estava no comando da família agora. E havia um tipo de liberdade arrebatadora em ter a última palavra nesses assuntos. Em *todos* os assuntos. Ela não precisava da ajuda dos irmãos. O que ela precisava era que eles calassem a boca.

— Acho que — ela disse, forçando sua voz por entre a conversa deles —, de manhã, vou dizer a Emilia que ainda estamos processando o falecimento de Amma e não estamos prontos para comentar neste momento, mas que, independentemente do que está sendo publicado, esperamos que as pessoas se lembrem dela por seu trabalho ajudando... não, patrocinando... mulheres pelo mundo.

— Muito bom, Sita. — Kali apertou o braço dela, acolhedora. — Amma aprovaria, principalmente a última parte.

— Vou me sentar com ela e com a dra. Windsor para falar sobre a logística do último dia de Amma — ela continuou, acelerando as últimas poucas palavras, como se estivessem quentes na língua. Sita ainda disse que ficaria de olho na previsão do tempo para ver quando se esperava que a tempestade fosse parar para que pudessem sair da ilha.

— E quanto à filha secreta? — Arvie perguntou, com pedacinhos de lenço rasgado grudados no nariz. — Mamãe precisa se explicar. No mínimo, merecemos saber a verdade. Quem vota em perguntarmos a ela sobre isso?

Rev e Kali trocaram olhares e ergueram as mãos, e Arvie também ergueu a dele.

— O.k., está bem. — Sita suspirou. — Mas, por favor, me deixem falar com ela primeiro e esclarecer alguns detalhes importantes, porque não temos muito tempo. — Ela os lembrou de que Dava queria que o tratamento final acontecesse antes que acabasse o fim de semana. — Se ela ficar na defensiva e se fechar, isso vai tornar tudo dez vezes mais difícil.

— E Chaitanya? — Rev perguntou, ansioso. — Deveríamos entrar em contato com ela?

— Vamos deixá-la quieta por enquanto. Temos bastante coisa acontecendo no momento com Amma e teremos mais pelos próximos dias. Depois que conseguirmos sair de Beatrix, vou entrar em contato com Allen e meu próprio advogado para ver como prosseguir em caso de uma potencial irmã, e o que isso significa para nós e para os bens da herança. — Sita olhou para os irmãos e, quando viu cada um deles assentir, o peso em seus ombros ficou exponencialmente mais leve.

— Sirva mais um para ela — Kali disse para Rev, entregando-lhe o copo de shot. — Ela merece. Na verdade, sirva um para cada um de nós. Até para você, Arvie. Beba pelo menos metade de um shot. Quero fazer um brinde.

Rev serviu os shots e foi passando, colocando mais para ele mesmo e Kali do que para seus irmãos mais velhos.

— A nós, por sobreviver a este dia louco — Kali disse, erguendo o copo de shot com a mão pressionada em seu coração, como se estivesse prestes a recitar o juramento à bandeira. — A Rev, por seu novo bebê com Sandi. Você será um papai maravilhoso, exatamente como o nosso. — Rev corou, e Arvie deu um tapinha nas costas do irmão. — A Sita, por ser nossa líder destemida. A fundação terá sorte de ter você como a nova liderança fodona.

Sita sorriu sem convicção, contendo-se para não informar sua irmã de que o conselho ainda ia se reunir para eleger um novo CEO, e que provavelmente não seria ela.

— A Arvie, por ter um marido incrível que vai nos ajudar a sobreviver a esta tempestade sem termos que comer mais pizza.

Arvie olhou para sua irmã mais nova, esperançoso, e, quando ele percebeu que ela tinha acabado de falar sobre ele, um sorriso embriagado sumiu de seus lábios finos.

— E a Kali — Rev começou, depois parou, ainda pensando em algo para dizer. — Por simplesmente ser você — finalmente complementou, com um sorriso acanhado.

Sita estava prestes a falar, mas Rev inventou um novo brinde.

— Por ser o coração de nossa família.

Kali o cobriu com um abraço e Sita riu, aliviada pelos dois terem feito as pazes.

— Tim-tim — Arvie disse, baixinho.

Logo depois dos brindes, desejaram um ao outro boa-noite e seguiram para seus quartos. Mas nenhum dos Shastri-Persson conseguiu descansar muito. Suas respectivas responsabilidades os assombravam, evocando seus medos mais íntimos.

CAPÍTULO SETE

UMA CONVERSA À BEIRA DO PENHASCO LEVA A UMA VIDA INTEIRA DE COMPROMETIMENTO

UMA CONVERSA À BEIRA DO PENHASCO LEVA A UMA VIDA INTEIRA DE COMPROMETIMENTO

Por Therese Samuels

Trecho da coluna de votos, *The New York Times*
22 de setembro de 2002

Eles tinham passado uma fatídica noite juntos em Ruiz, acampados em um penhasco com vista para um pôr do sol de tirar o fôlego e para o Rio Paraná. O céu passava de crepúsculo a escuridão, e Dava Shastri e Arvid Persson precisavam decidir se teriam um futuro juntos, já que o período de dois anos com a *Peace Corps* terminaria no dia seguinte. Era para Arvid retornar a Estocolmo e continuar trabalhando no bar dos tios enquanto pensava em seus planos pós-faculdade. E era para Dava retornar à cidade de Nova York e decidir se iria para a faculdade de administração ou se arriscaria abrir sua própria empresa.

"Conversamos a noite inteira", Arvid Persson lembrou. "E, quando digo a noite inteira, quero dizer que preenchemos cada segundo com nossas vozes.

Conversamos tanto que nós dois estávamos roucos na manhã seguinte."

Quando o sol nasceu, eles tinham feito muitas escolhas: Arvid se inscreveria para várias universidades nos Estados Unidos, a fim de fazer seu mestrado em educação (ele seria aceito na Teachers College da Universidade de Columbia); Dava buscaria seus sonhos de empreendedora e criaria a Medici Artists, plataforma on-line para músicos; Arvid Persson e Dava Shastri morariam juntos assim que ele estivesse nos Estados Unidos; eles construiriam um lar onde quer que ele fizesse faculdade; e se casariam depois que ele terminasse o mestrado.

"Felizmente, ele foi para Columbia", Dava assentiu. "Se ele escolhesse uma faculdade na Califórnia ou no Texas, poderíamos nem sequer ter nos casado", ela complementou.

Seis anos depois que se conheceram em Ruiz, e quatro anos depois daquele acampamento no penhasco, o casal se casou no Manhattan City Hall, em 6 de setembro. Apenas alguns amigos tinham sido convidados, e todos eles levaram instrumentos musicais, variando de violões a violinos (mais triângulos para os sem inclinação musical). O noivo usou terno bege e gravata azul para o evento, enquanto a noiva usou um vestido de seda azul-marinho com mangas tulipa e detalhes em dourado.

"Eles são um casal esplêndido", elogiou Juliet Maribel, amiga de faculdade de Dava, que desenhou o vestido da noiva. "Dava gosta de dizer que o sósia de Arvid é o vocalista do Blur, porque é bem magro e tem jeito de garoto. E ela faz piada sobre se parecer com uma estrela do tipo C de Bollywood. Mas meu objetivo era fazê-la parecer glamorosa, como Elizabeth Taylor em sua melhor forma. Acho que arrasei."

Após Arvid e Dava trocarem alianças e deixarem a sala do juiz de paz, seus amigos apresentaram um cover instrumental de "Do you realize?", de The Flaming Lips. O casal dançou na escada do cartório antes de seguir para um restaurante francês no West Village reservado para a recepção.

Mesmo com a natureza encantadora e peculiar do casamento, tanto Dava Shastri quanto Arvid Persson concordavam que a noite deles juntos em Ruiz foi o verdadeiro momento em que se comprometeram um com o outro, e a cerimônia no cartório foi uma mera formalidade de documentação e alianças.

"Foi a noite mais gloriosa e intensa da nossa vida", Dava disse carinhosamente. "Uma memória perfeita. Arvid gosta de descrevê-la como um globo de neve: perfeitamente preservado, separado do mundo. Somos muito felizes de podermos olhar para trás, para aquela época, e pensar nela como a base do que está por vir."

A perna esquerda de Dava estava dormente, uma consequência de se encolher em seu closet como se brincasse de esconde-esconde. Depois de escapar de sua família, ela pegou seu Blackberry e se refugiou no cômodo sem janela, deslizando pelas mensagens de Arvid até a bateria acabar, amaldiçoando Tom Buck em sua mente. Claro que ela imaginou que ele apareceria na cobertura da sua morte. No entanto, nunca pensou que ele a dominaria, porque ninguém tinha mencionado a música para Dava em mais de dez anos. Nos primeiros poucos meses da amizade, ela esperou que Chaitanya tocasse no assunto, porém nunca o fez. Então, Dava se tranquilizou pensando que o drama tinha sido reduzido a uma nota de rodapé, deixado para trás por volta de 2010, como os diciclos e o *Candy Crush*. Entretanto, Tom Buck e sua música infernal a seguiam o tempo todo, uma presença fantasmagórica que se tornou corpórea no instante em que ela parou, oficialmente, de viver.

Mas foi a traição de Chaitanya que a deixou se sentindo um peixe fora d'água, arfando pelo ar que nunca viria. Ela não tinha lido o artigo *Assumindo o controle*, porém a chamada deixava claro que Chaitanya tinha ido a público com sua suspeita de que Dava era sua mãe. E essa revelação, casada com os boatos de Tom Buck, estava dando o tom da reação do mundo em relação à morte dela. Ela não mais estava sendo lembrada pelo *International Business Times* nem pela *Feminist First*; em vez disso, sua vida pessoal estava sendo conteúdo para *E! News* e *LeGossip*.

Quando Dava se levantou do chão do closet, seu corpo produziu estalos pelo esforço, suas articulações gritando em harmonia. Ela mancou até o banheiro para se aliviar e, enquanto lavava as mãos, foi paralisada por seu reflexo no espelho.

Ela não esperava parecer tão abatida. Dava se virou de costas, depois voltou-se para a frente de novo, torcendo para seu reflexo, de alguma forma, se transformar em alguém "exótico e sedutor". Uma regalia de se tornar uma pessoa bem conhecida era que ela poderia se descrever com as mesmas palavras que jornalistas utilizavam para descrevê-la. "Uma pessoa no estilo Marilyn Monroe com um rosto de boneca Kewpie." "Uma beleza silenciosa escondendo uma espinha de ferro." Eles não eram tão criativos e, geralmente, eram sucintos, porém tinham escrito sobre *ela*. Dava havia decorado suas descrições, as tatuado em sua mente como um talismã para o qual ela poderia retornar quando sua autoestima estivesse baixa ou, mais recentemente, quando ela estava sentindo os efeitos da idade.

Quando se tornou, oficialmente, uma cidadã idosa, Dava ficou desesperada que seu rosto estivesse arredondado demais e abominou o queixo extra que havia se fundido a ele como um apêndice. Mas, nos últimos meses, suas bochechas perderam a maciez e seu rosto se afinou como um balão vazio. Ela acreditava que Arvid não reconheceria essa anciã, exceto pela linha branca brilhando em sua testa. Tinha esgueirado-se para sua linha capilar depois do diagnóstico de câncer dele, um raio deixado para trás muito tempo depois de o choque ter passado. Ela quisera tingi-la junto com o restante do cabelo grisalho, mas Arvid brincou dizendo que aquilo a diferenciava, como uma presidente de banco ou juíza. E porque seu marido doente pareceu achar uma diversão absurda criar uma lista de profissionais sérios com quem compará-la, ela manteve a mecha de cabelo branco descendo por sua testa. Depois que ele morreu, vê-la no espelho a consolava, como se Arvid estivesse olhando-a de volta, com um sorriso travesso nos lábios. Mas, naquele instante em particular, a mecha branca apenas ampliava sua angústia.

É assim que vou estar antes de morrer? É assim que meus filhos vão se lembrar de mim? Dava deu um tapa em seu rosto no reflexo do espelho, com um barulho seco, seguido de uma pontada de culpa. Porque pelo menos ela conseguia se reconhecer. Arvid, ao contrário, adquiriu uma aparência vampiresca em seus últimos dias, estava quase esquelético, sua pele já branca ficou ainda mais pálida, exceto pelas bolsas escuras sob os olhos e as manchas descoloridas por todo o corpo. Toda a beleza masculina havia sido drenada dele por cirurgias e quimioterapia, e apenas seus olhos verde-claros eram um lembrete intenso do homem lindo e alegre que ele fora um dia.

O tapa repentino agravou uma dor de cabeça intensa atrás de seu olho direito. Com sua cabeça rodando e sua perna ainda dormente, ela mancou de volta para o quarto, rezando para não tropeçar e cair. Pela primeira vez desde seu diagnóstico, Dava estava agudamente sintonizada com a deterioração de seu corpo.

Morrer era um negócio sórdido e humilhante, e ela foi inundada de alívio por ter planejado seu próprio fim em vez de permitir que os tumores conspirassem para reivindicá-la em seu descanso. *Vocês não vão me derrotar*, ela se irritou porque cambaleava para a cama.

Quando alcançou o colchão, seus pensamentos retornaram a Arvid. As últimas vinte e quatro horas tinham sido tão opressoras, e a traição de Chaitanya estava tão fresca, que ela duvidou até de que a presença dele pudesse lhe oferecer conforto.

Em seus anos de Medici Artists, quando ela ainda não tinha dominado a arte de lidar com o narcisismo ostensivo dos clientes ricos ou com o temperamento de artista dos músicos, ela contava com ele para fazê-la se sentir melhor após um dia frustrante apaziguando egos. Primeiro, ele escutava, assentindo solidariamente enquanto ela contava suas desgraças, andando de um lado a outro no quarto e socando o ar. Depois de Dava terminar e se jogar ao lado dele, ele a abraçava com seus braços compridos.

"Que bom que está chegando um dia novinho em folha, certo?", ele sussurrava no ouvido dela, derretendo seu coração.

Quando Dava estava particularmente mal-humorada e nem os abraços seguros conseguiam suprimir a fúria, ele tentava fazer a esposa rir ao cantar sua música preferida de Van Morrison. *"Brand new dayyyyy"*, ele cantava, e ela ria e implorava para ele parar. Mas a cantoria desafinada dele a ajudava a superar a raiva.

De todos os momentos em que precisou ouvir essa música, esse era realmente o mais demandante. No entanto, Dava soltou o suspiro que vinha sufocando quando percebeu que o mantra de Arvid sobre um "dia novinho em folha" não mais se aplicava, porque ela só tinha mais um dia. Perceber isso foi igual à sensação de prender o dedo na porta quando ela tinha nove anos: dormência, seguida de uma dor extrema que a fez cair de joelhos, então dormência de novo. Ela sempre tinha pensado em si mesma como "ateia inabalável" (e, na verdade, usou essas exatas palavras em inúmeras entrevistas), mas, com a chegada da morte a apenas horas dali, lá estava um dos raros momentos em que ela esperava que estivesse enganada e que, do outro lado, houvesse um paraíso a esperando que incluísse apenas seu marido, um toca-discos e uma vista do Rio Paraná.

Dava acendeu um abajur, lançando uma luz no formato da África no canto esquerdo da cama. Ela tirou o robe e o pijama de seda antes de se deitar debaixo das cobertas com um top amarelo desbotado e uma calcinha de algodão. Encolhida em posição fetal, ela se permitiu enfim chorar. Dava foi consumida pelo arrependimento de milhares de grandes e pequenas escolhas que a tinham colocado naquela situação absurda, deixando-a viva por tempo suficiente para ver seu tamanho no mundo diminuir sem a capacidade de se defender.

Ela ensopou o travesseiro com uma quantidade vergonhosa de lágrimas. Com o vento soprando com força máxima, a casa também rangia, como se estivesse chorando em solidariedade, um barulho enervante semelhante a dez milhões de zíperes sendo simultaneamente abertos. Como seria irônico, Dava imaginou amargamente, se todo o clã Shastri fosse varrido do mapa em uma nevasca. Todos os esforços dela teriam sido em vão.

A ideia era tola, irracional. No entanto, havia uma verdade em seu cerne. Porque, se ela deixasse a atual percepção que se tinha dela se firmar, aí que sua linhagem seria varrida mesmo. Os Shastri-Persson como uma dinastia familiar parecida com os

Rockefeller somente funcionava se a própria Dava Shastri fosse levada a sério. Uma vida inteira de trabalho não seria enfraquecida por línguas soltas famintas por escândalo. Deveria haver um jeito de contradizer a narrativa. E, para fazê-lo, ela precisava saber exatamente o que estava sendo falado a seu respeito.

Ela secou suas lágrimas com as costas da mão e abriu seu tablet, escrevendo "Dava Shastri + Chaitanya Rao" no campo de pesquisa. Mais cedo, ela estava machucada demais para sequer tentar visualizar o artigo quando Enzo a informou dele, mesmo depois que seu ataque de pânico tinha diminuído. Então seu coração acelerou conforme ela clicou na história do *Takeover*, pronta para ler rapidamente as palavras como se isso fosse arrancar um band-aid. Mas seus olhos se concentraram em duas imagens colocadas lado a lado: uma foto de uma Chaitanya de vinte e poucos anos e uma foto meio tremida da era de 1980 da mãe de Dava, Aditi.

— Meu Deus — Dava disse, seu queixo tremia.

Nenhuma vez ela pensou em como Chaitanya lembrava sua mãe. Mas, quando as viu juntas, com seus narizes côncavos e mandíbulas angulares — elas poderiam ter se passado como gêmeas —, ela mergulhou e leu o artigo.

Ela soubera de muitas coisas importantes: os pensamentos de Chaitanya, expressos em um grupo particular de mensagens, tinham sido vazados para o *Takeover*; a foto de Aditi era proveniente de um porta-retratos da família Shastri publicada no site da fundação dela; e Chaitanya tinha visto Aditi pela primeira vez nas redes sociais, como parte de uma série de vídeos chamada *90 segundos,* que resumia as principais notícias em partes pequenas e consumíveis. Pela primeira vez em semanas, o rosto de Dava se iluminou com um sorriso genuíno. Chaitanya não a tinha traído. Longe disso. Mas o que a mulher havia assistido sobre ela naquele vídeo?

Dava clicou no play, e seu rosto — de menina e em formato de lua, com bochechas rosadas e lábios vermelhos — preencheu a tela. "Dava Shastri: sua vida em 90 segundos" ficou sobreposto à foto. O vídeo continha várias fotos com texto na tela explicando os detalhes de sua vida. Quando uma foto sua e de seus pais apareceu na tela, Dava apertou o pause e leu o texto que a acompanhava: *Dava foi a única filha de Rajesh e Aditi Shastri, e foi criada em Calliston, Arizona. Ela descreveu sua infância como "agradável e maçante"*. Ela tinha mesmo falado isso em uma entrevista? Não se lembrava. E, apesar de aquelas serem palavras adequadas para descrever a foto na Sears, mostrando a Dava de oito anos de idade usando um vestido de babado, sua mãe em um sári amarelo e seu pai com óculos de armação quadrada e um terno marrom, elas não eram adequadas o suficiente para comunicar a verdade. Ela tinha expressado seus sentimentos sobre sua infância apenas uma vez. Não em qualquer entrevista, mas em uma fita que ela deu para Arvid antes de eles começarem a namorar.

Embora tivessem se conhecido no evento da Peace Corps, o flerte começou muitas semanas depois, durante uma escalada organizada para os voluntários. Sentindo-se desorientados e privados de sono, eles ficaram para trás e, a fim de manter o humor um do outro elevado, Arvid e Dava tinham conversado sobre seus álbuns preferidos. Ao perceber que eles tinham gostos parecidos, começaram a brincar de representar a própria banda. Enquanto brincavam, seus tênis chutando a poeira vermelha e as pedrinhas para cima conforme atravessavam a trilha rochosa, criaram um nome de banda (Sem Sentido), o estilo de música (uma mistura de rock de faculdade dos anos oitenta e power pop) e os instrumentos que iriam tocar (guitarra para Dava, baixo para Arvid e, depois de um prolongado debate, decidiram que Dave Grohl seria o baterista deles).

No dia seguinte, Arvid a encantou lhe dando uma fita de músicas que ele imaginou que a banda deles teriam gravado. Um álbum inteiro, na verdade: dez músicas seguidas que incluíam um título e encartes. "Encantada" nem era a palavra. Ele a tinha paralisado. Pela primeira vez, alguém estava exatamente na mesma página que ela, compartilhando sua particular inclinação para estranhezas. E, simples assim, ela se apaixonou por ele.

Ao longo da vida até aquele momento, ela havia desejado que alguém a entendesse, que soubesse tudo sobre alguém e que alguém soubesse tudo sobre ela.

Então, antes de perder a coragem, Dava gravou uma fita para Arvid intitulada *Preferidas (Uma espécie de biografia)*, que acompanhava uma carta explicando por que ela escolheu as músicas.

"Academy fight song", do Mission of Burma. Descrição da minha missão em Eu contra Aquela Porra de Subúrbio, mais conhecida como Calliston, Arizona. Fazia eu me lembrar de não engolir sapo de ninguém daquela cidade idiota.

Principalmente no ensino médio. Eles me chamavam de Apu, o dos Simpsons, desde sempre. Durante meu primeiro ano, falavam isso na minha cara. No segundo ano, não ousavam. Ali eu já tinha estabelecido uma reputação de não engolir sapo. Eles aprenderam a ficar longe de mim.

"Once in a lifetime", do Talking Heads. Você também pode chamar de relâmpago. Quando a música deixou de ser um ruído ao longe para, de repente, se tornar uma sonoridade mágica, e nada nunca mais foi igual a antes. Essa fui eu. (Aniversário de 12 anos, Walkman novo, vale-presente de 20 dólares da Sam Goody, andar de bicicleta ao pôr do sol. E, então, bum.)

"We got the beat", das Go-Go's. The Go-Go's mudaram tudo para mim.

Pós-relâmpago, quando comecei a ouvir música, tipo, ouvir de verdade, parecia que bandas que escreviam suas próprias músicas e tocavam seus próprios instrumentos = só homens. Eu gostava de Madonna e Whitney, mas eu também respeitava bandas. E, se qualquer mulher estivesse em uma banda, elas tinham que tocar instrumentos "femininos" (como pandeiro ou piano). Tipo The Archies — sim, eu sei que são um desenho — ou Fleetwood Mac.

Então vi o clipe de "We got the beat" tarde da noite em um tipo de canal cópia da MTV. Ver todas as mulheres no palco, tocando guitarra, bateria e baixo, e NENHUMA RELEGADA AO TECLADO, foi uma revelação. Elas não estavam tentando parecer bonitas. Estavam dançando, suando e se divertindo triunfantemente.

Saber que mulheres estavam fazendo música desse jeito fez eu me sentir menos sozinha. Elas mudaram o mundo para mim, abrindo uma porta pela qual continuo passando.

"Cannonball", do Breeders. Meu nome de nascimento, na verdade, é Deva. É um nome unissex porque minha mãe teve muita dificuldade de engravidar e, quando finalmente ficou grávida, meus pais queriam que meu gênero fosse uma surpresa. Então foi escrito errado, "Dava", em minha certidão de nascimento, e gosto muito mais. É único — ninguém no mundo tem meu nome, porque, teoricamente, ele não existe.

Sabia que o nome de Oprah era para ser Orpah, foi escrito errado na certidão de nascimento dela e ela o manteve? Depois criou um império com um nome que é totalmente dela. Vai acontecer a mesma coisa comigo. E vou acertar o mundo como uma bala de canhão.

"Happy House", do Siouxsie and the Banshees. Aqui está um retrato de família. Vamos dar o título de Shastri em Natureza Morta: 1986-1992. Um pai e uma filha discutindo, e a mãe observando com olhos tristes e suplicantes. Quando descobri essa música, me senti vingada. Minha sensação de alienação era, afinal, legítima e eu não ia fingir o oposto. Eu aumentava o volume até o máximo no meu quarto, minha versão de grito gutural.

"You are the everything", do R.E.M. As raras vezes em que me senti conectada aos meus pais aconteceram durante longas viagens de carro, principalmente ao entardecer. Olhar para fora pela janela e ouvi-los murmurar um para o outro em uma língua que nunca aprendi, mas que era familiar para mim tanto quanto respirar, fazia eu me sentir segura. Essa música capta essa experiência tão bem que me deixa sem fôlego.

"Thirteen", do Big Star. É simplesmente a música mais perfeita do mundo.

"Norwegian Wood", dos Beatles. Meu pai não entendia por que eu passava todo o meu tempo e gastava todo o meu dinheiro de garçonete em lojas de discos. Então pensei que, se tocasse para ele essa música, que tem cítara nela, ele começaria a entender. Fiz uma fita com músicas para tocar quando ele estivesse me ensinando a dirigir e, quando começou "Norwegian Wood", ele sorriu. Depois que a música acabou, ele rebobinou a fita. Fiquei tão empolgada que contei a ele infinitos fatos sobre George Harrison e Ravi Shankar, e como essa foi a primeira vez em que um instrumento indiano participou de uma música pop — e ele me interrompeu, dizendo "Você acha que nunca ouvi os Beatles?". Então nós dois rimos muito e muito alto. Eu me pergunto se às vezes ele pensa nessa época tanto quanto eu.

"A design for life", do Manic Street Preachers. Sua família chegou a sofrer com a crise de 1987 ou foi só uma coisa dos Estados Unidos? Meu pai tinha muito dinheiro investido em ações, então fomos lesados quando a bolsa quebrou. Eu estava no primeiro ano do ensino médio quando isso aconteceu, e acho que, por um momento, meus pais ficaram com medo de perdermos a casa. De alguma forma, meu pai conseguiu se recuperar financeiramente. Mas ele pareceu ficar assombrado depois, como se tivesse um eterno medo de o chão se abrir debaixo dele. Ver tão de perto o estresse dos meus pais me transformou fortemente: decidi que pagaria minha própria faculdade para poder tirar o fardo das costas deles.

O que também significava que eu não teria nenhuma obrigação de realizar os sonhos deles para mim. Eles não poderiam dizer nada sobre para onde eu iria ou o que estudaria e, principalmente, quem eu namoraria e em que eu trabalharia para viver. Todas minhas escolhas e meus erros seriam totalmente meus.

O refrão empolgante dessa música me lembra desse momento em que tive essa ideia e da força da minha determinação. Minha Declaração de Independência particular.

"Favorite Thing", dos Replacements. A inspiração para o título desta fita e como me senti em relação aos Mats de 1991 a 1993. (Ainda os amo, mas, durante esses dois anos, cheguei ao limite da paixão.)

"Sheela-Na-Gig", da PJ Harvey. Outra música perfeita.

"Sunken Treasure", da Wilco. Traz de volta o que eu sentia quando vivia no Subúrbio Falso: ansiedade e solidão. Não apenas entre as pessoas brancas. Mesmo dentro do pequeno grupo de famílias indianas que formavam nossa comunidade, as únicas pessoas com quem meus pais socializavam.

Todos nós morávamos no mesmo bairro, o Vale do Paraíso. São dez quadras feitas de casas geminadas (paredes bege, telhados de estuque pink) perto de um campo de golfe.

Os Shastri eram decididamente de classe média — não pobres, mas não ricos o suficiente para tirar férias internacionais. Cumpríamos o roteiro clássico: Disneylândia, Grand Canyon, Monte Rushmore, Yellowstone. Os Jaga-tal, os Raja--blá, os Pra-cocôs e os Shas — eles não eram realmente tão ruins, então não tenho nenhum apelido cruel para eles — viajaram para a Índia (Nunca estive lá! Mas estarei um dia) e o Havaí e foram para safáris na África. Os pais das famílias eram todos médicos, e acho que era por isso que meu pai queria que eu fosse médica, para que pudesse pagar as coisas que ele não conseguia.

Então toda noite de sexta e de sábado, variávamos entre ir à casa um do outro, e os pais fumavam cigarros no pátio e conversavam sobre críquete, as mães cozinhavam e fofocavam na cozinha e as crianças iam para o andar de cima assistir à TV. Elas faziam piadas em hindi de propósito porque sabiam que eu não entenderia. Meus pais falavam telugo, mas também nunca aprendi a língua deles. Eu ainda era a mais nova, então também me tratavam como invisível ou como serva deles. ("Pode trazer mais coca para nós? Valeuuu!")

Uma coisa era se sentir isolada das crianças brancas. Mas se sentir excluída por crianças que se pareciam comigo era devastador. E isso alimentou meu desejo de fugir.

As últimas frases de "Sunken Treasure" significam tudo para mim. Fico com muita vergonha de escrevê-las aqui, porque são tão sinceras e falam verdades tão essenciais sobre mim, que não posso dizer em voz alta. Queria que essa música existisse quando morei em Calliston. Mas fico feliz de tê-la encontrado depois.

Enquanto Dava se lembrava da fita, ela se encolhia e recordava a dificuldade que teve para decidir se incluía a música de PJ Harvey. Dava pensou que estivesse pronta para se abrir totalmente para Arvid, porém parou quando descreveu "Sheela-Na-Gig", porque a música tinha sido ligada a Panit, e ela detestava que ele fizesse parte de sua história. Naquela época, ainda estava recente demais, embora tivessem se passado dois anos desde o término deles. No fim, ela decidiu que tinha que ser verdadeira com seu conceito de fita como biografia, jurando a si mesma que, se as coisas ficassem sérias com ele de verdade, ela lhe contaria por que a música realmente importava para ela. (Arvid, da parte dele, tinha respondido à fita dela ao presenteá-la com outra intitulada *Gostaria de te levar para um encontro*.)

— Panit — ela disse, em voz alta; a primeira vez que pronunciava o nome de seu único namorado da faculdade em quase cinquenta anos. Fazer isso provocou uma sensação de enjoo em seu estômago, mas foi breve. Porque, enquanto Dava refletia sobre ele agora, reclinando em sua cama macia e fofa, em sua mansão construída sob encomenda como uma réplica exata de uma casa linda em que ela ficara na Suíça, posta em uma ilha particular fora da costa de East Hampton que ela comprara por oito casas decimais, ela não se arrependia nem um pouco dele. Porque o resultado do relacionamento deles a tinha girado em uma direção totalmente diferente: na direção de Arvid e de seus filhos e, finalmente, de sua fundação. E, claro, Chaitanya.

Ela caiu no sono e sonhou que estava fazendo um piquenique com as versões de Chaitanya e da própria mãe da história do *Takeover*, observando-as rir juntas com sorrisos idênticos e olhos gentis. Dava estava prestes a encostar no rosto de sua mãe quando foi acordada por uma batida na porta. Era Sita.

— O que aconteceu? — Dava disse, rouca, apenas meio acordada.

— Não consegui dormir — Sita disse, entrando no quarto de sua mãe. — Na verdade, nenhum de nós conseguiu. — Atrás dela vieram Rev, Kali e Arvie. — Temos que saber sobre Chaitanya, Amma. Precisamos saber a verdade.

CAPÍTULO OITO

UMA VERDADEIRA GUERREIRA, UMA PODEROSA DEFENSORA

Tenho sido bombardeada por pedidos para comentar o assunto, então aqui está o que todos precisam ler: Dava Shastri foi uma verdadeira guerreira, uma poderosa defensora de mulheres pelo mundo todo. Ela se orgulhava, principalmente, de amplificar a voz de mulheres que foram reprimidas ou ignoradas. Quanto às outras histórias, repercutem mal na mídia por escolherem se concentrar em fofoca em vez de no legado incrível que mudou tantas vidas, inclusive a minha.

— Declaração de Vash Myers,
diretora de operações
da Fundação Dava Shastri

Sábado, 27 de dezembro

Antes de Dava falar de Chaitanya, ela fez seus filhos aguardarem na biblioteca enquanto suas filhas a ajudavam no banho. Ela estava com medo de cair porque, ao acordar, sua visão tinha ficado temporariamente embaçada. Depois que ela vestiu um conjunto de pijama de seda branco com um robe combinando, Sita e Kali a guiaram pelo corredor. Dava escolheu ter a conversa na biblioteca porque seu interior refinado, uma sinfonia de bom gosto feita de madeira escura e prateleiras de livros emolduradas por arcos, a ajudavam a se sentir mais autoritária. Para esse fim, ela insistiu em se sentar na escrivaninha enquanto seus filhos se reuniram diante dela no sofá de couro.

— Então, o que vocês querem saber? — ela perguntou, unindo as mãos à sua frente.

— A verdade — Arvie respondeu. — Ela é nossa irmã?

— Sim. — Dava achou engraçado ver quatro pares de sobrancelhas se erguerem de surpresa. — O que mais?

— Como e por que seriam bem-vindos — Rev disse. — Se estiver disposta a contar.

— Na verdade, não...

— Já temos que abafar as fofocas sobre aquela música idiota, e agora temos isto — Arvie interveio. — Então, sinto muito... precisa nos contar.

— Tenha um pouco de respeito — Sita bufou. Ela estava bem na ponta do sofá, o mais longe possível de seus irmãos, sua linguagem corporal a um passo de gritar o quanto estava chateada com eles. Dava imaginou que Sita tivesse um plano sobre como eles a abordariam, porém os outros tinham sido desobedientes, como sempre.

— Mais algum segredo seu do qual deveríamos saber? — Arvie insistiu, apontando um dedo na direção dela. — Somos nós que vamos precisar viver com isso, sabe.

— Acalme-se — Kali disse, dando tapinhas no joelho dele. Sita olhou desafiadoramente para Arvie e balançou a cabeça.

— Se tivesse me deixado terminar, Arvie, eu iria dizer "Na verdade, não, mas devo a verdade a vocês". — A voz de Dava falhou enquanto sua visão embaçava e o rosto dos filhos parecia levemente derretido. — Então, é o seguinte. Tive um namorado na faculdade. O nome dele era Panit, e ele me engravidou.

Dava observou seus filhos e ficou aliviada por conseguir enxergar seus traços de forma distinta de novo. Cravou as unhas na palma das mãos e continuou:

— Seus avós eram muito rígidos comigo. Então, quando fui para a Universidade de Nova York, senti que tinha que compensar o tempo perdido.

Dava explicou que tratou seu primeiro ano quase de um jeito antropológico, que descreveu como Introdução à Adolescência Americana.

— Não vou envergonhá-los contando o que fiz. Vamos apenas dizer que fiz de tudo. — Ela manteve uma expressão distante enquanto se detinha em uma lembrança. — Sinceramente, foi uma das épocas mais felizes da minha vida. Eu não dava a mínima para o mundo e só tinha que me preocupar comigo mesma. Mas minhas notas estavam sofrendo, e eu tinha bolsa de estudos, então precisei sossegar e estudar para conseguir manter minha vaga. Me formei em literatura inglesa com especialização em cinema... sabiam disso?

Dava os espreitou por cima dos óculos, que tinham escorregado pelo nariz, com expectativa. Dois deles deram de ombros, e os outros dois assentiram.

— Bem, me formei. E comecei a me sentir culpada por estar tão fora do padrão. Meus pais não poderiam se gabar de mim para os amigos. Acho que me apaixonei por Panit porque pensei que meus pais fossem gostar dele, e era o único jeito que eu conhecia de fazê-los se orgulharem de mim.

Pensando em Panit agora, ela se lembrou de que ele não era bonito, tinha o nariz bulboso e orelhas em formato de xícara de chá, mas ele tinha 1,82 metro, o que o deixava atraente para a Dava de 1,54 metro, que, à época, se considerava atarracada como uma abóbora. Eles tinham se conhecido em uma dessas festas em terraços no início do segundo ano dela na faculdade, quando os dois foram pegar uma Heineken de um cooler e rapidamente identificaram que eram os únicos dois indianos dali. Tinham conversado por horas e se conectaram por suas experiências parecidas como indianos-americanos na Universidade de Nova York e com o mesmo tipo de relacionamento com os pais e suas peculiaridades.

— Era tudo aquela típica coisa de estar-presa-entre-dois-mundos, bem clichê. — Dava acenou com desdém. — Mas, na época, pareceu revelador. No fim da noite, pensei que estivesse apaixonada. Nós dois pensamos. Ele nunca me chamou para sair; simplesmente formamos um casal a partir de então.

Cada minuto do semestre de outono de Dava tinha sido dedicado a somente duas coisas: suas aulas e Panit.

— Meus amigos entenderam e sumiram da minha vida, então tudo que eu fazia girava em torno dele. Ele era simplesmente muito perfeito. E na época eu me sentia qualquer coisa, exceto perfeita: bizarra, baixa, escandalosa, brava demais. Era um milagre, na verdade, ele me amar apesar de meus defeitos.

Compreensivas, Kali e Sita assentiram para as palavras da mãe.

— Ele era o namorado indiano dos sonhos — fazia Economia e planejava ir para Harvard, era fluente em hindi e marati, e sabia o suficiente sobre Bollywood para se divertir enquanto também lhe apresentava filmes que ela passou a amar —, quase como se tivesse sido criado em laboratório.

Ela viu um brilho de reconhecimento em Sita conforme falava da perfeição de Panit e sabia que, provavelmente, ela estava pensando em seu primeiro marido, Bhaskar. Dava prendeu a respiração, depois liberou os dedos dos punhos, que estavam cerrados. Quando viu que suas mãos estavam tremendo, ela as apertou de novo e as escondeu no colo.

— Claro que, quando seus avós souberam dele, aprovaram. Não tinham dúvida de que nos casaríamos um dia. Talvez Panit também não tivesse. E eu também não. Ele foi minha primeira experiência com romance... ou o que eu pensava ser romance.

— Ah, não — Kali disse, baixinho, inclinando-se para a frente.

— Ele tinha muitas expectativas sobre como eu deveria agir, o que deveria vestir e, em certo momento, exigiu que eu pedisse sua permissão antes de ir a algum lugar sem ele. Esse lado controlador apareceu lenta e traiçoeiramente, mas, como uma novata em namoros, eu apenas achava que era assim que um relacionamento deveria ser. E, quando finalmente comecei a questioná-lo e não aceitar seu controle, as coisas ficaram... feias.

A pior cena de filme passou na mente de Dava: as sobrancelhas de Panit unidas em uma linha irregular e grossa; sessões de gritaria que a deixavam rouca; a parte de trás de sua cabeça batendo na parede conforme ele pairava sobre ela; andar descalça na ponta dos pés entre os cacos de vidro quebrado.

— Aprendi que, simplesmente, era mais fácil seguir com o que ele queria. Principalmente porque me sentia bem isolada. Quero dizer, eu não tinha mais nenhuma boa amiga com quem me abrir. E, quando meus pais me ligavam toda semana, passavam metade do tempo conversando com ele. Eu não sabia como me livrar daquilo.

Um barulho de panelas irrompeu lá de baixo, seguido por trechos entrecortados de conversas. Atrás dela, o sol ganhava força e brilhava pela janela da baía, dando à biblioteca um brilho amarelo.

— Todo mundo está acordando — Dava comentou, secando uma lágrima fugitiva.

— Não se preocupe com isso, Amma. — Sita correu para o lado dela e apertou sua mão. — Eles vão ficar bem. Só continue.

Arvie assentiu, concordando, então voltou a focar nos próprios pés.

— Em um momento, desisti de tentar terminar com ele, porque já estava definido que eu estudaria fora em Cambridge para cursar meu terceiro ano. Então só contei os dias até voar para o Reino Unido.

Ela ficou com Panit no verão, depois terminou com ele deixando um recado na secretária eletrônica dele assim que ela pousou em Heathrow. Algumas semanas depois, contou aos pais que Panit tinha terminado com ela porque não queria namorar à distância.

— Pensei que tivesse planejado a fuga perfeita. — Dava estalou os dedos, a ponta deles suada demais para fazer algum som. — Mas eu já estava grávida. Na verdade, só percebi que estava grávida com seis meses de gestação, porque não sabia o suficiente sobre meu corpo a fim de entender as mudanças que estavam acontecendo comigo. — Solitária e deprimida durante seus primeiros meses em outro país, ela atribuíra seu ganho de peso a comer por fome emocional. — Quando eu soube, tive que pensar rapidamente no que fazer com aquele bebê. Porque não havia a possibilidade de contar a ele ou aos avós de vocês.

Dava olhou de sua filha mais nova para a mais velha, todos encarando-a com olhos arregalados, sem piscar. Naquele instante, pareciam tão jovens para ela, com o cabelo bagunçado e ainda de pijama, como se ela tivesse acabado de contar uma história com um final infeliz.

— Foi… uma época difícil. — Sua voz sumia. Imaginar seus filhos como quatro pessoinhas que ela precisava proteger a motivou a finalizar a história de forma otimista, como se concluísse um discurso motivacional. — E consegui superar e ser melhor por isso — ela afirmou, com uma grandeza que não sentia. — Permitam que minha história sirva de lição: escolham sabiamente as pessoas em sua vida, e nunca permitam que essas pessoas façam vocês duvidarem de si mesmos ou que se aproveitem de vocês. — Ela disse essa última parte diretamente para Kali, que pareceu confusa com a exortação de sua mãe.

Os sons da cozinha estavam ficando cada vez mais altos e mais nítidos, e um dos meninos de Sita a chamou. Rev olhou para seu relógio e anunciou para todos que eram 7h30.

— E agora? — ele perguntou, sem se dirigir a ninguém em particular, seu olhar cheio de dor e direcionado para além de sua mãe.

— É melhor descermos. — Arvie se levantou. — Estão todos na ativa e, sem dúvida, se perguntando onde estamos. E há muita coisa para pensarmos. — Ele olhava especificamente na direção de Sita.

— Sim, vamos — ela concordou, sem muita convicção, varrendo a sala com seu robe de algodão pink que se arrastava atrás dela como uma capa.

— Mas tem mais coisa nessa história, não é mesmo? — Kali assumiu o lugar de sua irmã ao lado da mãe. — Como você a deu, e como se reconectaram? E seu relacionamento com Chaitanya agora?

Dava deu tapinhas no braço dela.

— Me ajude a levantar, querida. — Arvie observou enquanto Rev e Kali ajudavam a mãe a se levantar detrás da escrivaninha. — Obrigada. — Para Arvie, ela disse: — Espero que não tenha sido chocante demais saber do passado de sua mãe.

Ele deu um passo para trás e pareceu alarmado.

— Não, mãe, tudo bem. Só sinto muito por você ter tido que passar por... tudo isso.

— Eu também — ela disse, encolhendo-se conforme os três andavam na direção da porta. — Na verdade, meninos, vão na frente sem a gente. Quero falar com Kali um instante.

Os dois irmãos saíram da biblioteca. E Rev lançou um olhar apreensivo a Kali antes de fechar a porta atrás dele.

• • •

Dava segurou o braço do sofá com dedos rígidos, e seu humor variava entre ansioso e rabugento. Kali a ajudou a se sentar no sofá de couro, só para sair apressada, dizendo que precisava ir ao banheiro. Conforme a ausência de sua filha mais nova se alongava, a biblioteca estremecia com um silêncio penetrante, enquanto conversas abafadas ocorriam no andar de baixo, bem fora do alcance. Cansada de esperar, Dava se levantou rapidamente, mas foi atingida por uma tontura avassaladora. Ela deslizou para baixo pelo sofá, seu corpo tremia de frustração.

O silêncio interminável, casado com uma incapacidade de sair do cômodo, lembrou Dava de quando ela se tornou agorafóbica há mais de duas décadas. O choque duplo da morte de seu marido e da pandemia global, acontecimentos que foram separados apenas por algumas semanas, a paralisou, como se ela estivesse se encasulando em seu terror e luto. Dava ouvia Anita, a babá, cuidar de seus filhos em tons sussurrados enquanto ela lutava para fugir de seu estado mental embalsamado, sabendo o quanto sua família precisava dela. Como parte dessa batalha interna, ela tinha inventando o que se tornaria a Ilha Beatrix, um espaço isolado e luxuriantemente verde em que ela e seus filhos pudessem ficar seguros. Quase uma década depois, a fantasia com que tinha sonhado enquanto estava à deriva em um mar de lenços amassados e lençóis não lavados se tornou realidade.

Quando a Ilha Beatrix foi finalizada, Dava imediatamente fez um puja. A única outra vez que ela fez um puja de Satyanarayan foi para a inauguração da casa geminada, por insistência de seus pais. Ainda culpada por nunca ter dado a eles a cerimônia tradicional de casamento que desejavam, ela aderiu ao pedido dos dois e se sentiu uma adolescente de novo conforme sua mente vagava enquanto o sacerdote entoava o cântico e passava o *aarti* e servia água santa na palma das mãos dela e de Arvid.

Mas, em vez de se sentar sorrateiramente nos fundos lendo V. C. Andrews, esse era o lar de Dava sendo abençoado, então ela teve que se sentar de pernas cruzadas perto do altar em um dos sáris de sua mãe, sofrendo câimbras em suas pernas e com seu tronco embalado em uma blusa apertada que expunha a gordura de sua axila.

Ela não fez um puja ao se mudar para a cobertura e, em certo momento, as calamidades chegaram a se acumular: ela perdeu seu pai e seu marido, depois veio o efeito dominó dos acontecimentos devastadores daquele ano terrível. Então, Dava fez um na Ilha Beatrix, ao qual ela exigiu que todos seus filhos fossem.

Durante o puja, ela sentiu uma pequena satisfação conforme eles se mexiam, inquietos, desconfortavelmente atrás dela, vestindo rígidos *salwar kameezes* e *kurtas* compradas especificamente para a ocasião. Desde então, Dava se certificou de que seus filhos fizessem seus pujas toda vez que se mudassem para novos lares. Mesmo que ela não conseguisse participar, pagava pelo sacerdote, pelo altar e todos os trajes.

Dava confessou tudo isso apenas para Chaitanya, que tinha passado por sua própria série de pujas ao longo da adolescência. Talvez por perceber a dor reluzindo nos olhos de Dava, conforme ela se lembrava da perplexidade de seus filhos com a mãe ateia exigindo que seguissem esse ritual religioso, Chaitanya tinha mexido maliciosamente as sobrancelhas.

— Bem, é uma tradição consagrada pelo tempo obrigar os filhos a saber a história de Lilavati e Kalavati — ela disse, referindo-se à moral da história dolorosamente longa contada em todo puja de Satyanarayan sobre uma mãe e uma filha punidas com a perda de seus maridos por não completarem a cerimônia.

Dava tinha gargalhado, não somente com a lembrança da história, da qual Chaitanya se lembrou alegremente ("Você não comeu o *Prasadam*? Desculpe, este navio afundou. Ah, agora você comeu o *Prasadam*? O.k., aqui está o navio de novo; ele está bem"), mas também ao perceber que inconscientemente tinha se tornado uma Kalavati dos dias modernos, recompensada não com a milagrosa reaparição de seu marido e pai desaparecidos, mas com a mulher sentada diante dela: sua filha desaparecida.

* * *

Finalmente, a porta da biblioteca se abriu. Kali entrou carregando um cobertor de lã vermelho e o colocou dobrado nos joelhos de sua mãe.

— Só no caso de você estar sentindo frio — ela disse, como forma de se desculpar, o cheiro enjoativo da loção de cereja e amêndoas emanando de sua pele como culpa.

Em qualquer outro momento, Dava a teria repreendido por fumar, porém precisava se apressar para conversar com a filha. Ela acenou para Kali se sentar ao seu lado, depois abriu o cobertor em cima do colo das duas. Por um instante, Dava pensou que Kali iria deitar a cabeça em seu ombro, exatamente como fazia quando era uma garotinha e elas liam juntas na hora de dormir. No entanto, Kali pareceu interromper a si mesma e, em vez disso, se sentou ereta e rígida no sofá, como quem corrige a postura.

— Amma, por que não convidou Chaitanya para vir aqui? Não queria vê-la mais uma vez? E talvez nós quiséssemos conhecê-la.

Dava inspirou ruidosamente. Como ela poderia explicar que, mesmo com sua morte bem perto, ela era incapaz de misturar essas duas partes diferentes de sua vida? A Costa Leste englobava as responsabilidades dela, seus colegas e seus filhos. A Costa Oeste representava Chaitanya, conversa boa e risada.

Era um binário que tinha servido bem a Dava e simplesmente parecia inconcebível as duas partes um dia se unirem — tão inimaginável quanto Clark Kent entrando na mesma sala que o Super-Homem. Então Dava decidiu que nem tentaria.

— Sabe por que te dei o nome de Kali?

— Mas e quanto a...

— Em um instante, querida. Primeiro, responda à minha pergunta.

— Porque ela é uma deusa Hindu fodona? — ela disse, com um sorriso nervoso. — E você queria que eu fosse forte e poderosa igual a ela?

— Quando eu estava em Cambridge, uma das coisas que fiz foi estudar a mitologia hindu. — Dava focou o olhar para além da janela, onde ela pôde ver o oceano se agitando enquanto duas gaivotas voavam para a frente e para trás em suspensão. — E aprendi que a deusa Kali era profundamente incompreendida. O que ela representava era mal interpretado por causa da aparência dela: pele negra, língua para fora, uma guirlanda de cabeças de demônio em volta do pescoço. Mas Kali não é meramente a deusa do sexo e da morte. Ela tinha essa dualidade: temível e poderosa, sim, mas também profundamente empática. Li uma descrição dela da qual nunca vou me esquecer: "Ela tem o amor incompreensível de mãe". — Com grande esforço, Dava virou a cabeça na direção de Kali e tirou uma remela debaixo do olho dela. — Você faz jus ao seu nome.

— Obrigada, Amma — ela disse, corando.

Dava sentiu a filha relaxar, derretendo-se como um pedaço de manteiga em uma frigideira quente. Kali deu o braço à mãe e segurou sua mão com firmeza.

— Sei que os acontecimentos das últimas 24 horas têm sido demais para vocês — Dava continuou, reorientando-se na direção da janela a fim de amenizar a tensão. — Mas é com você que mais me preocupo. Mesmo com sua força, você também consegue ser sensível. Quero me certificar de que esteja bem.

— Ainda não parei para pensar realmente na sua doença ou que você... que você pretende nos deixar em breve. — Kali fungou. — Queria que tivéssemos mais tempo. Queria que você tivesse nos avisado do que estava planejando para que pudéssemos ter semanas juntas, não dias.

— Eu sei — Dava disse, mantendo a voz calculada mesmo que seus olhos a traíssem brevemente mais uma vez e tudo que conseguisse ver fosse um borrão de sombras e vidro. — Sei que é difícil. Estou feliz que todos vocês terão um ao outro depois que eu me for. Só queria... — Ela deixou a voz desaparecer, como se estivesse perturbada por algo que não tinha certeza se deveria compartilhar.

— O que foi, Amma? — Kali perguntou, erguendo a cabeça a fim de olhar para Dava.

— Mesmo com sua força, acho que, às vezes, você pode ter um coração generoso demais.

Dava sentiu Kali ficar tensa de novo exatamente quando duas nuvens bloquearam o sol, mudando a luz no quarto para a cor de cimento. Kali soltou o braço de sua mãe, um movimento que fez o cobertor cair no chão.

— Mattius James — Dava murmurou enquanto a filha se abaixava para pegá-lo. — O quanto sabe sobre ele?

Kali se sobressaltou com a menção de seu namorado.

— Sei como ele faz eu me sentir — ela respondeu, estendendo o cobertor no colo de sua mãe de novo. — Como eles dois fazem eu me sentir.

— Ele é fichado, Kali — Dava disse gentilmente. — Esteve na prisão e...

— Eu sei — Kali disse, erguendo as pernas no sofá para cruzá-las e conseguir encarar a mãe. — Sei tudo sobre isso. Não era prisão. Ele foi para o reformatório quando era adolescente por causa de uma droga inventada...

— Não apenas reformatório. Prisão de verdade — Dava disse, sua voz assumindo um tom mais rígido. — Ele cumpriu uma pena de três anos por ter sido o motorista quando os amigos roubaram uma loja de conveniência.

— O.k., certo. Eu não sabia disso — Kali disse, beirando as lágrimas. — Mas nem todo mundo fez faculdade, sabe. Ele cometeu uns erros quando era garoto, mas agora é um carpinteiro incrível...

— Ele saiu da prisão há alguns anos. Ainda está em liberdade condicional. E está traficando de novo. Vi fotos. — Dava se inclinou para trás, observando a expressão surpresa de Kali conforme processava essa informação.

Bateram na porta, interrompendo o silêncio pesado.

Ambas se assustaram:

— Agora não. — Sem quebrar o contato visual, como se estivessem presas em uma competição de encarar.

— Café da manhã quando puderem. — Elas ouviram Rev dizer, então passos recuaram da porta.

— Contratei uma pessoa para investigar o passado dele. Quando vocês começam a ficar sério com alguém, sempre mando investigar porque a família precisa ser protegida. Não podemos arriscar. — A biblioteca se iluminou de novo quandos as nuvens deslizaram pelo sol. — Fiz isso com Vincent, Bhaskar e Colin. Com Sandi também. Quando você falou que queria trazer Mattius para cá para o Natal, percebi o quanto as coisas estavam sérias com ele.

— Eles! — Kali gritou, seguida por uma tosse alta e falsa, que Dava sabia que era seu jeito de tentar não chorar. — Queria trazê-los. Estou em um relacionamento com *eles*. Por que não consegue aceitar?

"Porque é um absurdo e imaturo e eles estão abaixo de você", Dava queria dizer. Em vez disso, ela colou um sorriso tranquilizador junto com uma voz que combinasse.

— Não estou trazendo isto à tona para te magoar, querida. Estou falando nisto porque não quero que você se magoe. — A falação do andar de baixo vinha ficando mais alta progressivamente, como se alguém estivesse aumentando o volume de propósito a cada poucos minutos. — Escute, Kali. — Dava segurou o rosto da filha com ambas as mãos. — Você sempre cuida de todo mundo. Agora cuide de si mesma. Proteja seu coração. Não seja arrastada para o fundo do poço por essas pessoas. Ele não te contou sobre esse crime. Quem sabe o que mais não te contou?

Dava baixou as mãos sobre os joelhos da filha conforme Kali baixou a cabeça. Ela percebeu que a informação tinha sido esclarecedora e, de certa maneira, a chave para destravar um mistério que Kali não tinha certeza se queria solucionar. Dava a olhou intensamente e se perguntou se deveria insistir mais ou não, então decidiu apostar na inadequação de Mattius.

— Ah, amor — Dava recomeçou —, minha morte vai trazer bastante investigação para esta família. Já está acontecendo de formas que eu não previ, como com Chaitanya. Não quero que um escândalo com esse casal ofusque seus talentos ou impacte esta família durante um momento tão difícil. — Ela esticou os braços e abraçou Kali. Após um segundo, falou baixinho em seu ouvido: — Agora seria um bom momento para terminar as coisas com eles. Pode ligar do celular de Sita.

Kali soltou um soluço profundo, então assentiu. Dava deixou o abraço continuar por mais alguns instantes antes de finalmente se afastar. Ela tinha algo mais a tratar com sua filha antes de se encontrar com a dra. Windsor, então abriu um sorriso solidário e acariciou gentilmente a bochecha de Kali.

— Você vai superar isto. Nós, como mulheres, aguentamos muita coisa, e sempre sobrevivemos. Eu sobrevivi, e você também vai. E vai ficar melhor por isso. — Dava se levantou e foi até sua escrivaninha, e Kali, com o rosto vermelho e fungando, a seguiu de perto. Dava abriu a primeira gaveta, tirou um envelope selado e o colocou na palma da mão de sua filha.

— Escrevi isto para Chaitanya. — Dava contou que, logo depois de receber seu diagnóstico terminal, confessou todos seus sentimentos sobre o relacionamento delas. — Mas nunca pretendi compartilhar com ela nem com mais ninguém. Foi um canal para eu expressar tudo pelo que tinha passado, porque nunca me confidenciei com ninguém sobre a adoção. Até agora, claro. Eu tinha planejado ser enterrada com alguns itens, inclusive com esta carta.

— E agora quer que eu envie a ela?

— Não. Quero que a leia. Compartilhe com seus irmãos, se quiser. Para conseguir entender o que passei para ser quem sou hoje. Então, quando eu morrer, confio em você para devolvê-la e deixar essa história ser enterrada comigo.

— Então não quer que ela saiba a verdade? — Ela encarou o envelope, indignada, depois se voltou para Dava.

— Não. — Dava apertou o braço de Kali. Enquanto era levada para o quarto, Dava pediu a Kali que falasse para a dra. Windsor e Sita subirem para vê-la. Assim que ela passou pela soleira do quarto, Dava gritou para sua filha. — Jure para mim — ela pediu, sua voz incomumente alta e cansada. — Jure que essa carta não vai sair desta casa, e que vai devolvê-la para mim quando eu morrer.

— Eu juro, Amma. — Kali fechou a porta e se apoiou nela, permitindo que alguns últimos soluços saíssem, como se espremesse de uma esponja molhada toda sua água restante.

CAPÍTULO NOVE

MAIOR ARREPENDIMENTO E MAIOR ALÍVIO

Querida Chaitanya,

Meu maior arrependimento, e maior alívio, foi não segurá-la depois que você nasceu. Eu sabia que, se a segurasse, minha vida mudaria, e eu não conseguiria alcançar tudo que era capaz de conquistar. E, depois do seu nascimento, toda vez que algo importante e lindo acontecia na minha vida, eu confirmava que foi correto não segurá-la. Por causa dessa decisão, consegui tomar muitas outras decisões.

Conforme os anos passaram, pude compartimentar o fato de que você existia, tornar isso pequeno e esconder no fundo de uma gaveta. Então, quando cheguei nos grandes marcos familiares — os nascimentos de meus filhos, seus primeiros passos e primeiras palavras —, não havia tristeza, não havia pensamentos sobre você, somente alegria pura e absoluta. Ainda assim, quando vi você pela primeira vez, eu a abracei por um bom tempo, surpreendendo até a mim mesma. Não sou de dar abraços, mesmo em meus próprios filhos e netos. Mas você percebeu que, cada vez que nos encontrávamos ou nos despedíamos, era com um abraço?

Todos aqueles segundos acumulados quando você esteve em meus braços quase compensaram o momento

em que me virei de costas para você e disse à enfermeira
que não queria segurá-la.

— Um trecho da carta de Dava para Chaitanya,
datada de 1º de dezembro de 2044

— Ela disse que está tudo aqui.

Essas foram as palavras que Kali usou ao entrar no quarto de Sita e a encontrar prostrada na cama, uma compressa fria sobre seus olhos e as persianas baixadas contra o sol da manhã. Mesmo com a conversa ainda pinicando seus ouvidos, Kali olhou com ressentimento para o quarto da irmã.

Se Kali quisesse dar continuidade à reclamação de Arvie em relação à mansão flutuante construída sob medida pela mãe, toda sua ira teria sido direcionada aos tamanhos variados dos quartos de hóspedes. O "quarto confortável" de Kali ficava perto da cozinha, um espaço estreito onde somente cabia um colchão de tamanho normal, uma cômoda e tinha uma única janela do tipo escotilha de frente para a casa de barcos. A suíte de hóspedes de Sita no piso superior dividia a varanda com o quarto de Dava e a biblioteca, e tinha sido desenhado para impressionar: um banheiro e closet do mesmo tamanho que os da suíte master, e lençóis de cor verde e dourada caros e costurados à mão, que combinavam com o tapete persa. Se qualquer dignitário ou celebridade visitasse a Ilha Beatrix, era nesse quarto que teria sido colocado, mas apenas Sita e sua família o ocupavam. Como o único outro irmão com parceiro e filhos, Arvie poderia tê-la contestado, porém preferia ficar na casa de hóspedes. Mas, agora que estava ocupada pela dra. Windsor e a esposa, a família de Arvie ocupou o quarto de hóspedes que Kali sempre usava, jogando-a para o que parecia o cômodo dos empregados. A divisão dos quartos era um lembrete óbvio da ordem hierárquica Shastri-Persson, piorada pelo fato de que, mesmo se não houvesse a Sandi, provavelmente ela ficaria com o quarto aconchegante em vez de Rev. No entanto, sua irritação com o luxo da suíte de sua irmã desapareceu quando Sita permaneceu indiferente a seu cumprimento.

— Você está dormindo? — Kali perguntou, correndo para a irmã para ver como ela estava. Sita era como a mãe e raramente dormia mais do que quatro horas de uma vez ou tirava sonecas. — Ou não está se sentindo bem?

Sita retirou a compressa.

— Estou sentindo... tudo. Estou sobrecarregada, principalmente. — Ela deu um tapinha do seu lado direito da cama. — Venha se sentar. Ouvi Amma pedir para falar com você. — Ela fez uma pausa e notou o envelope na mão de Kali: — Espere. O que tem aqui?

— A história de Amma. Sobre Chaitanya. — Kali se aninhou ao lado de sua irmã mais velha e puxou o edredom dourado e verde até ele chegar ao queixo delas.

Então, ela compartilhou o que sua mãe falou sobre o conteúdo da carta e o que Dava tinha pedido para ela. Sita pegou o envelope, virando-o, depois entregou-o de volta para Kali.

— Uau. Amma falou mesmo que quer ser enterrada com ele?

— Sim. Então, pode ler comigo? — Kali perguntou, no mesmo tom esperançoso e chorão que ela geralmente usava quando eram adolescentes para convencer Sita a emprestá-la suas roupas.

— Não posso. — Ela suspirou de novo e amarrou o cabelo em um coque firme, fazendo Kali sentir o cheiro de seu xampu. Era forte, com lavanda e algo estranho e levemente desagradável, como o odor camuflado de gambá, e sem dúvida ecologicamente correto e absurdamente caro. — Tenho muita coisa para fazer.

Conforme ela observava sua irmã mais velha beliscar as bochechas para deixá-las coradas, Kali foi lembrada de quando percebeu, pela primeira vez, que sua mãe era uma figura pública, e os custos daquele papel. Aos quatro anos, ela começou a notar como estranhos sempre abordavam Dava em restaurantes, supermercados e até na pré-escola de Kali. Dava aceitava todas essas interações com uma graça impávida, assentindo educadamente antes de terminar a conversa dando à pessoa um cartão de visita com a informação de contato de sua assistente. Uma vez, Dava tinha sido encurralada no Fairway por uma mulher vestida com um macacão vermelho e um cinto Chanel enorme, exigindo, em uma voz estridente, que ela "ajudasse a salvar os ursos polares". Depois que voltou para casa, Dava tinha pedido para seus filhos irem assistir a um desenho enquanto ela tomava banho. Enquanto seu irmão e sua irmã assistiam à TV, Kali saiu de fininho para espiar a mãe pela porta entreaberta do quarto. Ela estava deitada rigidamente na cama, usando apenas uma toalha e fones de ouvido de cancelamento de ruído, com seu celular equilibrado no peito. Quando vibrou, Dava soltou uma sequência de palavrões, olhou desafiadoramente para o celular, depois o jogou de lado. Ela ficou ali por mais uns minutos, beliscando suas bochechas com uma determinação austera, antes de finalmente retirar seus fones de ouvido e se vestir.

Ver sua irmã imitar sua mãe nesse sentido fez Kali sentir um misto de empatia e irritação. Empatia porque exaustão eterna parecia ser uma característica que Dava tinha passado para Sita junto com seu cabelo ondulado e corpo pequeno. E irritação porque Kali queria que, só uma vez, Sita conseguisse ignorar o dever para que elas pudessem abrir a carta da mãe e descobrir todos os seus segredos.

— Está bem — Kali disse, depois expirou, tentando conter a decepção. — Na verdade, esse é o outro motivo pelo qual vim falar com você. Amma quer se reunir com você e com a dra. Windsor agora.

Kali olhou diretamente para o espelho na parede oposta e percebeu que as duas pareciam bastante cansadas, de olhos arregalados, como crianças com insônia.

— Certo. — Sita soou tanto nervosa quanto conformada. — É melhor você ir tomar café da manhã. Vincent fez panquecas. Acho que sobraram algumas. Se não, talvez tenha um pouco de mingau de aveia.

— O que todo mundo está fazendo agora? — A casa estava estranhamente quieta, principalmente depois da conversa agitada que serviu de fundo para a conversa com sua mãe na biblioteca.

— Colin levou os meninos para brincarem na neve para me dar um tempo sozinha. Não sei o que o restante está fazendo.

Sita começou a se levantar, mas Kali segurou seu braço.

— Espere. Descanse um pouco. Você falou que estava sobrecarregada. Converse comigo. — Na verdade, Kali queria falar do que Dava tinha dito a ela em relação a Mattius e Lucy, mas ela precisava ser uma boa ouvinte antes de descarregar suas próprias preocupações na irmã.

— Não sei por onde começar. — Sita pensou por um instante, depois se virou para a irmã. — Na verdade, eu sei. Não consigo parar de pensar no que Amma falou sobre seu ex-namorado. Sabe, deve ter sido pior do que ela nos contou. Nunca, na minha vida, eu poderia imaginar que esse tipo de coisa aconteceu com ela.

— Pensar assim é um pouco irreal — Kali disse. — Ela era muito jovem.

— Eu sei. Sempre a vi como uma super-heroína. E não percebi o quanto pensava nela como um mito, uma lenda, até ouvi-la falar sobre seu próprio "namorado indiano dos sonhos".

— Então você também pensou em Bhaskar? — Kali puxou sua trança, pensativa. — Nem imaginei que Amma também tivesse tido seu próprio Bhaskar. É estranho para você?

— Bhaskar era imperfeito e me fez infeliz, mas ele não era cruel como esse cara pareceu. No entanto, terminei com ele pelo mesmo motivo pelo qual Amma namorou Panit, por algum sentido equivocado de que um marido indiano "perfeito no papel" seria igual a um felizes para sempre. Só me surpreende termos isso em comum. — Sita se levantou e começou a enrolar os sacos de dormir de *Star Wars* de seus filhos, amarrotados no canto perto das malas Louis Vuitton dela. — Sei que você, Rev e Arvie pensam que sou uma Dava Shastri Junior...

— Não é isso...

— Não negue. Eu sei. — Sita empilhou os sacos no closet, depois abriu a mala, vasculhando o fundo. — Mas não acho que Amma e eu tenhamos muito em comum. Só porque trabalho para ela não significa que me enxergo nela. — Ela tirou um aparelho roxo, liso e chique que lembrava um tamanduá e se sentou de pernas cruzadas no tapete. — Aliás, isto é um massageador de costas. Não vá contar a Rev que te mostrei meu vibrador.

— Haha, está bem — Kali disse, com um sorriso, balançando a cabeça. — E não conto *tudo* a Rev.

— Claro que conta. — Sita ligou o aparelho e o pressionou em seu pescoço, depois entre suas clavículas. — É simplesmente quem vocês são. São como gêmeos separados por alguns anos.

— Bem, Rev não sabe sobre isto. — Kali acenou a carta no ar. — Contei para você primeiro.

— Só para me convocar para ver Amma. Assim não vale. — Sita soltou um assobio baixo conforme movimentou o massageador para baixo por sua lombar. — Isso me custou... deixa pra lá. Não vou dizer, você vai ficar indignada. Mas acredite em mim: valeu cada centavo.

— Mas não contei a Rev o que Amma disse para mim. Na verdade, eu só ia pedir seu conselho. — Kali tirou as cobertas, foi para o pé da cama e se deitou de bruços, enterrando seus pés descalços debaixo de um dos travesseiros. — Amma quer que eu termine com Mattius e Lucy.

Quando sua irmã lhe disse que isso não era surpresa, Kali contou a ela o que a investigação de Dava sobre o passado dele tinha descoberto.

O que ela não contou para Sita foi a dor do reconhecimento que sentiu após a revelação de sua mãe. No fim de semana que antecedeu sua ida à Ilha Beatrix, Kali tinha viajado para Poughkeepsie para comemorar um Natal antecipado com eles. Com a chegada dela, Mattius e Lucy pediram para ela cuidar de Jicama enquanto eles iam às compras natalinas. Quando o garotinho começou a reclamar de dor de barriga depois de comer cookies de Natal, Kali temeu que ele estivesse tendo uma crise alérgica e ligou para os dois, mas nenhum deles atendeu. Quando enfim voltaram, perto da hora do jantar, desculparam-se intensamente e culparam a falta de sinal. Eles pareciam esgotados, olhando constantemente para a porta e um para o outro, como se estivessem preocupados que tivessem sido seguidos. Ela não teve oportunidade de falar com eles sobre esse comportamento estranho, porque os sintomas de Jicama acabaram sendo uma alergia severa que precisou de atenção médica, e depois ela teve que partir rapidamente com uma promessa de vê-los novamente no Ano-Novo. Apesar de agora entender que aqueles acontecimentos estavam ligados a uma situação complicada, da qual ela não queria participar, a ideia de tirá-los da sua vida a machucava profundamente. Ela sentia falta do cheiro inebriante, amadeirado e almiscarado do pós-barba de Mattius a envolvendo quando ele a beijava, e a forma como Lucy entrelaçava suas pernas nas dela conforme os três se aconchegavam na cama. Ser a única ocupante da cama desconfortável e barulhenta do quarto aconchegante só intensificava sua solidão.

— Detesto o fato de ela ter razão sobre eles. Mas queria que ela os tivesse reconhecido como meus parceiros, como Colin ou Sandi. — Kali deu um chute para o alto e o travesseiro descansando em seus pés caiu no chão. — Aposto que ela adora o marido de Chaitanya. Tenho certeza de que ela encontrou o namorado indiano dos sonhos.

— PhD em Bioquímica, professor titular na Berkeley, voluntário em um programa extracurricular — Sita enumerou. — Então, sim.

Quando Kali a olhou com surpresa, ela respondeu:

— Não consegui dormir ontem à noite depois da nossa conversa, então passei bastante tempo on-line.

— Ele é bonito? Tipo, em uma escala de zero a dez, ele é o quê?

— Um definitivo sete. — Ela estendeu o massageador para a irmã. — Quer experimentar?

— Então ela encontrou mesmo o indiano perfeito. Que surpresa.

Kali saiu da cama e se juntou à irmã no chão, deixando Sita rolar o massageador para cima e para baixo por suas costas. O aparelho era tão incrível quanto prometido, massageando seus músculos tensos como polegares macios e enormes, mas Kali não conseguia relaxar. Porque o que Sita tinha acabado de contar a levou para uma espiral emocional.

Por mais que estivesse aliviada, até animada, por Sita também parecer intimidada por Chaitanya, a informação que Sita descobriu apenas aprofundou o sentimento de inferioridade de Kali; não só com uma, mas com duas irmãs agora.

— Então, o que vai fazer quanto a Mattius e Lucy? — Sita jogou a trança de Kali para o lado e guiou o massageador para sua escápula esquerda.

Kali baixou a cabeça.

— É... é para eu terminar com eles hoje. E preciso do seu celular para fazer isso.

— Mas Amma falou para eu não compartilhar...

— Foi ela que me disse para usar seu celular. Esse é o nível de urgência que ela pensa que o caso tem. — Kali esperou um segundo e complementou: — O que acha? Deveria ouvir o lado deles antes de tomar uma decisão repentina? Eu os amo, Sita. Eles são *meu* Colin.

— Sinceramente, não sei — ela respondeu, com tristeza.

As duas ficaram em silêncio e deixaram o barulho do aparelho preencher o quarto. Instantes depois, Sita o desligou e Kali olhou de novo para o reflexo delas no espelho. Desta vez, elas não pareciam mais crianças, mas elas mesmas: confusas e sobrecarregadas pelas complexidades da vida adulta.

· · ·

Quando Sita entrou no quarto da mãe, a dra. Windsor já estava sentada ao lado de Dava, e as duas estavam conversando baixinho enquanto tomavam chá. Ela se encolheu ao ver a mãe, tão pequena e frágil na cama enorme, como se estivesse à deriva em um mar de lavanda. Sita engoliu em seco, depois se obrigou a se aproximar.

— Você deve ser a dra. Windsor. É um prazer conhecê-la — Sita disse, em voz alta, a fim de anunciar sua chegada.

— O prazer é meu, Sita — disse a médica, que estava usando uma roupa de corrida azul-claro, como se tivesse acabado de parar ali para visitar sua mãe a caminho da academia. Sita ficou surpresa pela dra. Windsor parecer ter alguns anos a mais do que Dava, seu cabelo curtinho e grisalho e rosto enrugado davam a ela a aparência de uma avó soldado. Elas apertaram as mãos, e Sita se sentou aos pés da cama da mãe.

— Sua mãe e eu estávamos falando do tratamento do fim da vida dela.

— Entramos em um acordo do dia em que será feito — Dava anunciou concisamente, semicerrando os olhos para elas através de seus óculos sujos. — A dra. Windsor vai começar o tratamento amanhã de manhã, às dez.

— E tudo bem? — Sita não sabia o que dizer. Era uma conversa tão estranha, falar de quando a médica acabaria com a vida de sua mãe.

— Foi o que ela pediu — a dra. Windsor respondeu, repousando sua xícara de chá. — Espero que não se importe com minha franqueza, mas sua mãe disse que posso falar honestamente na sua frente. — Ela pigarreou. — Antes de todos vocês chegarem, ela parou de tomar remédio para enxaqueca.

Seu tom foi neutro até falar as três últimas palavras, que, então, insinuaram uma desaprovação preocupada.

— Me deixava confusa — Dava respondeu, com uma ponta de teimosia. — Quero estar com a mente lúcida até o fim.

— Sim, sra. Shastri, claro. — A médica assentiu para Sita. — Dei instruções para Victor…

— Vincent — Dava e Sita disseram em uníssono.

— Sim, Vincent, certo. Disse a ele como pode preparar um chá de ervas para ajudar com a dor da sua mãe. Ela tem sentido enxaquecas de intensidades variadas, assim como tonturas. E está começando a ter problemas de visão. — A médica baixou a voz. — Sem remédio, a condição dela só vai piorar para um nível grave. Então, é realmente melhor que seja amanhã.

— Ah — Sita disse.

Toda a tensão voltou a seu corpo, como se ela estivesse presa. Olhou para a mãe, que não estava perturbada pelas palavras da médica e estava, em vez disso, focada em limpar os óculos com a manga do pijama. Então, abruptamente, ela olhou para cima e encarou a filha tão intensamente que Sita se lembrou rapidamente de quando sua mãe a tinha flagrado aos beijos e amassos com o namorado Milo na capela do hospital, enquanto seu pai estava sendo submetido ao que acabou sendo seu último tratamento de quimioterapia.

Depois que Milo se afastou, com a camiseta cobrindo suas costas apenas pela metade, Dava a havia encarado com uma expressão que Sita considerou impossível de interpretar, mas que a tinha acovardado. Dava tinha acenado, sem falar nada, para a filha segui-la para fora da capela, depois saiu sem dizer uma palavra. Quando Sita estava prestes a se levantar do banco, ouviu sua mãe gritar: "Acenda uma vela antes de sair". E Sita, com lágrimas escorrendo pelo rosto, atendeu obedientemente à ordem antes de se juntar de novo à família na sala de espera.

• • •

Depois que a médica saiu, Sita ocupou sua cadeira ao lado da cama de sua mãe, a almofada ainda quente. Elas devem ter conversado por bastante tempo, concluiu. Então se virou para encarar a mãe, que tinha colocado seus óculos de volta, mas ainda a olhava com aquela expressão intensa e inescrutável.

— Amma, o que foi? — ela perguntou, alarmada.

— Nada, querida. Só estou achando difícil enxergar você. — A voz de Dava era instável. — Acho que, se me concentrar e olhar assim, consigo identificar melhor seus traços.

— Ah, meu Deus. Sinto muito. O que posso fazer?

Dava balançou a cabeça.

— Não há nada que possa fazer. Como a dra. Windsor falou, minha visão está falhando. Mas ainda tenho minha mente. — Ela cutucou suas têmporas com dois dedos, como se enviasse um código Morse. — Uma mente é uma coisa horrível de se desperdiçar. — Dava olhou para a filha com uma expressão especulativa, como se fosse uma piada que as duas compartilhavam.

Sita assentiu, completamente entorpecida. Ela desejava deitar a cabeça no colo da mãe e chorar até suas lágrimas transformarem o lençol lavanda em um roxo bem escuro e triste. Mas havia simplesmente coisa demais a fazer. Sita pegou seu caderninho do bolso e bateu nele com uma caneta, como se fosse um martelo.

— Amma, Kali falou que você queria ser enterrada com... bem, enterrada. Mas sempre me disse que queria ser cremada.

Em vez de responder, Dava transferiu seu olhar fervoroso para algo atrás de sua filha. Sita se virou brevemente para olhar e viu que era uma pintura dela e de seus irmãos, aquela que a pegou em uma fase de pré-adolescente desajeitada, com sobrancelhas grossas e um corte de cabelo com franja.

— Amma — ela começou de novo, gentil —, sei que não é legal pensar nisso, mas tem muita coisa que precisamos conversar entre agora e amanhã. Quero me certificar de seguir seus últimos desejos.

Dava se virou na direção de sua filha com surpresa. Enfim, Sita tinha falado algo que chamou sua atenção.

— Certo, então o que você...

— Seus avós, os pais do seu pai, morreram em um acidente de carro quando ele tinha treze anos — Dava interrompeu. — Sabe disso, certo?

— Sei, sim. Amma, escute...

— Eles morreram por causa de um adolescente chamado Jorgen. — Sita foi pega de surpresa, não somente pelas palavras de sua mãe, mas pelo tom que ela tinha usado. Agora ela parecia calorosa, agitada. — Ele não tinha casa, porque o pai dele abusava dele, e ele disse que preferiria morar em seu carro do que ficar mais um segundo sequer naquela casa. Mas ele ainda tinha dois irmãos mais novos que moravam lá, então, secretamente, ele ia lá à noite para visitá-los após um longo dia de trabalho em uma fábrica de alguma coisa... não me lembro do quê. Ele estava trabalhando muitas horas porque queria pagar um apartamento para ele e os irmãos poderem viver juntos.

Dava franziu a testa.

— A mãe deles estava morando com eles também? — perguntou a si mesma. — Não me lembro. Enfim. Após um turno de doze horas na fábrica, ele estava dirigindo de volta para visitar os irmãos, esperando poder vê-los antes de eles dormirem. Jorgen guardava todas as suas roupas em uma mochila no banco do passageiro e estava exausto de um longo dia de trabalho. Tinha acabado de entrar no bairro quando dormiu por um segundo, então, quando acordou, freou rápido, e a mochila voou e bateu no para-brisa, bloqueando sua visão. E, se a mochila não tivesse bloqueado a visão dele, ele teria visto que estava dirigindo na faixa errada e teria desviado para evitar bater no carro que vinha em sua direção. Seus avós estavam nesse carro. — Dava fez uma pausa. Depois, quando continuou falando, soava como ela mesma: — Sabe por que sei disso?

— Por quê? — O caderninho de Sita caiu de seu colo.

— Porque Jorgen deu uma entrevista na TV sobre o acidente. Seu pai mostrou para mim.

Dava explicou que o adolescente se tornou uma pequena sensação no noticiário da Suécia quando deu uma entrevista emocionante após ter sido sentenciado a cinco anos por homicídio culposo. Jorgen falou que, se uma única pessoa o tivesse escutado em relação ao abuso que ele e seus irmãos estavam sofrendo, ele não teria sido obrigado a sair de casa e trabalhar longas horas para tentar encontrar um lugar seguro para todos eles morarem.

— Disse que, se uma pessoa o tivesse ajudado, sua vida teria sido diferente, e toda a tragédia teria sido evitada. — Dava suspirou. — Seu pai era assombrado por essa entrevista. O efeito dominó. Como uma vida pode afetar outra de formas que talvez não entendamos. — Ao ver a expressão confusa porém arrasada da filha, ela gemeu. — Você acha que estou viajando. Estou te contando isso por um motivo, Sita.

Dava acenou para a filha se aproximar.

— Meu trabalho de filantropia, e o trabalho dele como educador, sempre teve a ver com os Jorgen pelo mundo. Esse era nosso critério. Toda vez que nos deparávamos com alguém passando necessidade… seja individual, como um dos alunos dele, ou uma organização… pensávamos em que tipo de bem poderia ser feito se nos envolvêssemos. E pensávamos no efeito positivo que poderia acontecer. Ao ajudar a Pessoa A, estaríamos ajudando a Pessoa B, ou talvez a família inteira, ou uma comunidade. — Dava estendeu o braço para Sita, e as duas deram as mãos. — E estou dizendo isso para você como a próxima CEO da Fundação Dava Shastri, estou confiando a você a continuação de minha visão e a de seu pai.

— CEO? — Sita se inclinou tanto na cadeira que quase caiu para trás. — Nós… Eu…

— Certamente você sabia que era esse o plano, não? — Dava ergueu uma sobrancelha e sorriu.

— Não. — As axilas de Sita pinicaram com suor. — O plano é o conselho votar em quem deve te substituir. E acho que a maioria deles vai escolher Vash. Sei que era o que eu planejava.

— Adoro Vash. Ela é maravilhosa. — Dava estava sendo genuína, mesmo invocando sua voz de conselho. — Mas ela não sou eu. Nem é você. Você é uma Shastri. — Ela fez uma pausa, então acrescentou com uma ênfase carinhosa: — Sita Shastri.

Dava se fixou em Sita com um olhar orgulhoso.

— Quando tive Chaitanya, houve uma médica que me ajudou a passar por tudo, tanto antes quanto depois de dar à luz. Ela era adorável; eu sempre pensava nela como um anjo da guarda. Eu não teria sobrevivido à experiência sem ela. — Outra pausa, outro sorriso sábio. — Seu nome era Sita.

Sita absorveu essa revelação em todo seu ser, como um tremor de corpo inteiro. Ela nunca admitira para ninguém, nem para Colin, porém sempre tivera inveja de o nome de Arvie ter sido escolhido com reflexão e cuidado, enquanto ela tinha sido meramente nomeada em homenagem à esposa famosa e resignada na mitologia indiana. Saber que sua homônima era uma figura importante do passado de sua mãe a deixou perplexa. Sita ficou tão indignada com essa informação que, inicialmente, não percebeu que sua mãe ainda estava falando.

— ... e, depois do desastre na imprensa com Chaitanya, mais a fofoca com aquela música, percebi que você é a única em quem posso confiar para endireitar o navio. Se essa fofoca continuar, a fundação vai sofrer.

E ali estava. Sita se encostou de novo em seu assento. Como foi tola de acreditar que sua mãe contou essa história sem segundas intenções. Que tinha sido somente um momento de ternura entre elas, algo que sua mãe havia desejado lhe contar e finalmente pôde. Mas Dava Shastri raramente compartilhava um pedaço de si mesma sem querer algo em troca. Essa informação era para adular Sita para que ela se sentisse compelida a se sujeitar aos últimos desejos de sua mãe. Em relação à fundação dela. Sempre sua fundação.

Antes dessa situação, raramente Sita refletia sobre como Dava tinha sido um misto de chefe e mãe em toda a sua vida adulta, simplesmente porque não conhecia nada diferente. Mas agora ela desejava que seu relacionamento pudesse existir além das ambições de sua mãe, para que ela não precisasse sentir que o presente que foi saber a origem verdadeira de seu nome também foi uma forma de conduzi-la como um peão no xadrez.

— Quero que anuncie que vai assumir como CEO imediatamente — Dava continuou. — Que tivemos uma conversa em meu leito de morte na qual confiei a você minha fundação, e que ficou chocada pelas histórias que saíram após minha morte e que está determinada a defender a honra de sua mãe. Então, você vai começar um… ãh… criar um tipo de bolsa em meu nome que vai… não sei. Mas algo incrível. Algo que vai fazer as pessoas falarem. Já sei: vamos parar com as bolsas Medici e redirecionar o dinheiro para jornalistas mulheres que estão do lado da verdade. Isso mostra o quanto está insultada com as fofocas e com a invasão à minha privacidade. Também — e aqui Dava se endireitou na cama, sua voz assumindo um tom estridente — quero que estude comprar a empresa dona do *The Takeover*. Pesquise o valor da rede… são apenas alguns milhões. Quero que a compre e a desmantele depois. — Ela disse essa última parte com alegria, e seus lábios subiram de uma forma perversa, fazendo Sita se perguntar se a mãe estava começando a perder a sanidade.

— Amma — ela disse, tremendo —, você sabe que não há um jeito real de mudar o interesse de todo mundo na sua vida pessoal. A narrativa imediata não pode ser mudada, mas, com o tempo, todos nós vamos trabalhar duro para…

— Vai significar menos tempo com sua família — Dava a interrompeu.

— O quê?

— Assumir a fundação. Mas será um sacrifício digno e que vale a pena. — Ela se inclinou até sua mão encostar no rosto de Sita e apertou sua bochecha. — Você vai ver.

CAPÍTULO DEZ

ESPLENDOR DIVINO OU CONSCIÊNCIA OU VIDA OU CONHECIMENTO

> *Chaitanya, que normalmente significa Esplendor*
> *Divino ou Consciência ou Vida ou Conhecimento, é de*
> *origem indiana… [e] é um nome unissex, ou seja, tanto*
> *menino quanto menina podem ter esse nome.*
> — *Do site IndiaChildNames.com*

Dava fingiu um bocejo, depois mais dois, enquanto respondia à lista de perguntas de Sita, que parecia infinita. Quando uma nova página do caderninho foi virada, ela teve que dizer "Estou cansada, querida" para a filha, enfim, entender e deixá-la, com recomendações de descanso. Então, Dava pegou o tablet debaixo do travesseiro para terminar de assistir ao vídeo *90 segundos* sobre sua história de vida, algo que ela estivera aflita para fazer desde que seus filhos a haviam pressionado, exigindo respostas sobre Chaitanya. Clicou no *play* e não ficou impressionada: o registro positivo genérico, as fotos que não a valorizavam e enfatizavam sua pouca altura e, o principal, a narração, que a enaltecia como "visionária" e "filantropa feminista", mas também usava descrições como "rechonchuda", "controversa" e "suposta musa".

Angustiada por Chaitanya tê-la visto retratada de uma forma tão enfadonha, Dava ficou mais chateada quando percebeu que o vídeo tinha mais de oito mil visualizações, e se preocupou com o que mais estava sendo dito sobre ela. Os resultados mais buscados para "Dava Shastri" não aliviaram sua ansiedade:

"Dava Shastri morre aos 70: uma linha do tempo de seu suposto caso de amor com Tom Buck"

"A suposta filha do amor secreto de Dava Shastri: tudo que sabemos até agora"

"Membros da indústria refletem sobre o legado de Dava Shastri para a música *pop*: Medici Artists, MobileSong e, sim, Tom Buck"

"'Ela foi nossa heroína': 10 mulheres falam sobre como a Fundação Dava Shastri mudou suas vidas"

"'Dava', 'Layla' e 'Sara Smile': as melhores músicas sobre os amores das estrelas do rock"

Havia somente um artigo positivo, e um segundo que, se fosse sincera, Dava classificaria como regular, na melhor das hipóteses. Conforme ela observava as manchetes, arrependeu-se de nunca ter escrito sua autobiografia. Ela tinha chegado perto de fazê-lo muitas vezes, mas, enquanto a perspectiva a tinha intrigado, Dava nunca conseguiu se comprometer porque relutava em revisitar seu passado com olhar minucioso. Ainda assim, ela sempre pensou que conseguiria escrever sua história de vida um dia. Mas nunca houve tempo, então ela nunca escreveu. E agora centenas de repórteres esbaforidos estavam assumindo a tarefa por ela.

Dava soltou uma sequência de palavrões conforme fechou o aparelho, angustiada com os resultados da busca e frustrada por sua visão estar falhando de novo, dessa vez acompanhada por um raio brilhante atrás de seus globos oculares. Ela sentia quase dor física por pensar que seu nome estava se tornando, rapidamente, sinônimo de sexo, segredos e escândalo. Que quando uma mãe solo em Fort Wayne ou uma estudante de Princeton ou uma vereadora em Richmond pensasse em Dava Shastri, se é que pensaria, seria como a inspiração para essa música. Ela girou a aliança de casamento no dedo e meditou sobre a injustiça de tudo isso, convencida de que um homem com as conquistas e riqueza dela não teria seu legado erradicado dessa maneira. *Não importa o que uma mulher conquiste, ela será sempre reduzida a sua vida sexual*, pensou ao cobrir a cabeça com o travesseiro, enterrando seu rosto na escuridão macia. Então seu sonho também começou na escuridão, uma liquidez preta envolvente que a rodeava, como se ela estivesse flutuando em tinta.

— Você tem razão; não há palavras. — Dava ouviu uma voz dizer. Ela olhou para sua direita e viu Chaitanya parada ao seu lado. Elas estavam em pé em uma plataforma ampla, uma bolha grossa de vidro sobre suas cabeças e a Terra, um aglomerado esférico de azul, verde e branco, diante delas.

Alguns anos antes, Dava havia se tornado a quinquagésima terceira civil a viajar para o espaço. Ela tinha comprado sua passagem na SpaceNautica por uma quantia exorbitante, que incluía a estadia de uma semana em uma luxuosa espaçonave orbitando a Terra. Alguns dias depois de ela voltar, tinha visitado Chaitanya para lhe mostrar todas as quinhentas fotos que havia tirado em sua viagem. Conforme ela as mostrava, Dava percebeu que, mesmo que expressasse alegria a cada foto, Chaitanya parecia estar longe, com uma postura distante e pensativa. Ao chegar à última foto, a jovem disse a Dava que esperava que, um dia, pessoas normais conseguissem pagar por uma viagem dessas também. Quando viu a expressão magoada de Dava, ela desculpou-se e disse que não teve intenção de fazer com que ela se sentisse culpada por ter tido uma oportunidade tão surpreendente. Aquela visita foi uma das únicas vezes em que a enorme diferença da renda das duas provocou estranhamento entre elas. Então, assim que entendeu que estava sonhando, Dava pensou que, se fosse se reunir com a filha, queria que acontecesse no deque de observação de foguetes, para compartilharem essa experiência única.

— Se o paraíso existe, acho que deve ser assim — Dava disse, gentilmente acariciando a face de Chaitanya. — Pelo menos, espero que seja. Vou descobrir em breve.

— Gostaria de pensar assim. — Chaitanya a abraçou. — Como você está?

— Já estive melhor. Leu as notícias hoje?

— *Oh, boy.* — Chaitanya deu risada, finalizando com a letra dos Beatles.

— Gosta menos de mim? — Dava desviou o olhar dela para a Terra, onde conseguia identificar as fronteiras da América do Sul sob um monte de nuvens.

— Nunca — ela respondeu gentilmente. — Estava pensando no seu problema. E, sabe, a cultura *pop* sempre vence a conversa.

Dava mexeu a cabeça.

— De onde é isso? Parece tão familiar.

— Acho que você ouviu alguém falar isso uma vez. Talvez seja um telegrama de seu subconsciente. Igual a mim. — Ela colocou o dedo no vidro e traçou o limite do planeta. — Mas, para mim, essa frase significa devolver na mesma moeda. Porque você conhece, melhor do que ninguém, o poder de uma música perfeita. Pode ser difícil superar. Mas não é impossível.

Dava também colocou a mão no vidro e traçou a América Central com o polegar, algo que tinha feito muitas vezes quando realmente estava na espaçonave, extinguindo a existência da Islândia, Índia e Japão com um único toque no vidro.

— Mas aquelas manchetes — ela suspirou. — Aquela música está me apagando. Todas as coisas boas que fiz, e ninguém se importa.

— Porque é muito mais fácil se conectar com um caso de amor entre celebridades do que com o fato de que você ajudou milhares de pessoas. Elas não têm rosto... são ideias abstratas. E Tom Buck é, bem... muito atraente — ela disse, com uma voz provocante. — É só uma história envolvente. Você precisa criar a sua própria história envolvente. — Chaitanya se virou na direção de Dava e colocou as mãos nos ombros dela. — Então, me use.

Dava balançou a cabeça.

— Não entendi.

— Conte sua história. Como dar sua filha provocou o desejo de patrocinar e proteger cada filha na Terra. Ou algo assim, mas menos brega. — Quando ela viu Dava desviar o olhar de vergonha, sorriu. — Mesmo que não seja totalmente verdade. Quem precisa saber?

— Então acha que eu deveria ter minha própria música?

— Nada disso — Chaitanya respondeu, voltando-se para olhar a vista. — Pense maior. Muito maior.

Conforme o foguete deslizou pelo hemisfério ocidental, Dava baixou a cabeça para evitar olhar para o sol, que tinha começado a iluminar a Terra como um parente intrometido. Então, ela se lembrou de que estava em um sonho, onde sua visão não estava falhando, nem seria danificada pelos raios do sol, e olhou diretamente para ele. A ação de olhar para sua luz opressiva a despertou para o que sua filha estava sugerindo.

— Um filme — ela disse, devagar. Ela pensou na ideia por alguns instantes, depois perguntou: — Acha que um filme biográfico seria melhor? Ou um documentário?

— Documentários não vencem Oscar por melhor cena.

— Chaitanya foi irônica.

— Verdade mesmo.

As duas riram, e Dava foi inundada de felicidade por estar na presença de sua filha de novo. *Estou com vontade de voar*, pensou, e simples assim, as duas estavam flutuando fora do chão. Dava se regozijou ao ver Chaitanya sentir a gravidade zero pela primeira vez, observando-a dar cambalhota e girar como uma mãe observa sua filha dar os primeiros passos. Conforme Chaitanya girava em volta dela, Dava refletiu sobre sua sugestão.

— Preciso de um filme que vá me apresentar como Eleanor Roosevelt ou Marie Curie — ela disse à filha, sua voz se erguendo gradativamente com a empolgação. — Pessoas históricas cujas conquistas abafaram suas vidas pessoais. — O continente da Ásia começou a aparecer atrás de Chaitanya, e Dava conseguiu identificar a Índia debaixo de uma névoa dourada ondulante. — Lembro que meus pais detestavam a biografia de Gandhi, porque diziam que a imagem santa e beatífica dele apagava o quanto ele fora uma pessoa complicada. Ele não era mais um homem, apenas um símbolo. Uma lenda.

— Então essa é uma ideia. — Chaitanya tinha parado, abruptamente, de flutuar. Dava também tentou ir para o chão, mas permaneceu fixa no ar. — A outra é meramente aceitar que a atual fixação da mídia em mim e Tom Buck não destrói todas as vidas que você mudou. — O sol ficou mais forte conforme a espaçonave continuou a circular para oeste, enchendo o deque de observação com luz intensa. — E, se a sua fundação continuar a missão, sua história viverá em cada mulher que queira escolher os rumos da própria vida, exatamente como você fez.

Dava ficou assustada quando percebeu que Chaitanya estava sendo engolida pela luz, quase como se ela estivesse pegando fogo.

— Espere — ela gritou. — Espere... não vá ainda. Há muito mais para ver.

— Dói demais ficar — Chaitanya disse.

Então Dava acordou, os cobertores úmidos de suor e seus olhos latejando enquanto ela gritava para chamar sua filha mais velha. Em vez disso, só viu sua mais nova pairando sobre ela, ansiosa.

. . .

Ela está lutando contra o espelho
E precisa de seu espaço
Mesmo de mim, sempre de mim
O sol iluminou a água
E nós dois sabemos o que isso significa

Mesmo assim, a mão dela ainda está na minha
Então agora, isso é suficiente

— O que significa "lutando contra o espelho"? — Theo perguntou a Enzo enquanto os dois assistiam ao clipe de Tom Buck para "Dava".

Eles estiveram fora andando de trenó com o pai pela maior parte da manhã e estavam descansando no andar de baixo enquanto esperavam ser chamados para a cozinha a fim de almoçar. Quando se jogaram no sofá, Enzo percebeu que seu tablet, que ele deixara no quarto dos pais, estava enfiado entre as almofadas. Quando o ligou, o clipe estava aberto no navegador, então os dois se sentaram para assistir.

— Não sei — Enzo respondeu enquanto um homem alto e malvestido com uma guitarra azul dedilhava apaixonadamente e uma série de imagens pretas e brancas... olhos de uma mulher, suas mãos, seu corpo em silhueta… eram projetadas atrás dele. — Acho que é um tipo de poesia.

Ele notou outra janela no navegador intitulada "Dava Shastri ao longo dos anos". Quando clicou, Enzo ficou surpreso ao ver dúzias de fotos de sua avó tiradas há muitas décadas, nas quais estava muito parecida com a própria mãe. Mas Gamma tinha uma energia mais leve, favorecida por vestidos mais chiques, batom mais colorido e saltos muito mais altos.

Todas as fotos foram tiradas em bailes de caridade ou em tapetes vermelhos, com o avô de Enzo ao lado dela. A única exceção era uma foto destacando uma Dava muito jovem, ofuscada por duas loiras altas com espartilhos de couro e jeans pretos rasgados no joelho. O trio descontraído mostrava a língua para a câmera. Ela não lembrava em nada a avó severa que ele conhecia e parecia surgida de um universo alternativo. Atordoado e levemente confuso, Enzo voltou ao clipe.

— Ei, estávamos usando isso — os gêmeos ouviram Priya dizer logo atrás deles, conforme ela e Klara desciam cada uma delas segurando copos de papel cheios de pipoca. — Devolva.

— É meu — Enzo disse. — Gamma deu para mim.

— Bem, estamos usando agora — Priya disse, fungando. — Certo, Klara?

Klara colocou sua pipoca na mesa de centro, depois colocou uma mão na cintura e estendeu a outra na direção deles, aguardando.

— Entregue.

Theo e Enzo se olharam, e Theo deu de ombros. Enzo disse que daria a elas, mas só se deixassem todos eles assistirem ao clipe juntos.

— Ah, já vimos isso — ela disse, arrancando o aparelho da mão dele. — Olha, Enz, vou te devolver daqui a pouquinho, o.k.? Eu e Priya estamos no meio de uma coisa.

— Do quê? — Enzo perguntou, desconfiado, enquanto Theo pulou do sofá para tocar *Três ratos cegos* no piano.

— Só pesquisa. Sobre Gamma. — Priya e Klara se espalharam pelo sofá, esmagando Enzo para que ele fosse obrigado a ir se sentar no chão aos pés delas.

— Qualquer pesquisa que fizerem, devem anotar para eu poder mostrar à Gamma.

As meninas reviraram os olhos.

— Ela não quer anotações do que estamos pesquisando... acredite — Klara avisou enquanto sua irmã mais nova assentia.

Theo continuou tocando a música mas acelerando o ritmo original. Seus dedos começaram a falhar e ele começou a errar muitas notas.

— Você pode parar? — Priya choramingou para ele.

Theo parou abruptamente, depois bateu as duas mãos nas teclas e gritou, antes de subir correndo as escadas:

— Bum! Assustei vocês.

— Ele é louco — Klara concluiu, balançando a cabeça.

Priya soltou um suspiro dramático e olhou para Enzo, irritada. Então, o incentivou a seguir o irmão.

— Deixe-o, Pri — Klara disse, cruzando as pernas. — Se ele quer ficar, tudo bem.

— O que vocês estão pesquisando? — ele perguntou, roubando uma mão cheia de pipoca do copo que Priya estava segurando.

Klara disse que elas queriam "descobrir a sujeira" sobre Tom Buck, porque elas não conseguiam imaginar que a avó o tivesse namorado em segredo, e queriam descobrir se a fofoca era verdade. Priya assentiu com olhos grandes e sonhadores, depois disse com um suspiro romântico:

— Fico pensando em como ele está agora. Você acha que ele está tão gostoso quanto antes mas, tipo, mais enrugado?

— Você sabe que ele está morto, certo? — Enzo perguntou, lançando a ela um olhar cético. — Ele morreu há muito tempo.

— Ah — Priya disse, com vergonha. Depois de alguns instantes, perguntou para Klara se elas poderiam assistir ao clipe "Dava" de novo.

— Depois — ela respondeu, seca. — Você já assistiu, tipo, dez vezes. — Priya corou e pegou duas mãos cheias de pipoca, e algumas caíram na cabeça de Enzo.

Klara disse a eles que ela queria encontrar fofoca sobre a vida amorosa dele, e uma busca on-line mostrou que ele tinha sido ligado a muitas cantoras e atrizes antes e depois de lançar "Dava".

— Uau, ele namorou tantas loiras — Priya disse. — Todas parecem meio que modelos. Bem diferentes de Gamma.

— Ele se casou com uma delas — Enzo comentou. — Ela está em um programa de TV a que Amma e papai assistem. Aquele com detetives que solucionam crimes e tal. Ela é a esposa de um dos detetives.

— Isso reduz bastante a busca — Priya disse, seu pé batendo de forma rude nas costas de Enzo.

Ele se levantou e olhou desafiadoramente para ela, instantes depois pegou outra mão cheia de pipoca e se posicionou atrás do sofá para poder ver a tela.

— Essa aí. — Ele apontou para uma morena em um gráfico intitulado "Os muitos amores de Tom Buck", que representava o rosto dele no centro de um alvo circulado pelo rosto de quinze mulheres com diferentes linhas coloridas ligando-o a cada uma. — Marie Antony. Mas ficaram casados por apenas um ano.

— Veja, aí está Gamma — Priya disse, apontando para um dos dois rostos não brancos no gráfico. — Mas a linha dela está rosa, o que significa — ela semicerrou os olhos para as letras miúdas embaixo — boatos de relacionamento.

— Espere… como você sabe com quem Tom foi casado? — Klara se virou para perguntar a Enzo.

Ele deu de ombros.

— Ainda estou coletando cada artigo que menciona Gamma, como ela pediu. Alguns deles também têm coisas sobre eles. Ele e Marie tiveram um filho, e ele é alguns anos mais novo do que o tio Rev.

— Ah, uau — Klara reagiu. — Espero que ele seja tão gostoso quanto o pai. Me mostre.

Enzo pegou o tablet, desceu o dedo por sua lista de *links* e clicou em um que adicionou logo antes de sair para passear. Antes de devolver para Klara, ele hesitou.

— Só me prometa que não vai mencionar isso para Gamma, pelo menos até eu conversar com minha mãe.

Klara, ansiosa, pegou de volta o aparelho e soltou um "uau" para a manchete. Alguns instantes depois, sua boca se abriu em choque.

— Puta merda, puta merda, puta merda — ela repetiu alegremente, entregando o tablet para a irmã.

Priya soltou suspiros e "uaus", tentando imitar a reação particular de sua irmã.

— Não digam nada a ninguém, o.k.? — Enzo implorou, pulando de um pé para outro. — Acho que é melhor ficarmos quietos.

Em resposta, Priya leu a manchete com uma voz propositalmente alta:

— "O filho de Tom Buck diz que a letra há muito escrita confirma o romance de seu pai com Dava Shastri".

— O quê? — Kali gritou logo atrás deles. — O que você falou?

• • •

Conforme a última revelação sobre Tom Buck viajava lentamente e reverberava pela casa, Rev se sentou ao lado da cama de sua mãe, observando-a engolir um copo inteiro de água. Ao ver o rosto dele ainda enrugado de preocupação, ela lhe abriu um sorriso encorajador.

— Estou melhor, querido. Tive um pesadelo... só isso. — Rev assentiu, mas engoliu em seco. — O que foi, Rev? — ela perguntou, aliviada que, naquele momento, sua visão estivesse em seu melhor comportamento e ela conseguisse ver claramente seu lindo filho. Mesmo que ele irradiasse uma energia de ansiedade e estivesse vestido com uma camiseta cinza simples e jeans escuros, aos olhos dela ele era magnífico, como se tivesse sido esculpido em mármore. Se Arvid tivesse sobrevivido para ver o filho crescer, Dava imaginou que eles fossem ter uma piada interna sobre Rev ter herdado a beleza do pai ou da mãe.

— Bom... você está morrendo — ele disse, suas mãos tamborilando no colo, assim como ele costumava fazer quando era bebê esperando para ser alimentado em seu cadeirão.

— Sim, isso é verdade. Mas não é por isso que você está aqui. — Ela sempre foi capaz de interpretar o humor de Rev melhor do que seus filhos mais velhos.

— Não é, não. — O jovem suspirou e subiu na cama para se sentar ao lado de Dava. Ela estendeu a mão e ele a segurou. — Estou aqui por causa de Sandi.

— Ah — Dava disse. Então, depois de um segundo: — O que tem ela, querido?

— Eu a trouxe aqui para que você pudesse conhecê-la melhor. Quero que conheça a mulher que será minha esposa e mãe do meu filho. Queria que você também pudesse conhecer nosso bebê — ele acrescentou, engasgando.

— Sinto muito. — Dava acariciou o cabelo do filho, e seus olhos se encheram de lágrimas.

Ela não poderia se permitir remoer a dor dilacerante de nunca conhecer seu neto. Se ela tivesse sabido da gravidez de Sandi mais cedo, Dava poderia ter adiado seu plano de fim da vida. Se ainda não tivesse sido publicada a notícia sobre sua morte, talvez ela até tivesse seguido com os tratamentos para prolongar a vida. Havia uma parte obscura e vergonhosa dela que queria culpar Sandi por essa desgraça, mas, na verdade, era apenas a crueldade do destino. Saber que seu filho mais novo teria um filho depois que ela se fosse poderia destruí-la se ela permitisse. Então, não poderia deixar isso acontecer.

— Tudo que podemos fazer é sermos gratos por eu ter uma oportunidade de me despedir de todos vocês agora — ela disse, com delicadeza, tentando consolá-lo e a si mesma. Mas Rev ainda parecia desamparado, tão insuportavelmente desamparado, e ela sabia que ele não tinha expressado suas verdadeiras preocupações. — O que mais, amor?

Os ombros de Rev caíram, e ele começou a fungar.

— Estou com medo, Amma. Não sei como fazer isto.

— Me diga — Dava manteve a voz suave —, vai se casar com Sandi porque ela engravidou?

Talvez, ele queria dizer.

— Nada disso. — Foi o que disse à mãe. — Eu a amo de formas que não sabia serem possíveis. E ela é digna de confiança — ele complementou, com ênfase.

Na verdade, um dos motivos pelos quais ele queria conversar particularmente com Dava era o que Kali tinha contado a ele, logo depois de tirá-lo do café da manhã, sobre as informações que a mãe deles tinha sobre Mattius e Lucy, e que ela tinha contratado investigadores particulares para investigar todos os parceiros dos Shastri-Persson, inclusive Sandi.

"Não fique surpreso se Amma pedir a Sandi para fazer um pacto de sangue a fim de manter silêncio em relação a tudo que aconteceu aqui", Kali tinha dito. "Ou, pelo menos, para assinar um contrato de confidencialidade."

Mas, quando Rev viu Dava se debatendo na cama, gritando como se estivesse sentindo dor física, foi abalado pela ideia de que, em breve, perderia a mãe, quem ele realmente tinha conhecido depois da perda prematura do pai. E isso o fez se sentir dilacerado, sozinho e assustado com o futuro.

O olhar de Rev se desviou para a janela, para um bosque de pinheiros alinhados austeramente enquanto a neve deslizava de seus picos em ondas macias. Quando ele começou a falar de novo, seus olhos permaneceram fixos nas árvores.

— Sei que você teve um casamento feliz com o papai. Mas eu não o conheci de verdade. Ou sequer me lembro dele muito bem. Não fique chateada — ele disse quando, de soslaio, percebeu sua mãe ficando tensa —, tenho boas lembranças dele. Mas você praticamente me criou como mãe solo. E foi uma ótima mãe. Sinto que tive uma experiência diferente com você do que Sita e Arvie tiveram, porque você ficava bastante em casa comigo. Nunca te falei que gostava disso, falei? — A voz dele falhou e vacilou. — Bem, eu gostava. Kali gosta de dizer que há duas versões de você: Amma louca por trabalho e Amma trabalhando. Ela contou que teve sorte de vivenciar ambas: ela conseguiu ver você e o papai juntos, mas disse que a desvantagem era que você parecia estressada e cansada e nem sempre estava presente. Então, depois que ele morreu, você passava muito mais tempo em casa, nos buscava na escola e comia pizza de jantar enquanto jogávamos UNO.

Dava assentiu, lembrando que, nos anos após a morte do marido, ela diminuiu gradativamente suas horas no escritório. Então, quando Sita e Arvie entraram na faculdade, ela trabalhava de casa três vezes por semana, uma agenda que manteve até Rev começar o Ensino Fundamental, sete anos depois.

— Mas os três se lembram de ter um pai... e o viram ser um marido. E não consigo deixar de pensar que não vou saber como ser um, porque não tive isso.

Ele hesitou, desesperado para compartilhar o que mais estivesse em sua mente. Rev tinha um pensamento central que governava sua vida, que ele nunca teve coragem suficiente para contar a ninguém, nem para Kali: nada vale muito à pena. Uma corrente de agitação e uma tragédia global aconteceram durante seus anos de formação, começando pelo adoecimento e morte de seu pai, mas não limitadas a isso. Ele atingiu a maioridade durante uma época em que "a democracia morre na escuridão", "não financie a polícia" e "salve o meio ambiente, salve o mundo" eram os clamores predominantes, conforme cada dia trazia novas manchetes de crueldade e destruição. Ainda assim, sua aparência, combinada à riqueza de sua família, tornava a vida surpreendentemente fácil; ele poderia ter o que ou quem ele quisesse, o que o fez não querer nada. Quando atingiu a vida adulta, um mal-estar existencial vivia em seu íntimo, como um amigo imaginário, e ele nunca o superou. E, assim que se graduou, Rev decidiu não mais fingir que era uma pessoa com ambição ou foco. Ele ficaria sossegado enquanto vivesse ou até o planeta implodir, o que viesse primeiro.

Foi aí que ele conheceu Sandi. Antes dela, Rev nunca teve um relacionamento que durou mais do que um mês. Mas, quando eles saíram para beber depois de fechar o negócio do apartamento dele, ele conseguiu enxergar as palavras *Ele é bonito demais para mim* em uma bolha de pensamento acima da cabeça dela enquanto ele a encantava com histórias de sua infeliz carreira de modelo. Ver o conflito interno estampado tão claramente nos olhos dela, a forma como a perna dela passava na dele, e depois se afastava com um susto, provocou uma faísca de desejo nele, e ele se determinou a derrubar suas defesas e conquistá-la.

O trabalho mais difícil que Rev já fez na vida foi iludir Sandi a pensar que ele era um bom partido. Talvez ele tivesse se esforçado demais, porque, seis meses depois de conhecê-la, já estava prestes a se tornar um futuro marido e pai. Mas, por um tempo, realmente gostou de ter esses novos papéis para interpretar, finalmente amarrando-o ao mundo. Ainda assim, toda nova decisão de adulto — *Precisamos marcar uma data; deveríamos nos mudar para um lugar maior antes de o bebê chegar* — acordava o conflito dentro dele, insinuando que ele era incapaz de ter uma vida doméstica.

E, por mais que ele fosse grato pela existência de Sandi depois que soube da notícia destruidora de sua mãe, a esperança de que sua noiva o ajudaria a suportar seu luto tinha sido bloqueada pela obsessão dela com o testamento de Dava. "*E quanto a mim?*" era a bolha de pensamento acima de sua cabeça ao longo desse tempo na Ilha Beatrix, mas ninguém tinha percebido até então.

— Entendo seus medos, querido. — Dava se apoiou em seu filho, combatendo uma onda de tontura ao apertar os olhos fechados. — Eu não fazia ideia de como ser mãe solo, considerando que seu pai era o principal cuidador na maioria das vezes. Ele arrumava a bagunça de vocês, lidava com as birras. E, então, ele se foi, eu fiquei sozinha e você era tão pequeno. Fiquei aterrorizada em saber que criaria você sozinha. Mas o que me acalmou foi… você. E o amor específico do qual você nasceu.

Com os olhos ainda fechados, Dava ergueu um lenço azul-claro da caixa de Kleenex na mesa ao lado de sua cama e o colocou nas mãos de Rev. Então ela pegou outro e o amassou na mão.

— Você conhece nossa história, certo? De como seu pai não me pediu em casamento, mas decidimos, juntos, antes de irmos para a Argentina, que queríamos nos casar?

Ela o ouviu assoar o nariz.

— Sim. Vocês acamparam em um penhasco e conversaram a noite toda.

— Conversamos. E ouvimos um álbum chamado *Deserter's Songs* o tempo inteiro, enquanto as baterias do Discman dele, depois do meu, duraram — ela contou, melancólica.

Ela se lembrou de como a música — sinfônica e mágica, imponente e estranha — tinha deixado a noite ainda mais extraordinária, como se eles fossem as duas últimas pessoas do mundo a assistir ao sol inundar o céu com tons de rosa e laranja conforme se punha e despertar a escuridão em manhã de novo.

— Esse álbum significou tudo para nós. Acompanhou a noite mais especial de nossa vida. Na verdade, foi tão especial para nós que decidimos nunca mais ouvi-lo de novo. Queríamos guardar a lembrança e que as músicas ficassem registradas como a trilha sonora daquela vista incrível que testemunhamos juntos.

— Eu não sabia disso — Rev disse.

— Ninguém sabe. É uma coisa que guardamos para nós dois — Dava disse, abrindo os olhos conforme a tontura passou. — E é o motivo de darmos seu nome a você. Mercury Rev é o nome da banda que fez esse álbum. Revanta foi ideia do seu pai. Ele sabia que…

— Meu apelido seria Rev. — Rev se endireitou. — Uau!

Ela assentiu.

— Quando você nasceu, ele estava em remissão. Um ano depois, soubemos que o câncer tinha voltado. Mas acho que, nessa época, seu pai sabia que o tempo dele era limitado. Então foi o presente dele para mim. Que nosso doce menininho fosse um lembrete contínuo daquela noite linda que compartilhamos.

— Ela secou os olhos com o lenço amassado. — E funcionou. Depois que ele morreu, toda vez que alguém dizia seu nome, ou eu mesma o fazia, sentia um pequeno sobressalto de alegria. Me ajudou a continuar. — Dava apoiou a mão no braço do filho. — Eu não sabia como ser uma mãe solo, mas tentei, errei, acertei e descobri. Você e Sandi também vão.

— Ela fica dizendo a mesma coisa — Rev disse lentamente. — Que é tentativa e erro. Mas sei que está tão perdida quanto eu. Os pais dela se divorciaram quando ela tinha dois anos, e a mãe dela...

— Então vocês vão errar e acertar juntos — Dava interrompeu, tentando manter sua irritação ausente na voz. Por que seu caçula estava tão inseguro? Por que tantas desculpas? — Não se esqueça de que Sita e Arvie também podem te ajudar. Eles já estiveram no seu lugar. Todos vocês têm um ao outro.

Dava teve um flash repentino de seu sonho, um instante rápido no qual ela viu Chaitanya brilhando na plataforma de observação, e se lembrou do que ela tinha sugerido. Ela observou Rev e viu que seu queixo estava tremendo do mesmo jeito que fazia quando era um menininho e estava prestes a desabar. Ela não conseguia decidir se o confortava ou se insistia que endurecesse.

Da parte de Rev, a referência aos seus irmãos serem pais o lembrou da insistência de Sandi em perguntar se seria criado um fundo para o filho deles.

— Amma, preciso te perguntar uma coisa... — ele começou com a voz baixa demais, quase inaudível — preciso...

— O que está fazendo agora, Rev? — ela perguntou, olhando intensamente para ele. — Em relação ao seu dia a dia, no que está trabalhando?

— Bem, tem a Helping Perssons — ele respondeu, na defensiva.

— Sim, mas isso só toma dois ou três dias por mês do seu tempo. O que mais?

Rev se virou de costas para ela, envergonhado.

— Estou meio que descobrindo muitas coisas no momento. Pessoal e profissionalmente.

— Então tem tempo para fazer uma coisa importante. Uma coisa para mim. — Claro que deveria ser Rev, seu filho com aparência de ator de cinema. — Tenho um projeto que quero que lidere. E preciso que comece imediatamente.

CAPÍTULO ONZE

MAS VOCÊ NUNCA DANÇA COMIGO

I'm holding gold
But I might as well be holding shit
Because you're in that ruby dress
The sun glows at your feet
And your eyes are dancing
But you never dance with me

Ele descobriu essa letra em um dos cadernos de seu pai e disse que a entrada de Buck para a cerimônia de entrega do Grammy de 2013 estava presa entre as páginas.

— Trecho de "O filho de Tom Buck diz que a letra há muito escrita confirma o romance de seu pai com Dava Shastri", musicala.com, publicado em 27 de dezembro de 2044

Rev encarou Dava. Semicerrou os olhos castanho-claros, como se ele não tivesse ouvido corretamente. Como se sua mãe idosa e moribunda também tivesse começado a ficar senil.

— Um filme. — Ele se levantou e trombou na mesinha ao lado da cama. — Um filme?

— Minha história precisa ser contada e contada adequadamente. — Dava se inclinou na direção dele e, ao fazê-lo, o quarto se inclinou com ela, como se ela estivesse flutuando sobre águas agitadas em um navio. — Você não teve aula de roteiro na faculdade?

— Tranquei no meio do semestre. — O rosto de Rev ficou vermelho, e uma gota de suor escorreu por sua têmpora. — Não sou qualificado, Amma.

— Claro que é. Você só não explorou seu potencial. Será bom para você.

Agora Rev também parecia estar se inclinando. Dava franziu o cenho. Cuidadosamente, ela se reclinou de volta contra o amontoado de travesseiros amassados, que estavam posicionados logo atrás dela, porém a sensação de vertigem somente aumentou.

— Estou prestes a ser pai. — Rev soou chorão e distante. — Talvez possa pedir para Kali? Ou… para qualquer outra pessoa?

— Tem que ser você — ela disse, mantendo a voz firme mesmo que tivesse começado a entender que havia algo bem errado. Seus braços e pernas não pertenciam mais a ela. Era como se Dava estivesse tentando ser a titereira de seu próprio corpo, porém as cordas que controlavam seus membros estavam irremediavelmente emaranhadas. Ela tentou mexer os dedos, depois os do pé. Paralisada.

— Você está se sentindo bem? — Rev olhou para ela como se tivesse acabado de brotar uma segunda cabeça nela.

Dava franziu os lábios.

— Claro! — Ela rugiu para ele, grata por sua voz ainda estar fazendo sua vontade. O que quer que estivesse acontecendo iria acabar com ela em breve. Então ela ignorou a expressão aflita de seu filho e deixou as palavras saírem dela como uma torneira abandonada.

. . .

— O filme deve se concentrar no meu trabalho de caridade com a fundação, quero ser vista como alguém motivada a cuidar de todas as filhas depois que fui obrigada a dar a minha própria. Peça a Sita uma lista de meus colegas para entrevistar, peça a Kali a carta que escrevi para Chaitanya. Talvez aquela atriz do filme de greve dos professores devesse me interpretar. Peça a Doug para verificar com os contatos dele se estariam interessados. Mas, depois que você escrever o roteiro, claro, sim, significa que quero que Chaitanya seja reconhecida como minha filha. Mas talvez espere para revelar isso até que algum estúdio dê o sinal verde para que a notícia reverbere mais. Volte para a aula de roteiro, você é muito inteligente e não deve ser difícil, significaria tudo para mim se conseguisse fazer isso. Sabe de uma coisa, você deveria criar sua própria produtora e produzir o filme, isso vai lhe dar foco, vai conseguir equilibrar isso enquanto cria seu filho, as pessoas trabalham e têm filhos o tempo todo, Rev...

Então, sua língua ficou entorpecida mesmo que sua mente continuasse acelerada. Ela não conseguia se mexer. Nem conseguia piscar. Impotente, viu Rev chamá-la repetidamente e sair correndo do quarto. Ela se esforçou para fechar os olhos e falar em voz alta. *É isso? Pode ser.* Ela tentou reprimir o aumento da onda de pânico raciocinando que o lado bom da morte era a vida após a morte na qual veria Arvid de novo. Exceto que havia uma acidez, mesmo nesse lado bom.

Dava não sabia, e nunca ficaria sabendo, sobre o artigo no qual Indigo, o filho de Tom Buck, descreveu uma teoria para um jornalista de que a letra escrita pelo pai comprova que os dois tiveram um caso. Mas toda vez que ela refletia sobre sua finitude, seus pensamentos, mais cedo ou mais tarde se voltavam para Tom Buck. Porque, se o paraíso existia e ela se reuniria com o marido, como explicaria seu momento com Buck? Dava não considerou aquilo como um caso, nem um flerte, nem uma série de encontros. Ela pensava nisso em termos de uma tendência que se tornou popular no fim de 2010, principalmente entre as mulheres em seus círculos social e profissional: autocuidado.

Se um dia Dava tivesse que contar ao marido sobre Tom Buck (e era assim que ela sempre pensava nele — não como Tom, mas seu nome completo), ela teria insistido para que Arvid entendesse que o sexo era muito melhor com ele, seu marido. Com Tom Buck ela gostava do quanto ele se importava com o cuidado e a precisão para dar prazer a ela, e de que, quando estava com ele, ela sabia que ele só estava focado nela. Não nas crianças, nem em acordar uma hora mais cedo para encaixar uma corrida antes do trabalho, nem em parar no mercado para comprar leite ou simplesmente qualquer outra coisa. Dava sentia a obstinação de Tom Buck quando eles estavam juntos e isso, em troca, a ajudava a relaxar e pensar em si mesma e em seu prazer, o tempo raro em que ela não estava pensando em cuidar, ou ser julgada por outros. Era como uma libertação.

Eles tinham se conhecido no primeiro mês de seu último ano da NYU, uma época em que o nascimento de Chaitanya parecia um sonho ou, no mínimo, uma alucinação. Ao longo de seu último ano na faculdade, os eventos daqueles meses frios no Reino Unido vinham em rajadas aleatórias, e ela os ignorava pensando nos momentos recentes de diversão em seu último ano, como se tirasse fotos de um álbum. Uma dessas lembranças envolvia Tom Buck. Ele tinha desempenhado um papel pequeno em uma noite inteira de aventuras com seus colegas de quarto, Tina e Ben, que abrangeu dois bairros, levando-os de um microfone aberto em Lower East Side a uma festa em um armazém em Greenpoint, e até assistir o nascer do sol da Ponte do Brooklyn. Por anos, o trio referiu-se carinhosamente ao episódio como "aquela noite louca", por causa dos elementos esquisitos: um sutiã desaparecido, uma bailarina drogada, um vaso sanitário entupido por celulares Nokia dobráveis. Mas, para Dava, a noite também marcava a data em que conheceu Tom Buck. Ela o tinha visto se apresentar no microfone aberto, os dois fazendo contato visual constante enquanto ele cantava covers de The Replacements e Talking Heads.

Depois da apresentação, ele tinha se juntado a Dava e seus amigos no bar e os convidado para a festa. Durante o trajeto de táxi até o armazém, os dois se sentaram ao lado um do outro, suas pernas se tocando conforme trocavam histórias sobre shows recentes que tinham visto e a coleção de vídeos de shows (ele tinha muitos de Talking Heads; e os dela em sua maioria de PJ Harvey). Assim que chegaram, ele e Dava não se falaram de novo, já que ele foi, imediatamente, arrastado para um grupo de caras que era exatamente igual a ele — cabelo desgrenhado, jeans rasgados e óculos com armação preta — e ela e seus colegas de quarto gravitaram para a pista de dança. Foram embora quatro horas depois, suados e exuberantes, após a bailarina tê-los chamado para ver a vista magnífica de seu apartamento (o sutiã de Tina já tinha desaparecido nesse momento, porém o celular de Ben ainda não havia sido destruído). Dava olhou rapidamente para Tom Buck enquanto saíam da festa e ficou fascinada pela presença magnética dele, pelo jeito como a altura e a beleza dele atraíam tanto mulheres quanto homens. Ele parecia ser o sol — era muitos centímetros mais alto do que todo mundo — e as pessoas à sua volta eram os planetas alinhados para receber o calor e a atenção dele. Ele e Dava trocaram olhares uma última vez, despedindo-se enquanto Tina a puxava pela multidão e pela porta, mas ela poderia jurar que Tom Buck tinha gritado alguma coisa para ela.

Ela não o viu de novo até que mais de quinze anos tivessem se passado em um tipo diferente de festa. Em 2012, era para

Dava e Arvid voarem para Los Angeles a fim de participar da cerimônia de indicação da Personalidade do Ano da MusiCares, em homenagem a Paul McCartney. Os dois eram fãs dos Beatles, porém Arvid, em particular, era superfã, então Dava havia comprado os ingressos como presente para o marido. Como alguém que sentia aversão à Costa Oeste, Dava queria garantir que qualquer tempo gasto em Los Angeles também beneficiasse a fundação, então marcou várias reuniões com líderes femininas de estúdios com quem ela queria conversar sobre patrocínios para a nova iniciativa cinematográfica da fundação. Muitas estavam ansiosas para encontrar Dava desde que ela havia sido inserida na lista de mulheres mais ricas do mundo três anos antes. Após resistir anos aos convites, finalmente tinha o motivo perfeito para voar para lá e se sentar com elas.

Anita, a babá temporária e futura babá fixa dos Shastri-Persson, tinha sido agendada para ficar com as crianças durante o fim de semana. Então, quando o Arvie de oito anos de idade chegou com conjuntivite no olho um dia antes do voo deles, Dava ficou surpresa por Arvid insistir que ela fosse para Los Angeles sem ele.

— Não há motivo para nós dois ficarmos aqui — ele sussurrou para ela, os dois sentados na beirada da cama de Arvie, observando-o dormir. O coração de Dava se angustiava com a lembrança das lágrimas dele durante as aplicações de colírio em seus olhos, e de como o filho tinha batido nas mãos deles apesar das tentativas para acalmá-lo.

— Pensei que ele nunca fosse dormir, coitadinho. Que tipo de mãe serei se não estiver aqui para cuidar dele?

— Anita e eu estaremos aqui e, quando você voltar, há uma chance de termos as três crianças com conjuntivite em vez de uma. Então, você não vai perder nenhuma diversão.

— E quanto a Paul McCartney?

— Só vou ter que o ver na próxima vez que ele vier para cá. — Ele deu de ombros. — E você tem todas aquelas reuniões em LA. Se não for agora, não terá tempo de novo pelo restante do ano.

Dava fechou os dedos em volta do pé de Arvie, seu polegar cutucando carinhosamente cada dedo.

— Tem certeza, amor?

— *Let it be*, querida — Arvid respondeu com um sotaque de Liverpool para acentuar a referência à canção dos Beatles, o que fez Dava dar risada.

Assim, Dava se viu sentada à mesa com executivos de gravadoras — alguns dos quais tinham, abertamente, rebaixado a Medici Artists à inimiga da indústria —, assistindo a Paul McCartney e artistas como Alicia Keys, Norah Jones e James Taylor apresentarem suas músicas icônicas, enquanto seus dedos agarravam o BlackBerry, sem querer perder uma única mensagem de Arvid sobre como as crianças estavam. (Sita tinha reclamado de "coceira no olho" mais cedo naquela manhã, enquanto Kali parecia imune à conjuntivite até então). Ela sabia que deveria estar fazendo contato com os figurões sentados com ela ou, pelo menos, aproveitando a música, mas seu coração não estava ali.

Além de se preocupar com seus filhos, ela odiava Los Angeles — o esnobismo, o sol e a incapacidade de chegar a qualquer lugar sem carro. O lugar estava lotado de pesos-pesados da indústria e estrelas de primeira grandeza, e ela estava sufocando com o narcisismo irradiando de cada rosto bronzeado. Os pensamentos de Dava foram interrompidos por uma explosão de aplausos quando terminou uma apresentação, seguida de um anúncio do pequeno intervalo para que o palco pudesse ser transformado e pudesse incluir mais músicos para o último set.

Dava tinha acabado de pegar seu BlackBerry para enviar mensagem para Arvid quando sentiu uma cutucada no ombro. Virou-se e levantou o olhar para ver um homem muito alto e bonito acima dela com um sorriso simpático.

— Este assento está ocupado? — ele perguntou.

Ela balançou a cabeça e ele se sentou bem ao lado dela. Ele estava vestido casualmente com uma camiseta preta e uma calça jeans, o que a fez pensar que ele era um dos músicos que se apresentou, embora ela não conseguisse se lembrar de vê-lo no palco.

— Eu conheço você — ele disse, olhando-a intensamente. — Como conheço você?

Dava ergueu seu BlackBerry com um sorriso rígido, indicando que estava ocupada naquele momento. Mas, quando os olhos dela encontraram os dele, o homem também lhe pareceu familiar.

— Não faço ideia. Não sou daqui — ela soltou, como se a pior coisa que ele pudesse presumir sobre ela era que morasse em qualquer lugar no estado da Califórnia.

— Eu também não — ele disse, mastigando o chiclete de forma barulhenta. — Sou de Nova York. — Ele olhou para Dava, brilhando em um vestido longo esmeralda, depois para os homens e mulheres vestidos com roupas igualmente caras ao lado deles. — Acho que eu deveria ter vestido meu terno de pinguim esta noite.

— Não consigo imaginar músicos que gostem de se apresentar em smokings — Dava disse distraidamente, ao ver que tinha chegado uma mensagem de Arvid.

As crianças estão dormindo e mandei Anita para casa esta noite. Está todo mundo bem. Coçando os olhos, mas bem. Diga a Paul que mandei oi.

Ela sorriu e respirou profundamente, então levantou o olhar de seu celular e viu o homem a encarando com uma expressão curiosa.

— Por que presumiu que sou músico? — ele perguntou, grudando seu chiclete debaixo da mesa.

— Os jeans... e sua postura à mesa — Dava respondeu, balançando a cabeça, embora estivesse sorrindo. — E a ponta de seus dedos tem calo, o que significa que é guitarrista.

Ele assentiu, aprovando.

— Toquei com Norah Jones esta noite. O guitarrista dela cancelou no último minuto, então um amigo de um amigo me recomendou. Um show bem tranquilo. Geralmente, toco com quatro caras que estão vestidos iguais a mim, mas que cheiram muito pior. — Ele sorriu para ela, exibindo seus dentes deslumbrantemente brancos. — Tom Buck.

— Dava Shastri. — Ela apertou a mão dele ao mesmo tempo que semicerrava os olhos, ainda surpresa por ele parecer familiar. — Qual é o nome da sua banda?

— The Jackmates — Tom Buck respondeu, com um misto de orgulho e desdém. — Temos três álbuns, alguns elogios da crítica e não muitas vendas. Acho que o ápice da nossa fama foi aparecer em um episódio de *The O.C.* por cinco segundos.

Ele olhou para ela com expectativa, e Dava deu de ombros com um sorriso de desculpas. Antes, ela tinha um conhecimento enciclopédico do mercado musical, mas, nos seus vinte e poucos anos, ela começou a ceder o espaço em seu cérebro dedicado a lembrar de letras de música e discografias para lembrar de estatísticas sobre disparidades salariais e dos nomes dos amigos de seus filhos.

Ainda assim, ela gostou de que, diferentemente da maioria dos músicos de rock, Tom Buck não tenha se sentido mortalmente ferido por ela ignorar sua banda.

— Na verdade, estamos passando por um divórcio — ele sussurrou de forma conspiratória no ouvido dela, fazendo Dava sentir o cheiro de seu pós-barba almiscarado. — Estou gravando meu próprio álbum agora. Felizmente, serei Paul depois que nos separarmos, e não Ringo.

— Bem, boa sorte — Dava disse, começando a se voltar para o palco. Ele estava flertando com ela e talvez ela estivesse flertando de volta. Mas ela não queria que a interação continuasse, apesar de ter praticamente certeza de que o conhecia.

— Obrigado — ele disse ironicamente. — Aqui está meu cartão. — Ele lhe entregou uma palheta prata de guitarra. — Caso, um dia, precise de um guitarrista de emergência.

Ele piscou para ela, depois se levantou e se afastou com as mãos nos bolsos, e ela observou sua figura sair no salão enorme até desaparecer de uma vez. Dava analisou a palheta e viu que o nome dele estava em alto-relevo em uma fonte minúscula e o número do celular dele estava atrás. Ela revirou os olhos e a colocou em sua bolsa Fendi dourada e respondeu à mensagem de Arvid.

Crianças felizes estão dormindo. Estou feliz que esteja com elas. Também queria estar.

Ela parou por um instante, depois adicionou "Te amo muito mesmo!" antes de apagar o "mesmo" e o ponto de exclamação.

Foi somente no trajeto para o aeroporto para voltar a Nova York que Dava finalmente se lembrou de como conhecia aquele tal homem. O rádio do carro estava sintonizado em uma estação clássica de rock e, assim que ela ouviu David Byrne cantar "*Oh, yeah, yeah, yeah, yeah!*" de "Psycho Killer" dos Talking Heads, ela foi instantaneamente transportada de volta para aquela noite divertida de seu último ano com o cara fofo da música do microfone aberto em um palco pouco iluminado e o convite para a festa em Greenpoint.

Ela pegou a palheta do bolso interno de sua bolsa preta Kate Spade (pois a transferiu para lá enquanto fazia as malas) e sorriu para si mesma. Quais as chances de os dois esbarrarem um no outro de novo depois de tanto tempo? Dava se perguntou se ele tinha desvendado como haviam se conhecido. O primeiro instinto foi disparar um e-mail para Tina e Ben com o título "Noite louca — vocês nunca vão adivinhar quem encontrei!", mas se lembrou de que Tina estava escalando o Monte Kilimanjaro e Ben estava em reabilitação por vício em analgésico. Ela disse a si mesma que foi por isso que não enviou o e-mail aos seus antigos colegas de quarto. A razão verdadeira era algo no qual ela não estava preparada para pensar.

Exatamente dois meses depois, Dava se viu parada no escuro em seu closet, a única luz vindo da tela de seu BlackBerry. Estava analisando sua coleção de bolsas de mão, seus dedos viajando pelo comprimento da prateleira até ela sentir a alça rígida e curvada da Kate Spade. Enfiou a mão nela e tirou a palheta. Depois se jogou no chão e abraçou os joelhos, seus ombros tremendo conforme suas lágrimas escorriam desimpedidas.

Dava estava se escondendo. Do mundo, de seus filhos, do trabalho e, principalmente, de seu marido. Diretamente abaixo dela, Arvid estava recolhendo um vidro de molho de tomate que tinha caído no chão da cozinha, enquanto Arvie, Sita e Kali assistiam a *Os feiticeiros de Waverly Place* na sala de TV, os dois mais velhos evitando olhar para a fenda enorme na mesa de centro. Dava sabia que deveria estar no andar de baixo com as crianças para ver quem foi responsável por danificar a mesa. Mas foi incapaz de fazê-lo.

Sua mãe tinha falecido no mês de março anterior. E, por mais que 2011 tivesse sido um ano extremamente difícil, quando

Dava chegou ao fim dele, ela pensou que tivesse começado a se curar. Mas o primeiro aniversário da morte de sua mãe havia provocado uma nova e profunda melancolia que Dava se recusava a reconhecer, jogando água nas chamas antes de elas poderem se transformar em um incêndio.

Mesmo semanas após a data do aniversário, a energia para manter seu luto de lado deixava Dava constantemente à flor da pele, irritadiça, distante e totalmente pronta para gritar por questões insignificantes. Tudo isso veio à tona durante uma reunião na qual Dava chegou perigosamente perto de xingar um membro do conselho, e Vash a persuadiu a tirar o resto da semana de folga.

Dava tinha voltado para casa às 19h15, faminta e exausta, pronta para cair nos braços do marido e deleitá-lo com seu dia de merda junto com taças de vinho e sobras de comida tailandesa. Em vez disso, ela ficou chocada ao ver os filhos comendo *nuggets* de frango e palitos de aipo em silêncio na mesa da cozinha enquanto Arvid estava sentado com eles, sua expressão enevoada e distante.

— Por que estão jantando tão tarde? — Ela se inclinou para beijar cada filho, e então seu marido, quem ela percebeu afastar-se levemente após os lábios dela beijarem sua têmpora.

— Vá na sala de TV e você vai ver — Arvid respondeu, levantando um olhar irritado para ela.

Dava, pega de surpresa pelo tom frio do marido, fez o que ele pediu e viu que a mesa de centro tinha uma fenda enorme no meio. *O que poderia ter causado isso?*, ela se perguntou. Quando perguntou à família depois de entrar novamente na cozinha, Sita e Arvie trocaram olhares culpados. Dava se sentou com eles e pegou um *nugget* do prato de Arvie.

— Como fizeram isso? — ela perguntou, aparentemente mais curiosa do que brava.

Os filhos mais velhos não responderam, só continuaram comendo seus *nuggets* enquanto Kali lambia a pasta de amendoim de seus palitos de aipo.

— Eles não querem me contar — Arvid disse, ainda soando distante. — E, já que não dizem, vão dormir sem sobremesa hoje e sem TV pelo resto da semana.

As crianças ainda estavam bem quietas, não tiravam os olhos de seus pratos.

— Uau — Dava disse. — Crianças, ouçam: devem nos contar o que aconteceu. Não nos contar é pior do que danificar a mesa.

— Não é verdade — Arvid murmurou.

Dava o olhou boquiaberta. Ela não estava acostumada a ouvir seu marido contradizê-la, principalmente diante de seus filhos.

— Vão assistir à TV — ela disse a eles. — Levem seu jantar com vocês. Já estou indo. Vão. Levem sua irmã.

Depois que as crianças saíram, Dava segurou a mão dele e perguntou se ele estava bem.

— Eu tinha um jantar com os curadores da escola esta noite — ele disse, deixando a mão mole na de sua esposa. — Era para você estar aqui às 18h. E sei que está acontecendo muita coisa no trabalho...

— Ah, Arvid, sinto muito. — Dava suspirou. — Tive uma merda de reunião do conselho hoje e quase xinguei Frank. Vash teve que me acalmar e, no fim, me convenceu a tirar o resto da semana de folga.

— Então você a ouve, mas não me ouve?

Ela tirou a mão.

— Do que está falando?

— Eu implorei para você tirar uma folga — Arvid lembrou, sua pele clara assumindo um tom de vermelho beterraba. — Falei para você que os primeiros aniversários são sempre os mais difíceis. — Ele se levantou tão de repente que sua cadeira caiu no chão. — E, no ano passado, falei para você entrar para um grupo de apoio. Pensa que está lidando com seu luto, mas não está. E agora está afetando as crianças de novo. Kali fica me perguntando — ele engasgou, depois parou rapidamente para se recompor — qual é o número de telefone do paraíso. Ela falou que, se você conseguisse conversar com sua mãe, então talvez se sentisse melhor.

— Ah, não — ela disse, baixinho. Em transe, Dava observou uma barata andando pelos azulejos brancos perto da lata de lixo e ficou absorta pela ideia de que, enquanto mantivesse o inseto à vista, ela poderia prevenir que as chamas de seu luto se transformassem em um incêndio. — Eu vou... eu vou falar com eles. Sei que preciso melhorar. Por eles e por você.

— E por você também. — Ele pegou o prato de *nuggets* de frango e o apontou na direção dela. — Venho te falando para fazer uma pausa. Mas aí Vash faz a sugestão e você a segue. Talvez eu devesse pedir a Vash para te dizer para contratar uma babá, para finalmente termos um pouco de ajuda por aqui.

Dava jogou os braços para cima, frustrada.

— Espere. Estou confusa. Qual é o problema aqui? Só me diga por que está bravo comigo, e vou resolver.

Ela desviou o olhar da barata para ver seu marido limpar a mesa com braveza, como um garçom que não recebeu gorjeta.

— Não é tão fácil. — Ele carregou as sobras e as empilhou na geladeira, arrumando cada item com um barulho acusador. — Você trabalha longas horas e está trabalhando cada vez mais, e estou fazendo meu máximo para estar disponível para as crianças, como falei que faria. Mas elas também precisam de você. E você não deixa eu me envolver nos seus problemas para te ajudar. Então, não está física nem emocionalmente aqui e, ainda assim, acha que não precisamos de babá, porque Dava Shastri consegue fazer tudo. Ela é a supermulher, certo?

Ela estava desmoronando. O luto estava se preparando para engoli-la e ficar por um bom tempo por ali. Em vão, Dava procurou a barata, torcendo para que, ao vê-la, ela prevenisse o inevitável, mas o inseto tinha sumido.

— Sinto tanto, tanto, amor — ela disse, sua voz tremendo, e foi se prostrar de pé atrás dele, colocando a mão em sua lombar.

Volte para mim, ela implorou em silêncio. *Preciso do seu amor, calor e apoio sem eu te dar nada em troca.*

Arvid continuou parado diante da geladeira aberta, o ar gelado os encontrando em uma onda sólida. Quando Dava deslizou o braço pela cintura dele, ele se balançou e se afastou e o braço dele bateu em um vidro de molho de tomate, que quebrou e espirrou em uma cachoeira sangrenta.

— Merda! — ele xingou, sua calça de trabalho suja de manchas vermelhas do tamanho de moedas de dez centavos.

— Arvid, eu cuido disso. Só deixe eu...

— Não — ele a interrompeu. Sua voz artificialmente estrondosa fez Dava se encolher. — Eu fiz a bagunça. Eu vou limpar. — Ele fez uma pausa, então complementou, sem olhar para ela: — Vou sair por algumas horas, para clarear a mente. É melhor não me esperar acordada.

Dava se afastou dele e subiu as escadas correndo, a alta trilha de risada da comédia da Disney a que seus filhos estavam assistindo a seguiu como um cheiro irritante até ela fechar a porta do closet. E foi assim que se viu chorando silenciosamente com a palheta de Tom Buck esmagada em sua mão em punho. Depois de alguns instantes, ela abriu a mão e iluminou o pequeno objeto com a luz do BlackBerry para conseguir enxergar o número de telefone. Dava limpou o rio estreito de catarro escorrendo por seus lábios e enviou uma mensagem de texto a ele.

Vinte e quatro horas depois, Arvid e Dava tinham feito as pazes. Ele se desculpou por ter sido grosseiro com ela, e ela jurou fazer terapia e ser mais presente para os filhos. Arvie e Sita admitiram que tinham caído na mesa depois de pular do sofá, e a queda tinha aberto a fenda incorrigível no tampo da mesa. E Tom Buck respondera à mensagem de Dava — "Nos encontramos no show beneficente de Paul Mc (Falei que você não tinha modos à mesa). Acabei de perceber que nos conhecemos no microfone aberto, no Lower East Side, 15 anos atrás. Depois fomos a uma festa no Brooklyn. Lembra disso?" — com uma mensagem bem mais sucinta: *"Rua Springs, 223. Apto 4. 18/04, às 19h?"*.

. . .

Durante o ano do "reencontro" deles, e mesmo depois que pararam de se falar, Dava nunca pensou em suas visitas semanais a Tom Buck como românticas; ela as considerava um prazer necessário e, de vez em quando, como sua própria versão de terapia. Mas, quando entrou em contato com ele naquela noite, tinha enviado mensagem para ele como um mero estimulante. No máximo, resultaria em uma troca de flertes, algo divertido e brevemente eletrizante que conseguiria anestesiar sua angústia. Em vez disso, Dava recebeu um convite para encontrá-lo, que, por fim, se tornou um convite para se reconectar consigo mesma. Como ela explicou em uma carta que escreveu quando estava extremamente envolvida no tempo em que estiveram juntos, mas que nunca enviou porque não confiava totalmente em nenhuma de suas amigas para guardar seu segredo.

Entrar no apartamento dele é como viajar de volta no tempo. Cada item de roupa retirado é como tirar uma parte de minha identidade. Quando o blazer sai, também saem minhas responsabilidades. Quando os saltos saem, não sou mais esposa. Quando solto meu cabelo do rabo de cavalo, não sou mãe de ninguém. Todas essas camadas são retiradas até sobrar somente eu, uma pessoa com vícios e opiniões aleatórias sobre coisas importantes e inconsequentes. E ele me permite ser eu. Não pede nada de mim além de meu corpo, e a forma como me deseja é empolgante porque sei que é puramente física. Não há nenhuma outra necessidade por trás disso. Ele tem outras mulheres, tem a própria vida, então sabe que também não preciso de nada dele. E, toda vez que vou embora, me sinto renovada e pronta para continuar minha vida, sabendo que sou capaz de ser a melhor versão de mim mesma.

Uma semana depois de contatá-lo, Dava se viu batendo na porta do apartamento-estúdio de Tom Buck. Quando entrou, ficou encantada com a estética minimalista, do tamanho exato para uma poltrona, um colchão *queen* e uma pequena televisão empoleirada no topo de um baú, e havia um tapete cinza-escuro que combinava com a roupa de cama dele. Uma seleção de instrumentos de corda — um violão acústico de seis cordas e um de doze, uma Fender Stratocaster, uma Rickenbacker, um banjo e um baixo — estava alinhada contra uma janela panorâmica voltada para uma parede de tijolos, todos eles em tons variáveis de azul. A única área que poderia ser descrita como levemente cheia era a parede oposta, adornada com fotos e papéis emoldurados em uma grade oito-por-oito perfeita, os quais Dava soube, depois, que eram listas de músicas de shows da antiga Jackmates, além de shows das bandas preferidas dele. A organização de seu apartamento, e sua óbvia atenção aos detalhes, foi imensamente atraente para ela. Tom Buck parecia ainda mais bonito do que da última vez que ela o tinha visto, e ela ficou especialmente surpresa em perceber como a cor do jeans lavado dele combinava com seus olhos. A antiga atração de Dava por ele ressurgiu como um maremoto, e ela não tentou fugir.

— Oi. — Ele estendeu a mão para apertar a dela e fechou a porta. — Acho que deveríamos nos reapresentar agora que sabemos quem somos um para o outro. Se é que faz sentido.

— Faz — ela respirou.

No ambiente aconchegante e pequeno, o cheiro do perfume dele, um misto de florais e sândalo, era avassalador sem parecer opressivo. Um *frisson* de ansiedade a percorreu, e ela se surpreendeu ao tirar os saltos para entrar.

— Você ainda ouve PJ Harvey? — ele perguntou, seus olhos brilhando enquanto ele gesticulava e se sentava na beirada de sua cama.

— Não — Dava respondeu, com uma risadinha nervosa. — Mas você ainda gosta de Heads — ela complementou, assentindo na direção do pôster emoldurado de *Stop making sense*.

— Gosto mesmo — ele confirmou, com uma risada alta demais. Seu pé com tênis chiou ruidosamente no piso de pedra. — Tenho que admitir que dei um Google em você. E estou impressionado. E intimidado.

— Ah, certo.

Foi a primeira vez que a realidade invadiu esse sonho febril de curiosidade e luxúria. O peso gigante de sua vida — Arvid, seus filhos, a perda de sua mãe — caiu em cima dela como um martelo batendo em um prego. Ela começou a hiperventilar, seus pensamentos pulando de um lado para outro em seu cérebro: *O que estou fazendo? Por que estou aqui?*

— Você está bem? — Tom Buck perguntou, saltando da cama quando viu que ela estava tremendo ao tentar ficar em pé.

Ela assentiu, depois ficou agitada, com pânico, e balançou a cabeça com veemência. Ele a pegou nos braços e a envolveu em um abraço, segurando seu corpo bem perto até o tremor diminuir e ela recuperar o fôlego. Eles ficaram parados juntos assim por quase dez minutos, o que deu a ela a impressão de estar sendo abraçada por uma árvore, de alguma forma forte e suave ao mesmo tempo.

Enquanto Tom Buck a segurava, ela percebeu que, sem os saltos, ela era tão baixa que sua cabeça só alcançava a parte de cima do abdome dele, e ela conseguia ouvir o estômago dele roncar gentilmente. Era uma sensação diferente de quando ela e Arvid se abraçavam, quando ela conseguia deitar a cabeça no peito dele. Para Dava, abraçar Tom Buck depois de estar casada com Arvid era como visitar Chicago após anos morando em Nova York: não era tão bom quanto sua cidade natal, porém agradável por ser um tipo diferente de experiência em cidade grande. Ela nunca iria embora de Nova York, porém não se importava de ir para Chicago de vez em quando.

— Está se sentindo melhor? — Ele se curvou para murmurar no ouvido dela.

Quando ela assentiu, ele perguntou se tinha certeza. Ela olhou para ele e respondeu que sim. E essa foi a última coisa que disse a ele antes de Tom puxá-la para um beijo. Então, rapidamente, confirmaram a atração mútua. Enquanto ele beijava seu pescoço e deslizava a mão entre suas coxas, ela imaginou, absorta, se o sexo com Tom Buck também seria como Chicago. Quando terminaram, ela achou parecido com Xangai: exótica, com cheiros intoxicantes e uma linguagem não familiar. Gostou bastante, mas sentiu o choque cultural. Mesmo assim, ela queria visitar de novo.

Depois, Dava colocou seu eu prático e voltado a negócios em ação e explicou as regras, que tinha criado enquanto estava debaixo do chuveiro no banheiro dele: *Não entre em contato comigo a menos que eu entre em contato com você, não fale de mim para ninguém e só nos veremos aqui. Se, um dia, nos virmos em público, podemos nos reconhecer como duas pessoas que se encontraram no MusiCares beneficente e, em caso de reunião, lembrar que nos conhecemos rapidamente nos anos 1990.* Ela incluiu essa última regra porque não queria pensar na possibilidade de histórias conflitantes, já que poderiam se esbarrar novamente no futuro. Eles conversaram sobre isso enquanto Tom Buck ainda estava na cama e ela, já se vestia. Ela explicava as regras olhando para o corpo nu e bronzeado dele, incapaz de olhá-lo no olho. Quando Dava, enfim, olhou diretamente para ele, transmitiu sua última regra.

— Nunca me pergunte sobre minha vida profissional ou pessoal quando eu estiver aqui — ela disse, com sua voz de conselho, torcendo para enfatizar que precisava mantê-lo distante do resto de sua vida. Mas, quando ela viu que ele estava assentindo de um jeito "claro, como você quiser", Dava se tranquilizou. — Tenho que ir — ela disse, olhando para o Rolex dourado e prateado em seu punho. — Mas entrarei em contato. Obrigada por me receber em sua casa.

Tom Buck assentiu, depois se levantou e enrolou o lençol na cintura. *Ele sabe como é bonito,* ela pensou, *e sabe como explorar isso.* Ela apreciava a impressão que tinha de que ele usava aquela beleza de forma benigna com as muitas mulheres que tinham chegado naquele ponto antes e as que o fariam depois.

— Obrigado por vir — ele disse, dando um beijo na bochecha dela.

Quando ele fechou a porta, o primeiro instinto de Dava foi enfiar a mão na bolsa e pegar seu BlackBerry, mas isso quebraria o encanto assim como o comentário fora de hora de Tom Buck sobre dar um Google nela tinha ameaçado fazer, desfocando limites entre o mundo real e esse tipo de estado sonhador em que ela estava. Então, esperou até sair do prédio dele para ligar para seu motorista, visualizando os vinte e três e-mails e as quatro mensagens de texto que ela tinha recebido na última hora.

• • •

O que Dava mais gostava em Tom Buck era o que ela menos gostava em outras pessoas, e era por isso que encontrava tempo para um encontro semanal independentemente do quanto sua vida estivesse ocupada. Porque, por mais que houvesse atração física inegável, o que continuava levando-a ao apartamento dele no SoHo era o fato de ele não ser totalmente comprometido com o mundo. A atenção incrível de Tom Buck aos detalhes só se aplicava a questões dele mesmo e dos interesses dele. Dava pensava nele como sendo mais reservado do que narcisista, ainda assim, também totalmente ignorante de seu privilégio branco. Tom Buck evitava todas as mídias sociais e mal sabia o que estava acontecendo no noticiário a menos que ele visse na capa do *New York Post*.

E, em qualquer outra pessoa, Dava teria detestado isso. Mas, em Tom Buck, era um alívio: ele era como um vazio no qual ela podia entrar e não precisar se sentir plugada às preocupações de uma guerra civil em um país de terceiro mundo ou uma catástrofe ambiental em um país próximo. Os encontros de uma hora raramente se desviavam do padrão determinado na segunda vez deles juntos. Dava chegava do trabalho às sete da noite e, depois de entrar na casa dele, Tom Buck a despia lentamente, a carregava em seu ombro para a cama, onde ele a deitava delicadamente e beijava seu corpo até estar entre as pernas dela. Então ele colocava sua língua experiente em locais que a faziam enlouquecer até gozar, meio que rindo enquanto implorava por misericórdia pelo prazer intenso daquele toque. Às vezes ela retribuía, mas, geralmente, eles transavam depois. Aí Dava tomava banho — após um mês, ela começou a manter um segundo kit de xampu, sabonete e perfume debaixo da pia dele — e ia embora com a promessa de enviar mensagem em alguns dias para marcar o encontro seguinte.

Quando ela tinha um tempinho extra, ou quando o sexo acabava em uma explosão rápida porém energética, eles se deitavam na cama e conversavam sobre música, trocando histórias da juventude deles sobre álbuns e shows preferidos. Às vezes, jogavam um jogo em que ela lia as letras no *notebook* dele e ele tinha que adivinhar a música, o álbum, o artista, a produtora e a gravadora. (Ele sempre acertava.) Ou ele tocava a guitarra e ela tentava se lembrar da música e do artista. (Ela acertava apenas metade das vezes.) E, de vez em quando, ele tocava para ela uma música nova na qual estava trabalhando para seu novo álbum. Mas, assim como ela mantinha sua vida separada dele, Tom Buck também não compartilhava detalhes de como seu álbum estava progredindo, os músicos com quem estava trabalhando ou sequer onde ele estava gravando. E isso funcionava perfeitamente para os dois.

O mais perto que os dois mundos de Dava chegaram de colidir foi três meses antes do Grammy de 2013, no Dia de Ação de Graças. Acabou sendo o último feriado que a família Shastri-Persson comemorou na casa geminada, já que foram para a Disney no Natal e se mudariam para a cobertura em Upper East Side no verão seguinte. Além da família, a casa geminada estava lotada com parentes: o pai de Dava, Rajesh; a tia Ebba e o tio Albin de Arvid; e o amigo de faculdade de Arvid, um professor do ensino médio em Seattle. Kenny tinha sido uma adição de última hora, já que era para ele passar o feriado com a noiva e os pais dela pela primeira vez na casa deles em New Jersey, mas os dois terminaram na véspera de Ação de Graças, e Arvid quis oferecer a Kenny um lugar para ficar até seu voo no domingo.

Então a casa de cinco cômodos estava totalmente lotada e explodindo com barulho e conversa de um jeito que Dava achava extremamente claustrofóbico. Como a pessoa que supostamente estava no comando do jantar de Ação de Graças, ela também se sentiu julgada por todos os visitantes adultos quando Arvid explicou que ele prepararia a grande refeição para dar a Dava tempo de preparar uma reunião importante para a segunda seguinte. Ao longo do fim de semana de quatro dias, quando não estavam reunidos para as refeições em volta da comprida mesa de jantar de madeira, o pai de Dava se sentava na La-Z-Boy da sala de TV e, em silêncio, assistia a futebol americano e maratonas de *Além da imaginação*; a tia e o tio de Arvid ocupavam a cozinha, ansiosamente questionando seu sobrinho com perguntas em sueco; e Kenny se fechava no quarto de Arvie, entupindo-se de cerveja Miller Lite enquanto via episódios de *Família Soprano* em seu iPad, interrompido apenas por altas e intensas ligações com sua ex-noiva. As crianças nunca foram próximas de nenhum dos parentes, exceto da falecida avó, então eles simplesmente se refugiavam no quarto dos pais para jogar UNO e assistir a programas na Nickelodeon.

Dava não tinha seu próprio refúgio. Não sentia nenhuma vontade de se sentar e conversar com o pai, que ela sabia que, provavelmente, estava deprimido e solitário em sua vida como um viúvo morando em uma comunidade de aposentados em Phoenix. Ela tinha um relacionamento amistoso com a tia e o tio de Arvid, porém era afastada pela inclinação deles em ter conversas em sueco com seu marido, mesmo que ela ou as crianças também estivessem no ambiente, como se estivessem famintos pelo tempo de Arvid e usassem sua língua em comum para tê-lo só para si. Dava tinha falado para ele que se ressentia pela forma como isolavam as crianças e ela da dinâmica da família, no entanto Arvid disse que ele não tinha culpa de "ser filho único" e "raramente os vejo", e era mais fácil simplesmente deixar as coisas acontecerem.

Então Dava manteve distância de Ebba e Albin e só falava com eles para perguntar se precisavam de alguma coisa: ingressos para um show da Broadway, um cobertor extra, mais leite para o cereal deles (a resposta quase sempre era um não educado). Quanto a Kenny, ela nunca gostou muito dele durante os dias de faculdade de Arvid, e gostava menos agora como convidado de última hora.

Apesar da barulheira de ter tantas pessoas extras na casa, o jantar de Ação de Graças em si foi um caso estranhamente silencioso, no qual até as crianças pareciam letárgicas enquanto comiam silenciosamente o peru, o recheio, as vagens e as *Ragg-munk*, as panquecas de batata suecas, preparadas por Ebba. Depois disso, Rajesh deu boa-noite a todos e foi para o quarto de Arvie (durante as noites, Kenny renunciava ao quarto do filho dela e dormia no sofá na sala de TV), enquanto Kenny ajudava Arvid a tirar a mesa e sua tia e seu tio guardavam as sobras de comida na geladeira e lavavam a louça. Dava ficou feliz por ter as desculpas combinadas de trabalho e hora de colocar as crianças para dormir para subir correndo as escadas. Depois de ela ter colocado os três filhos para dormir no quarto de Sita — com Arvie reclamando por dormir no chão em seu saco de dormir do Homem-Aranha, enquanto as irmãs se chutavam debaixo das cobertas —, Dava se arrastou, exausta, para o closet de seu quarto e fechou a porta.

Ela tirou seu vestido transpassado e sutiã preto e vestiu uma blusa roxa da NYU e shorts boxer, depois se sentou com as costas contra a parede oposta à porta do closet, na mesma posição de quando enviou aquela primeira mensagem a Tom Buck muitos meses antes. Seu primeiro instinto foi pegar seu BlackBerry para verificar e-mails de trabalho e ler suas anotações para a reunião que teria. Em vez disso, ela sentou-se com as pernas cruzadas, a tela do celular levemente pressionada nos lábios e pensou em como Tom Buck estava passando o feriado.

Ela sabia o que ele estava fazendo, porque ele lhe contara sua tradição anual dos feriados de Ação de Graças: assistir a seu segundo filme preferido, *O último concerto de rock*. Dava tinha admitido que ela só havia visto partes quando se deparara com ele no VH1 anos antes, incluindo um clipe inteiro da apresentação icônica de "The weight" com Staple Singers, do The Band.

— O filme inteiro é icônico — Tom Buck insistira quando os dois estavam deitados lado a lado na cama, ouvindo a chuva pesada bater e espirrar nas janelas. Ele explicou que tinha sido a última apresentação do The Band com a formação original, e eles finalizaram a jornada de uma década com um show de estrelas no Dia de Ação de Graças.

— Apesar das brigas e discussões internas, eles se uniram uma última vez e convidaram gente da "família", entre aspas... Bob Dylan, Van Morrison, Joni Mitchell, Neils Young e Diamond... para ajudar na despedida. O que é um feriado mais *rock'n'roll* do que isso? — Tom Buck disse que ele estava especialmente interessado em ver o filme esse ano, porque seria sua primeira vez assistindo desde que sua própria banda tinha se separado, e ele queria ver se surgiria uma emoção extra para ele desta vez.

— Você faz sua família ou quem quer que esteja com você assistir junto? — Dava perguntou enquanto se sentava e pegava suas roupas, pensando em quantas namoradas e mulheres do momento tinham assistido ao filme com ele.

Tom Buck balançou a cabeça enquanto olhava com aprovação para os seios dela, que desapareciam atrás de um sutiã de renda rosa, depois uma blusa de seda rosa.

— Só eu. Não passo Ação de Graças com outras pessoas. Acho que essa é a única vez do ano em que consigo ser eu mesmo, porque todo mundo que conheço tem planos. É bem tranquilo. Sem expectativas sobre mim.

Dava assentia melancolicamente, compreendendo perfeitamente o sentimento. E, enquanto se escondia no closet de seu quarto, buscando refúgio do caos, do julgamento e da necessidade constante da atenção dela, ela invejou a solidão dele. Então, quando se viu enviando uma mensagem para Tom Buck, não foi para um flerte rápido. Ela enviou: Como está *O último concerto de rock*?

Ela mordeu o lábio, pensando se estava invadindo o tempo dele e também sendo hipócrita, considerando sua regra essencial de não enviar mensagem a menos que seja para marcar um encontro. Dava aguardou ansiosamente que ele respondesse, torcendo para a resposta chegar antes de Arvid subir para o quarto. Dois minutos depois, o BlackBerry vibrou contra seu queixo.

T: Incrível. Muddy Waters está fazendo o que sabe

T: Não acredito que Robbie Rob queria cortá-lo do filme

T: Como estava seu peru?

D: Bom

D: Tenho uma pergunta para você

D: Pode me recomendar uma parte a que eu deveria assistir de *O último concerto de rock*?

T: Claro

T: Do que está a fim?

D: Estou exausta. Preciso de um instante de paz. Os sentimentos normais de pós-Ação de Graças :)

T: Espere um pouco

T: Ok, primeiro assista a "it makes no difference"

T: É a banda em seu melhor momento

T: Vai te conectar com seus sentimentos, te fazer sentir o que está sentindo de um jeito ainda mais profundo

T: Quando precisar se preparar psicologicamente de novo e sair daí

T: Pq presumo que esteja em um banheiro ou closet agora

T: Aí assista à parte de Van the Man

T: Quando ele canta exala tanto poder, mas faz parecer tão fácil

T: Vai te dar um incentivo

D: Muito obrigada! Feliz Ação de Graças

T: Imagine! Espero que ajude

T: Para você também

Dava colocou o clipe de "It makes no difference" e deixou a música inundá-la, depois a deixou tocando repetidamente pelos quinze minutos seguintes. Ouvir os integrantes da banda harmonizar lindamente em uma música tão dolorosamente triste era uma experiência fascinante. Ela não se sentava e ouvia uma música repetidamente desde que as crianças nasceram, e sentia falta dos dias em que tinha tempo para dedicar muitas horas para se apaixonar por uma única música.

Quando ouviu os passos de Arvid do lado de fora da porta, ela trocou para o clipe "Caravan", de Van Morrison. Uma faixa de luz interrompeu a escuridão conforme ele entrou e fechou a porta. Dava gesticulou na direção dele e lhe mostrou a tela.

— "Van the Man" — ele disse. — Essa versão é muito melhor do que a do álbum. O terno roxo, os tênis de cano alto. É mágico.

Dava deu risada.

— Mal posso esperar para ver os tênis.

Eles assistiram ao vídeo juntos, e ela percebeu que conhecia "Caravan" dos dias de Arvid ouvindo *Moondance* repetidamente enquanto estudava para as provas da faculdade dele. Então, Dava se lembrou de Kenny, o que a fez lembrar do estresse e da tensão do dia todo, mas resolveu banir aqueles pensamentos e se concentrar no fato de que ela e o marido tiveram um instante de paz.

— Vamos assistir inteiro, desde o começo — ela disse a ele.

— Claro — Arvid disse, surpreso.

Conforme ele começou a se levantar, Dava puxou seu braço.

— Não, aqui. — Ela ficou com medo de que, se eles saíssem do closet, as outras pessoas da casa pudessem invadir a solidão deles.

— No seu celular? No escuro?

Ela assentiu, e ele deu risada e se sentou de volta. Dava rastejou para o colo dele e apoiou a cabeça em seu peito. Nas duas horas seguintes, eles assistiram a *O último concerto de rock* e se maravilharam com as apresentações e piadas sobre a estética robusta dos anos 1970 e a tendência de Robbie Robertson de fingir cantar no microfone. Quando Neil Diamond apareceu na tela, Arvid gemeu e lamentou que ele era definitivamente a pior parte do show. Dava estava prestes a adiantar a gravação para a parte de Neil quando Arvid revelou que tinha conversado com o pai dela.

— Mas só por uns minutos — ele complementou. — Ele perguntou como você está.

Dava pausou o vídeo e olhou nos olhos de Arvid, embora ela mal conseguisse vê-los na escuridão.

— O que você falou? — ela perguntou, chocada.

— Que você estava vivendo um dia após o outro e começando a dormir melhor. Ainda trabalhando bastante, claro, fazendo muitas coisas boas para muitas pessoas boas. Falei para ele que estou orgulhoso de você.

Ele a abraçou e a beijou no ombro.

— E, em resposta, ele falou que sou uma filha ruim, louca por trabalho e obcecada por dinheiro? — Dava resmungou.

— Por que você diria isso? — Arvid perguntou, sua respiração quente no pescoço dela.

— Porque é isso que vejo dele toda vez que ele olha para mim.

— Tudo que ele falou foi para cuidar de você e me certificar de que você não trabalhe demais. E falei para ele que faria isso. — Arvid a beijou no outro ombro.

Dava ficou emocionada em saber que seu pai se preocupava com seu bem-estar, algo que ele nunca tinha falado para ela pessoalmente. Esse sentimento durou um total de cinco segundos, quando Arvid mencionou que Rajesh também aconselhou que Dava passasse menos tempo no trabalho e mais tempo com os filhos.

— E aí está — ela disse, suspirando, conformada.

— Bom, você não é a única para quem ele deu conselho. Eu o ouvi dizer a Kenny que ele deveria ir para New Jersey e se desculpar com Darlene.

— Está brincando!

— Não estou. Por algum motivo, Kenny confessou suas desgraças românticas para Rajesh em vez de para mim. E, aparentemente, seu pai acha que dá para consertar e o está incentivando a pegar o primeiro trem para Secaucus amanhã e cantar "In your eyes" do lado de fora da janela dela. O.k., bom, talvez não essa última parte.

— Meu pai é cheio de surpresas — Dava disse, rindo, sua primeira risada genuína de felicidade desde que todos os seus convidados tinham chegado um dia antes. Ela se aninhou mais perto do peito de Arvid e inalou o cheiro amadeirado do perfume dele.

— Falando em surpresas, adivinha quem, finalmente, vai se aventurar fora de casa amanhã? — Arvid deu risada.

— Não acredito! Como você fez isso? Estou tentando fazer Ebba e Albin explorarem a cidade desde que chegaram aqui.

— Finalmente os convenci a irem ao Met. Seu pai... deveríamos começar a chamá-lo de Sr. Surpresa... se voluntariou para ir com eles. Disse que esteve na cidade uma dúzia de vezes e que poderá garantir que eles não se percam.

— Isso significa que... vamos ter nossa casa de volta amanhã? Por, tipo, algumas horas?

— Sim, querida. — Arvid ergueu a mão, esperando que ela batesse de volta. — É um milagre de Ação de Graças.

— Você é um milagre de Ação de Graças — Dava corrigiu, batendo na mão espalmada dele, para puxá-la e beijá-la.

Depois continuaram assistindo ao filme e, quando acabou, ela soltou o celular e se virou para encará-lo enquanto ainda estava no colo dele.

— Eu te amo, amor — ela sussurrou no ouvido dele. — Quero tanto você.

— Aqui dentro? No escuro?

— Aham — ela disse, descendo seus lábios pelo peito dele conforme desabotoava sua camisa.

— Mas primeiro deixe eu verificar se as portas estão trancadas e se Ebba encheu a máquina de lavar louça. Além do mais, acho que Kenny...

— Amor, isso pode esperar — Dava disse, baixinho, abrindo o zíper da calça e montando nele. Ele suspirou com prazer.

Então seus corpos se uniram, fazendo amor no escuro, rodeados por suas roupas, sapatos, bolsas e gravatas, o cheiro tranquilizador de cedro flutuando por eles. Esse momento roubado — antes de Sita bater na porta do closet reclamando que Kali havia feito xixi na cama dela e antes de Arvid ficar sabendo, através de uma ligação da polícia, que Kenny estava a cinco quarteirões dali, bêbado e sem sapatos — salvou o feriado dela e tornou esse último Dia de Ação de Graças na casa geminada uma de suas lembranças mais amadas.

E o fato de a noite romântica dela e de Arvid vir depois de uma música recomendada por Tom Buck não comprometeu nem um pouco a lembrança dela. Como ela contou para a terapeuta que começou a consultar um mês depois da morte de Arvid:

— Eu sempre soube separar essa parte de mim mesma de todo o resto.

Ela estava tentando lidar com o fato de sofrer pelo marido e, ainda assim, não se arrepender de seu tempo com Tom Buck; mesmo depois que toda a situação implodiu. E ela se sentia culpada por *não* sentir culpa.

— Dava Shastri é a Mulher-Maravilha; e Dava, a mulher que ia ao SoHo toda semana, é Diana Prince. As duas nunca ocuparam o mesmo espaço. Uma queria salvar o mundo, e a outra era um ser humano que precisava comer, tirar sonecas e transar. Elas, realmente, eram duas pessoas diferentes — Dava tinha dito.

— Mas a questão, Dava, é que elas são a mesma pessoa — sua terapeuta, Theresa, destacou. — Diana Prince era o alter ego da Mulher-Maravilha. A Mulher-Maravilha só mantinha em segredo o fato de que tinha um alter ego.

— Então não é uma metáfora perfeita — ela retrucou. — Mas a questão é que eu estava bem com a dualidade. Nunca permiti que as duas partes da minha vida se sobrepusessem.

— E o que houve quando isso finalmente aconteceu? — Theresa perguntou, olhando-a acima dos óculos de tartaruga.

— Bom — Dava disse, expirando amargamente. — Você ouviu a música.

CAPÍTULO DOZE

AINDA TEMOS A CHAMA

"Dava"
Música & Letra: Tom Buck

She's fighting the mirror
And she needs her space
Even from me, always from me
The sun's broken on the water
And we both know what that means
Yet her hand's still in mine
So right now, that's enough

Well, it's you and me
In the light and the dark
It's you and me
We still have the spark (x2)

The guitar is in her hands
And she's playing me perfectly
No notes hit the sky
But the melody lifts her
Into my arms
And she sings, oh, she sings

Well, it's you and me
In the light and the dark
It's you and me
We still have the spark (x2)

She's taking a bath but her eyes have run dry
I stare at myself through her eyes
And know I'm not enough

Well, it's you and me
In the light and the dark
It's you and me
We still have the spark (x2)

Alguns dias depois do Dia de Ação de Graças, Dava pediu à sua assistente, Parvati, para conseguir dois ingressos para o MusiCares beneficente após saber que Bruce Springsteen seria o homenageado. Ela esperava que a Personalidade do Ano de 2013 no MusiCares fosse alguém que se igualasse a um Beatle para que ela conseguisse levar Arvid para LA no fim de semana para compensá-lo por ter perdido o evento do ano anterior. E, por mais que seu marido não fosse louco pelo The Boss, ela sabia que Springsteen era um dos shows preferido dele.

Então, quando Parvati a informou que tinha conseguido não apenas ingressos para o MusiCares, mas que também haviam oferecido a ela ingressos para o Grammy (já que o MusiCares era na sexta-feira e o Grammy era no domingo), Dava aceitou sem pensar muito. Recentemente, eles tinham começado uma tradição mensal de "dormir", que envolvia ficar em um hotel luxuoso por doze horas de sono ininterrupto, e a intenção dela era que os três dias em Los Angeles fossem uma versão estendida desse ritual, exceto pela participação deles no evento

MusiCares. Quando Parvati perguntara sobre os ingressos do Grammy, pensou que seriam uma boa opção se o casal estivesse no clima antes de voar para casa na manhã seguinte.

Por mais que Dava reconhecesse a estranheza de levar o marido a um evento em que ela se reencontrara com Tom Buck, não ficou incomodada por isso. Para começar, ela não poderia imaginar que ele fosse por dois anos seguidos, já que sua aparição na cerimônia de McCartney tinha sido obra do acaso. E, mais crucialmente, mesmo que ele acabasse indo, Arvid já sabia da história de quando eles se conheceram e do encontro no evento beneficente. Logo depois da primeira visita ao apartamento dele no SoHo, Dava disparou um e-mail alegre para Tina e Ben — aquele que, inicialmente, ela pretendera enviar a eles dois meses antes, quando ouviu "Psycho Killer" a caminho do aeroporto — e jurou que a identidade do homem misterioso tinha acabado de vir à mente dela. Ela se certificara de, casualmente, incluir a curiosidade em sua conversa com Arvid naquela mesma noite enquanto assistiam a *Doctor Who*, adicionando "Isso não é totalmente aleatório?", enquanto ele assentia com bom humor e lhe perguntava o que ela havia feito com todos as suas cópias piratas de PJ Harvey.

O mês de dezembro tinha sido tão frenético com trabalho e obrigações familiares que Dava e Tom Buck não se viram de novo até um domingo gelado no início de janeiro; foi, na verdade, o único momento durante o ano de "reencontro" deles que se encontraram por mais de uma hora. O Natal em Orlando tinha sido particularmente estressante; lidar com três crianças pequenas frenéticas por princesas da Disney, passeios e açúcar e tentar ficar a par do trabalho da fundação a todo instante (o que exigia atender telefonemas de dois fusos horários diferentes) a levara a finalmente reconhecer o pedido de Arvid de contratar Anita como babá em tempo integral. Então, Dava pediu que o primeiro dia de Anita coincidisse com o mesmo dia em que ela tinha marcado um retiro de spa, que, em sua cabeça, era o que realmente seriam as lânguidas catorze horas na cama de Tom Buck.

Após uma manhã de sexo e conversa preguiçosa, Dava estava almoçando na cama, algo que nunca fazia em casa. Ela usava uma camiseta com gola V e calça de moletom cinza enquanto comia camarão à moda asiática e ouvia Tom Buck, nu exceto por uma toalha enrolada na cintura, tocar algo na guitarra acústica. Atrás dele, a janela estava coberta por aglomerados pesados de neve, mas ela não se importava com a falta de luz do sol, que para ela deixava o apartamento ainda mais aconchegante e mais semelhante a um útero do que o normal. Conforme Dava sugava o macarrão, ouviu Tom Buck dizer seu nome.

— Sei que não conversamos sobre nosso trabalho nem nossas vidas fora destas quatro paredes, mas minha agenda vai começar a ficar louca — ele começou, com cuidado, enquanto se aproximava para se sentar ao lado dela, com a guitarra na mão. — Meu álbum vai sair em breve, então não vamos conseguir nos encontrar com tanta frequência.

Dava soltou a tigela e os hashis e deu um tapinha na perna dele, reconfortando-o. Ela sabia que, em algum momento, a carreira musical dele o tiraria da rotina semanal deles, e lhe disse isso.

— Estou empolgada por você — ela disse. — E posso ver que está trabalhando pesado no seu álbum — ela não deveria, na verdade, mas pensou que seria uma coisa legal de falar —, e claro que vai pegar a estrada para divulgá-lo.

Tom Buck a agradeceu por ser tão compreensiva enquanto colocava a guitarra na beirada da cama. Então, delicadamente, ele segurou o braço dela e começou a dar beijos suaves em seu punho. Assim que ele chegou a seu cotovelo, ela puxou o braço, depois tirou as cobertas e o chamou para mais perto.

— Você nem me contou nada sobre seu disco — ela disse, rindo. — Tipo quando vai lançar.

Com um sorriso bastante tímido que não mascarava o extremo orgulho dele, Tom Buck contou a ela que seu álbum era autointitulado, e que sua gravadora estava empolgada pela sorte de ter marcado o lançamento para a terça seguinte ao Grammy.

Quando ele viu a expressão confusa de Dava, as palavras saíram de seus lábios com a alegria barulhenta de fogos de artifícios.

— Fui indicado! Fiz uma participação no disco de Feli Navarro, e fomos indicados como melhor colaboração de rap/vocal! Não ouviu "Blind Night"? Vamos apresentá-la durante a pré-transmissão!

— Ah! — Dava se recostou na cabeceira, sentindo-se atordoada pela novidade dele, além de meio assustada.

Porque, quando tinha contado a Arvid sobre os ingressos do Grammy na noite em que os reservou, ele confessara que, na verdade, estava mais empolgado para ir ao show do prêmio do que para ver Springsteen.

— Kanye, Frank Ocean, Jay-Z e Chuck D! — ele exclamou conforme olhou a lista de apresentações em seu iPhone enquanto eles limpavam a cozinha após o jantar.

Diferente de sua esposa, Arvid era fã de hip-hop. Era um amor que revivia os anos de adolescência dele, quando ele parecia a única criança da escola que amava LL Cool J e A Tribe Called Quest e ficava desesperado pensando que nunca fosse vê-los tocar ao vivo.

— Você é tão hipster — ela zombou, dando-lhe tapinhas na bunda enquanto desviava dele para encher a máquina de lavar louça. — Bem, parece que vou ter que levar dois vestidos, então. Talvez seja melhor eu comp...

— Ah, uau, vai ter um tributo a Levon Helm também — Arvid disse, mostrando a ela a notícia no celular dele. — Mavis Staples também estará lá! Se ela vai, significa que eles vão cantar "The Weight", não acha?

Na hora, Dava tinha achado estranho mas também meio engraçado que o Grammy incluísse uma apresentação de vários artistas dedicada ao falecido baterista do The Band, uma banda que apenas recentemente tinha se tornado uma conexão em sua mente entre dois homens de sua vida. Então, diante do olhar de expectativa de Tom Buck, Dava percebeu que a coincidência deveria ter lhe dado um pressentimento de que seus dois eus iriam colidir. Ela não ficava preocupada com a ideia de se deparar com Tom Buck enquanto estava com Arvid, mas, agora que a possibilidade tinha se apresentado, ela estava nervosa.

— Parabéns! — disse a ele, mesmo que ela acreditasse que seu tom de voz fosse rígido e seu sorriso, obviamente, falso. — Desculpe por eu não saber. Isso é ótimo, Tom.

Ele sorriu para ela.

— Também foi uma surpresa para mim, com certeza. Nunca pensei que um improviso de setenta e duas horas no estúdio levaria a uma indicação ao Grammy. É realmente para Feli... ela é uma gênia. Sou muito sortudo de ela me convidar para estar na música.

— É... uau.

O sorriso de Dava endureceu suas bochechas, mas ela não o desfez. Por meses, a casa de Tom Buck tinha se tornado sua pausa no tempo, um lugar em que poderia abandonar sua vida como uma mala que foi deixada na porta da frente. E agora ela não sentia mais paz no apartamento dele, ou mesmo na cama dele, e nunca mais sentiria.

No entanto, Tom Buck pareceu não ter percebido a mudança no humor dela. Ele saiu pulando da cama, pegou a guitarra e tocou os mesmos acordes que estivera dedilhando mais cedo. Desta vez com uma energia muito mais louca.

— O que é isso? — Dava perguntou, na tentativa de mudar de assunto, enquanto debatia se contava a ele que ela e Arvid iriam ao Grammy. — É bonito. Me lembra um pouco de The Velvet Underground.

— Não consigo tirar da cabeça. Escrevi para o álbum, mas não consegui fazer uma boa ponte. — Ele dedilhou os mesmos acordes de novo, fazendo cada nota soar mais nitidamente. — Tenho a estrofe e o refrão, mas a ponte simplesmente não fica boa, então fica para a próxima.

— Gostei bastante. — E ela realmente gostou. — É bem animada, mas melancólica ao mesmo tempo... de uma melancolia sutil. Meu eu adolescente, definitivamente, ouviria isso repetidamente enquanto sonhava com os meninos pelos quais era apaixonada. E não era correspondida, claro.

— Acho difícil de acontecer isso — Tom Buck disse, erguendo uma sobrancelha ao parar o dedilhado no meio.

— Acredite — Dava disse, rindo. — Meu eu adolescente também costumava sonhar que, um dia, ela seria linda e interessante o suficiente para inspirar uma ótima música. Como Linda McCartney ou Pattie Boyd. Eu sei que é um pouco patético.

— Pattie inspira muitas grandes músicas. Acho que "Layla" até ganhou um Grammy. — Tom Buck sorriu. — E não é patético. Talvez, se eu conseguir terminar, posso tornar esta música sua.

— Claro — Dava concordou, sem muita ênfase. Seus pensamentos tinham sido arrastados do passado e seu dilema do Grammy tinha voltado firmemente. Tom Buck soltou sua guitarra e a colocou no colo, o que fez a toalha dele cair.

— Não temos muito tempo sobrando — ele disse quando segurou o braço dela de novo e beijou seu punho. — Então, se não se importa, preciso terminar o que comecei.

. . .

No fim, Dava desistiu e não contou a ele pessoalmente sobre o Grammy. Uma semana antes do evento, enviou mensagem avisando que ela e o marido tinham sido convidados. Rapidamente, ele respondeu — rápido demais para o gosto de Dava — "Muito legal! Talvez te encontre lá". Então todo aquele fim de semana de fevereiro, que era para ser um oásis de lençóis de algodão egípcio e serviço de quarto, se transformou em uma agitação desconfortável. Ironicamente, Dava e Arvid faltaram ao evento que os levara, inicialmente, a LA depois que perceberam que preferiam continuar maratonando a quarta temporada de *Breaking Bad* em vez de, nas palavras de Arvid, "se arrumar só para ver The Boss cantar 'Born to run' pela milionésima vez". Mas a série, que mostrava personagens tentando guardar segredos em situações perigosas, só aumentou a sensação de pavor de Dava quanto à noite de domingo.

E mesmo com todas as suas preocupações, ela e Arvid acabaram tendo uma noite divertida no show do prêmio, com pouco drama e constrangimento mesmo quando se depararam com Tom Buck. A cerimônia do Grammy durou longas e exaustivas quase quatro horas, incitando o casal a ir embora mais cedo, depois de Arvid ter visto as apresentações de seus artistas preferidos, para ir às festas pós-Grammy. Como esperava e temia, Dava viu Tom Buck em uma dessas recepções, uma festa de gravadora em um hotel chique. Antes de ela conseguir decidir se deveria cumprimentá-lo ou se esconder, ele a viu e acenou.

— Quem é aquele? — Arvid berrou por cima de uma música *pop* que gritava pelos alto-falantes. — Ele é um antigo Medici Artist?

— Aquele é Tom Buck — Dava respondeu, alto. — Lembra? Da noite do microfone aberto, PJ Harvey? MusiCares?

— Olha, ele ganhou um Grammy! — seu marido disse, com prazer. — Vamos lá falar com ele.

Então eles foram. Tom Buck deu um beijo na bochecha de Dava, murmurando "Você está linda" em seu ouvido antes de cumprimentar Arvid com um aperto de mãos simpático. Logo depois de ela apresentar os dois homens, Feli Navarro chegou para abraçar seu colega vencedor de Grammy. Foi nesse momento que um fotógrafo perguntou aos quatro se poderia tirar a foto que, um dia, acompanharia os 7.482 artigos escritos sobre o tema Dava Shastri, Tom Buck e "Dava". A foto do fotógrafo capturou o seguinte: Arvid, com um terno cinza-claro justo, sorrindo para Dava com seu braço em volta da cintura dela; Dava, com um sorriso Mona Lisa e um vestido cheio de pedraria; Tom Buck, casualmente vestido com jaqueta de couro, camiseta branca e jeans preto, segurando seu Grammy como uma caneca de café e flagrado no meio da risada; e Feli, com um vestido verde cheio de penas, olhando confusa para as três pessoas paradas ao lado dela enquanto segurava seu Grammy no peito. Depois, Dava se arrependeu por estar entre os dois homens na foto, já que facilitaria demais a edição cortando Arvid e Feli, ou apenas Feli se a história estivesse querendo ilustrar um triângulo amoroso.

Mas, na época, a foto tinha acontecido tão rápido que Dava nem se lembrava de posar para ela. Só houve um flash brilhante e, quando viu, Tom Buck tinha entregado a Arvid seu Grammy para que ele pudesse sentir seu peso, e Feli havia desaparecido na multidão tão rápido quanto emergira dela. Então Dava ficou ali parada, atordoada e confusa enquanto via Arvid dar um tapinha sincero nas costas de Tom Buck enquanto o roqueiro gritava alguma coisa no ouvido dele. Então, os dois se viraram para olhar para ela, e Dava foi dominada ao ver a expressão zonza de Arvid e os olhos azuis intensos de Tom Buck. *Meu eu adolescente nunca acreditaria nisso. Mas nem eu acredito.* Ela foi inundada por vergonha enquanto Arvid confraternizava sem saber com um homem que conhecia a esposa dele de forma tão íntima quanto ele conhecia. Para o imenso alívio dela, um trio de mulheres em vestidos prateados escolheu esse momento para envolver Tom Buck com seus gritos, e tanto ela quanto o marido se afastaram e o observaram com as mulheres que tinham se aproximado para parabenizá-lo.

— Cara legal — Arvid tinha dito. — O Grammy é mais pesado do que pensei. Pode ficar amiga de Robert De Niro algum dia para eu também poder segurar o Oscar?

— Vou ver o que posso fazer — ela respondeu, dando--lhe um beijo nos lábios enquanto o guiava na direção de um bar externo no pátio. Assim que estavam do lado de fora e se sentaram perto de uma lareira com martinis na mão, Dava perguntou, em um tom que esperava soar leve e casual:

— Sobre o que vocês conversaram?

— Ele falou que você era a mulher mais linda do lugar — Arvid disse, brindando com a taça dela.

— Ah — ela disse, erguendo as sobrancelhas. — Agora, sério.

— Ficamos só falando como tem sido uma noite louca. Ele falou que Elton John o convidou para sua festa do Oscar. Também me contou que, há cinco anos, ele estava trabalhando como bartender enquanto tocava com a banda dele em casamentos. E agora, tudo isto. Pode acreditar?

— É. Louco mesmo — ela respondeu, depois engoliu metade de seu martini.

Uma agitação tomou as duas dúzias de convidados amontoados debaixo de aquecedores de ambiente no pátio, e Dava e Arvid observaram quando eles começaram a correr de volta para dentro. Dava pensou ter ouvido alguém dizer "Drake", enquanto Arvid teve certeza de que ouviu "Beyoncé". De qualquer forma, o boato de uma apresentação-surpresa deixou apenas os dois no pátio, junto com um aquecedor e uma garoa fraca pingando suavemente no piso de cimento.

— Não ligo para quem está lá dentro. Por mim, podemos ir. — Dava se inclinou e tirou um de seus stilettos dourados. — Meus pés estão ameaçando fazer greve. Me lembre de nunca mais usar saltos de quinze centímetros.

— O.k. — Arvid disse, soltando a bebida na qual mal encostou. — Mas primeiro... — Ele se levantou e estendeu as mãos.

Dava gemeu ao colocar de volta o stiletto e se ergueu no abraço dele.

— O que estamos fazendo? — ela perguntou. O som de gritos felizes aumentou no salão, seguido de uma música que Dava não reconheceu. — Talvez seja Drake lá dentro.

— Talvez. Mas eu gostaria de dançar com a minha esposa — ele disse, olhando para ela com carinho. — Você está tão linda esta noite. E este fim de semana tem sido tão incrível. Só quero ter você inteira para mim por mais um tempo.

Os olhos de Dava se encheram de lágrimas.

— Você sempre tem, Arvid.

Conforme a garoa caía ao redor deles, os dois dançaram lentamente com a cacofonia de gritos histéricos e muitas músicas que Dava nunca conseguiu identificar.

Ela sempre se lembraria daquela noite como o desfecho da noite no penhasco na Argentina, outro momento de globo de neve preservado no tempo e na memória, mesmo que a nuvem preta da doença estivesse pairando em torno deles, esperando para estourar a bolha.

. . .

A primeira vez que Dava soube da música de Tom Buck foi por Vash. Havia se passado cinco anos do fim de semana do Grammy, e o relacionamento dela com Tom Buck tinha terminado pouco depois. Assim como havia uma diferença acentuada e alarmante entre como era o mundo em 2013 se comparado a 2018, também havia para os Shastri-Persson. O formato e a trajetória da família de Dava tinha sido alterada tão drasticamente desde seu tempo juntos que Tom Buck raramente invadia seus pensamentos. Então, quando ela voltou de uma viagem a trabalho no nascer do sol em uma manhã de sábado gelada, após um longo voo da cidade de Ho Chi Minh, com olhos embaçados e desesperada por um banho, a mensagem de texto de Vash não a assustou, só a deixou confusa.

Estou no Sundance e juro que tem um filme que tem uma música com seu nome? Dê um Google em *Sundance & The Skylight*.

Dava releu a mensagem várias vezes enquanto esperava sua mala na esteira de bagagem. Seu cérebro estava enevoado após a viagem de setenta e duas horas e o voo transcontinental, e não conseguiu entender a mensagem de Vash. Uma música com o nome dela? Ligada a um filme no Sundance? Vash está no Sundance?

Dava resolveu que não investigaria isso até ter uma combinação de sono, cafeína e carinho com seu amor. Ela estivera tão exausta na hora que chegou em casa que mal se lembrava de subir no elevador ou de Arvid recebê-la na porta com um bocejo e um beijo. Dava acordou de um sono sem sonho abruptamente ao meio-dia, com seus filhos mais velhos gritando ao mesmo tempo e agindo como um alarme indesejado. Conforme sua mente se ajustou ao fato de que estava em casa de novo, ela se enterrou mais fundo no calor glorioso do cobertor de pena de ganso, desejando que o barulho parasse tempo suficiente para ela conseguir se ouvir pensar.

Usando uma camisa polo larga, jeans e boné de jornaleiro, Arvid entrou no quarto com um café e o iPad dela em uma bandeja de café da manhã. Ele foi seguido por um Rev de três anos, que entrou cambaleando, usando apenas um short minúsculo verde, e com manchas de mirtilo nas bochechas.

— Oi, amor! E olá, meu bebezinho — Dava disse, sentin-do-se renovada ao ver os dois. Ela pegou Rev, colocou-o no colo e o cobriu de beijos. Levantou um olhar carinhoso para Arvid, que colocou a bandeja de café da manhã perto dela e, depois, se sentou na beirada da cama. — Fiquei com tanta, tanta saudade de você — ela murmurou. Para Arvid, ela disse: — Obrigada por me deixar dormir. Precisava descansar mesmo.

— Eu sei — Arvid disse, estendendo os braços finos para seu filho, e Dava o passou cuidadosamente para ele. — Anita vai levar as crianças à biblioteca depois que terminarem de almoçar. E eu vou levar Rev comigo na minha caminhada. Imaginei que pudesse tirar a tarde de folga.

— Já falei que te amo? — Dava sorriu, agradecida, e deu um gole no café.

— Só se estiver falando da versão da música feita pelo Van Morrison, e não pelo Rod Stewart.

— Mas claro. — Ela deu risada.

Arvid deu uma piscadinha para ela e fez careta com o esforço para levantar Rev no colo. Antes de Dava conseguir perguntar a ele se estava bem, ele gesticulou as palavras "estou bem" e saiu do quarto com o filho, fechando a porta. Dava fechou os olhos ao dar outro gole no café e apreciou a barulheira da casa — as crianças discutindo, os gritinhos de Rev, a voz musical de Anita chamando "Vamos; coloquem os sapatos", o assobio de Arvid — diminuindo lentamente antes de ser totalmente substituída pelo silêncio intenso. Dava deu a ordem a si mesma de terminar o café antes de verificar seus aparelhos para ver as notícias e qualquer nova mensagem, mas conseguiu ficar sem o celular só até chegar na metade da caneca. Uma nova mensagem de Vash pulou imediatamente na tela, lembrando-a da mensagem anterior de sua amiga.

> Já leu sobre o Skylight? A música tem o seu nome! Por que não me contou?

Dava se endireitou com um susto, o café quase derramando da caneca. Ela, enfim, seguiu a sugestão de Vash e pesquisou "The Skylight + Sundance". Após uma breve hesitação, ela adicionou seu próprio nome antes de apertar *Enter*. O primeiro item que apareceu era uma manchete que fez seu coração querer rasgar um buraco em seu peito para que pudesse pular pela janela: "A diretora de *The Skylight*, Jinna Azure, fala, na pré-estreia do Sundance, sobre a balada de Oscar Buzz e Tom Buck". Dava leu rapidamente a história, torcendo para que seu nome não estivesse ali. Mas ela o encontrou no penúltimo parágrafo do artigo:

> Azure riu quando perguntada sobre a balada "Dava", escrita pelo vencedor do Grammy Tom Buck. Uma versão instrumental aparece em momentos significativos ao longo do filme, mas não se ouve

a trilha sonora de verdade até os créditos finais do filme. O refrão da música é uma grande parte do que faz a dolorosa história de amor do filme se conectar tão profundamente com o público, e Azure disse que a música tinha a ver com o "mistério e a mágica de Tom". Azure disse que perguntou para Buck, um amigo de longa data, se ele poderia escrever uma música para ser o tema musical da saudade de Marguerite em relação a Luisa.

"Ele enviou 'Dava' para mim exatamente 24 horas depois. Exatamente! Tive que comparar o horário de nossos e-mails para ter certeza. E era essa música maravilhosa e sincera. Ele é muito talentoso." Ela ainda disse que não sabia muito bem por que Buck tinha dado o nome de "Dava" à música, já que nenhum personagem no filme tem esse nome, e ele nem aparece na letra. O próprio Buck respondeu à pergunta quando questionado por e-mail.

"Escrevi a música da perspectiva da personagem principal cantando para seu amor não correspondido e, em homenagem a 'Layla', dei o nome de 'Dava'. Perguntei à minha amiga [filantropa] Dava [Shastri] se poderia usar o nome dela, já que era tão único. E ela fez a gentileza de autorizar o uso."

Depois de ler isso, Dava abriu um navegador anônimo para pesquisar "música de Tom Buck + Dava", levando-a a um vídeo dele apresentando a música em uma festa do festival Sundance. Ela ficou paralisada, sua barriga dando sobressaltos enquanto ela ouvia a música, quase certa de que era a mesma melodia que Tom Buck havia tocado para ela cinco anos antes. Quando o ouviu cantar, "Ela está tomando banho", Dava, imediatamente, soube a que ele estava se referindo, e foi estilhaçada pelo peso da lembrança e daquela emocionante e última noite juntos. Até aquele instante, ela tinha se esquecido totalmente da música e da brincadeira deles de que ele daria o nome dela se conseguisse compor uma boa ponte.

— Não acredito que ele fez isso — Dava disse, em voz alta. O choque consumia todo o oxigênio do quarto enquanto seus pensamentos viajaram de volta àquele dia terrível e assustador no consultório da médica, e de como ela havia lidado com as notícias.

Algumas semanas depois de eles voltarem do Grammy, Arvid começou a reclamar de dor abdominal. Inicialmente, ele tinha pensado que a dor fosse intoxicação alimentar, depois indigestão severa. Mas, quando Dava o viu, em um dia no fim de abril, parecendo verde e com os olhos vidrados, depois de ter vomitado no vaso sanitário por muitos minutos, ela o levou imediatamente ao médico. Após muitos exames, eles souberam que Arvid tinha câncer de estômago. Ele precisou ser internado de imediato, pois seu tipo de câncer tinha uma taxa de quarenta por cento de sobrevivência e o melhor resultado possível pós-quimioterapia era uma expectativa de vida máxima de dez anos. Dava não conseguia se lembrar muito bem de nada depois que receberam o diagnóstico além do borrão da movimentação envolvendo Arvid sendo internado na ala oncológica do Lenox Hill, ligando para Anita para dizer para ela ficar com as crianças durante a noite, ligando para o pai dela e, depois, para a tia e o tio de Arvid para contar a notícia e, finalmente, disparando uma série de mensagens para Parvati e Vash sobre sua necessidade de ficar fora do escritório no resto da semana e sobre quais atividades precisavam ser realizadas em sua ausência.

204

Quando ela saiu do hospital 36 horas depois, com a ordem de ir para casa descansar um pouco, Dava não conseguiu parar. A ideia de estar com seus filhos e tentar explicar que o papai estava doente e precisava ficar no hospital por um tempo — e ver como Arvie reagiria com estoicismo mesmo que seu queixo tremesse e como Sita choraria e colocaria os braços protetoramente em volta de Kali —, ainda não era algo com que ela conseguiria lidar. Embora Anita e o pai de Dava estivessem com eles, ela sabia que seus filhos precisavam dela. Mas ela também precisava de um tempo para colocar sua armadura de volta após ter sido tão danificada por cada parte da má notícia e depois de quase ter desintegrado por ver Arvid parecer tão frágil em seu leito do hospital. Então ela enviou uma mensagem a Tom Buck, apesar de não o ter visto nem falado com ele em um mês, para avisá-lo que estava indo ao apartamento dele.

Depois do Grammy, os dois só tinham se visto mais duas vezes em fevereiro e duas em março. Na última vez que se encontraram, Tom Buck estava a dias de partir para sua primeira turnê solo pela América do Norte. Quando Dava estava indo embora, ele pressionou algo na mão dela, mas falou para ela não olhar até que ele saísse complementando "No caso de urgência, para quando seu guitarrista de emergência estiver fora da cidade". No elevador, Dava tinha aberto o pequeno envelope pardo e visto um chaveiro. Ela não tinha voltado à casa de Tom Buck desde então, mas agora parecia o melhor lugar para ela processar tudo o que estava acontecendo e tudo que ela sabia que seria perdido em algum momento.

Ao chegar à casa dele, tirou as roupas enquanto entrava no banheiro e ficou parada, nua e tremendo, enquanto esperava a banheira encher com água quente. Ela nunca tinha tomado banho de banheira lá, mas queria a sensação de estar rodeada por um calor dilacerante. Além do mais, deitar na cama de Tom

Buck também a lembraria muito de todas as vezes que ficaram juntos ali, e ela não precisava sentir a culpa cortante de sua infidelidade e mais todo o resto que estava sentindo naquele instante. Antes de entrar na banheira, ela arrastou uma cadeira do quarto principal para que pudesse colocar seu celular e ter fácil acesso ao aparelho. Depois, Dava afundou e, por uns instantes, o tempo parou, e não havia nenhum mundo.

Dava não sabia quanto tempo tinha passado submersa na banheira, de olhos fechados, com seus ouvidos meio sintonizados com seu celular no caso de vibrar com ligações ou mensagens de texto, quando ouviu a porta da frente se abrir e Tom Buck dizer o nome dela. Ela tinha colocado o celular no modo avião, liberando apenas ligações de Arvid, Anita e do hospital, e o silêncio de seu aparelho, casado com o calor tranquilizador da água da banheira, a tinham ninado em um sono leve.

Ao ouvir seu nome, Dava se assustou e, esquecendo-se de onde estava, soltou um gritinho ao se agitar na água. Tom Buck entrou apressadamente e deixou suas malas no chão do banheiro, depois a envolveu em um abraço, quase tirando-a da banheira.

— Você está bem? O que aconteceu?

Ela se sentiu sufocada pelo abraço dele e pelo cheiro de tabaco e hambúrguer que emanava da respiração dele na bochecha dela. Dava o afastou delicadamente e se afundou de volta na banheira, envolvendo os braços em seus joelhos.

— Estou bem. Desculpe… você só me assustou. O que está fazendo aqui? Pensei que estivesse em turnê.

Tom afastou a cadeira e se ajoelhou ao lado da banheira.

— Eu tinha acabado de fechar o show na Filadélfia quando vi sua mensagem… e, bem, não nos víamos há um tempo. Então pensei em te fazer surpresa. — Ele a olhou de perto. — Mas talvez não devesse ter feito isso. Talvez você estivesse querendo um tempo para si mesma.

Dava balançou a cabeça. Quando resolveu ir para o apartamento de Tom Buck, fez isso sabendo que ele não estaria lá. Mas, agora que ele estava, Dava se sentiu confortada por sua presença.

— Foi gentil da sua parte. Tive um dia de merda, e precisava de um lugar para ficar sozinha. Obrigada por me deixar vir aqui.

— Quer conversar a respeito disso?

— Se eu falar, vai virar realidade. — Dava jogou água no rosto para esconder as lágrimas iminentes. Ela fez uma pausa, depois soltou com um soluço: — Meu marido está doente. Muito doente. Está no hospital.

Tom Buck olhou para ela, seus olhos azuis irradiando preocupação e alerta.

— Ah, meu Deus, Dava, sinto muito. — Ele estendeu a mão para pegar a dela, mas pareceu reconsiderar o gesto e, em vez de tocá-la, se conteve em segurar a beirada da banheira. — Eu gostei muito dele.

— Obrigada — ela conseguiu dizer entre soluços, seus ombros tremendo conforme a realidade das últimas horas começava a se instalar. Tom Buck ficou ali sentado, em silêncio, enquanto ela chorava e, depois de muitos minutos, ele se esticou e colocou a mão no braço dela. Depois da explosão inicial de emoção começar a desaparecer, ela perguntou se poderia ficar um pouco mais.

— Claro — ele respondeu, com uma voz tranquila, acariciando o braço dela. — Posso pegar alguma coisa para você comer? Ou…

— Mas eu gostaria de ficar sozinha. — Dava ergueu o olhar para o dele. — Nunca pediria para você sair da sua casa, mas gostaria de ficar sozinha aqui dentro.

Tom Buck pareceu ter sido pego de surpresa pelo pedido, mas assentiu e se levantou.

— Fique todo o tempo que precisar. Estarei lá fora.

Ele saiu lançando um olhar solidário para ela, deixando a porta entreaberta. Dava o ouviu se deitar na cama com um gemido baixo, e o colchão rangeu sob seu peso. Então ela fechou os olhos e começou a respirar fundo, inspirando profundamente e depois expirando devagar, contando suas respirações até chegar a cem. Dava tinha usado essa técnica pela primeira vez durante um voo para Arizona, depois da morte da mãe. Ela não queria chorar no avião, então, durante o voo inteiro de cinco horas, tinha se concentrado em respirar, usando uma máscara para dormir e fones de cancelamento de ruído para afastar a dor.

Por mais de uma hora, ela repetiu essa prática na banheira de Tom Buck, ignorando como a água estava esfriando gradativamente e como sua pele estava se tornando dolorosamente enrugada da saturação excessiva. Ela se imaginou um esqueleto que meticulosamente remontava seu corpo começando pelo coração, pulmões, olhos e rins antes de, enfim, colocar pele, um pedaço comprido que ela reanexava a si mesma como se estivesse aplicando fita adesiva. Depois, em cima da pele, ela começou a colocar armadura, revestindo seus braços, pernas, tronco e, finalmente, sua cabeça com metal grosso até nenhuma dor conseguir penetrar. Pelos dias e pelas semanas que seguiram, conforme ela falava com os médicos de Arvid, andava de um lado a outro com urgência na sala de espera durante a cirurgia dele, entrevistava enfermeiros para cuidar dele em casa e discutia no telefone com o convênio, Dava se enxergava usando armadura, uma guerreira que protegeria sua família enquanto permanecia ilesa no meio da batalha.

Seus olhos abriram quando ela ouviu seu celular vibrar, e viu que ele tinha acendido com uma mensagem de texto. Dava chamou Tom Buck e pediu para ele lhe entregar o celular e uma toalha. Entrando com uma expressão envergonhada, ele lhe entregou o celular, depois ficou parado ao lado da banheira com uma toalha azul. A mensagem era de Anita, dizendo que Arvie tinha acordado chorando de um pesadelo e não conseguia se acalmar. "Você vai chegar logo em casa???" Anita tinha a graça e a paciência de um anjo, então aqueles três pontos de interrogação diziam a Dava o quanto sua babá estava entrando em pânico.

— Tenho que ir — ela avisou, esforçando-se para se levantar. — Meus filhos precisam de mim.

Ela nunca tinha mencionado seus filhos para ele. Na verdade, ela não fazia ideia se Tom Buck sabia que ela tinha família. Ele lhe entregou a toalha e ela saiu da banheira, seus dentes batendo conforme ela se secava. Ele a observou com um desejo que ela não entendeu muito bem, a mente dela já do lado de fora e de volta para casa, enquanto começava a pensar no que dizer aos filhos e como poderia prepará-los para os sofrimentos que viriam. Sua mente estava tão consumida por pensamentos sobre Arvid e seus filhos que ela quase saiu do apartamento sem falar tchau. Foi tirada de seus devaneios pela voz alta de Tom Buck chamando o nome dela quando ela abriu a porta da frente.

— Desculpe; estou com a mente cheia — Dava disse, virando-se, sua mão ainda na maçaneta. — Obrigada por me deixar vir aqui e por me dar espaço. Do contrário, eu não sei o que teria feito.

— Claro. — Tom Buck segurou o rosto dela com as duas mãos. — Fiquei feliz por poder ajudar.

Dava tirou a mão de cima da maçaneta e a colocou no peito dele.

— Você… isto…

Ela não sabia o que dizer, então deixou as palavras abandonarem seus lábios sem adicionar mais nenhuma. Eles ficaram juntos por muitos minutos, o polegar dele acariciando a face dela. Então ela balançou a cabeça para trás e para a frente, como se acordasse de um sonho. Dava enfiou a mão na bolsa e tirou as chaves que ele tinha lhe dado algumas semanas antes.

— Aqui — ela disse, pressionando-as na mão dele e fechando os dedos dele em torno dela. Ela lhe deu um beijo rápido na bochecha, depois saiu apressada.

— Cuide-se. — Ela o ouviu gritar conforme a porta se fechou, foram as últimas palavras que o ouviu dizer.

. . .

Ao olhar de volta para sua última noite no apartamento de Tom Buck, ela pensou que havia entrado na banheira como uma pessoa e saído como outra. Uma mulher que não era mais dividida em duas, mas que era um indivíduo dominante que se dedicaria totalmente ao marido e aos filhos. Não foi sem querer que ela engravidou de Rev assim que Arvid teve uma breve remissão. Ter outro filho era seu "foda-se" para o espectro da morte. Para que, mesmo que os Shastri-Persson tivessem que suportar assistir ao sofrimento de Arvid, eles também pudessem comemorar a vida ao receber um novo membro da família, trazendo alegria à casa deles, ainda que a escuridão os estivesse invadindo cada vez mais. E ela seria a heroína de sua família. Eles saberiam que nunca iriam perdê-la: nem para o trabalho dela, nem para sua necessidade de um instante de paz, nem para a morte.

Mas Dava não fazia ideia de que, enquanto ela se preparava mentalmente para embarcar no capítulo mais difícil de sua vida, Tom Buck a estivera observando. "Ela está tomando banho, mas seus olhos secaram", ela o ouvira cantar no vídeo do YouTube. "Encaro a mim mesmo nos olhos dela / E sei que não sou suficiente."

Ela se lembrou de como, naquele dia de janeiro há muito tempo, Tom Buck havia mencionado que ele estava tendo dificuldade com a ponte da música, e ela se lembrou da promessa que ele fez caso conseguisse completá-la. Sua barriga se revirou: uma das piores noites da vida dela o inspirou a finalizar a música. Dava tirou o cobertor de seus pés e pulou da cama, entrando em pânico com as consequências de uma música dessas levar seu nome e chamar atenção da mídia. Ele a havia traído. Traído sua privacidade pelo bem de uma música e de um pouco de glória.

Dava se agitou conforme andou na direção da janela do quarto, olhando a vista do East River como se conseguisse encontrar alguém lá fora a fim de ajudá-la com esse problema. O rio estava escuro e enlameado, e as nuvens estavam tão baixas que deslizavam na água, uma visão que refletia precisamente sua prostração. Ela segurava o iPhone com firmeza, e as vibrações constantes de mensagens chegando pareciam um alerta de que ela precisava agir com rapidez. Não tinha pretendido interagir com Tom Buck de novo, mas agora Dava queria entrar em contato e gritar com ele até perder sua voz. Ela detestava se enxergar pelos olhos dele, sabendo que, a cada instante que passava, sua vida particular estava chamando mais atenção como uma blusa de algodão atraindo fiapos. O que ela poderia fazer para lutar contra isso? A música era uma destilação tão íntima do tempo junto deles que ela sabia que falatórios e boatos seriam inevitáveis.

No fim, ela não fez nada. Porque, enquanto andava de um lado a outro em seu quarto, encarando seu iPhone e pensando se ligaria para Tom Buck ou para seu advogado, ela ouviu Arvid e as crianças voltarem para casa. A porta do quarto se abriu conforme Arvie, Sita e Kali se amontoavam aos pés da cama, com Arvie ligando a televisão em uma comédia de adolescente, enquanto o pai deles entrava segurando Rev. Dava estendeu os braços para seu menininho, e seu humor melhorou conforme inspirou o cheiro doce do xampu de seu bebê.

— Como foi na biblioteca? — ela perguntou aos filhos mais velhos.

— Legal! — Sita gritou para ser ouvida acima do programa de TV. — Peguei sete livros. Arvie só pegou dois.

— Shhh! Estou tentando assistir — Arvie choramingou.

— Abaixe isso, por favor. E quem falou que poderiam assistir aqui? — Dava perguntou quando Rev apertou as bochechas dela com suas mãozinhas.

— Hum… ficamos com saudade de você — seu filho mais velho disse, com um sorriso travesso. — Agora podemos assistir?

— Por favor, mamãe — Kali disse, sonolenta, aconchegando-se em um dos travesseiros dourados e prateados.

O aperto firme no iPhone de Dava se soltou, e ela sorriu.

— O.k., querida — ela disse ao voltar para a cama, indicando que Arvid deveria subir com eles.

Enquanto as crianças assistiam à televisão, Arvid abordou, baixinho, o tema da música de Tom Buck.

— Como soube dela? — Dava perguntou, piscando rapidamente. Ela segurou Rev mais perto, quase como se ele fosse um escudo.

Arvid tirou seu boné e passou a mão em sua cabeça suada e branca.

— Encontrei com Deacon no parque. A cunhada dele é do marketing de um estúdio que está no Sundance, e ela disse a ele que todo mundo estava falando de *The Skylight* e a música incrível do filme. Fingi que sabia do que ele estava falando quando mencionou tanto seu nome quanto o filme na mesma frase.

Ele tirou sua carteira do bolso e a jogou na mesinha de cabeceira ao lado da cama, derrubando alguns frascos de remédio.

Dava prendeu a respiração antes de responder.

— Essa coisa toda é maluca, Arvid. Estou começando a me arrepender de verdade.

Ela contou uma versão de acontecimentos fundindo verdade e ficção: Tom Buck tinha entrado em contato com ela sem aviso há um ano, perguntando se poderia usar o nome dela para a música que ele estava fazendo para um pequeno filme independente, e ela consentiu sem pensar muito. E tinha se esquecido disso até receber uma mensagem de Vash. Mas tinha estado muito afetada pelos efeitos do *jet-lag* para analisar melhor a situação.

— Acha que é tarde demais para eu pedir que eles tirem meu nome? — Dava se afligiu, mordendo a unha do polegar. Rev se soltou de seus braços e rastejou até Kali, que estava dormindo nos pés de seus pais. — Eu não fazia ideia de que poderia se transformar em algo assim. Por que fui falar sim? — Ela olhou para o marido de canto de olho para avaliar a reação dele à sua explicação.

Arvid reajustou seu peso para que conseguisse se sentar ereto na cama, suas costas contra a cabeceira estofada vermelha.

— Tenho que admitir que fiquei surpreso. — Dava agarrou seu celular de novo com tanta força que pensou que fosse quebrá-lo. — Mas também até que é legal — ele complementou, olhando-a de perto. — Quem não iria querer uma música com o próprio nome?

— Então eu não devo entrar com um processo? — ela perguntou, tentando manter o tom brincalhão. Ela colocou o pé esquerdo descalço no pé direito dele calçado com meia branca.

— Não — ele respondeu, colocando o boné de volta e baixando-o acima de seus olhos. — Vou dormir um pouco. Todas as crianças legais estão fazendo isso — ele disse, apontando para os filhos deles, que estavam encolhidos em pequenas vírgulas, roncando baixinho. — Você também deveria descansar.

Dava ficou bem desperta, com o coração tamborilando rápido no peito enquanto observava sua família dormir e o céu anoitecer. Seu instinto dizia a ela que Arvid acreditava que pudesse haver mais coisa na história, mas que ele não iria vasculhar. Daquele dia até o fim da vida dele, Dava nunca soube o quanto seu marido sabia, se é que sabia algo, sobre ela e Tom Buck. Porque, quando Tom Buck venceu o Oscar um ano depois e homenageou rapidamente o "nome exclusivo da exclusivamente linda Dava Shastri" em seu discurso, gerando um monte de artigos que falavam sobre a amizade deles e o suposto relacionamento, o câncer de Arvid havia voltado, mantendo-o em casa conforme perdia lentamente sua capacidade de ação. Na época, Dava agradeceu sombriamente a Deus por ele não estar bem o suficiente para prestar atenção ou identificar a fofoca que os perseguia no mundo lá fora como um enxame de abelhas bravas.

• • •

Dava parou de ruminar o passado quando percebeu que conseguia se mexer de novo. Ela piscou uma dúzia de vezes e, gradativamente, sua visão recuperou o foco. Em seguida, tentou abrir a boca e viu que também conseguia falar de novo. Sua boca quase caiu, como se ela tivesse ficado prestes a ter um derrame, mas o derrame tivesse se distraído e se afastado, deixando-a com quase nenhum resíduo da imobilização que a tinha convencido de que estava morrendo. Sua boca ficou seca, Dava se sentou ereta na cama, pegou a xícara de chá e bebeu o restante como se fosse água. Quando Rev, Sita e a dra. Windsor chegaram correndo no quarto dela, Dava ergueu um dedo enquanto terminava os últimos goles, depois disse a eles com um sorrisinho satisfeito:

— Meu tempo ainda não acabou.

CAPÍTULO TREZE

NÃO SERÁ FACILMENTE ESQUECIDA

Dava Shastri era uma leoa e nunca deixava ninguém atrapalhar o que ela queria conquistar. Tenho certeza de que ela deixou este plano com a satisfação de saber que deu ao mundo tudo de si. Dava, e tudo que ela significava, não será facilmente esquecida.

— Indra Voorhies, cofundadora da Fundação Reginald e Indra, classificada como número dezoito na lista das mulheres mais ricas do mundo de 2044 (patrimônio líquido pessoal: 3,13 bilhões de dólares), em uma citação da homenagem da Feminist First's a Dava Shastri

O anjo assombrava Kali. Especificamente, a pintura do querubim com cara de rato pendurada acima da escrivaninha no quarto dela. Enquanto conversava com Mattius e Lucy, ela se perguntava como algo mais adequado para um hotel de beira de estrada era parte de uma propriedade multimilionária. Mesmo que esse fosse o pior quarto da casa.

Antes de ligar para eles, Kali havia decidido que não iria aderir à exigência da mãe de terminar o relacionamento até ela ter conhecido o lado deles das coisas. Mas ao ouvi-los murmurar condolências, e a voz doce de Jicama gaguejando no fundo, Kali ficou desesperada para falar sobre o tema. O anjo a julgou com olhos verdes por fora e azuis por dentro, e os contornos grosseiros de suas asas eram uma representação visual do estado mental de Kali. Então, quando Lucy estava prestes a colocar Jicama no telefone, Kali informou abruptamente o casal de que sabia das atividades ilegais deles.

Kali se preparou para declarações de inocência ou negações indignadas. O que ela não esperava era que o casal descrevesse suas dificuldades financeiras no ano que passou: muitos meses de atraso no pagamento do financiamento, uma placa solar danificada no telhado e uma consulta aterrorizante no pronto-socorro depois que Jicama caiu de seu triciclo.

— Ficamos preocupados que você pensasse que estávamos pedindo ajuda — Lucy explicou entre soluços o motivo de não terem contado a ela antes.

— E não queríamos que nossos problemas domésticos interferissem em nosso relacionamento — Mattius complementou. — Quanto a... bem, é um emprego de meio período. Assim que tivermos pagado nossas dívidas, paramos.

Kali não soube o que dizer. Ela nunca estivera em tais apuros ou fora obrigada a tomar decisões difíceis para sobreviver. Então, por mais que não pudesse julgá-los, também não poderia ficar com eles. Mas o que a deixou mais agoniada foi Mattius e Lucy terem deixado inadvertidamente claro que ela era um satélite para o casamento deles. Será que teriam confessado seus problemas se ela não fosse uma Shastri dona de um fundo de garantia? Ou será que o fato de ela não usar uma aliança ou não morar com eles em tempo integral significava que ela sempre seria a estranha excluída? Ela tinha acreditado que eles eram uma parceria de três, mas a consideração deles em não querer arrastá-la para seus problemas pessoais só enfatizava seu status de intrusa. Então Kali lamentou as circunstâncias deles, e depois explicou sua incapacidade de estar em um relacionamento com eles.

— Pelo menos até vocês pararem com o trabalho de meio período — ela disse.

Quando os dois expressaram desânimo, houve uma batida na porta. Grata pela distração, ela gritou "Entre!" sem se importar com quem estava querendo entrar. Para sua surpresa, era Arvie, e as sobrancelhas dela se ergueram quando ela viu seu irmão mais velho, a testa dele tão rosa quanto o nascer do sol, e sua calça jeans azul rasgada e manchada nos dois joelhos. Ela acenou para ele entrar e, com o floreio de um mágico, ele fez aparecer dois copos e uma garrafa de uísque detrás de suas costas.

— Desculpem, tenho que ir — ela disse.

Arvie se sentou ao lado dela e gesticulou um "Quem é?" para ela. Ela gesticulou de volta "Um segundo".

— Podemos conversar de novo depois do Ano-Novo? — Mattius perguntou ao mesmo tempo que Lucy implorou: — Se precisar de nós, estamos aqui. Sempre estaremos aqui para apoiar você.

Ela agradeceu a eles, depois desligou o celular e caiu de costas na cama com um suspiro. Arvie riu e se deitou ao lado dela, colocando o álcool e os copos entre eles. Ela enrugou o nariz para o cheiro ruim de seu irmão. Ele cheirava como se tivesse lavado o cabelo com uma cerveja vencida.

— Era seu casal?

— Sim — ela disse, com um lamento ao soltar o cachecol de arco-íris artisticamente enrolado em seu pescoço tricotado por Lucy. — Isso foi eu meio que terminando com eles.

— Pensei que os amasse — Arvie comentou, coçando a barba ruiva por fazer em seu queixo. — Você falou que queria que todos nós levássemos seu relacionamento a sério, e agora está dando o fora neles?

Embora ela tivesse compartilhado a novidade de Mattius e Lucy com os outros irmãos, não queria divulgar para Arvie.

— É uma longa história. Não estou a fim de falar nisso agora. — Ela se virou para olhar para ele, deitando a garrafa selada de uísque. — Almoço líquido?

— Tem sido um dia doido, mana — Arvie disse, erguendo sua perna direita e girando o pé com tênis. — Primeiro, a mamãe nos conta que a mulher da Helping Perssons é filha dela com aquele cara péssimo. Depois, Sita falou que a mamãe pediu para ela assumir a fundação depois que ela morrer.

— Espere… o quê? — Kali se sentou tão rápido que quase jogou Arvie para fora da cama. — Ela não me contou.

— Bom, isso porque depois de você me contar que as meninas leram que o filho de Tom Buck tem provas de que nossa mãe pegava o pai dele…

— Arvie, não continua…

— Rev desceu correndo as escadas e falou que a mamãe estava morrendo, aí entrei naquele túnel idiota que leva para a cabana para chamar a médica e escorreguei e caí de joelhos, mas a trouxe até aqui. E agora estou aqui com você.

— Espere, então Amma está…

— Ainda vivona. — Arvie deu uma risadinha. Ele baixou a perna de repente, depois fez careta conforme segurou seu joelho. — A médica disse que ela teve um tipo de convulsão focal, mas que está bem por enquanto. Pelo menos, foi isso que pareceu. — Ele começou a rir sozinho, depois se esticou para pegar os copos. — Bebida?

— O que… você está… o quê? — Kali colocou uma mão na testa, depois ambas as mãos, e baixou a cabeça. — Preciso de um tempo.

Arvie assentiu, compreensivo.

— É. Como falei, doido. — Ele brindou o copo com a garrafa de uísque. — Saúde.

Kali olhou desafiadoramente para ele.

— Há quanto tempo você está bebendo? As meninas viram você assim?

— Vincent está com elas no salão. Acho que estão assistindo a um filme. Ele falou que queria me dar um pouco de espaço para processar as coisas. — Ele riu amargamente para si mesmo. — Foi essa a expressão que ele usou. Nosso consultor matrimonial gosta bastante dessa expressão.

Kali se levantou e puxou os pés de Arvie. Ele gritou.

— Levante-se, Arvie. Você precisa comer alguma coisa. Ficar sóbrio. Se Amma quase morreu, nós precisamos começar... — Ela parou de falar, procurando a palavra certa. — A fazer as coisas — ela acrescentou, sem muita convicção.

Ela o acompanhou até a porta da cozinha, o fez sentar no banquinho do balcão e enfiou uma caneca de café debaixo do nariz dele, depois fez um sanduíche Monte Cristo. Kali observou seu irmão comer ruidosamente, primeiro tirando as crostas dos pães, então mergulhando o sanduíche em um monte de ketchup antes de cada mordida.

— Você ainda come assim? — Kali perguntou, balançando a cabeça.

— É o único jeito de comer sanduíches. Queijo quente, sanduíche com carne e queijo, os bons e velhos Monte Cristos — ele respondeu, jogando-lhe um beijo. — Sabe quem me ensinou isso?

— Papai — ela disse, com um sorriso triste.

— Era assim que ele costumava comer tudo isso. Falava que o truque é pegar bastante ketchup a cada mordida para causar o máximo de impacto dentro da boca. E as crostas são inúteis. São quase como comer papelão. — Arvie bateu delicadamente um guardanapo nos cantos de sua boca, depois olhou em volta pela cozinha como se procurasse um garçom.

— Posso comer outro?

— Pode, mas só se beber água pelo resto do dia. — Ele assentiu, ansisoso, e deu tapinhas em sua pequena barriga como se dissesse para ela ser paciente.

Quando ele terminou o primeiro sanduíche, Kali colocou um segundo diante do irmão. Enquanto o assistia comer, pensou na sequência de acontecimentos da manhã, inclusive na experiência de quase-morte de sua mãe que, aparentemente, durou o tempo de seu telefonema. Arvie tinha zombado da palavra "processar" (e divulgado que ele e Vincent estavam vendo um consultor, o que ela achou intrigante), e era exatamente isso que ela precisava fazer. Mas assim que conseguiu aceitar que a mãe estava morrendo e que tinha fingido sua morte para o mundo, outras bombas caíram. Filha secreta. Caso de amor ilegal. Mattius tinha um passado criminoso, e ele e Lucy estavam traficando drogas para pagar suas contas e salvar sua casa. Kali queria que o mundo parasse por um momento, para que ela pudesse descer e, pelo menos, entender seus sentimentos quanto a perder sua mãe e ficar sem pai nem mãe. No entanto, seu luto estava sendo tomado por ansiedades sobre seu relacionamento, pela onda de fofocas a respeito de sua mãe e por seu sentimento de incerteza sobre seu próprio futuro em um mundo pós-Dava.

— Como será sem Amma? — Kali perguntou, meio que conversando consigo mesma. — Quando papai morreu, houve um buraco, um vazio. Simplesmente continuou crescendo cada vez mais. Com o tempo, acho que aprendemos a viver com isso. Mas, sem Amma, vai parecer... uma cratera.

— Eu nunca aprendi a viver com isso — Arvie comentou, soando mais sóbrio e, portanto, com uma raiva mais focada. — Sempre senti como uma cratera. Como um maldito abismo.

— Ele bateu a mão no prato, fazendo-o chacoalhar e girar no balcão. — E agora esse artigo deixa claro que mamãe traiu o papai... fiquei com nojo. Como ela pôde fazer isso com ele?

— Não sabemos toda a história, Arvie. — Indigo Buck tinha revelado que o caderno do pai continha a letra de "Dava", incluindo uma seção extirpada referindo-se a um "vestido rubi", o qual Indigo acreditava ser referência ao vestido que Dava estava usando durante o encontro da dupla no Grammy... principalmente já que Tom Buck havia dobrado seu ingresso para o show da premiação nessa página. E, por mais que essa teoria estivesse deleitando a mídia, já que seus artigos eram acompanhados da foto do Grammy mostrando Dava em um vestido cor de rubi, a prova dele ainda era especulativa. Ainda sem o conhecimento de Indigo, foi outra parte da música que confirmava para os Shastri-Persson que a mãe deles de fato teve um relacionamento a longo prazo com o pai dele.

O artigo incluiu um print da letra de "Dava" escrita por Tom Buck, e havia outro verso, também editado da versão final, que tinha chamado atenção de Kali e que ela com relutância compartilhou com os irmãos: "Passei um ano olhando para sua pele / Traçando sua lua crescente com a língua / Você diz que suas cicatrizes são obscenas / Quero que se sinta vista". Quando a mãe deles tinha dez anos, ela havia cortado profundamente sua perna depois de cair da bicicleta em um jardim cheio de cactos. Como consequência, ela ficou marcada com uma cicatriz descolorida e que traçava um formato côncavo e tomava toda sua coxa esquerda. Embora o pai deles, e depois Kali e sua irmã, tentassem convencê-la de que a cicatriz não era tão ruim, Dava tinha tanta vergonha dela que nunca usava maiôs e evitava saias e vestidos com barras acima do joelho.

— Sabemos o bastante — ele retrucou. Pela primeira vez desde que o pai deles morreu, Kali viu seu irmão chorar.

Os soluços saíram como arrotos tristes, como se ele não estivesse acostumado a expressar sentimentos difíceis. Ela se esticou e lhe deu um abraço, que ele não retribuiu imediatamente.

Mas, conforme o choro se intensificou, Kali sentiu os braços de Arvie a abraçarem com força, então ela começou a chorar também. Eles se abraçaram por bastante tempo, o rosto dela enterrado no ombro dele, as lágrimas dele manchando a blusa dela, conforme os barulhos da casa os rodeavam: os sons abafados de conversa no andar de cima, e o áudio baixo da trilha sonora de um filme do outro lado do hall. Quando Kali ouviu o som alto de passos descendo as escadas, ela se afastou de Arvie e sussurrou para ele:

— Vamos voltar para o meu quarto.

Com o rosto ainda molhado com lágrimas, eles saíram apressadamente da cozinha e voltaram para o quarto de Kali, fechando a porta e sentando-se no chão, apoiados na cama.

— Eu só precisava de um instante — Kali explicou, secando o rosto com a manga. — Ainda não posso conversar com ninguém. Só Deus sabe qual será a próxima novidade revelada.

— Eu não gosto dela — Arvie disse, baixinho. Ele manteve seu olhar focado no chão, no espaço entre seus pés.

— Está falando de Amma?

Ele assentiu.

— Eu a amo, da forma que é para amar sua mãe. Mas não gosto dela como pessoa. Não a respeito. Este fim de semana me convenceu de que estou certo em me sentir assim. Saber quantos segredos ela guardou, as coisas que fez... cansei dela. — Arvie olhou para a irmã. — Precisava falar isso em voz alta. Espero que não se importe de ter falado para você.

Kali tremeu ao ouvir o jeito prático com que seu irmão expressou o desdém pela mãe deles, mas não quis que ele se sentisse julgado por desabafar seus sentimentos. Ela segurou a mão dele e a apertou. Do lado de fora, eles ouviram Vincent, Sita e Rev conversando e o barulho de armários sendo abertos e panelas tinindo no fogão. Quando ouviram Rev dizer o nome deles dois, olharam um para o outro alarmados. Kali teve uma ideia e pegou o celular da mesinha ao lado da cama. Ela abriu um e-mail em branco, digitou uma mensagem e, depois, passou para Arvie. Ele viu o que ela escreveu, digitou uma resposta e devolveu o celular para ela. Eles continuaram a conversa dessa maneira, o barulho do lado de fora aumentando enquanto Vincent preparava algo que tinha o cheiro distinto e vibrante de especiarias, pimenta vermelha e sementes de mostarda chiando no óleo quente.

> **K**: Vamos ficar só mais um pouco aqui. O que acha?
>
> **A**: (sinal de joia)
>
> **K**: Achei bom você ter falado como se sente. Não deveria manter as coisas guardadas aí dentro. Vincent sabe disso?
>
> **A**: Provavelmente. Não disse com todas as letras, mas de um jeito ou de outro ele sabe, tenho certeza

Arvie estava quase devolvendo o celular e hesitou. Então, digitou mais uma mensagem:

> **A:** Estou prestes a escrever bastante coisa aqui. Pode garantir que vai deletar isto quando acabarmos?

Quando ela assentiu, Arvie, com sua testa enrugada e a respiração pesada, ficou escrevendo por vários minutos antes de devolver o aparelho.

> **A**: A verdade é que não me sinto próximo à mamãe desde que o papai morreu. E o vazio só continuou aumentando. Não sei se ela percebeu

ou se importou algum dia. Sempre pensei que o filho preferido dela fosse sua fundação (seguido em segundo lugar por Sita). Isso se tornou realidade para mim depois que encontrei uma coisa no escritório dela. Eu estava lá para falar sobre assumir um papel de liderança na Helping Perssons e ela foi chamada. Perguntei se poderia usar o *notebook* dela, e, enquanto ela estava fora, vi que tinha um arquivo em sua área de trabalho chamada currículos Shastri-Persson. Tive uma sensação estranha, então o abri.

Ao ler essa última parte, Kali fez um "tsc" sonoro, e quando ele olhou para ela, confuso, ela apontou para a frase e gesticulou "Xereta". Ele apenas deu de ombros e começou a massagear seus dois joelhos, apertando-os com força como se fossem uma massa de pizza. Ela continuou lendo.

Ela tinha escrito currículos para cada um de nós. Bem, primeiro nossos pontos fortes e fracos, depois a opinião dela sobre onde nos encaixaríamos melhor na fundação dela. Como se fôssemos porcarias de funcionários da Grande Dava Shastri. Não vou te contar o que ela escreveu sobre todos vocês, mas fiquei com nojo. O que ela falou fez eu me sentir um merda. Ela conseguir ser tão calculista, tratando--nos como peões para sustentar sua "dinastia", foi o ápice da sua baboseira. Mas, apesar do que ela fez, ainda concordei em liderar a Helping Perssons para honrar o papai e, sinceramente, o salário da HP é difícil de recusar. Morar em Estocolmo é ainda mais caro do que em Nova York ultimamente. Mas, agora, sabendo que ela realmente traiu o papai, e nem foi

uma única vez, me sinto muito humilhado por ele.
Ele não merecia isso.

Cansei dela. Quero sair da HP. Quero parar de
ser um Shastri.

Kali arfou. Ela mostrou a Arvie a frase que tinha acabado de ler, então gesticulou "O quê?". Ele assentiu enfaticamente e indicou que ela deveria continuar lendo.

HP faz um ótimo trabalho; quero que ela continue.
Mas não precisa de mim. Quero ter meu próprio
negócio. Mamãe é obcecada demais pelo nome
dela, a ponto de praticamente propor subornos para
mantermos o nome Shastri e passá-lo para os nossos
filhos. Mas quero dar às minhas filhas o que mamãe
nunca nos deu. Uma chance de serem elas mesmas,
não as netas ou futuras "funcionárias" dela. Ela quer
uma dinastia Shastri. Bem, ela pode ter uma sem
mim. Vou mudar meu nome para Persson-Lindqvist
e deixar minhas meninas saberem que podem fazer
a mesma coisa. Quero dar a elas o presente de serem
elas mesmas e não de sentir que precisam continuar
o legume DELA.

Ela olhou para cima e viu que Arvie estava fechando os olhos, sua cabeça descansando no colchão.

Kali escreveu alguma coisa, depois o cutucou no ombro e lhe devolveu o celular.

K: Legume?
A: Quis dizer legado. Corretor idiota
K: Esse é um dos motivos pelo qual não tive filhos

A: Por causa dos legumes?

Os dois se olharam e sorriram, com Kali gesticulando para ele. Ela ficou aliviada em ver que seu irmão parecia mais tranquilo de alguma forma. Não parecia feliz exatamente, mas não emanava mais a energia de um vulcão eternamente prestes a entrar em erupção. Ela deu um tapa suave no braço dele, então continuou digitando.

K: Nunca quis me preocupar com as expectativas de Amma referentes à próxima geração. Além disso, você e Sita deram a ela uma quantidade respeitável de netos, então nunca senti a pressão de corresponder a isso. Pensei que Rev se sentia do mesmo jeito que eu, mas acho que ele mudou de ideia.

Kali pausou por um instante e pensou na carta para Chaitanya, que ela tinha escondido nas páginas de seu caderno de desenho.

Ela pensou se contaria a Arvie sobre isso. Assim que decidiu não contar, escreveu mais uma frase, depois entregou o celular para o irmão.

K: Estou com vontade de ligar para ela.

A: Para quem?

K: Chaitanya. Só quero saber como Amma era com ela. Tenho tantas perguntas. Mas sei que não podemos

A: Por que não?

K: Você sabe por quê. Amma não quer que a gente ligue

A: Ela não é a rainha. E estará morta em breve

Kali bateu nele de novo, mas dessa vez com força e em seu joelho. Ele soltou um gemido que abafou imediatamente com o braço.

A: Mas NÃO estou errado

K: Tenha um pouco de respeito por ela. E por meus sentimentos. Estou muito arrasada por isso

A: O que acha disto: vou dar meu lugar para Chaitanya. Na HP, quero dizer

K: Cale a boca

A: Vai te dar uma oportunidade de conhecê-la

K: Pare com as piadas. Nós temos uma irmã. Isso é esquisito. Mas também incrível, não acha?

A: E se tivermos mais de uma?

K: Não a chame de promíscua. O que aconteceu com Chaitanya e o que aconteceu sobre o caso com Tom Buck são duas coisas diferentes.

Kali fez uma pausa quando o aroma de *rasam* entrou por debaixo da porta e fez o estômago deles roncar. Um triângulo de luz do sol deslizou por entre eles, dividindo o chão em duas sombras, conforme a tarde atingia seu pico. Ela se perguntou por que Vincent estava fazendo *rasam* sendo que o almoço já tinha passado há horas. Arvie interrompeu seus pensamentos ao se esticar a fim de pegar o celular, mas ela gesticulou indicando que ainda ia escrever.

K: Eu poderia ter tido uma Chaitanya, mas não tive. O que Amma escolheu fazer foi difícil. O que eu escolhi também foi difícil. Sinto que, se você a julga, também está me julgando.

A: Não quis fazer isso. Desculpe.

Para enfatizar isso, ele colocou as mãos nos ombros dela e lhe abriu um sorriso de desculpa. Ela aceitou assentindo rapidamente e digitou o mais rápido que conseguiu quando ouviu a voz de Rev perguntando "Onde eles estão?" e soube que alguém poderia se aproximar e bater na porta a qualquer momento.

K: Ao ler a história sobre Tom Buck e o filho dele, e aquela letra... é o mais próxima que já me senti dela. Saber que ela tem um passado turbulento. Um passado turbulento e sexy. Eu tenho um passado, um presente e um futuro turbulentos e sexy. Todos vocês fizeram eu me sentir uma esquisitona por causa de meu relacionamento com Mattius e Lucy. Vocês não levam a sério que podemos nos amar e combinar de um jeito que faça eu me sentir parte de algo verdadeiro. Posso estar terminando com eles, mas não me arrependo de os ter namorado. E aposto que Amma também não se arrepende de Tom.

A: Como pode saber que ela não se arrepende, mesmo que o legado dela esteja em perigo por causa de toda a fofoca?

K: Sei porque, no lugar dela, eu também não me arrependeria. O que quer que ela tenha tido com Tom pareceu intenso. Ele pode ter dado a ela algo de que ela precisava naquele momento. Simplesmente não consigo julgá-la.

A: Não está nem um pouco magoada pelo papai? Ela o traiu!

K: Ela tinha uma coisa verdadeiramente especial com o papai. Eu costumava vê-los juntos e era como assistir a uma cena de comédia romântica de tanto que eram sincronizados. Mas, talvez, ela também tivesse algo especial com Tom.

Sei que você é a favor da santidade das conexões do casamento, mas eu nunca pensei assim. Talvez não seja para uma pessoa ser a mais importante para todo mundo. Não significa que eu não ame papai. Ou que ela não amou. É como se... ela tivesse espaço para ambos. Ou precisasse de ambos. O amor funciona de maneira diferente para todo mundo.

Arvie apontou para a última frase dela e bufou, seu rosto se contorceu de irritação. Ele recusou o celular quando ela tentou devolvê-lo. Então, em vez disso, ela mostrou a ele que estava apagando a conversa, e ele murmurou quando se levantou com as pernas trêmulas. Logo nesse instante, ouviram Rev chamar o nome dela do lado de fora da porta, e Kali disse a ele que ele poderia entrar. Quando ele viu os dois lá dentro, olhou desconfiado para os irmãos, obviamente sem esperar encontrá-los no quarto dela.

— O que foi, Rev? — ela perguntou, levantando-se enquanto via Arvie sair sem se despedir dela e sem cumprimentar Rev.

— O que houve com ele?

Ela suspirou.

— Longa história. Está tudo bem? — Kali cheirou o ar. — E Vincent está fazendo *rasam*?

— Sita que está, na verdade. Vincent está ajudando. Você soube de Amma e...

— Arvie me contou. Como ela está?

— Agora está bem. Aguentando firme. Por isso a *rasam*. Ela pediu porque pode ser sua última — ele empurrou a última palavra como se tivesse um gosto azedo em seus lábios — refeição.

— Ah, Rev — Kali disse, baixinho, abraçando-o. — O que posso fazer para ajudar?

— Acabou de usar o celular de Sita? Preciso de um aparelho com acesso à internet. Quero tocar algo para ela.

CAPÍTULO CATORZE

DE MARIDOS E LEGADOS

Arvid Persson era um homem adorável. Um marido maravilhoso. Um pai incrível. Um educador dedicado. Acredito que ele mudou a vida de toda pessoa que conheceu, tanto de pequenas formas quanto significativas. Então, criei uma organização que espero que preserve a bondade, a peculiaridade, a generosidade do espírito dele. Ele não está mais conosco, porém seu legado viverá.

— Um trecho de "De maridos e legados", um texto publicado no New York Times em 6 de setembro de 2022 para anunciar a criação da Helping Perssons

Dava estava confortável. Talvez o mais confortável desde que chegou à Ilha Beatrix cinco dias antes, o que, naquele instante, olhando para o céu da noite acima de águas agitadas, parecia ter sido há uma eternidade. Após a intercorrência que a dra. Windsor lhe contou ter sido uma convulsão que, provavelmente, estava sinalizando a piora de seu tumor, Dava tinha pedido que a poltrona azul do refúgio fosse levada para cima, para que ela pudesse reclinar-se diante das portas deslizantes de vidro e observar o exterior em toda sua glória invernal.

Vincent e Rev transferiram o móvel, e Sita acrescentou um divã do quarto dela. Conforme seu genro, a filha mais velha e o filho mais novo arrumavam a mobília, Dava viu que os últimos dois não a olhavam no olho.

— Há mais alguma coisa que possamos fazer por você, Dava? — Vincent perguntou quando Sita estendeu um cobertor de caxemira no colo da mãe.

Ela pensou por um instante, depois inclinou a cabeça.

— *Rasam*?

— É a sopa de tamarindo com tomates?

Dava assentiu, achando graça da descrição de Vincent sobre a sopa do sul da Índia.

— Minha Amma costumava fazê-la para mim quando eu estava doente, então acho que seria bem apropriado. — Ela olhou para ele com expectativa. — É possível?

— Posso fazer — Sita interveio, dando tapinha nas costas de Vincent. — Já fiz muitas vezes. Contando que tenhamos alho, tomates e a *masala dabba* de Amma, posso, pelo menos, chegar perto.

Vincent falou que ficaria feliz em ajudá-la para que pudesse aprender a como fazê-la.

— Então saindo um pedido de *rasam* — Sita anunciou alegremente, mesmo que continuasse a evitar o olhar de sua mãe. — Mas talvez um de nós devesse ficar com você...

Dava acenou para evitar as preocupações dela.

— Não vai acontecer nada entre agora e amanhã de manhã. Vou ficar bem.

Depois que a deixaram, Dava sentou-se em um sulco gasto na almofada da esquerda, o local que ela sempre preferiu durante a vida na casa geminada. O tecido ainda era macio como suede, e ela se aconchegou, a poltrona soltando um rangido familiar, quase como um cumprimento de uma velha amiga. Com um suspiro feliz, ela descansou as pernas no divã e seus olhos viajaram lentamente em direção ao céu. A tempestade

Imogen tinha, oficialmente, saído da Costa Leste para o Oceano Atlântico, deixando uma tela azul-clara ideal para exibições do pôr do sol. Apesar de o quarto de Dava ser voltado para o leste, ela ainda conseguia ver os efeitos do canto do cisne do sol, com rajadas de pêssego, amarelo e rosa se espalhando em todas as direções. Conforme ela contemplava a vista, ouviu alguém entrar em seu quarto.

— Sou eu, Amma — ouviu Rev dizer atrás dela. — Estou ajustando uma coisa para você. Pensei que pudesse gostar disso enquanto descansa.

— Certo, querido — Dava disse, mexendo seus dedos do pé com satisfação.

Durante uma consulta com a dra. Windsor, Dava admitiu que ao parar com a medicação da enxaqueca antes de seus filhos chegarem à ilha, ela também negligenciou seus anti-convulsivos. A médica explicou que ela pareceu ter sofrido uma convulsão focal perceptiva em seu lobo occipital, o que poderia explicar por que permaneceu consciente mesmo que brevemente paralisada.

O que quer que fosse, Dava não se importava. Só se importava que se sentia quase normal de novo, como um aparelho que tinha sido reiniciado e restaurado para configurações de fábrica. A dra. Windsor havia alertado que essa sensação de renovação era temporária, o que deixou Dava mais determinada a aproveitar sua autonomia e visão clara pelo tempo que durasse. Conforme ouvia seu filho agitado atrás dela, lembrou-se de que pediu a ele para escrever e produzir um filme baseado na história de vida dela. Assim que ela estava prestes a tocar no assunto com ele de novo, Rev falou:

— O.k., tudo pronto. Espero que não se importe. — Ela se virou e viu um par de alto-falantes do tamanho de uma maçã atrás dela. — Eu os conectei ao celular de Sita. Se quiser ouvir, tudo que precisa fazer é apertar Play. — Rev entregou a ela o dispositivo com dedos trêmulos. — Pensei que pudesse querer ouvir de novo — ele disse, baixinho, depois saiu do quarto e fechou a porta.

Dava olhou para o celular em sua mão e viu a tela que mostrava o álbum de Mercury Rev, *Deserter's Songs*. Muitas emoções a atingiram de uma vez: amor e nostalgia surgiram dentro dela, mas também uma melancolia profunda com a ideia de ouvi-lo de novo, naquele momento da vida e sozinha. Conforme olhou para a vista do oceano à sua volta, com o pôr do sol começando a sumir lindamente no horizonte, ela percebeu por que Rev tinha decidido fazer isso por ela. Dava suspirou demoradamente e, então, apertou *Play*.

Atrás dela, a primeira música explodiu alegremente dos alto-falantes, como se fosse um gênio saindo da lâmpada pela primeira vez em séculos. Dava ficou surpresa com a familiaridade imediata, como se tivesse continuado a ouvir o álbum repetidamente por anos, em vez de ouvi-lo pela primeira vez em quase meio século.

— Dá para acreditar nisso? — Dava sussurrou para o marido, como se ele estivesse sentado ao lado dela. — Como é adorável ouvir isso de novo.

Ao ver o céu escurecer em um tom profundo de azul-pavão, Dava pensou de novo na decisiva última noite dela e de Arvid na Argentina, sentados lado a lado em suas mochilas conforme a fogueira estalava diante deles. Eles se sentaram próximos para que pudessem compartilhar com facilidade o único par de fones de ouvido plugado no Discman de Arvid, com o esquerdo no ouvido de Dava e o direito no dele. Então, ela nunca tinha ouvido o álbum com ambos os ouvidos, que dirá em som ambiente. Ficou incrivelmente comovida em ouvir a música de novo, com uma vista parecida com a que os tinha cumprimentado todos aqueles anos antes, e ela se deixou chorar com prazer.

Houve um tempo em que Dava conseguia se lembrar de tudo que tinham falado naquela noite crucial. Mas, quando pensava naquela época agora, ela praticamente só se lembrava de como havia se sentido. A felicidade contagiante de compartilhar aquelas horas juntos combinada com os corações palpitantes por estarem decidindo o futuro deles dentro daquele curto espaço de tempo. Mas uma conversa que eles definitivamente tiveram foi sobre começar uma família. Como filhos únicos, ambos tinham desejado ter irmãos quando cresceram — Dava para compartilhar o fardo dos desejos de seus pais em relação ao Sonho Americano, e Arvid para que pudesse ter se sentido menos sozinho depois que seus pais morreram — e resolveram, naquela noite, que teriam três filhos, de idade próxima, preferencialmente duas meninas e um menino.

Eles tomaram a decisão com muito otimismo, como se fosse tão simples quanto escolher itens de um cardápio de restaurante. E, por alguns anos, a vida pós Peace Corps foi construída com facilidade. Eles progrediram tranquilamente da coabitação para casamento, para pais de primeira viagem, o tempo todo perseguindo a perspectiva de carreira deles. Claro que houve momentos de estresse e dificuldade, marcados por muitas noites de vinho barato e miojo, e, depois, fraldas sujas e falta de sono. Mas, em geral, os primeiros anos de Dava com Arvid em Nova York foram bons e alegres — e isso foi antes de a Sony comprar a Medici Artists por um valor absurdo, transformando o casal em milionários da noite para o dia. Os altos foram tão altos que nenhum deles soube como lidar quando o fundo do poço inevitavelmente chegou.

. . .

Saltos altos de camurça cinza. Mocassins com borlas. Um tênis com um calcanhar rachado. Chinelos amarelo-neon. Esses eram somente alguns dos sapatos que Dava jogou em Arvid quando ele chegou em casa tarde da noite dois meses depois de Sita nascer, os pijamas dela manchados de gorfo e seu cabelo comprido embaraçado em um rabo de cavalo negligente. Arvid, levemente embriagado, encolheu-se com o choque conforme os sapatos batiam em seus joelhos e seu peito. Quando acabaram as coisas para Dava jogar nele, ela passou por ele murmurando "Quero divórcio".

Apesar de não saber na época, ela estava sofrendo de depressão pós-parto, algo que não sofreu com Arvie. Dava tinha atribuído seu humor sombrio e ódio às mudanças drásticas em sua vida após vender a empresa. No início de 2006, ela foi escolhida como uma das "40 com menos de 40" da *Fortune*, e participou de jantares particulares com Ira Glass e Laurie Anderson. Exatamente um ano mais tarde, ela era uma mãe dona de casa com um travesseiro de hemorroida e uma caixa de e-mails vazia.

Enquanto isso, as únicas mudanças substanciais na vida de Arvid foram uma promoção no trabalho e um pequeno ponto careca atrás de sua cabeça no qual ele não parava de passar os dedos.

Além do nascimento da filha, a vida deles tinha sido alterada de outro jeito significativo: estavam extremamente ricos. Dava enxergava sua nova riqueza do mesmo jeito que enxergava a maternidade em tempo integral, como uma desconexão rápida e dolorosa de sua antiga vida. Essa desconexão foi piorada pela quantidade de mídia negativa que surgiu depois da venda para a Sony e a subsequente dissolução da Medici Artists, e Dava pensava em seu eu antigo, a que saía apressada de casa em vestidos bordados ou suando exuberantemente diante de um palco em um clube minúsculo, como outra pessoa totalmente diferente, uma amiga próxima que agora era uma estranha.

E ficou momentaneamente alegre quando ela e sua família mudaram-se de um apartamento apertado de um quarto perto da Universidade de Columbia para sua própria casa geminada de cinco quartos no Upper West Side. Mas sua casa dos sonhos — aquela que a fazia lembrar de Jess e Marie em *Feitos um para o outro*, e que ficava a uma caminhada de apenas cinco minutos do Strawberry Fields, do Central Park —, em certo momento, tornou-se uma tumba, enterrando-a com seus bebês e sua tristeza e ódio inabaláveis. O fato de Arvid parecer eternamente feliz, com suas corridas matinais e *happy hours* após o trabalho enquanto ela se jogava em sua poltrona na sala de estar sem ânimo e pedia a seus filhos que ficassem quietos ou se calassem, somente intensificou a sombra que a corroía por dentro.

Nos primeiros meses de inverno de 2007, ela tentou sair de sua impotência lançando a Fundação Dava Shastri, uma ideia nascida no instante em que viu o número de zeros na proposta da Sony. Seus motivos para criar a fundação eram tão profundamente particulares que ela nunca os confessou a ninguém, nem para Arvid. Em vez disso, ela os tinha escrito em seu diário num impulso tarde da noite, horas depois de ter assinado a papelada que finalizava a venda de sua empresa.

Isto simplesmente precisa ser meu. Não de Arvid. Precisa ser a Fundação Dava Shastri, não uma fundação Shastri-Persson. Eu fiz o dinheiro. Eu ganhei o dinheiro. Sou Bill Gates; ele é minha Melinda. Mas não preciso de uma Melinda. Nunca quero ser confundida com a Melinda. Indra Voorhies é ainda pior, um mero acessório, aparece apenas para as sessões de fotos. Ninguém deve se confundir e achar que a visionária não sou eu.

No primeiro ano, ela só queria oferecer três bolsas de 25 mil. Porque, apesar de Dava ter ganhado 45 milhões na venda de sua empresa, o grande salto na renda a tinha deixado estranhamente mais econômica do que quando tinha um emprego normal, fazendo Arvid usar o apelido de "muquirana". Cada centavo gasto, guardado na poupança ou investido fazia Dava temer que sua família estivesse ficando sem dinheiro enquanto observava os números em sua conta bancária diminuírem como uma piscina esvaziando lentamente. E, por mais que quisesse criar uma fundação e ter algo no mundo que levasse seu nome, dar uma quantia enorme de dinheiro tão rápido quanto ela tinha recebido a deixou extremamente ansiosa. Dava ainda conseguia se lembrar com uma clareza dolorosa do ano de 1987, em que a bolsa de valores quebrou e ameaçou a estabilidade de sua família, e ela nunca mais queria sentir isso nem queria que seus filhos passassem por isso.

Então, ela lançou sua fundação com cautela em todas as escolas de grandeza e sem muita divulgação. Em um comunicado de imprensa, ela deu até 31 de março de 2007 para os músicos se inscreverem. Dava fizera isso com a ideia de que passaria a licença-maternidade lendo as inscrições e anunciaria as bolsas no outono, porque, como a única pessoa verificando-as, ela não queria ficar abarrotada. Ainda assim, a agitação envolvendo a venda para a Sony tinha elevado o perfil da Fundação Dava Shastri a um nível que ela não tinha previsto, então em vez de receber algumas centenas, ela recebeu quase 6.500 inscrições.

A cada dia, a pilha crescia e ficava mais difícil de ser analisada. Mesmo depois de contratar uma enfermeira para trabalhar à noite e de sua mãe ir morar com eles, Dava ainda conseguia fazer pouco além de se sentar em uma cadeira de balanço perto da janela do quarto e segurar Sita no colo, desejando que sua bebê dormisse por alguns minutos porque ela se sentia extremamente culpada por não passar mais tempo com Arvie, deixando-o bastante sob o cuidado do pai e da avó. A pior parte de seu dia era o início da tarde, quando ela se balançava para a frente e para trás, esperando o carteiro chegar. Todo dia, às duas e meia da tarde, ela o via depositar uma caixa cheia de envelopes pardos na porta deles, e chorava silenciosamente ao vê-lo ir embora, sabendo o que aquilo significava. Ela tinha pedido que as inscrições fossem enviadas da caixa postal da fundação para o endereço da casa deles, e descreveu isso para Arvid como ter sua "tristeza entregue a ela todo dia".

Seu momento mais sombrio foi jogar sapatos e lançar a palavra "divórcio" para Arvid como uma granada, torcendo para que ele entendesse que não só ela estava diante do precipício, como já estava na beirada. Mais tarde, ela soube que seu marido estivera lutando com sua própria crise de identidade como pai de dois que não era mais o chefe da família, o que o cegava para a depressão de sua esposa. Após o incidente, ele a incentivou a ir ao médico, e algumas semanas antes do prazo final de março, ela recebeu um diagnóstico de depressão pós-parto e a prescrição de antidepressivos que, gradativamente, a tiraram de sua neblina. Um dia antes do prazo, ela tomou a decisão de adiar o anúncio dos vencedores da bolsa e de segurar as atividades da fundação até o ano seguinte.

Escreveu sobre isso em um artigo para *Mães sem Fronteiras*, um boletim informativo para "mães de alto desempenho de Nova York". Depois de receber muitos pedidos para que escrevesse um artigo sobre as "alegrias e complicações da maternidade nos dias modernos", Dava finalmente o fez, em setembro de

2008, não muito tempo depois de descobrir que estava grávida de Kali, e enquanto via ao noticiário da TV a cabo de canto de olho, com a tarja do canal gritando "QUEBRA DE LEHMAN BROTHERS MERGULHA MERCADO NO CAOS".

A verdade é a seguinte: eu sempre quis ter crianças, mas não queria ser mãe. Queria o porta-retratos da família, as bochechas rosadas e os sorrisos doces para a câmera. Queria o coração cheio de orgulho com os diplomas balançando no ar no dia da formatura. Não queria a comoção, o fedor, as birras e, acima de tudo, a preocupação horrorizada e exagerada em mantê-los vivos todo santo dia.

Tive que me confrontar com esta verdade sobre mim mesma durante o ano no qual eu não tive identidade além da de esposa e mãe. No início do último ano, eu tinha dois filhos — um recém-nascido e uma menina de dois anos de idade —, mas não tinha mais minha própria companhia, e minha fundação existia apenas no nome.

Eu estivera em movimento desde os dezoito anos, indo da faculdade para a Peace Corps, para começar meu próprio negócio, e tive sucesso nesse ritmo. Fazer movimentos rápidos, saltando de coisa em coisa, significava que eu era importante e estava fazendo algo importante com a minha vida. Quando tive meu primeiro filho, ainda estava saltando, mas muito mais baixo, estava mais para o salto de um sapo que vai de uma vitória-régia para a outra. Fui uma zumbi de moletom manchado nos primeiros muitos meses, desacostumada a ter que adequar meu estilo de vida e pensar nessa pessoinha. Mas, com a ajuda de minha mãe, consegui voltar ao ritmo da minha vida antiga até o primeiro aniversário dele.

Acontece que estar em casa com não uma, mas duas pessoinhas, foi a diferença entre pular de um sobrado e pular de um penhasco.

Então você tem a perda pungente de identidade combinada à realidade da maternidade em tempo integral. E eu estava me afogando. Não conseguia admitir para ninguém que precisava de ajuda, ou de que tipo de ajuda eu precisava. Em certo momento, um diagnóstico de depressão pós-parto deixou o sol entrar, mas não diminuiu muito minha angústia existencial. O que fiz foi o seguinte: um audiobook de *Titan*, a biografia de John D. Rockefeller.

Eu a ouvi repetidamente por cinco meses inteiros, indignada em perceber como as ambições e contradições desse homem espelhavam as minhas próprias. E, ao aprender sobre ele, aprendi sobre mim mesma. Porque, como Rockefeller, quero ganhar muito dinheiro. Quero que meu nome seja sinônimo de sucesso e conquista. Quero dar tanto dinheiro quanto ganhar. E quero que minha família carregue esse legado, para que não seja apenas Dava Shastri quem ajudou as pessoas deste mundo, mas a primeira pessoa em uma longa linhagem de Shastris a ter feito isso.

Porque, particularmente, eu não queria uma família para poder aproveitar o cheiro doce e inebriante do meu bebê ou para abraçar meu menininho. Isso é um bônus. Momentos transcendentais, com certeza, mas que vêm com a comoção já mencionada, além de privação de sono.

Como falei, nunca quis filhos. Eu queria crianças. Crianças que são um reflexo dos valores de seus pais enquanto se tornam indivíduos moldados por seus próprios interesses. Queria criar boas pessoas que tornariam o mundo um lugar melhor.

Foi isso que Rockefeller conquistou. Depois que ouvi o audiobook pela primeira vez, fiz uma pesquisa para ver como seus netos conseguiram dar continuidade à visão filantrópica dele. E descobri, para minha grande alegria, que eles não são meros recipientes da generosidade do avô, mas são os guardiões da chama. Eles não simplesmente mantiveram a riqueza dele; eles a expandiram. Eles doam, doam e doam, e têm doado por mais de cem anos. São uma força neste mundo. E com "eles", quero dizer a família dele. Não apenas seus descendentes diretos, mas a árvore da família — filhos, netos, cônjuges, primos, enteados etc. Cada galho estendendo cada vez mais.

Esse é um legado de verdade. Um legado que não terminou com a vida de um homem, mas que foi apenas o início. Uma dinastia.

No meio de *Titan*, tomei a decisão que Rockefeller nunca precisaria ter tomado (vamos tentar não refletir tanto nessa injustiça), mas que foi crucial para meu bem-estar. Escolhi tirar um ano inteiro longe do trabalho, incluindo da minha fundação recém-lançada, para ficar com meus filhos. Para que eu pudesse aprender a ficar confortável no meu papel de mãe deles. Para que eu pudesse aprender a gostar de ter filhos, enquanto os ajudava a ser as crianças que imaginei.

Porque identifiquei uma coisa importante sobre mim mesma: eu tinha o luxo de fazer minhas próprias regras. Tinha bastante dinheiro para não precisar me preocupar em voltar apressadamente para o trabalho a fim de garantir que ainda tivesse um emprego. Minha licença-maternidade poderia ser tão longa ou tão curta quanto eu quisesse. E, se precisasse dar uma pausa na minha fundação — algo tão intrínseco à minha identidade —, eu faria valer a pena. E sairia do casulo como o tipo mais raro de borboleta.

Mas o artigo foi rejeitado porque foi considerado "difícil de se identificar", principalmente no rastro de uma crise financeira rapidamente varrendo o país como um incêndio, e até chamuscando o público leitor do boletim informativo de mães da classe alta. Na verdade, Dava ficou feliz com a rejeição, porque a última coisa que queria era que se identificassem com ela. Afinal de contas, com a venda da Medici Artists, ela tinha construído uma arca para toda sua família na qual eles conseguiriam sobreviver à crise catastrófica ameaçando sobrecarregar toda pessoa que ela conhecia. Além disso, Dava também não tinha mais as preocupações mundanas da vida: pagar a conta da TV a cabo, fazer poupança para a faculdade dos filhos. Ela poderia ser *maior* do que tudo isso. E Rockefeller deu a ela o caminho de como alcançar esse tipo de imortalidade benevolente. A história de vida dele — o quanto foi implacável em seu sucesso, sua crença fundamental de dar tanto quanto ele ganhava, como ele garantiu que sua paixão pela filantropia fosse passada para seus herdeiros — a tinha impressionado profundamente, quase como se tivesse alterado os contornos do cérebro dela.

Ela nunca havia mostrado seu artigo do *Mães sem Fronteiras* para Arvid, e guardou seus pensamentos inspirados por Rockefeller para si mesma até que lhe oferecessem uma oportunidade que ela sabia, instintivamente, que a impulsionaria à altura dele.

. . .

— Eu quero ser grande assim.

Dava disse isso para Arvid quando ele estava esparramado no sofá da sala de estar, com seu boné dos Yankees puxado acima de seus olhos, suas pernas equilibradas precariamente em um cesto de roupa vazio, seguro de um lado por uma pilha alta de toalhas e, do outro lado, por uma pilha de lençóis. As janelas da sala de estar estavam abertas, deixando entrar o ar quente da primavera e o cheiro extremamente doce e atraente de castanhas cristalizadas do carrinho da Nuts4Nuts estacionado na esquina, assim como os choros de duas crianças, que estavam sentadas nos degraus da frente com a avó. Ao ouvir a voz dela, ele se enrijeceu e viu que sua esposa grávida de sete meses estava acima dele, segurando uma edição em capa dura de *Titan* em uma mão e seu BlackBerry na outra.

— O que foi, querida? — ele murmurou, sonolento, tirando seu boné de beisebol e passando os dedos em seu cabelo castanho-claro.

— Quero ser grande assim — Dava reafirmou, segurando o livro diante dela.

— O.k. — Arvid respondeu, seus olhos se estreitando pela confusão. — Mas ainda não tenho certeza do que está me pedindo. — Ele sabia que ela estava obcecada com a biografia de Rockefeller, mas pareceu não entender o brilho louco que estava no olho dela, ou por que estava vestida com um paletó azul e calças combinando, com uma blusinha preta que mal cobria a barriga dela. — Está indo a algum lugar?

— Quero ser grande assim — ela disse de novo, apontando energicamente para a foto do bilionário na capa.

Então, ela respirou fundo e desabafou os dezoito meses de reflexão de uma vez, sem interrupção.

— E, para ser grande assim, vou precisar de uma esposa. Vou precisar que você seja minha esposa. Sei que não foi para isso que se casou. Mas é isso que quero. E, para chegar nesse nível, vou precisar que você seja a pessoa que fica no comando de tudo isto: roupa, parquinhos e jantares festivos. Você pode dizer não, e vou deixar para lá e pensar em outro caminho para mim mesma. Mas não pode dizer não daqui a cinco dias, cinco anos ou trinta anos. Preciso de uma esposa para a vida toda. É o que vai levar esta família a ficar sempre segura. Para os filhos dos nossos filhos não ficarem simplesmente bem, mas prosperarem. Não preciso de uma resposta agora. Mas vou precisar de uma resposta em breve.

Quando ela terminou de falar, sem fôlego e exausta, sentou-se ao lado dele e, inadvertidamente, derrubou a torre de toalhas no chão. Ele olhou para ela com expectativa, depois os dois olharam na direção da janela, onde ouviram um Arvie de quatro anos de idade e uma Sita de dois cantando "Rodas do ônibus" entre os estrondos de risada. Arvid abriu a boca para falar quando Dava desencadeou sua segunda onda.

— MobileSong. Eles me pediram para investir na empresa deles. Sei que você ama seu iPod, mas o MP3 deles é muito melhor... e acredito nisso, Arvid. Será grande. Talvez tão grande quanto o iPod. — Com cuidado, Dava colocou sua cópia de *Titan* na mesa e, conforme continuou falando, seus olhos não encontraram os do marido, em vez disso, estavam fixos na foto de capa do Rockefeller. O filantropo parecia estar encarando-a de volta com impaciência, seus olhos céticos e os lábios franzidos.

— Pedi quinze por cento de participação. Eu sei, eu sei… é um alto risco. Mas meu instinto está me dizendo para assumir o risco. E, assumindo esse risco, acho que consigo levar minha fundação para o próximo nível. — Ela respirou fundo e olhou para Arvid. — Estou indo assinar os papéis agora. E sei que deveria ter conversado isso com você primeiro, mas…

— O.k. — ele disse, baixinho. — Sim.

Dava ficou boquiaberta; foi a vez dela de ficar surpresa.

— Espere. Está dizendo sim para MobileSong ou para a coisa de esposa?

— Vamos conversar sobre a MobileSong em um minuto. Estou dizendo sim para ser sua esposa.

— Está? Rápido assim? Por quê?

— Porque você pediu. Há duas formas de isso ser feito — ele disse conforme pegava as toalhas caídas e as colocava na mesa de centro. Depois, Arvid se virou na direção de Dava e falou para ela em um tom comedido, quase resignado: — Uma é a que eu temia que acontecesse. Que você simplesmente decidisse algo assim… "Preciso que Arvid seja minha esposa"… e que começasse a me tratar como, não sei, seu assistente pessoal. Então haveria tensão, e você se ressentiria comigo por não compreender a tensão sob a qual você estava ou o que você precisava de mim, e eu ficaria ressentido porque sentiria que você não estava me valorizando… é ladeira abaixo. — Ele deu risada e colocou a mão na barriga dela. — É muito melhor você ter pedido e meio que um milagre ter sequer me dado a opção de dizer não.

— Então… você aceita o que estou pedindo? Tem certeza de que não precisa pensar nisso?

— Não preciso. — Ele moveu a mão para o rosto dela, e ela vibrou com o calor do toque dele. — Nós temos nossa gangue de três. Bem, vamos ter em breve. Estou onde quero estar. Tenho a família que queria. Tenho a carreira que quero. Tenho a parceira que quero. Mas suas ambições sempre foram muito maiores. Eu sabia no que estava me metendo. Então posso fazer isso por você. — Ele olhou para ela com carinho. — Moleza.

— Moleza — Dava repetiu enquanto colocava a mão dele de volta na barriga dela para que Arvid pudesse sentir o bebê deles chutar.

— Então explique para mim, Grande Filantropa — ele disse, depois de passarem alguns instantes ouvindo, em silêncio, os gritos de suas crianças e a conversa ambiente vindo através da janela. — No que vai investir, e por quanto?

CAPÍTULO QUINZE

MISSÃO E HISTÓRICO

A Fundação Dava Shastri distribuiu até hoje bolsas no valor total de mais de 500 milhões de dólares para mais de 8 mil organizações, promovendo causas alinhadas com nossos dois princípios fundamentais: apoiar a arte e o empoderamento das mulheres.

Originalmente fundada por Dava Shastri em 2007 para premiar músicos, seguindo a mesma linha de sua empresa anterior, a Medici Artists, a fundação expandiu sua missão em 2011 a fim de patrocinar e investir em grupos de apoio às mulheres e meninas por todo o mundo. Como parte dessa expansão, Shastri investiu sua fortuna pessoal para aumentar a doação para 100 milhões...

— Um trecho da página "Missão e História" em FundacaoShastri.org

A história oficial, a que seria recontada em jantares e perfis de revista e, em certo momento, no obituário dela, é que Dava foi inspirada a tornar as questões das mulheres a prioridade para sua fundação após salvar o Mulher Independente da falência. E ela podia se dar ao luxo de fazer isso em uma escala global: seis meses após seu investimento na MobileSong, a compra da empresa pela Apple lhe rendeu mais de 500 milhões. Ela destinou um quinto da quantia para doação e, no processo, criou seu próprio perfil entre a elite filantrópica.

Mas, na verdade, Dava tinha sido estimulada pela morte de sua mãe.

Desde jovem, Dava pensava que sua mãe era tudo que ela não era: doce, introvertida e delicada, lembrando-a de Branca de Neve. Amava a mãe, porém nunca confiou nela, porque Dava pensava que ela fosse totalmente incapaz de compreender suas dificuldades como uma criança indiana-americana em uma cidade amplamente branca. Assim que ela entrou no ensino médio, as discussões entre Dava e seu pai ficaram frequentes e explosivas. Aditi nunca se manifestou durante os confrontos deles — sobre namoro, sobre dirigir, sobre se matricular em faculdades de artes liberais —, exceto para pedir gentilmente à sua filha para se acalmar e escutar seu pai. Se Aditi tinha opiniões diferentes de Rajesh, ela nunca as expressou.

Ela não se manifestava muito sobre nada, pelo menos não para Dava. Aditi era dona de casa e parecia que não tinha interesses além da administração das tarefas da casa. Os únicos momentos em que Dava vislumbrava sua vida íntima era quando a encontrava absorta em um episódio de *As the world turns*, sentada tão perto da televisão que seus joelhos encostavam no móvel da TV, e principalmente durante suas ligações semanais para a tia e os primos na Índia. Aditi sorria quando conversava com eles em telugo, e seu jeito de falar em uma explosão rápida e feliz de palavras era tão estranho para Dava quanto a própria língua. Porque, independentemente se pedisse a ela para limpar seu quarto ou demonstrasse como enrolar massa para *chapatis,* Aditi sempre era educada e carinhosa com Dava, até um pouco tímida.

Ela e a mãe tinham continuado seu relacionamento de sorrisos e silêncios até a vida adulta, mesmo quando Aditi dividia seu tempo entre Calliston e Nova York para ajudar com as crianças. Então um dos maiores choques da vida de Dava foi saber que sua mãe havia se cadastrado como voluntária em um abrigo para mulheres. Seus pais tinham ido comemorar o Natal com eles em 2010, mesmo assim, Aditi só contou sua novidade quando estava fazendo as malas na manhã do voo de volta para o Arizona.

— O Mulher Independente ainda está operando? Você conseguiu salvá-los? — Aditi perguntou enquanto arrumava perfeitamente suas calças e blusas ao lado do sári verde-musgo que vestira no dia de Natal.

— Sim, Amma.

Normalmente, Dava evitava falar de suas finanças com os pais, porém semanas antes informou-os orgulhosamente de que havia doado 5 milhões para a organização sem fins lucrativos, e ela ficara surpresa por seu pai não responder com um sermão sobre má gestão de seu dinheiro.

— Fico tão feliz. Eu... sabia que há um abrigo para vítimas de violência doméstica em Calliston? — Ela inclinou a cabeça, e seus brincos de ouro balançaram como sininhos tocando.

— Não sabia. Mas fico feliz em saber que existe.

— Eu também. — Aditi sorriu para a filha. — Me inscrevi como voluntária no mês passado. Depois dos feriados, vou começar meu treinamento. São quarenta horas. Imagino que haverá bastante coisa para aprender.

— Se inscreveu? — Dava gritou.

Bem nesse momento, todas as três crianças foram até elas, Arvie pedindo seu mingau de aveia, Sita implorando para a avó não ir embora e Kali abraçando a perna de Dava.

Enquanto levavam as crianças para o andar de baixo para tomar café da manhã, Aditi explicou que tinha pesquisado o Mulher Independente depois de saber sobre as ações de sua filha e tinha ficado tão emocionada por sua missão que quis ajudar de alguma forma.

— Isso é tão diferente de você, Amma — Dava comentou enquanto passavam manteiga na torrada lado a lado. — Estou… uau.

— Essa também foi a reação de seu pai — Aditi respondeu, e as duas deram risada.

Dava olhou para a mãe e sentiu que a estava enxergando, de verdade, pela primeira vez.

Daquele ponto em diante, as conversas semanais pelo telefone entre Dava e Aditi ficaram carregadas de carinho e intimidade. Em vez de uma ladainha obediente de atualizações sobre ela, Arvid e as crianças, as conversas se concentravam no trabalho de Aditi no abrigo. Dava adorava a felicidade da mãe enquanto contava histórias sobre outras voluntárias, ou o que havia aprendido em seu treinamento, fazendo-a se lembrar de como Aditi soava durante as ligações para seus parentes na Índia. Dava ficou imensamente orgulhosa de sua mãe, mas, apesar de as palavras estarem em seus lábios toda vez que conversavam, ela nunca as deixou sair.

Então, três meses após ter começado a trabalhar no abrigo, Aditi morreu de infarto.

Até aquele momento, a morte tinha sido uma estranha para Dava. Conseguia contar em uma mão o número de pessoas que conhecia que haviam falecido — um colega de classe do ensino médio, o companheiro de uma amiga da Peace Corps —, mas nenhuma atingiu-a pessoalmente. O mais próximo que tinha chegado de vivenciar alguma perda intensamente foi durante os acontecimentos de 11 de setembro, mas mesmo nessa época ela e Arvid não conheciam ninguém que tivesse morrido no ataque terrorista. Dava tinha sido fisicamente ferida pela tragédia que ocorreu na cidade que ela tanto amava, mas também encontrou conforto na dor e na força de espírito coletiva da cidade. A partida de Aditi foi a primeira vez que a morte tinha chegado à sua porta, levando um ente querido, e ela estava totalmente despreparada para lidar com isso.

Quando tinha doado Chaitanya, Dava havia enterrado tão profundamente a experiência que foi como se tivesse acontecido com outra pessoa. Primeiro, ela lidou com a morte de Aditi da mesma maneira. O funeral no Arizona tinha sido um borrão de calor, apertos de mãos de Rajesh e condolências de pessoas praticamente estranhas. Depois disso, ela sempre pensaria no luto como a sensação claustrofóbica de suar em um vestido preto, o tecido de poliéster grudando em sua pele úmida. Na volta para casa, ela passou a se recusar a pensar ou conversar sobre Aditi, inclusive com seus filhos. Talvez, sentindo a fragilidade de sua mãe por trás da profissional-de-sempre, os três correram para o pai em busca de conforto. E, como ele tinha vivido o mesmo tipo de perda bem jovem, Dava ficou grata por ter Arvid guiando-os pelo desconhecido conforme ela se entorpecia ocupando-se de trabalho. Diferentemente de Chaitanya, havia lembranças de Aditi por todo lugar, principalmente porque ela os tinha visitado tão recentemente: seu cardigã bege, deixado para trás sem querer no closet do corredor, o trio de gorros vermelhos de lã que ela havia tricotado como presentes de Natal para os netos. Então Dava estava sempre prestes a desmoronar, mesmo insistindo para Arvid que ela estava bem, que estava aguentando firme e que só precisava de tempo e espaço.

Quarenta e quatro dias após a morte de Aditi, Dava estava parada em um banheiro chique olhando para um espelho emoldurado de ouro, seu queixo tremendo conforme seus cílios falsos brilhavam com as lágrimas. Minutos antes, ela havia aplaudido as homenageadas do jubileu de prata do Centro de Artes de Manhattan, que comemorava seu vigésimo quinto aniversário prestando homenagem às famílias que eram apoiadoras desde o seu início. Dava havia ficado empolgada para participar, já que os Rockefeller estavam entre os representados ("Sua versão dos *Beatles*", como Arvid tinha brincado), Mas, quando Julianne Moore subiu no palco para homenageá-los, Dava arfou. A atriz tinha estrelado *As the world turns* em meados dos anos 80 como a personagem preferida de Aditi, Frankie Hughes. Quando a estrela de cinema revisitou brevemente seu papel na série, Aditi ficara tão empolgada que deixou uma mensagem de voz para Dava, exclamando: "Frankie voltou!".

— Mal posso esperar para contar isso para Amma — Dava sussurrou para Arvid, que olhou para ela confuso e, depois de um segundo, com uma preocupação imensa.

Então ela se lembrou.

Dava saiu tão rápido do salão que um de seus saltos voou e ela ouviu alguém gritar "O que aconteceu, Cinderela?" enquanto ela corria. Assim que chegou ao banheiro, encarou-se no espelho, arregalando os olhos o máximo que conseguiu, tentando não chorar.

Alguém apertou a descarga, e ela se virou e viu uma mulher alta e esbelta com seus quarenta e poucos anos sair da cabine, alisando as pregas de seu sári dourado perfeitamente ajustado. Era Indra Voorhies, que junto com o marido, Reginald, representava a família Voorhies, outra homenageada da noite. A primeira vez que as duas se encontraram foi ali, quando Dava caiu no chão chorando, seu vestido roxo sem alças ondulando-se ao seu redor em um monte de seda. Enquanto os soluços torturavam seu corpo, ela ouviu uma torneira sendo aberta, depois o barulho do papel-toalha sendo retirado. Dava sentiu mãos úmidas dando tapinhas em suas costas nuas, um "pronto, pronto" sussurrado apressadamente em seu ouvido. O perfume de Indra, cítrico com um toque de cardamomo, lembrou Dava de sua mãe, e ela soltou um gemido gutural que pareceu profundo e distante, como se ele representasse toda a tristeza não expressada em seus 37 anos de vida.

— Preciso ir, querida; sinto muitíssimo — Indra disse para ela, com um pouco de impaciência. — Posso chamar alguém?

— Não — ela conseguiu dizer, suas mãos cobrindo seu rosto. — Estou bem. — Dava tinha ficado com tanta vergonha de ter uma testemunha para seu desmoronamento, principalmente Indra Voorhies, que acrescentou, mais grosseiramente do que pretendia: — Vá, por favor.

Vinte minutos mais tarde, Dava estava de volta em seu assento, com máscara de cílios e batom reaplicados, seu sapato recolocado, sua mão na de Arvid, assistindo a Indra ao lado do marido enquanto ele recebia o prêmio em nome da família Voorhies. Ela desprezou as sobrancelhas finas desenhadas a lápis de Indra, seus lábios igualmente finos, e de como ela estava se regozijando na glória das conquistas da família do marido. Ela desprezou Indra por saber como vestir um sári e se movimentar graciosamente de um jeito que ela nunca tinha conseguido dominar. E, acima de tudo, desprezou Indra pela mulher tê-la visto em seu pior e mais destruído estado que nem Arvid tinha testemunhado alguma vez.

A nova fase da Fundação Dava Shastri nasceu naquele instante, uma fusão de sofrimento e raiva, homenagem e vingança. Aditi Shastri não seria lembrada além de sua família imediata. O obituário de Indra Voorhies foi pré-escrito no instante em que ela se casou com seu marido. E Dava ficou determinada a fazer com que, das duas, independentemente de qual nome fosse lembrado e qual fosse esquecido com o tempo, Aditi Shastri tivesse o maior impacto no mundo, por causa do que ela deu com o pouco que tinha, e o que havia inspirado em sua filha.

— Tem certeza de que está bem? — Arvid sussurrou quando Reginald saiu do palco para dar lugar à esposa que ia discursar.

— Estou, amor. Obrigada.

Ela entrelaçou os dedos nos dele, e suas alianças bateram uma na outra como se fossem taças de champanhe. Ao ouvir Indra ler uma lista enorme de agradecimentos, seu sári dourado quase ofuscante no centro das atenções, Dava se sentiu grata. *Eu amo meu marido, mas não preciso dele. Não para meu nome significar alguma coisa. Não para me sentir completa.* Anos depois, Dava se lembraria daquele momento e se repreenderia por provocar o destino — e perder.

CAPÍTULO DEZESSEIS

DE MARIDOS E LEGADOS, PARTE 2

Arvie não deveria ter me perdoado por pegar a maior parte de nosso pé de meia e investir em uma empresa de tecnologia musical sem falar com ele primeiro. Talvez ele tenha me perdoado porque tudo deu certo, e a compra da MobileSong pela Apple nos deu liberdade financeira de verdade, possibilitando-me expandir meu trabalho filantrópico para uma escala global.

Mas, mesmo que a MobileSong tivesse afundado, imagino que ele teria sido tão compreensivo quanto. Arvie não guardava rancor. Ele perdoava erros. Pode parecer que estou descrevendo um santo. Mas ele não era isso. Gosto de pensar que ele era mais evoluído do que o resto de nós.

— Um trecho de "De maridos e legados"

O sol mergulhou no horizonte, e o quarto de Dava foi tomado pela escuridão do início da noite. Sita já tinha levado a *rasam* para ela, distraidamente beijando-a na bochecha antes de dizer que voltaria depois de ver como os gêmeos estavam. Dava estava tão concentrada na música que mal percebeu Sita vir e ir, registrando sua breve aparição apenas quando encarou a tigela de *rasam* em uma bandeja de metal que a filha havia deixado no divã. Dava sabia que deveria tomar a *rasam* enquanto ainda estava quente, mas *Deserter's Songs* estava chegando à metade, e ela ouviu com as mãos unidas em seu colo, olhos fechados com um sorriso discreto nos lábios, perdida em devaneio. Cada nova música despertava uma lembrança daquela noite no penhasco com Arvid e a fazia procurar mais lembranças, como um pescador jogando sua linha apesar das correntes agitadas. Quando as notas de abertura de "Opus 40" começaram, delicadas e festivas, os olhos de Dava se abriram com reconhecimento, e ela deu risada. Lembrou-se de que, durante a quarta vez que ouviram o álbum, o sol há muito se posto e a noite os rodeando como um cobertor quente, ele tinha lhe pedido para dançar. Então eles balançaram lentamente para a frente e para trás, o Discman pressionado entre seus corpos conforme eles tomavam cuidado para não tropeçar na fogueira estalando ao lado. Ela tinha acabado de descansar a cabeça no ombro dele, seus lábios relaxando em um sorriso de pura felicidade, quando ouviu Arvid dizer "Ops".

— O que foi? — Dava ergueu a cabeça e viu Arvid parecendo assustado e com olhos arregalados.

— Acho que pisei em alguma coisa. Senti esmagar algo. Mas estou com medo de olhar.

Ela prendeu a respiração.

— Vamos olhar juntos quando eu contar até três. Certo?

Ele assentiu com relutância, e Dava abafou uma risada. Após dois anos cumprimentando lagartos e sapos no banheiro dela como se fossem colegas de quarto, e uma vez acordando e encontrando uma cobra no pé de sua cama, Dava não mais se assustava com facilidade.

— Certo. Um, dois... e três. Vamos olhar. Pode não ser nada.

Arvid ergueu o pé esquerdo, e eles viram algo vividamente verde deslizando pela trilha da bota dele. Ele soltou um grito e pulou para trás em um pé só, mas, como eles estavam ligados pelos fones de ouvido compartilhados plugados no Discman que estava esmagado entre eles, Dava foi para trás com ele e os dois caíram um em cima do outro, criando um circo de poeira e folhas quando chegaram no chão. Eles riram até não conseguirem respirar, o refrão de "Opus 40" espirrando em seus ouvidos enquanto permaneciam deitados de costas e encaravam as estrelas brilhantes na escuridão bem-vinda. Eles escutaram o restante do álbum nessa posição, entrelaçados um no outro. Nos segundos em que estavam caindo e antes de chegarem no chão, Dava ficou preocupada de que, se houvesse alguma coisa perigosa escondida no pé de Arvid ou na selva além, ou se algum deles torcesse um tornozelo, eles poderiam estar encrencados mesmo, principalmente porque estavam a quilômetros da cidade mais próxima e haviam negligenciado a necessidade de levar um kit de primeiros socorros. Esse medo foi acompanhado por um pensamento que a consolou. *Se estiver prestes a acontecer algo ruim, é com ele que eu quero estar.*

Agora, enquanto "Opus 40" desaparecia dos alto-falantes, ela se lembrou de que só houve uma outra vez em que tentou reviver cada detalhe daquela noite com Arvid no penhasco: quando esteve ao lado do seu leito no centro de cuidados paliativos quando ele estava morrendo.

No início do que acabou sendo seu último dia vivo, Arvid estava lúcido, mas com uma dor debilitante e sem condições de falar. Ao ver seus olhos inteligentes brilharem com agonia, ela tinha gritado para uma enfermeira vir lhe dar mais morfina. Depois da dose pesada e da expressão de Arvid comunicar que sua dor estava diminuindo, de alguma forma Dava sentiu que ele não viveria até o dia seguinte. Então, ela ligou para sua assistente e pediu que pegasse as crianças na escola e as levasse ao hospital assim que possível.

Enquanto ficou sentada ao lado dele, esperando seus filhos chegarem, ela se viu balbuciando sobre todas as memórias compartilhadas: o dia em que se conheceram no treinamento da Peace Corps e ela perguntou a ele sobre o adesivo de Camper Van Beethoven na mochila dele, porque ela não conseguia acreditar que existia outra pessoa que amasse a banda tanto quanto ela; a primeira vez que dançaram juntos, que foi em uma calçada enquanto ouviam um jazz argentino tocado em um festival de rua; a forma como as cores do pôr do sol pareciam emanar da ponta dos dedos da própria Mãe Natureza durante a conversa deles no penhasco, enquanto Mercury Rev ecoava majestosamente em uma orelha de cada um; os nascimentos de seus filhos, todos durando, no mínimo, catorze horas de trabalho de parto, as quais Arvid havia amenizado contando-lhe piadas bestas e assobiando as músicas preferidas dela; os pernoites bem raros nos hotéis mais caros de Nova York e Londres; o último Dia de Ação de Graças na casa geminada; e toda outra memória que ela conseguia se lembrar, independentemente de ser significativa ou banal, de suas duas décadas como um casal e dos dezoito anos como marido e esposa.

Dava mal respirava enquanto elencava cada lembrança que entrava em sua consciência, entendendo que, com a morte de seu marido, ela nunca mais poderia falar sobre essas memórias com ele, e ela seria a única guardiã da história compartilhada por eles. Enquanto falava, começando as frases sempre com "se lembra quando" para sua voz assumir um tom ritmado, Arvid sorria solenemente e, de vez em quando, assentia. Ela segurou a mão dele o tempo todo, e ele apertava a dela depois de cada nova memória, como se para indicar que ele também se lembrava. Depois de duas horas, ela sentiu a vida se esvaindo dele, o sorriso deixando seus lábios, seus olhos se enevoando e desfocando. Então, Dava cantou a música preferida de Arvid, esperando que sua interpretação trêmula de "Brand New Day" lhe desse conforto da mesma forma que a interpretação dele tinha feito por ela tantas vezes antes.

Assim que ela terminou de cantar, seus filhos chegaram. Arvie e Sita estavam com o uniforme do ensino médio, calça azul e camisa branca de gola, enquanto Kali estava de macacão roxo, ainda usando o traje do programa de artes que frequentava após a escola. O pequeno Rev, de shorts vermelhos e uma camiseta do Super-Homem, entrou no colo de Sita, e o menininho deu um beijo na testa de seu pai antes de cair em lágrimas confusas. Então, Dava deu seu próprio beijo nos lábios do marido e sussurrou "Eu te amo" e saiu do quarto com Rev nos braços. Ela tinha ficado parada do lado de fora da porta e ouvido enquanto seus filhos mais velhos faziam suas próprias despedidas hesitantes e cheias de lágrimas. Dez minutos depois, Kali saiu do quarto dele correndo, tropeçando nos próprios pés. E Dava soube que seu marido estava morto.

. . .

Anos mais tarde, quando a ferida da ausência dele tinha cicatrizado e parecia menos excruciante, Dava refletia sobre os desdobramentos do falecimento de Arvid. E ela não pôde deixar de pensar que a morte por doença era quase uma bênção. Ela tinha recebido o presente de saber que os dias deles juntos estavam contados, em vez de ver o marido ser arrancado violentamente da vida deles, como tinha acontecido com os pais dela e dele. Arvid tinha sido declarado livre do câncer em 2015, dois anos após seu primeiro diagnóstico. Eles tinham celebrado a notícia, mas também tinham ficado cautelosos, já que noventa por cento dos pacientes diagnosticados com o tipo de câncer dele tinham recorrência dentro de cinco anos.

Então, para Dava e Arvid, a notícia era mais como um sinal de que o tempo era uma oferta finita.

Com isso, Dava incentivou seus filhos a não subestimarem o tempo com o pai e a encontrar algo significativo que poderiam compartilhar com ele. Para Arvie, foi seu fascínio pela Suécia e sua herança sueca. Então, pai e filho viajaram para o país juntos três vezes nos últimos anos da vida de Arvid, o que serviu como o trampolim para a eventual mudança de seu filho para lá após a faculdade. Com Sita, foi a leitura. Os dois eram leitores dedicados e tinham suas próprias discussões estilo clube de livro, nas quais conversavam e selecionavam livros um para o outro: Ellen Raskin, William Faulkner, Suzanne Collins, Anita Desai, Jennifer Egan e Jenny Han. Arvie e Kali se certificavam de dedicar toda tarde de domingo para visitar um museu ou uma galeria de arte da cidade, registrando a maioria das visitas no Museu de Arte Moderna. E, enquanto teve força para caminhar, Arvid levava Rev para passeios demorados pelo Central Park, com a esperança de que Rev sempre associasse carinhosamente seu pai com o parque, no caso de ele ser jovem demais para se lembrar de momentos específicos deles juntos.

Após Arvid ter descoberto que o câncer tinha voltado, no outono de 2018, ele dedicou dois meses escrevendo cartas para cada um de seus filhos que ele instruiu que fossem lidas nos aniversários de vinte e um, vinte e oito, trinta e cinco e quarenta e um anos. Ele escolheu cada ano porque esses anos foram significativos para sua própria vida: oficialmente adulto, a idade em que se casou, a idade em que se tornou vice-diretor e a idade que soube que o câncer tinha voltado. As cartas foram personalizadas para os marcos de cada Shastri-Persson. A carta de aniversário de vinte e um anos foi uma seleção de memórias e anedotas sobre cada criança; a carta de vinte e oito tinha conselhos sobre amor, amizades e relacionamentos; a carta dos trinta e cinco foi sobre as opiniões de Arvid quanto à importância da gentileza e da generosidade, tanto em grande quanto em pequena escala; e a de quarenta e um foi simplesmente uma lista de músicas que Arvid pediu a eles que ouvissem nos respectivos aniversários em um local de grande significado para eles. Ele encerrou todas as cartas com a mesma frase: "Comemore cada aniversário restante de uma forma significativa. Cada um é precioso e extraordinário, assim como você é para mim. Amo você, e estou sempre com você. Cuidem uns dos outros. Com amor, papai".

Arvid não selou essas cartas antes de dá-las a Dava para que entregasse aos filhos depois de sua morte. Então, em seus piores momentos durante a doença dele, quando ela ficava enlouquecida por ele estar com tanta dor e aterrorizada com a proximidade da morte dele, ela lia as cartas e encontrava conforto nelas. E ficou incrivelmente emocionada com o tempo e o cuidado que Arvid dedicou àquelas cartas, querendo permanecer como uma voz e uma presença na vida deles. Em seu artigo no *Times*, ela mencionou essas cartas para seus filhos.

Uma das últimas conversas que tivemos quando ele ainda era ele mesmo, com olhos brilhantes e humor caloroso, foi sobre o que ele pensava quando escrevia aquelas cartas para nossos filhos. E ele respondia "Estou plantando sementes em um jardim que nunca vou conseguir ver... bem, que nunca vou conseguir ver crescer e frutificar". Eu sabia que ele estava citando alguma coisa — Arvid amava inserir letras de música em nossas conversas; era só uma das coisas que o tornava tão cativante para todos que o conheciam —, mas eu não tinha descoberto de onde era. Então, quando perguntei, ele respondeu com outra citação combinada com um sorriso malicioso: "Melhores esposas, melhores mulheres".

O que ela não incluiu no artigo foi a experiência deles assistindo a *Hamilton*, que, de muitas formas, tinha inspirado o artigo para *Times* e sua decisão de fundar a Helping Perssons. Eles haviam assistido ao musical duas vezes: primeiro no Teatro Público durante sua turnê fora da Broadway, e uns anos depois na Broadway, uma semana antes de eles saberem que o câncer dele havia retornado. O fim do musical havia deixado ambos fungando, assim como da primeira vez. Mas, naquela ocasião, Dava também ficou incomodada pela conclusão do show: o fato de Eliza Hamilton ter se dedicado totalmente ao legado do falecido marido.

— Será que ele teria feito a mesma coisa por ela se ela tivesse morrido primeiro? — ela reclamou enquanto eles saíam do teatro de braços dados.

— Ele teria feito alguma coisa por ela em seu próprio jeito Hamilton. Consegui imaginá-lo escrevendo um panfleto de duzentas páginas sobre as virtudes de esposa.

— Mas a dedicação de preservar o trabalho dele pelos cinquenta anos restantes da vida dela? O *orfanato*? — Ela assoou o nariz no lenço de Arvid, que ele tinha dado a ela no início do segundo ato. — Ele não teria feito a mesma coisa por ela. Acredite em mim.

— É, provavelmente não — ele concordou. — Só para você saber, se por algum milagre eu viver mais do que você, farei a mesma coisa por você. Me dedicarei a proteger seu legado.

— Ah — ela respondeu.

Os sentimentos dela, já destrinchados pelo musical, agora estavam expostos e acrescidos de espanto com as palavras de seu marido. Porque ela sabia que ele falava sério. Bem ali, na rua oposta ao teatro, ela desmoronou e chorou, caindo na sarjeta e sem se importar se alguém a visse. Arvid se sentou ao lado dela, colocou seu braço ossudo e sem pelos em volta do seu corpo e esperou que suas lágrimas parassem antes de dizer delicadamente:

— Sinto muito.

— Não sinta. O que você falou é tão lindo — ela resmungou, secando os olhos com o lenço. — Querido — ela disse, hesitante —, não sou cotada para ser uma Eliza. Ainda há tanta coisa que quero fazer... por mim. — Ela deixou as palavras ficarem ali, apenas ditas, e inclinou a cabeça, envergonhada.

— Eu sei — ele respondeu, olhando para ela com olhos tristes e gentis. — Nunca tive problema em ser a Eliza do seu Hamilton.

Tinha sido o único momento durante o casamento deles que ela havia insinuado as motivações por trás de seu trabalho filantropo, revelando o coração obscuro de ego que batia dentro dela. E ele nunca a tinha julgado por isso. Era essa conversa que Dava tinha em mente quando decidiu escrever um artigo sobre seu falecido marido. Não somente como uma forma de anunciar que ela estava fundando uma organização sem fins lucrativos em homenagem a ele, mas também como um símbolo do casamento deles. Ela queria lutar contra a nuvem de boatos de infidelidade atormentando-os desde a première de *The Skylight* e intensificada após o Oscar, reduzindo-o a uma nota de rodapé na fascinação do público por ela e Tom Buck. Dava queria celebrar a personalidade dele. E, ao fazê-lo, ela começou a pesquisar.

Ela leu sobre as formas como homens e mulheres notáveis eram homenageados por seus cônjuges: estátuas, prédios, bolsas escolares, caridade. Mas o que ela descobriu foi um desequilíbrio desanimador. Pelo fato de mulheres costumarem viver mais do que seus maridos, havia muitas Elizas: mulheres que trabalhavam incansavelmente pela curadoria meticulosa dos legados do marido à custa do próprio senso de si mesmas, para que suas próprias identidades sempre fossem "sra." ou "a esposa do". Ela não queria que Arvid fosse somente "o marido da" na consciência pública, principalmente não "o marido daquela mulher que supostamente inspirou aquela música de Tom Buck".

Então, em 2022, dois anos depois da morte de Arvid, a Helping Perssons nasceu. Como parte de seu artigo para *Times*, Dava anunciou um site no qual as pessoas poderiam se candidatar a uma bolsa de dois mil dólares para seus projetos, independentemente do tamanho, da escala e da ambição. Depois que os funcionários da Helping Perssons revisavam as inscrições e as filtravam para os dez candidatos mais merecedores ou interessantes, elas eram enviadas a Dava, que decidia o donatário daquela semana. Nos primeiros anos, o programa recebia, em média, cem inscrições por semana. Mas, quando Dava pediu para o Arvie de vinte e seis anos liderar o programa oito anos depois, as inscrições tinham subido para três mil por semana. Então, Dava cedeu as decisões para o filho.

Chaitanya e sua horta comunitária foram a quinta bolsa da Helping Perssons escolhida por Arvie. Dava ainda conseguia se lembrar claramente do dia em que recebera o e-mail dele listando as bolsas daquele mês e viu o nome de Chaitanya na lista. Ela havia participado de uma festa de verão em um iate circulando a Ilha da Liberdade, estremecendo sozinha no convés inferior após fugir para dentro quando os ventos que sopravam no barco se tornaram intensos demais para uma pessoa usando vestido verde e rosa esvoaçante, que se preocupava em estar velha demais, aos 56 anos, para vestir roupas alegres. Desajeitada, Dava se sentou em um banco de frente para uma janela oval que lhe dava uma vista do sol brilhando na água e da Estátua da Liberdade à distância, longe o suficiente para ela parecer uma mulher tentando encontrar um táxi. Com um suspiro misturado com ronco, arrependendo-se de ter concordado em ir a uma festa em que todo mundo parecia ser, no mínimo, duas décadas mais jovem, Dava pegou seu celular, verificando seu e-mail pela oitava vez desde o embarque.

E lá estava, em terceira na lista das bolsas da Helping Perssons: Chaitanya Rao, Horta Comunitária da Primavera de Oakland. Dava piscou os olhos muitas vezes, depois ampliou o e-mail para que o nome de Chaitanya ocupasse todo o espaço na tela do celular, como se isso fosse ajudá-la a determinar se essa pessoa poderia ser sua filha. Depois de encarar o nome dela por alguns instantes, Dava rapidamente pesquisou o site da horta e arfou quando viu que a biografia sem foto de Chaitanya declarava que ela tinha sido nascida e criada em Londres. Mesmo com muita conversa e uma música barulhenta que parecia tentar quebrar os alto-falantes acima dela, Dava pensou que conseguia ouvir a batida de seu coração, alta, descontrolada e chocada, acima do barulho. Levantou o olhar e percebeu que o iate tinha navegado mais para perto da Estátua da Liberdade, então agora Dava conseguia identificar os traços dela, seus lábios verde-azulados pressionados firmemente e os olhos resolutos para o céu.

Então, Dava se lembrou do que Arvid tinha falado para ela quanto a voar para Nova York pela primeira vez, quando ele estava chegando para ir fazer faculdade e morar com ela. Conforme o avião começou a descer no aeroporto internacional John F. Kennedy, ele tinha visto a Estátua da Liberdade do lado de fora de sua janela.

— Quando a vi, foi aí que se tornou real para mim — ele tinha dito. — A vida que havíamos planejado juntos em nosso penhasco iria mesmo acontecer. E, enfim, ficaríamos juntos.

Particularmente, ele havia destacado a tocha dela, brincando que o braço erguido da estátua era como "um aceno da embaixadora oficial de seu país". E, naquele instante, ver Lady Liberdade foi quase como se sua filha agora estivesse acenando para ela, convidando-a para se conectar.

O que ela nunca poderia ter previsto era que, ao perder Arvid, ela recuperaria sua filha. Desde o dia em que assinou a documentação renunciando a todos os direitos legais de sua primogênita, ela nunca entrou em contato com a jovem, deixando esse capítulo de sua vida ficar no passado junto com todo o resto associado a Panit. Em uma realidade alternativa, ela poderia ter vivido sabendo que Chaitanya existia em algum lugar no mundo, sem saber nada sobre ela além de seu nome e o dos pais que a adotaram. Então, o fato de sua filha se inscrever para uma bolsa da Helping Perssons era uma coincidência incrível e uma alegria — algo que ela nem sabia que queria, mas, por fim, precisava.

Gosto de pensar que foi o presente de Arvid para mim, de certa forma, ela teria dito para um entrevistador se tivesse pensado em ir a público sobre Chaitanya. *Meu objetivo era honrar a vida dele e, ao fazê-lo, ela voltou para a minha. Foi um caminho verdadeiro de cura para completar um círculo.*

. . .

Dava foi tirada de seus pensamentos ao ouvir a última música do álbum de Mercury Rev. Ela tinha se esquecido de que *Deserter's songs* acabava de maneira otimista com uma pegada ensolarada chamada "Delta Sun Bottleneck Stomp". Ela a fez lembrar das notas iniciais de um nascer do sol, quando o astro aparece e, sem esforço, exibe seu entusiasmo. A música a colocou em um clima leve, até festivo, e ela desejou estar perto de sua família. Por que, em suas últimas horas na Terra, ela estava passando tanto tempo sozinha?

Olhou na direção da porta, para o barulho de conversa dançando do lado de fora, simplesmente além do seu alcance. Dava pensou em se levantar e descer as escadas, mas isso parecia um esforço enorme, e temia que provocasse outra convulsão após, finalmente, recuperar seu equilíbrio. O sol havia desaparecido totalmente, e a escuridão estava tomando seu quarto com rapidez, as sombras deslizando como cobras. Então, o álbum terminou. Dava tinha se esquecido de que ele não acabava com "Delta Sun", mas com um clima sinistro — um ramo estranho de sons semelhantes a uma história de fantasma misturada com um acidente de carro — que a fez se sentir sozinha, e com um pouco de medo.

CAPÍTULO DEZESSETE

IRMÃOS

Fui muito abençoada por conhecer Dava e tê-la como mentora e amiga. Se ela realmente é minha mãe, então, sim, gostaria de confirmar isso para poder aprender sobre a história da minha família e, possivelmente, conhecer meus irmãos.

— Chaitanya Rao, quando pediram para comentar se pretende entrar em contato com a família Shastri-Persson

Quando Kali viu que a jaqueta e as botas de neve de Rev não estavam no vestíbulo, ela imediatamente soube que ele estava na casa de barcos. Com cuidado, ela desceu a colina para se juntar a ele, com a carta de Dava e seus últimos três cigarros escondidos no bolso de seu casaco roxo, que ia até o tornozelo. Kali agradeceu por seus cunhados terem tirado muitos metros de neve em volta da casa mais cedo naquele dia, facilitando o acesso à casa de barcos de dois andares que, aos olhos dela, sempre lembraria uma casa de cachorro cinco vezes maior que o tamanho normal. O térreo da construção com telhas de madeira guardava uma lancha e vários caiaques coloridos pendurados nas paredes, embora os remos tivessem desaparecido muito tempo antes. Kali subiu as escadas para o sótão, onde avistou o irmão parado diante da janela octogonal, a última explosão de luz do pôr do sol delineando sua silhueta esbelta.

— Rev — ela chamou, aproximando-se dele, vencendo um labirinto de caixas gastas e mobília do quintal.

— Ei, mana — ele disse ao se virar, seus dedos com luva de couro girando um canudo branco, fino e comprido.

— Há quanto tempo está aqui? — Ela abriu parcialmente o zíper de seu casaco para pegar um cigarro, que estendeu para ele. Mas Rev balançou a cabeça.

— Foi difícil demais parar; não posso voltar. — Ele colocou o palito branco na boca e o segurou entre os dentes. — Estou tentando me distrair com um palito de pirulito.

Ela balançou a cabeça com espanto.

— Não tenho sua força de vontade. Principalmente depois de tudo que aconteceu hoje. — Ela acendeu seu cigarro com um isqueiro com estampa de zebra, depois soprou a fumaça por cima de seu ombro, para longe do irmão. — Não consegui falar mais cedo, mas sinto muito por você ter visto Amma naquele estado. Deve ter sido horrível.

— Não quero falar disso. Vim para cá porque precisava ficar longe de tudo aquilo, de todos eles. — Ele cerrou os dentes com tanta força que o palito, que estava apenas pendurado em seus lábios, agora estava firme.

Isso inclui Sandi?, Kali pensou. Em vez disso, perguntou:

— Como está Sandi? Não a vejo desde ontem.

Rev chutou um prego solto saindo da parede com tanta força que ele se dobrou.

— Ela está enjoada, então ficou na cama a maior parte do dia. Ela está bem.

Na verdade, Rev não sabia se Sandi estava bem. Todas as vezes que foi para o quarto deles tentar saber de seu estado, ela parecia estar dormindo. Mas ele se perguntava se ela estava fingindo para evitar conversar com ele. Quando ele foi dormir fedendo a tequila na noite anterior, depois da reunião dos irmãos sobre Chaitanya no refúgio, ele encontrou Sandi o esperando acordada, sua máscara preta de dormir acima de seus olhos como uma enorme sobrancelha questionadora. Ela tinha ficado sabendo sobre a suposta filha secreta de Dava, mas, em vez de perguntar a ele como estava ao saber de uma notícia tão surpreendente, Sandi despejou nele a urgência de se certificar de que o filho deles estivesse representado no testamento de Dava.

— Espero que saiba que não se trata do dinheiro — ela disse quando ele se deitou. Ela descansou a cabeça em seu peito nu, depois pegou os braços dele e os envolveu nela. — Esses últimos dias foram tão chocantes. E solitários. Claro que sua família está ocupada e chateada, então eu não tive uma oportunidade de conhecê-los, e não sou prioridade, mas seria legal sentir que faço parte disso tudo, então, em meu cérebro maluco, isso me ajudaria a sentir que o bebê e eu pertencemos a esta família. Faz sentido?

Não, ele queria responder.

— Estou lidando com muita coisa no momento. — Foi tudo que ele conseguiu dizer.

Ela lhe lançou um olhar irritado e rolou para o outro lado da cama. Eles tinham dormido de costas um para o outro, apesar de ele mal ter dormido.

— Então, Amma e Tom Buck. — Kali mudou de assunto para a primeira coisa em que conseguiu pensar que não tivesse nada a ver com Sandi. — Sabe qual é a coisa mais surpreendente para mim? Não que ela teve um caso, mas como ela encontrou tempo.

— Eu também deveria acrescentar isso no filme. Enfiar o assunto Tom Buck antes de terminar com a grande revelação sobre Chaitanya.

Kali exalou uma grande nuvem de fumaça, depois tossiu.

— Do que você está falando?

Rev suspirou e explicou o desejo de Dava: que ele escrevesse, produzisse e dirigisse um filme biográfico, que incluísse contar a história sobre dar a filha mais velha para adoção e, depois, reencontrá-la. Kali continuou tossindo sem acreditar, depois apagou o cigarro esmagando-o energicamente com o salto de sua bota.

— Não entendi. Ela me disse exatamente o oposto.

— Oposto de um filme?

— Ela me disse que não queria que Chaitanya soubesse a verdade nunca. — Kali tirou a carta do bolso do casaco e finalmente contou a ele o que Dava tinha dito sobre o conteúdo, e como ela implorou para Kali garantir que fosse enterrada com o papel. — Só você e Sita sabem disto. Não contei para Arvie, porque… bem, ele está passando por dificuldades.

— E agora, então? — Rev resmungou. — Amma fica mudando de ideia a cada segundo. Sem contar que não quero trabalhar em nenhum filme. Não sou roteirista. Só estou tentando me concentrar em ser um bom pai. E Sandi… — Ele parou de falar e murmurou algo inteligível.

Kali guardou a carta no bolso de novo, depois arrastou uma mesa de ferro da área externa para mais perto da janela e se sentou em cima, acenando para ele se juntar a ela.

— Sandi o quê? — ela perguntou delicadamente.

— Sandi fica me pedindo para ver se Amma pode criar uma poupança para o bebê, como as que ela fez para os outros netos. Falou que não se trata do dinheiro, mas de se encaixar na família ou algo parecido. Não entendo. — Rev se voltou para a irmã. — Digo, entendo que isso é importante para o nosso filho. Mas Sandi parece mais preocupada com o testamento de Amma do que com o fato de que estou prestes a perdê-la. Sem contar a montanha interminável de merda com que estamos lidando.

— Mas Sandi não está totalmente errada — Kali disse, lutando contra o desejo de acender outro cigarro. Para se controlar, ela pegou o isqueiro de novo e ficou brincando de acender e apagar. Os dois encaravam a chama enquanto ela continuava falando. — Isso é, definitivamente, algo que precisa ser decidido, de preferência antes de Amma falecer. Mas acho que, no caso de não ser, todos nós vamos garantir que seja resolvido de alguma forma. Sei que Sita planejou conversar com o advogado de Amma.

Ela apagou a chama e segurou o isqueiro com firmeza em seu punho, absorvendo o calor latente na palma de sua mão.

— Seria ótimo... obrigado por isso — Rev disse, meio abobalhado, depois se mexeu para se sentar mais para trás na mesa para que eles ficassem bem ao lado um do outro. — Só queria que Sandi se importasse com o que estou passando, sabe?

— Tenho certeza de que ela se importa. Eu a observei quando Amma nos deu a notícia, e ela ficou devastada por você. — Kali se lembrou do que Dava contou a ela, de como a deusa Kali, sua homônima, foi descrita como tendo "um amor de mãe incompreensível". — Mas, ao mesmo tempo, ela tem um instinto materno de cuidar do filho dela, e imagino que isso venha antes de qualquer coisa, até de você.

Ele bufou, embora ela pudesse ver as lágrimas se acumulando nos olhos dele.

— Não sabia que você era tão fã de Sandi.

Kali afastou a mão, assustada.

— Como assim? Sempre te apoiei.

— Digo, em palavras, sim. Mas você nunca mostrou interesse nela como pessoa. Mal falou com ela desde que chegamos aqui.

— Tem muita coisa acontecendo — ela retrucou. — Mas até que gosto dela. Não sei o que você quer de mim, sinceramente.

— *Foda-se*, ela pensou consigo conforme enfiou a mão no bolso e tirou seu penúltimo cigarro, desanimada ao ver que estava dobrado no meio. Ela o acendeu mesmo assim e, desta vez, não se importou em soprar fumaça na direção de Rev.

Rev a olhou desafiadoramente, depois tirou o palito de pirulito da boca e o apontou na direção dela.

— Mas admita: você preferiria que não houvesse Sandi. Que ainda fôssemos você e eu contra o mundo, zombando de Arvie e Sita e do resto dos normais.

— Cresça um pouco. — Kali pulou da mesa de ferro, e o movimento repentino a bambeou, fazendo Rev deslizar para o lado e quase cair. — Claro que sinto falta de nossa proximidade. Mas nunca vou invejar você por se casar ou ter uma família. É só que nunca percebi que você queria isso — ela complementou, enrubescendo. — Mas, agora que você tem, eu estou feliz por você. Sempre estive feliz por você. — Os olhos dela pousaram no prego torto e ela o chutou na outra direção.

— Mas está mesmo? — Rev perguntou. Ele tinha esperado empatia total de sua irmã, depois de não conseguir da mãe e da noiva. Mas, já que não conseguiu isso dela também, Rev quis provocar. — Arvie mencionou para mim ontem que você estava chateada por não poder trazer Mattius e Lucy. Que não tinha ninguém ao seu lado. Costumávamos zombar dos normais, mas talvez você estivesse zombando disso porque no fundo era o que queria.

— Quem não quer companhia, Rev? — Kali se encostou na parede oposta à dele e o insultou entre dentes cerrados. — Isso não significa que eu queira fazer o negócio todo de casamento e filhos como vocês. Há mais de um jeito de ter um relacionamento sério. E também fico bem comigo mesma. — Os olhos dela brilharam. — Meu ponto para Arvie foi que eu estava em um relacionamento de verdade com eles e os queria aqui comigo, e nenhum de vocês levou isso a sério. Deles, não posso dizer que estou surpresa. Mas de você? — Kali balançou a cabeça. — Eu sempre… *sempre*… apoio você. Mil por cento. Não posso dizer a mesma coisa de você.

— Talvez porque você não seja mais a número um da minha vida. Já pensou nisso? — Rev sabia que ele estava errado, mas não conseguia parar. Foi magoado por Sandi, por sua mãe, e precisava desesperadamente descontar na única pessoa que ele sabia que o perdoaria.

— De nós dois aqui, eu sou a única que aceitou isso. Porque, adivinhe só, irmãozinho, você também não é mais o número um da minha vida. — Kali jogou sua trança por cima do ombro, depois a puxou para dar ênfase. — Você tem flutuado pela vida, sem dar a mínima para nada. Porque você não sabe como fazer qualquer coisa além de ser cuidado e adorado. — Rev cambaleou para trás, como se as palavras dela fossem um tiro em seu peito. Ela tinha pegado as piores coisas que ele pensava sobre si mesmo e tinha lhes dado vida. — É hora de se esforçar e cuidar da sua família.

Ambos congelaram quando ouviram alguém subindo as escadas. Viraram-se para olhar para trás e viram Sita aparecer na porta, estremecendo em uma grossa blusa de gola alta vermelha e com gorro combinando.

— Aí estão vocês dois. Eu deveria ter procurado aqui primeiro.

— O que houve? Amma está bem? — Kali perguntou ao olhar de soslaio para seu irmão mais novo, que tinha voltado a olhar para a janela.

— Ela está bem por enquanto. — Sita parou no meio do cômodo, acendeu a luz do ventilador de teto e soltou um "Ah, merda" quando a lâmpada e o ventilador ligaram simultaneamente. — Acabei de ver como ela estava e parece melhor. Mas

Amma também não está cedendo quanto a adiar o tratamento de amanhã de manhã, então só temos hoje para pensar na logística. Começando por concordar com tudo relacionado a ela.

Sita pegou seu celular, recuperado do quarto de Dava, e mostrou a eles a entrevista com Chaitanya, na qual ela disse que queria conhecer seus irmãos e saber mais sobre sua família.

— Sei que Amma não quer que ela saiba...

— Bem, agora ela quer — Rev murmurou, seus olhos ainda fixos no céu escurecendo.

— Longa história — Kali interveio. — Continue.

— Mas acho que esta história é maior do que os desejos de Amma. Como a notícia de Tom Buck, que vai acabar sendo confirmada com ou sem a gente. Precisamos estar no controle disso daqui para frente. Acho que nós quatro precisamos ser uma frente unida sobre muitas coisas, inclusive ela.

Quando nenhum deles respondeu, Sita os olhou de forma confusa.

— Hum, está tudo bem? Vocês estavam brigando?

— Longa história — Kali repetiu. — Se precisamos conversar sobre algumas coisas, vamos fazer isso aqui, em particular. Tenho certeza de que Colin e Vincent conseguem cuidar um pouco das coisas na casa principal.

— Estou congelando aqui fora — Sita protestou ao puxar a corda do ventilador de teto várias vezes, descobrindo, para sua frustração, que somente poderia desligar o ventilador se apagasse a luz. — Acho que não consigo suportar ficar aqui por mais do que uns minutos.

— Que tal isto? Vou chamar Arvie e dizer para eles onde estamos e por quê. Fique com meu casaco enquanto isso, e vou entrar e pegar o seu — Kali sugeriu.

— Tá bom, então — Sita concordou, incerta, enquanto Kali abria o zíper de seu casaco e o entregava para ela.

Kali olhou para a nuca de seu irmão por um instante, depois revirou os olhos, sem tentar esconder sua irritação de sua irmã mais velha conforme saía do cômodo.

. . .

Sita viu a figura de Kali indo embora, depois soltou um assobio baixo. Subiu na mesa, envolveu a boca com as mãos e soprou nelas para se aquecer. Como Rev continuou calado, ela enfim quebrou o silêncio com uma risada nervosa.

— Estavam brigando? Eu não sabia que isso era possível.

Rev se virou, com lágrimas escorrendo pelo rosto. Sita se apressou em abraçá-lo e logo percebeu que ele estava tremendo, como se estivesse se rendendo à sua tristeza. Ela teve uma sensação de déjà vu, lembrando-se do pequeno Rev tremendo nos braços dela quando eles estavam parados no leito de morte do pai, sentindo que havia algo terrivelmente errado, mas sem compreender o que estava acontecendo. Uma grande diferença era que agora Sita era muitos centímetros mais baixa do que seu irmão mais novo, então tentar abraçá-lo parecia quase como se pendurar em um mastro de veleiro sendo esbofeteado por ventos fortes.

— Rev, Rev — ela sussurrou até o corpo dele se enrijecer. — Vai ficar tudo bem. Nós vamos ficar bem.

— Como você sabe? — ele perguntou ao se afastar dela, encarando-a com olhos lacrimejantes, uma lágrima ainda equilibrada nos cílios compridos dele.

— Porque perdemos o papai, e superamos. Vamos perder Amma, e temos um monte de coisas loucas para resolver quando ela realmente for embora. Mas...

— Não estou falando só dela — ele praticamente sussurrou.
— Estou falando de mim. Não sei se eu consigo fazer isso.

— Fazer o quê?

— Casar. — A voz dele falhou. — Fico preocupado de não ser um bom marido e pai porque não tive papai na minha vida. Mas é mais do que isso. Eu amo Sandi... não me entenda mal. Mas não amo a ideia... disso. — Ele falou essas últimas palavras como se estivesse cuspindo cabelo achado em um prato de comida.

Sita arregalou os olhos, mas manteve a voz gentil e estável.

—É natural ter dúvidas, Rev. Principalmente porque Sandi é seu primeiro relacionamento de verdade.

Rev deu de ombros e se sentou na mesa do jardim. Ele tirou o palito de pirulito do bolso e o segurou entre seus dois dentes da frente. Sita notou esse gesto esquisito, mas não comentou. Em vez disso, sentou-se ao lado dele, seus pés mal encostando no chão.

— Eu sempre quis me casar — ela disse. — Talvez até demais. Queria o que Amma e papai tinham, mas ainda melhor. Bhaskar foi meu...

— Mas essa é a questão quanto à Amma — Rev a interrompeu. — Quando ela fala do papai, ela parece totalmente apaixonada por ele. Hoje, mais cedo, ela me contou uma história sobre a noite em que decidiram se casar e... foi tão romântico. — Ele resolveu manter a história do álbum de Mercury Rev para si mesmo, já que Dava a confessara apenas para ele. — Enfim, se Amma e papai tinham esse relacionamento incrível, mas ela ainda o traiu, o que significa casamento então?

Sita assentiu solenemente, emocionada em ver seu irmãozinho fazer as mesmas perguntas desesperadas que ela fizera quando tinha vinte e quatro anos e tinha acabado de se divorciar de Bhaskar. Ela o conhecera na faculdade, e eles se identificaram um com o outro tão imediatamente que ela se referia a ele, carinhosamente, como sua "imagem no espelho".

Ela enxergou em Bhaskar sua própria ambição e determinação em trilhar um caminho diferente do de uma figura parental dominante (no caso dele, um avô) esperando ainda agradar aos próprios pais.

Os dois também compartilhavam os mesmos valores e interesses, os tipos de característica que as pessoas listariam em uma sinopse "Sobre mim" em um aplicativo de relacionamento: *Sou socialmente liberal, mas fisicamente conservadora, e amo comida tailandesa e snowboard*. O casamento dos pais dela tinha sido o guia quando decidiu se casar com Bhaskar, porque acreditava que as qualidades parecidas deles garantiriam a ela um relacionamento similarmente feliz.

No fundo, Sita pensava que tinha superado a mãe porque Bhaskar era indiano. Sabia que não era lógico se sentir assim, exceto pelo fato de que Dava tinha comentado sobre a decepção dos pais dela por ter se casado com um homem branco, dando o exemplo amargo da ausência deles no casamento dela. Na cabeça de Sita, ela tinha conseguido conquistar algo que a mãe não conseguiu.

Enquanto permaneciam sentados ali, estremecendo no sótão da casa de barcos, pouco iluminado por uma única lâmpada, Sita confiou essa história a Rev. Mesmo na crescente escuridão, ela conseguiu ver os olhos do irmão se arregalarem quando ela mencionou que enxergava o casamento dela como uma forma de ser melhor do que a mãe em alguma coisa.

— É por isso que, quando Amma nos contou sobre Panit, você pareceu tão desconfortável? — ele perguntou, curioso.

— É. A história dela foi muito familiar para mim, porque fizemos, basicamente, a mesma coisa. Nós duas nos apaixonamos por uma ideia… o Sr. Perfeito e Indiano… em vez de por uma pessoa. A única diferença é que fui burra o bastante para me casar. — Sita balançou a cabeça para si mesma, seus brincos de diamante brilhando ao fazer isso. — Mas, para ficar claro, Bhaskar nunca foi mau comigo. Ele só não era o certo para mim. Brigávamos constantemente por coisas inúteis e idiotas e não sabíamos como parar de nos magoar.

Sita percebeu que Rev abriu a boca para falar, mas continuou, querendo apressar as palavras antes de os outros dois chegarem.

— Depois que nos divorciamos, me senti perdida. Envergonhada, constrangida e totalmente cética em relação ao casamento. Você teria pensado que eu era Kali — ela disse, com uma risadinha. — Então, acho que alguns meses depois do divórcio, li uma citação maravilhosa: "Compatibilidade é uma conquista do amor. Não deveria ser sua condição prévia". Bem, isso me acertou em cheio. E me fez repensar tudo sobre Bhaskar e por que não deu certo.

A essa altura, Rev tinha derrubado, sem querer, o palito de pirulito de sua boca e agora estava mastigando seu lábio inferior rachado. Enquanto o fazia, pensava em Sandi. Será que eles eram compatíveis? Nunca tinha pensado em seu relacionamento dessa forma. Ele tinha conquistado Sandi, aí o aluguel dela venceu, e ele gostava de acordar ao lado dela todos os dias, então logo estavam morando juntos, passando a maior parte do tempo agarrados no sofá, uma documentação nas mãos dela e um controle de videogame nas dele. Quando ela engravidou, ele a pediu em casamento com uma combinação de alegria e pânico, e os dois instantaneamente trocaram dias de sexo e risada por planejamento e organização. Eles ainda não tinham discordado em nada importante, porque Rev achava mais fácil concordar com o que ela pedia. Quando imaginava um futuro com ela, enxergava uma lista infinita de afazeres deslizando diante dele como na sequência de abertura dos filmes de *Star Wars*.

— Ai — ele gemeu.

Ao morder seu lábio inferior sem querer, ele arrancou uma enorme pele seca. Rev tirou sua luva, encostou os dedos nos lábios e sentiu uma bolinha minúscula de sangue.

— Você está bem? — Sita perguntou, olhando bem para ele. *Será que ele sequer está me ouvindo?*, ela pensou, visivelmente contrariada.

— Sim, acabei de cortar um pouco meu lábio. — Ao perceber que sua irmã estava esfregando as mãos, ele tirou sua outra luva e as deu para ela. — Espero que saiba que estou pronto para me esforçar e ser um pai. É só que, sempre que penso em casamento, me sinto péssimo. — Ele gemeu de novo. — Não é nada contra Sandi. Sou eu que tenho o defeito.

— Depois de Bhaskar, pensei que eu também tivesse defeito. O que me ajudou foi mudar todo o meu conceito de casamento e enxergá-lo pelo que é.

Sita explicou que tinha descoberto que a citação era de um artigo do *New York Times* escrito por alguém chamado Alain de Botton intitulado "Por que você vai se casar com a pessoa errada".

— Dá para imaginar? Que a citação era de um artigo com *esse* título? — Sita disse a Rev. — Eu só estava divorciada de Bhaskar havia uns três meses e tinha acabado de conhecer Colin e estava começando a gostar mesmo dele. Mas parecia cedo demais para se apaixonar por alguém. Eu também ficava nervosa só de pensar em cometer os mesmos erros. Então esse artigo me encontrou na hora certa.

— É verdade que vocês se conheceram em um aplicativo de relacionamento? — Rev perguntou.

Na luz baixa onde mal conseguiam enxergar o rosto um do outro, ele se sentiu corajoso o suficiente para fazer a pergunta sobre a qual pensava há anos. Sita sempre tinha jurado que ela e Colin haviam se conhecido em uma livraria na Union Square, porém a imprecisão dela quanto aos detalhes do encontro fofo deles levou tanto Kali quanto ele a especularem que ela não estava dizendo a verdade.

Sita resmungou.

— Foi isso que Kali te contou?

— Nós dois, hum, presumimos que essa era a história verdadeira. É verdade?

— Certo. Sim, nos conhecemos em um aplicativo, o.k.? Fiquei com vergonha de termos nos conhecido no HitMeUp...

— Esse não era mais para transar e ter encontros de uma noite só?

— Cale a boca. Vou te mostrar que Colin foi a primeira e única pessoa com quem conversei. Cancelei a conta logo depois.

Sita explicou que, depois de encontrar o primo de Bhaskar e saber que ele estava namorando de novo, ela tinha ido direto para casa — a antiga casa deles — e baixado o app. O rosto de Colin foi o primeiro que ela viu. Ele parecia impossivelmente lindo, mas o que ela achou mais intrigante foi que seu destaque "Sobre mim" tinha apenas uma palavra.

— Livros — ela contou a Rev, sem conseguir impedir de abrir um sorriso nos lábios dela.

—É isso? Só "livros"? — Rev pensou no que ele sabia sobre Colin e não sabia que ele gostava de ler. Então, percebeu que não sabia muita coisa sobre ele.

— Sim. Escrito em letras maiúsculas. Seguido de um ponto de exclamação — Sita desabafou. — Eu simplesmente tinha que saber mais. Trocamos mensagens e e-mails por semanas antes de nos encontrar, porque ele estava viajando a trabalho. Mesmo antes de encontrá-lo, senti que esse poderia ser meu homem. Mas isso também me assustou. Não queria começar a sair com alguém novo e cometer os mesmos erros que tinha cometido com Bhaskar. Então, me lembrei dessa citação, fiz uma pesquisa na internet e encontrei o artigo. Sinceramente, mudou minha vida. Há um motivo para termos fugido depois de apenas nove meses de namoro — ela disse, triunfante, soando um pouco presunçosa aos ouvidos de Rev. Se Kali estivesse com ele, os dois poderiam ter revirado os olhos um para o outro. Mas, naquele instante, parecia haver uma solução concreta para a crise dele, e ele estava desesperado para saber mais.

— Como chamava mesmo? "Por que você vai se casar com a pessoa errada"?

— Isso mesmo. Não é um julgamento, mas puro pragmatismo. Todos nós basicamente nos casamos com a pessoa errada porque somos pessoas inerentemente falhas e, de alguma forma, não esperamos que nossos parceiros percebam e que chamem nossa atenção por isso. — Sita pegou seu celular para olhar a hora. — Deixe eu ver se consigo resumir bem rápido... Eles chegarão a qualquer minuto. A essência disso é que, antes de entrarmos em relacionamentos sérios, não temos a necessidade de nos olhar no espelho e enxergar nosso eu verdadeiro e cheio de defeitos. Então, quando você começa a ser chamado a atenção por ser irritante, teimoso ou estranho é durante um relacionamento. É como tirar o vestido de festa e deixar alguém te ver de moletom. Moletom que você não lava há uma semana.

Delicadamente tocando seu lábio de novo, Rev soltou uma risada de identificação.

Sita sorriu na escuridão e se inclinou para a frente, grata por suas palavras fazerem sentido para ele.

— Então é por isso que casamentos são difíceis, certo? Porque você leva a sua própria bagunça e espera que seu cônjuge simplesmente aceite. E, do mesmo jeito, você espera que a pessoa que ama se transforme na pessoa que você quer que ela seja. Os conflitos são inevitáveis.

— Bom jeito de me vender o casamento, mana — Rev comentou, dando uma risada sombria.

— Não estou tentando te vender nada — Sita retrucou.
— Estou tentando dizer que é trabalhoso. É reconhecer que o marido que leva café da manhã na cama para mim toda manhã negligencia a limpeza do banheiro a menos que seja explicitamente dito. É reconhecer que ele tem razão quando me diz que ocupo cada minuto da minha vida com compromissos em excesso. — Ela balançou a cabeça com sabedoria. — Como Alain de Botton diz, trata-se de entender que haverá conflitos entre você e sua parceira, mas que os conflitos não importam tanto quanto a maneira como vocês os solucionam. Espere... espere um segundo. Deixe eu procurar a frase correta.

Enquanto Sita procurava o artigo on-line, Rev olhou para o rosto dela iluminado pela luz azul. Quanto ele realmente sabia sobre sua irmã mais velha? Com certeza, essa era a maior conversa séria que eles tinham em anos. Ou na vida. Como ela e Arvie já tinham saído de casa quando ele era um adolescente, Rev sempre os tinha visto como figuras pseudoparentais, adultos com vidas estáveis, empregos, hipotecas e jantares de negócios. Apesar de ele ver Sita com mais frequência desde a época em que moraram juntos em Nova York, ele só sabia as linhas gerais da vida dela e nada em específico. Ela sempre parecera uma versão menos brincalhona e interessante da mãe deles. Quando Sita repreendia Kali ou ele, eles riam por terem arrumado confusão com "Dava Junior". *Mas talvez seja disso que precisemos agora*, ele pensou, rindo. E, sentado ao lado de Sita, pensou no tanto que ela e Colin tinham feito nos últimos dias, liderando uma corrida para lavar roupa após descobrirem uma escassez de lençóis e toalhas, ajudando Vincent a preparar refeições, arrumando a cozinha e os cômodos comuns ao fim de cada dia; agindo como uma força silenciosa e estável em todo o caos.

Sita entregou a ele seu celular. Ele leu em voz alta:

O casamento acaba sendo uma aposta esperançosa, generosa e infinitamente gentil feita por duas pessoas que ainda não sabem quem são ou quem o outro pode ser, unindo-se em nome de um futuro que não podem imaginar e que evitaram, cuidadosamente, investigar.

— É exatamente isso — ele disse, expirando. Olhou para Sita com olhos suplicantes, a luz do celular dando a seu rosto de menino um brilho diferente.

Sita assentiu quando pegou de volta o celular e guardou-o no casaco de Kali.

— Não se culpe por ter pensado que casamento era o próximo passo quando Sandi engravidou. Mas talvez agora pense no trabalho que vocês dois precisam fazer sozinhos, e juntos, antes de seguir em frente.

Ela desceu da mesa e começou a correr no lugar.

— O.k., onde eles estão? Está frio demais para ficar aqui fora. Não sei por que Kali insistiu em conversarmos na casa dos barcos.

— Provavelmente, porque sabe que Arvie não terá acesso a nada de álcool aqui — Rev brincou. Ele sorriu quando Sita soltou uma risada longa e tempestuosa. — Precisa admitir que é a única coisa que faz sentido.

— Verdade — ela respondeu enquanto ia para o outro lado do cômodo, em direção à janela octogonal de frente para a casa, para ver se conseguia avistá-los caminhando com dificuldade pela neve.

— Antes de eles chegarem aqui... — Rev chamou.

— Se chegarem aqui. — Sita se voltou na direção ao irmão. — O que foi, Rev?

— Qual é o segredo de vocês? — Ele precisava de mais fatos, mais respostas. — Vocês são bem sólidos. Observando vocês juntos esses últimos dias… é como o que imagino que vocês viam com Amma e papai.

— Ah, uau, sério? — Sita reagiu. — É tão gentil da sua parte dizer isso. — Ela se juntou de novo a ele na mesa. — Bem, depois de Bhaskar, fiz questão de nossas brigas não durarem mais do que 24 horas, independentemente de qualquer coisa. E absolutamente nada vem antes das crianças e de nós dois. — Ela parou de falar, perdida em pensamento. — Não quero que isso mude — ela murmurou para si mesma. Antes de Rev conseguir perguntar o que ela queria dizer, dois pares de passos fizeram barulho nas escadas. — Será que são eles?

— Chegamos, chegamos — eles ouviram Kali, ofegante.

— Por que demoraram tanto? — Sita perguntou quando viu Kali segurando uma lanterna enorme e usando seu casaco vermelho de lã, e Arvie a seguindo. — Você viu os meninos? O que eles estão fazendo? Colin está com eles?

— Tantas perguntas. — Arvie riu em silêncio. Kali suspirou e colocou a lanterna na mesa, com a luz amarela irradiando para cima como uma cachoeira ao contrário.

— Arvie e eu ficamos presos assistindo a um documentário com as meninas — ela explicou. — Os meninos estão bem; estão jogando algum jogo de cartas. Acho que Colin e Vincent estão fazendo o jantar.

— Sobre o que era o documentário? — Rev perguntou.

— Tom Buck — Arvie respondeu rudemente. — Ela não me deixou assistir até o fim para poder vê-lo morrer.

CAPÍTULO DEZOITO

A HISTÓRIA
DE OUTRA PESSOA

Eu nunca serei uma nota de rodapé na história de outra pessoa. Todo mundo que conheço está destinado a ser uma nota de rodapé na minha história.
— *De um registro no diário de Dava Shastri,*
aos quinze anos

Sandi ficou chocada por já estar quase noite quando acordou de sua soneca. Sono e enjoo tinham sido seus principais mundos nas últimas semanas, mas, desde que chegou à Ilha Beatrix, o sono estava vencendo.

Ela nem tinha completado três meses de gestação, mas parecia que estava sentindo enjoo matinal e fadiga há uma eternidade. Se tivesse se sentido à vontade com Sita, Sandi teria pedido a ela conselho sobre a gravidez. Mas Sita só tinha falado umas seis frases com ela desde que chegou na ilha, e duas delas tinham sido para perguntar se tinha visto os gêmeos. Por um lado, Sandi entendia que todos estavam lidando com muita coisa em termos emocionais e práticos. Mas ela também não podia evitar sentir-se ressentida com Rev e sua família por olharem para ela como se ela fosse uma clandestina no *Navio Shastri-Persson*, ainda tentando determinar se lhe dariam a passagem ou se iriam pedir para ela desembarcar no próximo porto.

O estômago de Sandi roncou, e ela soube que não poderia mais se esconder no quarto de hóspedes. Olhou para o relógio na mesinha de cabeceira e viu que eram 18h30, o que significava que os agregados — que era como ela pensava em Colin e Vincent — provavelmente estavam preparando o jantar. Quanto a Rev, ela esperava que ele tivesse tido tempo de sentar com a mãe e falar da necessidade de uma poupança para o quinto neto dela. Se isso aconteceu, aí Sandi poderia enfim relaxar, sabendo que ele entendia por que isso era tão importante para ela.

Após trocar seu pijama rosa-claro por uma blusa branca e jeans preto, prendendo o cabelo em um coque leve e aplicando gloss labial, Sandi abriu a porta do quarto de hóspedes. O quarto que estavam ocupando ficava ao lado do salão e, assim que ela saiu, foi inundada por barulho. Ajeitou a roupa e saiu. Então, viu Colin entrando na cozinha e resolveu ir lá primeiro, porque Colin era a segunda pessoa mais legal da casa depois de Vincent. Além disso, os roncos de seu estômago tinham se transformado em verdadeiros terremotos, então ela apressou os passos pelo salão e entrou no calor iluminado da cozinha, que tinha um pequeno tabuleiro de panelas e potes no fogão, cada um exalando aromas deliciosos e irreconhecíveis. Colin e Vincent estavam conversando um com o outro em tom baixo, e Colin dava tapinhas solidários nas costas do cunhado de tempos em tempos. Sandi não queria interromper, mas suas dores de fome a incentivaram.

— Oi, gente — ela chamou. — Como estão indo aqui?

— Oi, Sandi — Vincent respondeu, animado, seu rosto brilhando com suor e seus olhos marejados e tristes. — Não te vi muito hoje. Está com fome?

— Sim... morrendo de fome, na verdade. Vou comer qualquer coisa, até pizza congelada. — Os três deram risada.

Sandi se sentou à ilha da cozinha conforme Vincent lhe entregou uma tigela da sopa rala de uma panela que estava aquecendo no fogão. — O que é isto? É indiano?

— Sim, é *rasam*. Imaginei que poderia encher um pouco sua barriga até o jantar ficar pronto. Esta noite vamos ter... devemos chamar de um banquete internacional?

Colin assentiu carinhosamente.

— Vamos ter espaguete à bolonhesa, risoto com pimentão vermelho e batatas assadas suecas...

— São batatas *hasselback* — Vincent corrigiu, sorrindo.

— Sim, o que ele disse. Mais o que sobrou do *rasam*. — Colin colocou um copo de água diante de Sandi antes de mexer o risoto. — É basicamente toda a comida que temos na cozinha exceto por alguns itens enlatados. Mas, como vamos embora amanhã, conseguimos sobreviver com isto até lá.

— Ah. — Sandi reagiu com surpresa. Como Rev poderia ter negligenciado essa informação a ela? — Isso significa... o que isso significa para Dava?

Colin e Vincent trocaram olhares.

— A dra. Windsor vai administrar o tratamento amanhã de manhã — Vincent contou a ela enquanto lhe servia de mais uma colher de *rasam*. — Rev ficou bem assustado depois da convulsão de Dava. Ele está bem?

— Sim, está aguentando firme. — Sandi esperava que sua expressão não demonstrasse o quanto se sentia magoada e perplexa ao saber disso. Quanto ela tinha perdido? — Vocês têm visto Rev? Não o vejo desde... então.

Colin se virou para responder e, pela primeira vez, ela percebeu que os homens estavam usando blusas pretas de zíper quase idênticas. Sandi se lembrou de um pôster de um filme bem antigo que mostrava um ator alto e musculoso e um baixo e careca parados um ao lado do outro usando as mesmas roupas. As diferenças na altura e estrutura não eram tão gritantes como as dos cunhados, mas vê-los assim fez Sandi se sentir ainda mais clandestina, pois os dois tinham uma ligação que ela não poderia esperar compartilhar.

— Eles estão em uma reunião de família na casa de barcos. Estão tentando resolver a logística, como o preparo do funeral — Colin explicou, baixando a voz nessa última parte. — Eu estava prestes a correr até lá e avisá-los de que o jantar está pronto.

— Eu vou — Sandi disse enquanto engolia rapidamente a última colher de *rasam*. — Preciso caminhar, de qualquer forma.

— Não vá lá fora sozinha... está congelando lá — Vincent advertiu, suas sobrancelhas se unindo com preocupação.

— Vou ficar bem. É só uma caminhada de dois minutos. Vou sair e voltar.

Ela saiu da cozinha e se apressou para o vestíbulo, onde pegou sua jaqueta com capuz e suas botas e saiu correndo pela porta da frente, tremendo enquanto colocava tudo. Sandi não queria ser impedida de ir. Ainda assim, percorrendo o caminho com apenas a presença abatida de uma lua crescente para guiá-la, xingando baixinho toda vez que seu pé escorregava em um pedaço de gelo, ela soube que era burrice estar lá fora sozinha. Mas estava determinada a interromper uma das incessantes reuniões Shastri-Persson, porque se recusava a continuar sendo excluída. Entrou em uma parede de escuridão e um coro de conversas sobrepostas veio de cima. Sandi ficou na base da escada e se apoiou no corrimão a fim de se equilibrar na escuridão. Apesar de o frio adormecer rapidamente seus dedos, ela tirou seu capuz para conseguir ouvi-los falar melhor.

— A questão está no "é" — ela ouviu Sita dizer.

— Do que está falando? — O choramingo alto de Arvie foi acompanhado de um bater de pés e o som de algo sendo arrastado pelo chão.

— Quando falou de Amma, ela não disse "se ela realmente *era* minha mãe". Ela disse "é". Como se Amma ainda estivesse viva para ela, como se não conseguisse processar que ela se foi. Isso me diz que ela é genuína. Não é uma questão de dinheiro para ela.

— Então, baseados em uma palavra idiota em uma entrevista idiota, vamos deixá-la entrar em nossas vidas? Faz total sentido.

— O que ainda faz sentido? — Os ouvidos de Sandi se empinaram ao ouvir a voz de Rev, rabugenta e indiferente. — Conhecê-la, não a conhecer... não importa para mim.

— Certo, então Rev e eu concordamos nisso — Arvie proclamou. — Próximo assunto.

— Não estou concordando com você, Arvie. Só não me importo. Mas, se as duas querem ter uma relação com ela, não vou me meter.

Sandi não gostou de ouvir Rev soar tão abatido. Pela primeira vez, sua raiva dele diminuiu e foi substituída por preocupação. Ela se perguntou se deveria subir e convidá-los para jantar, então os dois teriam uma chance de conversar em particular. Mas, hesitou quando ouviu Sita falar de novo.

— Então, Kali e eu vamos entrar em contato com ela depois que sairmos daqui — Sita definiu. Muitos segundos de silêncio se passaram. — Certo, que bom. Agora é melhor mesmo conversarmos sobre o que acontecerá depois que Amma se for.

Os olhos de Sandi se arregalaram quando Sita disse aos irmãos que ela finalmente tinha conversado com Allen Ellingsworth, o advogado de Dava, e ficado sabendo que a dra. Windsor sabia sobre o plano de sua paciente de anunciar prematuramente sua morte antes de ir para a ilha, e planejava pré-datar o atestado de óbito para o dia anterior, quando o jornal publicou a notícia. A médica havia concordado com o plano porque Dava lhe prometera uma quantia de sete dígitos, e metade iria para uma instituição de caridade escolhida pela dra. Windsor.

— Amma… — Rev disse.

Sandi desejou desesperadamente ouvir o que ele estava falando, mas não conseguiu identificar o restante de suas palavras. Com cuidado, ela subiu um degrau, mas parou no meio, temendo que o ranger da madeira a dedurasse. Então ela soprou nas mãos e as apertou nas faces a fim de aquecer seu rosto congelado.

— Isso é antiético pra caralho — Arvie berrou, interrompendo o que Rev estava dizendo. — A mamãe se cerca das melhores pessoas, não acham?

— Não é o ideal — Sita admitiu. — Ela não pensou em como isso poderia se voltar contra nós. Mas é assim. E é por esse motivo que o mais importante é afinarmos o discurso, não apenas com relação a assuntos de família, mas também da fundação, e a máscara que colocamos diante do mundo.

— Exceto que eu vou sair… — Arvie soltou um arroto soluçando — … da Helping Perssons. Serei um Persson-Lindqvist. Kali sabe.

— Ah, meu Deus. Por favor, Arvie. Agora não é o momento. — Sandi nunca tinha ouvido Kali soar tão brava.

— Se vamos resolver a logística — ele disse, depois arrotou de novo —, também tenho coisas a dizer. Vou sair. Adicione isso à sua lista de afazeres, Dava Junior.

— Não a chame assim, como se fosse um insulto — Kali o repreendeu.

— Por que você e Rev podem chamar, mas eu não? — Arvie perguntou.

— Me chame de Jesus se quiser. Podemos, por favor, voltar ao assunto? — Sita implorou.

— Claro que você quer ser chamada assim.

— Estou de saco cheio das suas baboseiras! — Sita disse, assim que Sandi ouviu passos batendo em direção ao nordeste do sótão. — Por isso que Vin... Deixa quieto.

— Por isso que Vincent o quê? — Arvie gritou.

Sandi ouviu Rev soltar uma sequência de palavras tão rapidamente que ela só conseguiu identificar algumas entre elas, a palavra "drama". Mais batidas de pés, e todos os quatro estavam gritando. Então, a voz de seu noivo cortou o tumulto, vibrando com ódio, silenciando os demais.

— Isso tudo está fodido. FODIDO.

Sandi prendeu a respiração quando o vento uivou, o único barulho a ser ouvido dentro e fora da casa de barcos.

— Rev... — Kali começou a dizer.

— Não me importo com advogados. Nem Helping Perssons. Nem Chaitanya. Me importo com o fato de que estou prestes a me tornar pai, e meu bebê nunca vai conhecer a avó. É só o que me importa.

— Ah, Rev — Sita disse, parecendo quase às lágrimas.

— Só tenho, tipo, quatro lembranças diferentes de quando papai era vivo, e ele sempre esteve doente, então não consigo me lembrar realmente de quando esta família um dia foi funcional, que dirá feliz. Vocês não sabem como têm sorte de terem tido os dois juntos, e vocês têm essas lembranças para revisitar. Só o que tenho é salas de espera de hospitais e conversas sussurradas que paravam quando eu entrava no quarto. E agora, há uma chance... uma chance que nunca imaginei... de ter meu próprio filho e, talvez, recriar um pouco... não sei, desse senso de união, pertencimento. Não isto. Eu não quero isto.

Sandi quase começou a aplaudir ao ouvir Rev soar tão desafiador e protetor de sua família.

— Essa raiva, Arvie, é tóxica, e ninguém quer ficar perto dela. Está envenenando tudo. Você está magoando Sita, Kali

294

e Vincent, e eu cansei. Às vezes, acho que não está bravo com Amma. Está bravo porque a ama, apesar de tudo de errado que você pensa que ela fez para você.

O silêncio foi pesado e solene. Do lado de fora, o vento estava acelerando e provocando rajadas suficientes para balançar levemente os caiaques pendurados nas paredes. Sandi prendeu a respiração, perguntando-se o que estava acontecendo no andar de cima que permitiria que o silêncio se estendesse por tanto tempo sem uma única palavra de nenhum dos irmãos. Só então Sandi ouviu passos lamacentos na porta. Sem pensar, ela deslizou para fora e viu Colin e Vincent apontando suas lanternas para ela.

— Você está bem? Eles estão bem? — Vincent perguntou, pairando acima dela como um gigante.

— Estão no meio de algo intenso. — Sandi apontou para cima na direção do segundo andar. — Não quis interromper.

— Ah, não… espero que não tenha gritos — Colin disse, iluminando a janela do andar de cima com a lanterna.

Sandi contou como na verdade tinha havido bastante grito, e que agora havia apenas uma calmaria assustadora. Mas não revelou o que Sita dissera, que provocou tudo, sem querer constranger Vincent.

— Preferiria que eles não soubessem que eu estava aqui. Ouvi algumas coisas… e não quero deixar, hum, vocês sabem, um clima estranho — ela disse. — Enfim, vou voltar para a casa.

Os dois insistiram em acompanhá-la de volta antes de irem verificar os respectivos cônjuges. Após a escoltarem para a casa principal, voltaram, lado a lado, para a casa de barcos, pelo percurso congelado. A expressão "bons ovos" veio à mente enquanto ela os observava, o jeito de sua falecida avó, Mary Josephine, de indicar se gostava de alguém o suficiente para convidá-los à sua casa no jantar de domingo. De todos os

Shastri-Persson, apenas os agregados teriam recebido o convite de Mary Jo.

No vestíbulo, ela tirou sua vestimenta de inverno e guardou-a no armário. Então, ficou surpresa de perceber como o lugar estava vazio, já que todos os adultos, exceto ela e Dava, estavam agora na casa de barcos, e por isso o closet só tinha duas jaquetas finas, uma rosa-claro e a outra prateada, além de duas parcas menores, ambas de um laranja-abóbora com gorros combinando. Ela resolveu finalmente entrar na grande sala e conferir a que as crianças estavam assistindo, como uma forma de se distrair do que quer que estivesse acontecendo na casa de barcos.

As crianças estavam no sofá cinza, extasiadas diante da televisão. Sandi ouviu as palavras "Em 18 de novembro, Tom Buck e a namorada dele, Isobel, zarparam de Long Beach, Califórnia, para Baja no veleiro dele, *Orion*". A tela mostrava uma foto de Tom Buck, extremamente bronzeado e com cabelo grisalho, com o braço em volta de uma mulher loira mais jovem com um sorriso dentuço.

— A que estão assistindo? — Sandi perguntou, tentando se enturmar. O cabelo lustroso das meninas e seus sorrisos sombreados a lembraram de um trio de adolescentes que fizera bullying com ela ao longo do ensino médio.

— Shhh! — Klara disse, seus olhos fixos na TV.

— Como assim? — Sandi devolveu, lembrando a si mesma de que ela era a adulta e uma futura mãe, e não deveria deixar uma adolescente mandá-la ficar quieta. — Isso não é legal.

— Está quase no fim e vamos saber como Tom Buck morreu — Priya explicou sem fôlego e sem olhar para ela.

— Ah. Ok.

Sandi se sentou na pontinha do sofá perto de Theo e Enzo. As cartas do jogo estavam espalhadas e abandonadas porque eles estavam prestando atenção no que acontecia na tela. Logo, ela foi atraída pela narrativa, aprendendo que, naquela noite, *Orion* tinha encontrado uma tempestade que virara a embarcação e seus dois ocupantes ficaram desaparecidos. Depois de uma busca exaustiva de quatro dias, a Guarda Costeira recuperou o corpo de Isobel, mas nunca encontrou Tom Buck. Uma foto do barco amassado sumiu da tela, substituída por uma entrevista com o filho dele, Indigo. Ele tinha dezesseis anos quando o pai morreu, e falou que demorou dois anos para aceitar totalmente que seu pai tinha falecido. "Não conseguia deixar de imaginá-lo encharcado em uma ilha em algum lugar, porque ninguém o tinha procurado o suficiente."

— Uau — Klara reagiu. — Eu quero, tipo, chorar. Mas, ah, meu Deus, imagina se ele realmente estivesse vivo esse tempo todo?

— Que triste — Sandi disse ao esfregar os pés, que doíam porque ela ficou em pé no frio por tempo demais. — Eu não fazia ideia.

— Talvez os tubarões o tenham comido! — Theo gritou enquanto Enzo soltou um "bleeh" e balançou a cabeça.

— Shhh — Klara disse de novo.

Todos eles continuaram assistindo ao desenrolar dos minutos finais, em que o narrador falava sobre o legado de Tom Buck e seu impacto no mundo da música. Sandi arfou quando apareceu a foto de Dava, Arvid e Tom Buck da festa do Grammy na tela. Ela ainda não tinha visto nenhum dos obituários ou vídeos relacionados à morte de Dava, então essa era a primeira vez que os via juntos.

A mulher frágil no pijama de seda parecia um eco pálido da mulher impressionante que chamava atenção com seu olhar hipnótico e sorriso misterioso, e ela foi inundada pelo desejo de saber mais sobre sua futura sogra.

Quando soube quem era a mãe de Rev, Sandi leu um perfil dela na *Forbes* da década de 2030 para absorver o máximo que conseguisse. Ela tinha concluído a leitura pensando no quanto ela e Dava tinham em comum: mulheres independentes que tinham tido um relacionamento distante com os pais e se orgulhavam de não precisar de outra pessoa para sustentá-las. Todos os filhos de Dava tinham a riqueza dela como uma rede de segurança, mas Sandi nunca teve essa facilidade, e sonhava acordada em ter uma conversa sobre suas similaridades como uma forma de as duas se conectarem.

— Aposto que Gamma ficou muito triste quando ele morreu — Priya comentou, sonhadora. — Eu teria ficado. Teria ouvido a música que ele escreveu para mim e chorado muito por dias.

Klara se levantou e alongou os braços.

— Bom, Gamma com certeza o detesta agora.

— Tenho certeza de que ela ficou meio triste — Enzo concordou, voltando ao jogo de cartas com Theo.

— Por que não perguntam a ela? — Sandi se ouviu dizer.

Os quatro rostos se voltaram para ela e a olharam confusos, como se tivessem se esquecido de que ela estava ali. Enquanto ela ouvia os netos especularem sobre Dava, ocorreu a Sandi que era estranho ninguém estar com Dava durante sua última noite viva.

— Não podemos fazer isso — Klara respondeu, mesmo que seu rosto tenha se iluminado com a ideia. — Ela odeia que perguntem sobre ele. E nossos pais disseram que devemos ficar o máximo possível fora da vista dela.

— Qual é o objetivo disso? — Sandi estava se levantando agora, embora seus pés ainda latejassem. — Ela vai morrer logo, logo, e vocês nunca vão saber nada sobre ela se não conversarem com ela agora.

— Mas ela está se recuperando de uma... — Enzo começou.

Sandi acenou para as objeções dele, depois olhou para o relógio de pêndulo no lado oposto da sala.

— Não é tão tarde. Ela ainda não está dormindo. — Sandi se afastou deles e seguiu na direção das escadas.

— Onde está indo? — Klara chamou, escandalizada. — Vai mesmo subir lá?

— Vocês querem saber sobre Tom Buck? Perguntem a ela. O que têm a perder, exceto ela?

Sandi pensou em Rev e na voz dele falhando enquanto compartilhava sua dor por perder a mãe. Já que ele não conseguia tocar no assunto da herança para o filho deles, então ela assumiria a função em nome de sua pequena família. Quando Sandi começou a subir as escadas, os netos de Dava soltaram um barulho coletivo de indignação, depois a seguiram.

CAPÍTULO DEZENOVE

CARIDADE DEVERIA SER UM ASSUNTO DE FAMÍLIA

Sempre pensei que caridade devesse ser um assunto de família, e meu principal objetivo é que o nome Shastri se torne sinônimo de doação e generosidade. Meu desejo mais ardente é que meus filhos não apenas peguem o bastão e continuem meu trabalho depois que eu me for, mas que o elevem a novos níveis.

— Do discurso de Dava após ser nomeada filantropa do ano pela New York Cares, em 2032

Dava estava cochilando na poltrona azul quando ouviu a porta de seu quarto se abrir e, acordada pelo rangido da porta, perguntou:

— Sita? É você?

Ficou surpresa por ver Sandi vir até ela e parar diante da janela, seguida de Klara, depois Priya e os gêmeos.

— Aconteceu alguma coisa? — Dava balbuciou. — Alguém morreu? — Então ela riu de si mesma, e os cinco indivíduos nervosos, dispostos diante dela em ordem de tamanho como se Capitão Von Trapp tivesse acabado de requisitá-los para encontrar Maria em *A noviça rebelde*, também riram, embora sem muita convicção. — Está tudo bem? — ela perguntou, seu olhar de gavião focado em Sandi.

— Sim… hum, Dava. — Sandi se lembrou de que, durante a primeira e única conversa que tiveram, ela preferiu ser chamada pelo primeiro nome. — Nós... as crianças... nós só queríamos ver como você estava.

A coragem de Sandi estava prestes a sumir, até cair-lhe a ficha de que enfileirada diante de Dava estava a próxima geração, inclusive o que estava crescendo dentro dela. Lembrar-se de seu filho, e de sua necessidade de assegurar o futuro dele, ajudou Sandi a redescobrir sua determinação. Quando falou de novo, sua voz foi assertiva e forte, porque não estava falando por si mesma, mas pelo quinto neto Shastri.

— Espero que esteja se sentindo melhor.

— Estou. — Dava ainda estava encarando-a sem piscar.

Sandi invocou tudo que ela tinha dentro de si a fim de corresponder àquele olhar implacável.

— Fico muito feliz. Porque queríamos passar mais tempo com você enquanto podemos. Não é mesmo? — Sandi se virou para as meninas e os gêmeos, e eles assentiram, seus olhos temerosos fixos nela em vez de na avó.

— Bem, isso é maravilhoso. — Os ombros de Dava relaxaram um pouco e ela deu sinal de um sorriso. — Sentem-se aqui — ela convidou, dando tapinhas no sofá ao lado. — Sentem-se comigo. Com tudo que tem acontecido, não tivemos uma oportunidade de conversar, não é?

Um por um, todos se sentaram, até Dava estar entremeada por uma das meninas de Arvie e um dos de Sita de cada lado e Sandi na ponta. Após uma extensão longa e inquieta de silêncio, Sandi estava prestes a dizer alguma coisa, para manter a conversa rolando, quando Dava mesmo o fez.

— Quanto vocês sabem sobre minha fundação? — ela perguntou, virando-se para a esquerda a fim de olhar para Priya e Theo, depois para a direita, para Klara, Enzo e Sandi.

Theo respondeu primeiro, dizendo com um tímido levantar de ombro que sua mãe trabalhava lá. Quando questionado sobre o que Sita fazia, ele deu de ombros de novo, depois olhou para o irmão. Enzo respondeu com:

— Ajuda pessoas e viaja bastante?

— Mas como ela ajuda pessoas?

Os gêmeos deram de ombros de novo e desviaram o rosto de sua avó, como se ela os tivesse flagrado pegando cookies da cozinha.

— E vocês, meninas? — Dava disse, e Sandi pôde ouvir o quanto ela estava se esforçando para manter a voz estável. — Com certeza vocês sabem de alguma coisa.

— O papai viaja para os Estados Unidos uma vez por mês para dar dinheiro às pessoas que precisam — Priya respondeu, sorrindo por conseguir responder corretamente e antes de sua irmã mais velha.

Klara revirou os olhos e lançou um olhar impaciente para Sandi.

— Sim, essa é a Helping Perssons. A organização sem fins lucrativos que fundei em homenagem ao seu avô Arvid. Mas o que vocês sabem sobre a Fundação Dava Shastri?

Mais olhares vazios. Mais levantar de ombros. A coisa toda estava indo ladeira abaixo, e Sandi vasculhou seu cérebro para descobrir uma maneira de melhorar essa interação entre os membros mais novos e a mais velha do clã Shastri-Persson.

Então, Dava fez uma pergunta que pegou a todos de surpresa.

— Vocês estão felizes, crianças?

A pergunta flutuou no ar enquanto o grupo trocou olhares inquietos. Sandi pensou em responder, só para amenizar a bizarrice. No entanto, Enzo respondeu primeiro:

— Eu estou, um pouco. Diria setenta e cinco por cento. Não, oitenta por cento. Não... setenta e nove por cento.

Dava sorriu para o neto.

— Essa é uma boa porcentagem, Enzo. O que te deixa feliz setenta e nove por cento das vezes e infeliz vinte e um por cento das vezes?

Enzo franziu o cenho.

— Nossa casa é bem legal. Sempre me sinto seguro lá. E minha hora preferida do dia é quando Amma ou Papai leem livros para nós. E, aos domingos, Amma deixa Theo e eu escolhermos uma comida gostosa, mas não tão saudável.

— Normalmente, eu escolho batata frita — Theo se entusiasmou. — É minha comida preferida.

— E os vinte e um por cento? — Dava focou em Enzo com uma intensidade que intrigou Sandi.

Enzo corou.

— Hum, às vezes, sou chamado de nomes na escola. Me zoam por ser nerd. Mas não muito agora. E, quando Amma viaja para trabalhar, sinto falta dela. Nós sentimos falta dela. Parece que as viagens dela estão ficando mais longas.

— Entendi. — Dava abriu um sorriso suave para ele, mas seus olhos estavam ilegíveis. — Theo, Priya, Klara: vocês também se sentem assim? Se sentem felizes na maior parte do tempo?

Os outros três se entreolharam, então cada um assentiu uma vez. Pela primeira vez, Klara parecia estar prestando atenção em Dava da mesma forma que Sandi, sentindo que essas perguntas estavam levando a algum lugar importante. As duas trocaram olhares.

— Que bom. Fico feliz em saber disso. — Ela ergueu uma sobrancelha. — E o que vocês têm feito para fazer outra pessoa feliz?

O silêncio estava preenchendo o quarto de novo, um silêncio culpado tão envolvente que Sandi poderia jurar que a temperatura ali dentro tinha caído muitos graus. Então Priya, hesitante, perguntou a Dava o que ela queria dizer.

— Quero dizer, vocês já ofereceram seu tempo a alguém? Ou doaram para uma causa em que acreditam? Já deram algo para alguém passando necessidade?

Enzo assentiu.

— Em nossa festa de aniversário do ano passado, Amma pediu que, em vez de levarem presentes, nossos amigos levassem um brinquedo para podermos doar para um abrigo de pessoas em situação de rua.

— Que gentil da parte da Amma de vocês. Mas vocês, meninos, fizeram alguma coisa? Algo que foi ideia de vocês?

Envergonhados, os gêmeos balançaram a cabeça.

— E vocês, Klara e Priya? Alguma coisa?

— Hum — Klara começou, torcendo uma mecha de cabelo em rolinhos —, nós ajudamos os papais a embrulhar sobras do restaurante para dar aos necessitados. Fazemos isso há dois anos. — Klara se recostou, satisfeita, como se sua resposta fosse a correta em um jogo de curiosidades.

— E somos pagas para ajudar! — Priya entrou na conversa. — Economizei para comprar este colar — ela disse, orgulhosamente erguendo a corrente fina de ouro e segurando para Dava conseguir ver.

Dava soltou um pequeno "Pff" conforme avaliava suas netas. Então, olhou para Sandi.

— E quanto a você?

— Meus pais se divorciaram quando eu tinha dois anos, então éramos praticamente minha mãe e eu. — Sandi recompôs seus traços em uma expressão calma, mesmo que seu coração estivesse acelerado. — Mas ela cuidou de mim da melhor forma que pôde. — Então, explicou que ela e a mãe moravam em um apartamento de um quarto no Queens e que sua mãe trabalhava como auxiliar de saúde em um lar de idosos do outro lado da rua do prédio delas. — Minha mãe ficou empolgada por não precisar de transporte para o trabalho — Sandi disse, sorrindo com a lembrança. — Ela ficou tão grata por não ter que pegar o metrô que queria fazer alguma coisa que valesse a pena com o tempo que poupava. Então, toda noite depois do trabalho, durante uma hora, ela tricotava gorros e cachecóis para as pessoas do asilo. Aprendi a tricotar com ela, e costumava fazer cachecóis para minhas amigas como presente de Natal, a fim de economizar dinheiro para comprar presentes de verdade. Mas não sei por que nunca me ocorreu seguir o exemplo de minha mãe.

Originalmente, Sandi ia contar a história de sua mãe e terminar dizendo que ela também tricota para pessoas daquele mesmo asilo. Queria se exibir para sua futura sogra. Mas, no fim, Sandi não conseguiu continuar com a falsidade, porque a lembrança da generosidade de sua mãe a deixou constrangida por não fazer o mesmo e a verdade saiu.

— Agradeço pela verdade — Dava disse, entrando nos pensamentos dela. Seus olhos estavam vidrados e sua boca, austera. — De todos vocês. — Dava se levantou, tremendo, depois sentou de novo. — Só uma tontura. Vai passar. Theo ou Enzo, algum de vocês pode pegar meus óculos e o tablet na mesinha de cabeceira para mim?

Theo e Enzo se levantaram e cada um pegou um item e entregou para ela. Após se sentarem cada um de um lado dela, Dava começou a falar em um tom carinhoso mas formal, iniciando uma conversa da qual os cinco iriam se lembrar claramente pelo resto de suas vidas.

— Eu estabeleci um simples objetivo para minha fundação: ajudar os menos afortunados. E presumi, porque dediquei minha vida a essa causa e pedi a seus pais, tia e tio para trabalharem na fundação, que eles também seguiriam esse pensamento. — Dava cruzou as pernas e colocou os óculos de armação vermelha com mãos trêmulas. — Em vez disso, vocês não sabem nada sobre a fundação e pouco sobre filantropia. Tenho que culpar a mim mesma. Vamos ser diretos um com o outro. Vocês mal me conhecem. Eu mal conheço vocês.

Ao ouvir essas palavras, o rosto de Klara explodiu em um sorriso surpreso, e ela murmurou *Ah, merda* na direção de Sandi.

— Passamos um total do quê? Algumas semanas juntos nos últimos anos, alguns Natais e feriados de Ação de Graças? Não consigo imaginar como vocês me enxergam. Velha, imponente, talvez excêntrica. — A expressão de Dava ficou melancólica. — Eu nunca soube nada sobre meus avós. Todos faleceram antes de eu nascer. E aqui estou eu, quase nos últimos instantes da minha vida, continuando essa triste tradição. Meu trabalho de filantropia é meu orgulho e minha alegria, mas a seus olhos, é a coisa que tira seus pais de vocês… que deixa vocês vinte e um por cento tristes — ela disse, assentindo para Enzo. — Não tenho dúvida de que meus filhos também sintam que meu trabalho me afastava deles.

Dava fez uma pausa e fechou os olhos. Quando continuou falando, soou menos formal e mais vulnerável.

— Eu queria ler o que o mundo tinha para dizer sobre mim antes de eu morrer. Mas talvez devesse me importar mais com o que vocês têm a dizer sobre mim. Então vamos nos conhecer melhor. Todo mundo pode me fazer uma pergunta. Pensem bastante no que querem perguntar. Sandi vai fazer uma pergunta no lugar do filho dela. E as respostas que eu der não saem deste quarto. Lembrem-se de que sou uma mulher velha e que está morrendo — ela adicionou, com uma risada seca. — Por isso, não me deixem muito triste.

A campainha tocou, e os seis pularam juntos. As crianças olharam de Sandi para Dava, e Sandi se levantou da sua ponta do sofá.

— Estão todos na casa de barcos — Sandi respondeu de pronto. — Todo mundo que não está neste quarto, quero dizer. Devo ter trancado sem querer... Enfim, vou abrir a porta.

Dava ergueu uma mão para indicar que ela deveria esperar.

— Volte depois. Traga alguma coisa para comermos também. Klara, vá ajudá-la. E avise os outros adultos que devemos ser deixados sozinhos até terminarmos. Na verdade, eles nem devem subir aqui.

Sandi assentiu, de olhos arregalados, e acenou para Klara se juntar a ela.

Quando Sandi revisitava aquela noite, e ela fazia isso com bastante frequência, a única parte de que ela não conseguia se lembrar claramente foi o momento em que saiu rapidamente do quarto de Dava. Ela se lembrava de abrir a porta para deixar Rev e o restante da família entrar, depois correr para a cozinha com Klara e voltar para cima com o prato de batata sueca de Vincent, uma lata gigante de pipoca dividida em três sabores (caramelo, cheddar e wasabi) e uma caixa de cookies sem açúcar. Do que ela falou para Rev e os outros sobre onde estava indo e onde os netos estavam, e como eles não se importaram, ela não se lembrava. Mas se lembrava de uma sensação de melancolia e paz encobrindo-os, quase um estado de transe, que poderia ter sido a razão pela qual ela e Klara conseguiram pegar um jantar apressado na cozinha e voltar para cima com poucas perguntas e intervenções.

Quando ela e Klara voltaram, o edredom da cama de Dava tinha sido esticado no chão diante do sofá, e Priya e os meninos estavam sentados nos travesseiros. Ninguém estava falando quando elas entraram, mas o silêncio era reflexivo, não desconfortável. Sandi e Klara se juntaram a eles no chão, enquanto Dava permaneceu no sofá. Quando se acomodou em um travesseiro rígido, Sandi já sabia a pergunta que queria fazer. Só esperava que não fosse perder a coragem de dizer quando a hora chegasse.

Mas, primeiro, Dava anunciou uma condição:

— Vou pedir uma coisa de cada um de vocês antes de me fazerem uma pergunta. Me deem uma ideia de como podemos ajudar os outros. Pode ser para ajudar uma pessoa ou um milhão de pessoas, e vou patrocinar pela fundação. Pensem grande. Mas também pensem em como isso seria na prática. — Ela entregou o tablet para Sandi e olhou através de seus óculos com armação vermelha. — Sandi, anote.

Sandi o fez. Isto foi o que ela anotou e enviou por e-mail para si mesma, copiando Sita, a pedido de Dava:

Theo: Bolsas para exercícios físicos. "Papai vai a uma academia de super-herói. A melhor de NY. Ele diz que custa o mesmo que um ano de faculdade." Ajudou-o a se recuperar depois da cirurgia no ombro, diz que se sente mais forte e em forma agora do que nas Olimpíadas. "Papai diz que queria que mais pessoas tivessem acesso a seu tipo de academia — se tivessem, todo mundo viveria dez vezes mais."

Priya: Suprimentos de artes ilimitados para crianças desprivilegiadas — tinta e telas são caras. "Não gosto de desenhar na tela. É melhor quando uso tintas e lápis. Mas não desenho tanto quanto gostaria porque tenho medo de gastar tudo e ter que usar minha mesada para comprar mais."

Enzo: Todas as despesas pagas para viagens na nave da SpaceX para filhos adotivos e crianças em orfanatos. "Não consigo imaginar me sentir indesejado por minha mãe ou meu pai. Se eu fosse um deles, isso me ajudaria a não desistir. Acredito que minha vida seria muito melhor."

Klara: Centros particulares e gratuitos de aconselhamento presencial, um misto de janela de *drive-thru* e confessionário de igreja. "Às vezes, meus amigos e eu sentimos que não podemos conversar com ninguém sobre o que estamos sentindo. E temos uma casa legal, vida boa. E quanto às crianças que têm menos que nós?"

Sandi: Creche com preço acessível (ou grátis, se possível) para pais que ganham salário-mínimo ou menor que 25 mil dólares por ano.

Dava escutou atentamente e com respeito as ideias que cada um hesitantemente compartilhava. Frases que começavam com "Hum, não sei; que tal...", em certo momento, se transformavam em pensamentos livremente fluidos, construindo-se entusiasmadamente até que um conceito mais sólido fosse alcançado. Sandi gostou da abordagem de Dava de permitir que cada um deles falasse sem interrupção, e esse monólogo contínuo permitiu que eles tivessem ideias que não sabiam que estavam passando por suas mentes. Depois que todo mundo falou, Sandi ficou emocionada de ver como cada neto parecia renovado, quase como plantas murchas que tinham visto a luz do sol pela primeira vez em dias.

Depois que cada um compartilhou seus pensamentos, Dava os agradeceu por suas ideias. Então, ela acenou para Theo passar para ela a lata de pipoca e pegou uma mão cheia do sabor wasabi.

— Deveria ter pedido para me trazer uma bebida — ela murmurou, mais para si mesma. — Certo, vamos começar com as perguntas. Quem quer ir primeiro?

Os olhos de Klara e de Sandi se encontraram através do quarto, e a mão da adolescente subiu lentamente.

— Desculpe perguntar isto, Gamma. Porque sei que não gosta de falar sobre ele. Mas como se sentiu quando Tom Buck morreu?

Dava fez um baixo murmúrio, seus olhos se agitando de Klara para algo simplesmente fora de alcance acima da cabeça dela. Enquanto ela comia lentamente a pipoca, uma de cada vez, Sandi ficou maravilhada ao ver Dava reagir abrindo um sorriso confuso para sua neta.

— Então, de todas as perguntas que você queria fazer, é isso que quer saber? Tem certeza?

Klara assentiu, mordendo o lábio. Seu rosto foi ficando vermelho.

— Você é corajosa — ela comentou, com outra risada seca. — Ok, então. Fiz um pedido, mas vou reiterar: nada dito neste quarto sai deste quarto. Tudo que tenho é a palavra de vocês. E tudo que vocês são neste mundo são sua palavra. Espero que possam me honrar neste sentido... porque isto não é fácil para mim. Mas não dei a vocês muito do meu tempo, e estou tentando compensar. Vocês podem fazer isso?

Cada um assentiu solenemente.

— Juramos de dedinho — Priya gritou, ajoelhada e com as mãos unidas quase em oração.

Quando Klara comentou que aquela postura era infantil, Dava declarou que era exatamente isso que ela queria fazer.

Cada um deles se levantou, um por um, e conectou o dedo mindinho com o de Dava. Theo foi primeiro, timidamente estendendo seu dedo sem ficar perto o suficiente para chegar ao braço estendido dela. Então, rapidamente, Dava se inclinou para a frente e o surpreendeu ao fisgar o mindinho dele com o dela, como se estivessem jogando um jogo, levando-o a dar risada. Depois veio Priya, com toda a solenidade de uma oração; seguida de Enzo, que secou sua mão suada no jeans antes; então foi a vez de uma Klara corada, que não conseguiu olhar bem no olho de sua avó; e, enfim, Sandi. Dava estendeu seu dedo mindinho, a unha perfeitamente pintada com um tom profundo de marrom, e Sandi conectou o dela. Quando ela e Dava deram os dedinhos, olharam uma para a outra como se estivessem realmente se enxergando pela primeira vez. Os olhos de Dava, então, viajaram para a barriga de Sandi, e Dava tirou delicadamente seu dedinho do dela para colocar a mão em sua barriga. Sandi soltou um pequeno "ah" e ambas riram com o gesto, o que surpreendeu Sandi de uma forma doce e estranha no momento, mas profundamente significativa nos dias e anos seguintes. Contendo a vontade de abraçar Dava, Sandi apontou para o espaço no sofá ao lado dela, e Dava assentiu para Sandi se sentar ao seu lado.

— Certo — Dava disse, como se estivesse prendendo a respiração até então. — Vamos lá.

Entre mãos cheias de pipoca de wasabi, Dava desvendou seus sentimentos complicados quanto à morte de Tom Buck. Ela os descreveu a seus netos e a Sandi como "raiva e tristeza entrelaçadas", um nó complexo que ela não teve tempo de processar na época. E que nunca chegou a processar.

— Quando ele morreu, eu não falava com ele havia muitos e muitos anos. E nunca o perdoei por essa música. Ele nunca se desculpou por tê-la escrito. Talvez não pensasse que tinha feito algo errado, mas como poderia não saber? — A voz dela se ergueu naquelas últimas palavras e, com mãos trêmulas, ela tirou os óculos e os equilibrou em seu colo. — Houve um tempo... em que ele foi importante para mim. Não de qualquer maneira que se assemelhe com o que eu tinha com o avô de vocês. — Dava tocou brevemente as mechas brancas de cabelo emoldurando seu rosto. — Mas havia afeto ali. Então, sim, fiquei triste quando soube que ele morreu e como tinha morrido. E queria que tivéssemos tido mais uma conversa para que eu pudesse ter falado para ele como me senti traída. Para passar minha raiva. — Dava fez uma pausa grande, então colocou a última pipoca na boca. — Mas a vida não é tão ordenada. O que se pode fazer?

Ela colocou seus óculos, então apontou para a caixa de cookies. Klara, que estava mais perto dela, pegou a caixa e a entregou para a avó.

— Uau, Gamma, então você e ele tiveram... — Ela sufocou com as palavras, aparentemente incapaz de falar mais.

Dava a encarou com severidade.

— Por que mais você perguntaria se já não pensasse que tinha acontecido?

A tensão aumentou no quarto, e Klara encarou Sandi com súplica. Mas, antes de Sandi poder tentar acalmar os ânimos, Dava pegou os cookies com uma mão e ergueu a outra na direção de Klara, como se estivesse prestes a dar um tapinha na mão dela.

— Não se esqueça — ela disse, piscando para ela, então erguendo seu mindinho em saudação.

Klara engoliu em seco, depois riu de nervoso.

— Não vou esquecer.

— Certo. Próxima.

Theo ergueu a mão e perguntou à avó se ela estava com medo de morrer. Na resposta, entre mordidas delicadas de um cookie no formato de Papai Noel, Dava explicou que não estava, porque havia tido uma vida muito boa, vivido amor, dor e sucesso, e provado martinis feitos primorosamente, visto o rosto de uma criança se iluminar e os melhores músicos do mundo tocar músicas que tinham fortalecido os dias dela, e tinha visto a Terra de uma nave como um tipo de filme de sua infância.

— Se eu não tivesse vivido a vida que vivi, conhecido e casado com seu avô, conseguido ajudar tantas pessoas, tido uma família e visto meus filhos terem seus próprios filhos, então talvez tivesse medo de que acabasse. A vida foi boa comigo, mas não foi ao acaso. Tive a capacidade de fazer escolhas, o que me trouxe a tudo isto. — Ela deu uma mordida no pé do Papai Noel, deixando apenas o tronco dele e um braço. — Próxima.

Enzo falou quase imediatamente.

— Ficou feliz com o que leu sobre si mesma?

Dava arrancou o braço e mastigou de maneira pensativa.

— Isso me leva de volta a ele. Tom Buck — ela respondeu, assentindo para Klara. — Não é fácil, neste mundo, deixar sua marca como mulher, ser bem-sucedida por seu próprio mérito. Principalmente se você não é uma grande beleza. Eu tinha uma visão de como queria ajudar outras pessoas e, por meio de uma combinação de trabalho pesado e sorte, consegui realizar isso amplamente. Sozinha — Dava complementou, dando um tapa de leve na coxa para enfatizar. — Porque, geralmente, quando uma mulher é muito bem-sucedida — Dava disse isso enquanto olhava fixamente para suas netas —, muitas pessoas, a maioria homens, presumem que ela teve ajuda de alguma forma. Arvid era meu parceiro na vida e na família, mas não nos negócios. Não no *trabalho*. E o motivo de eu ter nomeado a fundação apenas com meu nome foi para todo mundo entender essa diferença. Ainda assim, apesar dos meus maiores esforços... — A voz de Dava falhou, e seus olhos ganharam uma expressão distante. Ela terminou o cookie, tomou um gole de água e continuou: — E, apesar dos meus maiores esforços, baseado no que vi, Enzo, todo mundo só consegue se concentrar na conexão desse homem comigo. O que é irônico, na verdade. Porque foi a música *pop* que me permitiu sonhar e pensar que poderia fazer grandes coisas. E agora, uma música *pop*… algo que não ajudei a criar e não queria… é o que parece me definir. Sinceramente, preferiria não saber que seria lembrada assim.

O lamento intenso do vento parou logo depois que ela terminou de falar, então todo mundo absorveu suas palavras em absoluto silêncio. Sandi não soube se teria sido apropriado que essa revelação fosse seguida pela pergunta que queria fazer, mas Dava continuou, depois de se abaixar para pegar a tigela de batata *hasselback* e pegar algumas para colocar na boca.

— Arrependimentos… Tive alguns — Dava murmurou. — Vocês conhecem Frank Sinatra? Alguém? Não? Sandi, nem você? Ahhh — ela disse, com um sorriso leve. — Algum dia vai conhecer. Bem, ele tinha uma música em que revia sua vida, e o que gosto nela é que a letra admite os arrependimentos. Porque é difícil viver uma vida de verdade sem cometer erros. Mesmo bem no fim dela. — Ela pigarreou. — Mas, pelo menos, este exercício serviu para eu passar mais tempo com todos vocês. E isso é algo para se agradecer, certo? — Ela disse essa última frase como se quisesse acender as luzes de um quarto escuro. — Agora, quem é o próximo?

Dava devolveu a tigela de batata para Theo e olhou para Priya, depois para Sandi.

— Não consegui pensar em uma pergunta — Priya admitiu, seus lábios salpicados com pedaços do cheddar da pipoca. — Ainda estou pensando na minha.

— Me pergunte a primeira coisa que vier à mente. — Dava se recostou nas almofadas do sofá, de olhos fechados. — Vai. Agora.

— Hum... o vovô Arvid soube sobre Tom Buck... ou sobre sua outra filha? — Priya pareceu horrorizada quando as palavras saíram de sua boca, a frase acabando em um choramingo. Ela olhou para sua irmã mais velha, que assentiu de volta para ela, aparentemente impressionada pela sua ousadia.

— Não. Para as duas coisas. — Dava disse isso com os braços cruzados, seus olhos ainda fechados. — Mas gosto de pensar que, se ele tivesse vivido mais tempo, eu teria lhe contado em certo momento. E é tudo que tenho a dizer sobre isso. — Ela abriu os olhos e se virou na direção de Sandi, sentada ao lado dela. — Parece que a última pergunta é sua.

Sandi se contorceu ao lado de Dava, dividida entre perguntar a ela sobre uma herança financeira e outra coisa que estivera pesando em sua mente. Pensando em como o tempo estava passando rapidamente e Rev e os outros aguardavam no andar de baixo, ela engoliu em seco, pegou uma grande lufada de ar como se estivesse prestes a mergulhar de um penhasco no oceano, torcendo para que puxasse oxigênio suficiente para durar os minutos em que ficaria debaixo da água.

— Como conseguiu dá-la para adoção?

CAPÍTULO VINTE

CHAITANYA RAO

Nome do candidato: *Chaitanya Rao*
Título da organização/projeto: *Horta Primaveril Comunitária de Oakland*
Descrição da organização/projeto: *A horta comunitária foi fundada para dar aos residentes de Oakland, do bairro de Kinghope, uma oportunidade para cultivarem seus produtos agrícolas de forma orgânica em um espaço limpo e acessível, assim como para criar laços entre vizinhos, compostos de refugiados e não falantes de inglês, através do ato comum de horticultura.*

Onde os fundos serão investidos? *Na construção de um gazebo a fim de estabelecer uma quadra pública que possa servir como o coração do bairro.*

Há mais alguma coisa que gostaria que soubéssemos? *Kinghope é um bairro que merece a chance de crescer além de suas bases trágicas. (Para mais informação, por favor, acesse aqui: SomosKinghope.com/Historia.) Foi em volta dessa horta que muitos residentes tiveram uma oportunidade de se reunirem pela primeira vez, não para protestar nem lamentar, mas para sorrir e fazer o bem um ao outro.*

— Da ficha de inscrição de Chaitanya Rao
para Helping Perssons

Ela tinha uma cabeça grande e um monte de cabelo escuro ondulado que espigava em todas as direções como tentáculos de polvo. O rosto dela estava rígido e fazendo careta, olhos fechados apertados como se não quisesse saber em que mundo ela havia nascido, e seu choro tinha a intensidade e a consistência de um despertador que se recusava a desligar. Esses foram os primeiros pensamentos quando ela viu seu bebê recém-nascido nos braços da enfermeira — "Uma menininha linda", ela disse, com um sotaque que lembrou Dava de um quadro de *Monty Python* — e perguntaram a ela se queria segurá-la. Dava a amou primeiro pelo som, depois pelo que viu. E foi por isso que ela balançou a cabeça, o máximo que conseguiu, e indicou um *não*.

— Ao dar à luz e ver que eu realmente havia feito uma criança, ficou claro para mim que eu precisava dá-la — Dava respondeu a Sandi. — Você está carregando uma criança que deseja, com alguém que ama — ela continuou, sua voz tomando quase uma qualidade melódica. — Nenhuma dessas coisas se aplicava a mim. Então, minha responsabilidade em me certificar de que ela encontrasse pessoas que a queriam e que poderiam lhe dar a melhor vida possível só aumentava, porque eu sabia que não conseguiria.

Para Dava, aqueles nove meses na Inglaterra se assemelharam a um espelho estilhaçado, memórias enevoadas das quais ela só conseguia lembrar fragmentos: de descobrir que não apenas estava grávida, mas estava de seis meses. Do choque de como o corpo dela a traiu, e da vergonha de não ter percebido antes. De sentir-se inchada e solitária e sentir que seu corpo não pertencia mais a ela, agora possuído por uma entidade estranha. De desmoronar, como se um tsunami tivesse sido lançado de sua boca, em um banheiro de pub depois de beber três taças de vinho tinto e vomitar em um vaso sanitário manchado de gozo e fluidos de outras pessoas, até uma mulher

— uma ruiva sardenta com dentes de Freddie Mercury — a encontrar, ajudá-la a se limpar e se sentar com ela na sarjeta até três da manhã, convencendo-a de que não se importava de respirar vômito ou de segurar sua mão enquanto chorava. Ela nunca soube o nome da mulher nem a viu de novo. Se fosse mais religiosa, Dava teria pensado que tinha sido visitada por um anjo. Em vez disso, sabia que era algo talvez ainda mais milagroso: uma estranha de bom coração que encontrou tempo para ajudar outra pessoa com necessidade sem pedir nada em troca. De muitas formas, mesmo que ela não tivesse percebido isso conscientemente na época, esse foi o momento em que a Fundação Dava Shastri nasceu.

Aquela noite também representou o momento em que Dava escolheu não fugir nem negar o que estava acontecendo com ela, mas se tornar novamente uma participante ativa de sua própria vida novamente.

O que significava dizer à sua colega de quarto da universidade, Lalita, que queria pedir à sua irmã mais velha, uma médica de pronto atendimento em um hospital de Londres, uma orientação. Significava confessar à irmã de Lalita, Sita, que ela estava grávida e queria dar a criança para adoção. Significava ter a sorte de a dra. Sita ser amiga íntima de um casal indiano querendo adotar. Significava se encontrar com eles e com a dra. Sita em um restaurante de kebab em Cambridge, para o qual o casal, os Rao, levou álbuns de foto e cartas de recomendação para comprovar que poderiam ser uma boa família para o bebê dela. Significava decidir com dez minutos de jantar que eles eram os pais certos para seu bebê, mas só concordar em deixá-los adotarem se concordassem em manter o nome que ela escolhesse para a criança. Significava tirar uma licença temporária da faculdade e ficar em um quarto de hotel em Londres, pago pelos Rao, em seu aniversário de vinte e um anos e durante a semana anterior à data prevista para seu parto. Significava dar à luz. E recuperar-se do parto hospedada com Sita no flat dela por vários dias. Significava aceitar com relutância muitas joias esplêndidas como agradecimento dos Rao, e só depois de recusar firmemente muitas vezes as ofertas deles de um pagamento. Significava voltar para Cambridge e se enterrar em seus estudos, evitando a forte e obscura depressão que pairava sobre ela como uma bandeira balançando com o vento. Significava voar para casa em Calliston em junho e ficar na cama por um mês, sobrevivendo à base de comédias de sucesso (*Mudança de hábito, Quanto mais idiota melhor*) regadas a doce e *power pop* (Weezer, Matthew Sweet) para ajudá-la a melhorar do mal-estar. Significava vender as joias para comprar um carro usado e atravessar o país dirigindo de volta para Nova York em julho.

— Fiquei em paz com o fato de dar Chaitanya para adoção porque consegui para ela duas coisas cruciais: bons pais e um bom nome — Dava contou a Sandi. — Se começar com essas duas, então está quilômetros à frente de todo mundo. — Ao ver Sandi abrir a boca para perguntar, Dava a interrompeu com um sorriso insensível. — Por que Chaitanya? Eu gostava do que significava, dos inúmeros significados, todos bons: vida, conhecimento, consciência, divindade... algumas outras coisas, todas bem positivas. E é um nome bastante indiano. Não dá para abreviar em um apelido americano. Davinder pode facilmente virar Dave; a mesma coisa com Jesminder e Jess. Não com Chaitanya. Você tem que aceitá-la como ela é.

— Uau! Você pensou bastante no nome? — Priya parecia maravilhada.

— Pensei bastante em tudo — Dava declarou, com uma gravidade que deixou Priya tão nervosa que ela se remexeu e caiu do travesseiro com um barulho alto.

Ela olhou para a neta, de cujo nome nunca tinha gostado, e pensou se Arvie tinha pensado bastante, ou um pouco, no nome de sua filha mais nova. Para Dava, parecia que ele tinha simplesmente escolhido os nomes mais comuns e ordinários para ambas as filhas, algo que as ajudaria a se misturarem em vez de se destacarem. E essa mentalidade a irritava. Dava não fazia ideia de por que seu filho mais velho tinha tanta necessidade de se misturar com o mundo, em vez de arriscar tudo para deixar sua marca. Ela achava que era por causa dessa característica dele que o relacionamento deles sempre foi preenchido por frieza, que tinha começado na adolescência dele e resultado em um estranhamento cordial assim que ele se mudou para Estocolmo após se formar na faculdade.

Se Dava fosse sincera consigo mesma, ela nunca teria contestado a americanização do nome dele porque ele não tinha se provado merecedor do nome que ela escolhera com tanto amor. Tanto ela quanto Arvid concordaram em não dar o nome deles para os filhos porque eram crianças que mereciam ter a própria identidade. Então, quando Dava descobriu o nome Arvind em uma pesquisa por nomes de bebês indianos, ela insistiu no nome para o primogênito deles, porque era uma combinação de ambos os pais e mantinha muita individualidade.

Mesmo assim, Arvie tinha passado a maior parte de sua vida com uma eterna postura de ombros caídos e uma expressão mal-humorada, o completo oposto da personalidade alegre e pragmática do pai dele. Principalmente após a morte de Arvid, a dinâmica dela e do filho se tornou um misto de bajulação, silêncios bravos e ultimatos. Isso incluía ter que persuadir Arvie a assumir um papel de liderança na Helping Perssons, incluindo pagar a ele um salário por alguns dias de trabalho por mês, cobrindo sua passagem aérea de ida e vinda de Estocolmo, e alugar um apartamento na cidade para ele. Na época, ela tinha ficado tão absorta pela ideia de Arvie supervisionar uma organização sem fins lucrativos criada para homenagear o pai dele, de quem era quase homônimo, que não pensou no quanto o tinha mimado para conseguir apenas um sim de má vontade.

Na verdade, ela considerava que a maior conquista de Arvie tinha sido escolher a inscrição de Chaitanya e dar a ela uma bolsa Helping Perssons. No mínimo, ela era grata por algo tão milagroso e ao mesmo tempo casual ter acontecido sob a supervisão do filho. Quando ela teve notícias de Chaitanya e de sua vida na Califórnia do Norte, Dava se viu diante daquilo que entendeu como uma encruzilhada. Aos cinquenta e seis anos, ela sentia como se tivesse trinta e poucos em sua mente e espírito e acreditava que sua aparência ainda estivesse completamente intacta, com algumas dores aqui e ali como resultado de muito tempo gasto sentada às escrivaninhas, mesas de reunião e aos assentos na primeira classe do avião. "Bem preservada" é o termo que ela gostava de usar para si mesma em termos físicos, e, do ponto de vista de um estranho, ela não pareceria mãe de quatro jovens adultos ou alguém que estava a nove anos de ser considerada idosa. Mas ela estava se aproximando cada vez mais de ter o ninho vazio em tempo integral, com Rev no ensino médio e raramente em casa, Kali na faculdade, Sita no mestrado e Arvie se arranjando em sua vida como um jovem recém-casado com Vincent, em Estocolmo. O futuro seria longo e solitário para ela.

Ela não esperava ser viúva por mais tempo do que foi esposa.

Quando as crianças ainda eram novas, Dava, com frequência, sonhava acordada com a época em que seus filhos estariam crescidos e fora de casa, então ela e Arvid poderiam fazer longas viagens para locais distantes, ficar de preguiça em redes e bebendo coquetéis em cocos. Um tipo de semiaposentadoria na qual eles poderiam trabalhar em alguns projetos durante o lazer. Mas, nos primeiros anos após a morte de Arvid, ela havia se dividido em duas. Por mais que tivesse reduzido suas horas no trabalho para poder estar mais presente para seus filhos, principalmente os dois mais novos, todo seu tempo restante era passado imersa em novas iniciativas e em grandes investimentos. Dava raramente socializava, em vez disso focava no trabalho e na maternidade para que não tivesse que confrontar o vazio em sua vida, em sua cama e ao seu lado, e aprender quem ela era sem ele.

Ela também permaneceu celibatária após a morte de Arvid. Homens, sexo e romance rapidamente perderam o apelo para ela, do mesmo jeito que ela jurou não comer mais chocolate após uma única crise de intoxicação alimentar causada por um pedaço de seu bolo de aniversário de dezesseis anos.

— Tive sorte em conhecer Arvid — ela disse a Vash perto do aniversário de um ano de morte dele, depois que sua amiga tentou, gentilmente, incentivá-la a namorar de novo. — Acho que a vida não vai mais me permitir ser tão sortuda.

Quando Vash insistiu que ela poderia sair casualmente para se divertir um pouco, Dava balançou a cabeça, com lágrimas nos olhos.

— Simplesmente não posso. Ele foi o único para mim. Ele foi suficiente.

O que ela não conseguiu explicar foi que ela não poderia suportar conhecer outro homem de um jeito tão íntimo como conhecera seu falecido marido. Seu cheiro, leve e amadeirado; a maciez de suas coxas musculosas; a marca de nascença oval em sua escápula esquerda; sua barriga com pelo loiro que era um pouco saliente em sua estrutura esguia, que ela chamava adoravelmente de "meu travesseiro"; suas mãos pálidas e enormes com pontas dos dedos redondas que pareciam opalas; a textura macia e perfeita de seus lábios. Ela desejava sua fisicalidade e sua presença, e tentar ficar com outra pessoa, mesmo que por um breve período, só iria provocar um enorme alívio no que estava faltando. Por um tempo, Tom Buck tinha sido sua casa de veraneio, onde ela estava familiarizada com as atrações turísticas e assombrações locais. Mas Arvid tinha sido seu lar.

Então, redescobrir Chaitanya foi como se uma série de pequenos terremotos estivessem reverberando dentro dela, revivendo a parte dela que queria amar, conhecer alguém profundamente e ser conhecida em troca, sem as complicações de um relacionamento romântico. Amar seus filhos era diferente. Isso foi algo que ela precisou admitir a si mesma depois de sua primeira sessão com sua terapeuta Yuisa (sua terceira de oito, ao todo). Dava tinha começado a consultar Yuisa em março de 2030, logo depois de Arvie ter começado a trabalhar na Helping Perssons, mas antes de Chaitanya ser premiada com uma bolsa. Dava estava procurando ajuda para lidar com sua ansiedade e inquietação — "Me recuso a chamar isso de crise de meia-idade" — quando enfrentou o início de uma nova fase de sua vida como viúva cujos filhos tinham saído do ninho.

Profissionalmente, Dava estava no topo, sem mais degraus para galgar, tendo conquistado tudo que queria como filantropa. Então, para se distrair de não ter mais uma fundação ou família que precisasse ativamente dela, e para dar à ambição e ao desejo que ainda viviam dentro dela uma válvula de escape, ela decidiu focar na construção do legado estimulando seus filhos a se envolverem no trabalho de sua vida. Como parte dessa ideia, Dava explicou como havia rascunhado currículos com defeitos e tudo para cada filho. Foi quando Yuisa destacou que ela não poderia libertar seu amor por eles com seu próprio conceito de si mesma e do nome Shastri.

— Isso não é verdade — Dava tinha retrucado, desconcertada, seu pé esquerdo cortando o ar enquanto cruzava as pernas.

— Meus três mais velhos são adultos agora, e o mais novo logo será. Só estou tentando descobrir onde eles se adequariam na organização. E o melhor jeito para visualizar isso foi pensar neles como potenciais candidatos para o emprego.

— Então, você quer que eles sejam seus funcionários.

— Não... Não literalmente — Dava respondeu, horrorizada.

— Deixe eu te perguntar uma coisa. E se um de seus filhos decidir não trabalhar em sua fundação? Isso causaria impacto em como se sente quanto a eles? — Yuisa ergueu uma sobrancelha, o que, para Dava, lembrava um mamute-lanoso erguendo a cabeça. — Seja sincera.

As narinas de Dava inflaram.

— Bom, isso não aconteceria. Eles sabem o quanto o envolvimento deles significa para mim.

— Mas e se um deles fizesse isso?

— Então eu não ficaria feliz, mas teria que aprender a viver com isso. — Dava se sentou ereta na cadeira de couro funda e apontou na direção da terapeuta. — Não significa que vá parar de amá-los.

— Mas os amaria menos? — A declaração ficou no ar entre elas, com uma batida na porta salvando-a de ter que responder à pergunta, para sua terapeuta e para si mesma.

Talvez. Essa resposta ecoava na cabeça de Dava quando pensava naquela conversa, mas ela nunca se permitiria dizer aquelas palavras em voz alta. Ela não queria se sentir desse jeito; ainda assim, teve que reconhecer que seu desejo em ser uma força do bem no mundo era igualado a seu desejo em ter seu nome destacado e resoluto através de gerações, parecido com Rockefeller. Dava precisava que seus filhos fossem os pilares sobre os quais seu legado poderia viver por décadas. E, para isso acontecer, teria que transformá-los de mármore disforme em estátuas intricadamente esculpidas, mesmo que eles acabassem não gostando do cinzel que os moldaria. Depois que Yuisa usou a palavra "funcionários", era só no que Dava conseguia pensar em relação aos filhos, criando um efeito de distanciamento em como ela os via o qual nunca conseguiu superar direito.

Então, Chaitanya tinha entrado em sua vida em uma época em que ela estava faminta por conexão humana e não tinha percebido. Logo depois que Dava desembarcou do iate, após saber que Chaitanya tinha sido nomeada bolsista da Helping Perssons, ligou para sua assistente e disse a ela para limpar sua agenda e reservar o próximo voo disponível para Oakland. Agora que sabia que sua filha, sua mais velha, estava andando no mesmo continente que ela, Dava precisava vê-la imediatamente.

Do instante em que seu voo decolou do aeroporto internacional John F. Kennedy até o instante em que ela pisou na entrada da casa de Chaitanya e tocou a campainha, "The Bends", de Radiohead, estava se repetindo em sua mente. Era o álbum que Dava comprou um dia antes de entrar em trabalho de parto e a música que ouviu sem parar por meses depois. A natureza surreal daquele momento de sua vida, no qual ela deu à luz uma criança que planejava nunca mais ver voltou para a universidade como se ela fosse uma estudante estadunidense comum de intercâmbio, voltou inundando-a conforme a música se enterrou em seu cérebro.

— Foi como estar em uma linda depressão — ela dissera para Arvid a respeito de como suas lembranças de seu tempo no Reino Unido estavam inextricavelmente conectadas ao álbum, seus sentimentos de alienação revelados em seus fones de ouvido diariamente. Dava queria poder tirar a música da cabeça enquanto viajava para atravessar o país, no entanto o uivo de saudade de Thom Yorke não a deixava em paz, e as letras do álbum surgiam aleatoriamente. Ela não conseguia entender por que a trilha sonora de uma época particularmente miserável de sua vida a estava acompanhando no caminho de algo tão extraordinário.

A música parou no instante em que Chaitanya abriu a porta de seu bangalô protegido do sol por um toldo. Uma massa selvagem de cachos crespos e um sorriso radiante emoldurado por um batom apagado era a primeira lembrança de Dava ao conhecer a filha, uma visão que permaneceu com ela pelo resto de sua vida, como se tivesse queimado suas retinas depois de encarar por tanto tempo o sol.

. . .

— Como foi conhecê-la? — Essa pergunta veio de Priya, que tinha se reajustado no chão sem travesseiro. Suas pernas finas como uma vara estavam esticadas diante dela como se ela estivesse prestes a fazer abdominais. — Me perdoe, Gamma, sei que já fiz uma pergunta. Mas esta é melhor do que a minha outra.

— Talvez a pergunta dela possa ser a do bebê — disse Sandi, apontando para a própria barriga. — E, de certa forma, é o contrário do que perguntei.

— Verdade — Dava concordou. — Mas não sei se consigo encontrar as palavras. Foi arrebatador. — Ela fez uma pausa, e a imagem de Chaitanya no primeiro encontro delas brilhou diante de si de novo. — Foi como se eu estivesse encontrando alguém que conhecia desde sempre.

— Ela meio que disse a mesma coisa — Enzo se intrometeu. — Sobre você. Na conversa privada dela que foi publicada. Posso encontrar para você — ele complementou, gesticulando na direção do tablet, ainda no colo dela.

Dava assentiu e entregou o aparelho para seu neto. Talvez ela devesse se sentir meio patética sobre sua urgência desesperada em saber o que Chaitanya pensou do primeiro encontro delas, mas a frase "o tempo está passando" realmente significava alguma coisa agora. Ela estava a meras horas do fim, do fim de verdade, e precisava saber. Enzo encontrou a história e a leu em voz alta, trêmula no começo, porém fortalecida no fim.

— "Eu tinha recebido uma ligação do escritório informando que Dava Shastri queria me conhecer porque ela tinha lido pessoalmente minha inscrição da Helping Perssons para a horta. Me disseram que ela estava na região a trabalho, e tinha uma pequena janela para me encontrar. Claro que fiquei lisonjeada! Ela é uma lenda, principalmente entre meus amigos indianos. Juro, nem dez minutos depois que desliguei o celular, ela estava na minha porta. Eu ainda nem tinha penteado o cabelo. Mas não poderia fazer nada a não ser abrir a porta e recebê-la. E foi como receber o próprio sol para se sentar em seu sofá e beber um pouco de chá. Dava emanava uma energia formidável no momento em que a conheci. Não acredito em reencarnação, mas, se acreditasse, descreveria assim o nosso encontro. Foi como se eu a conhecesse de outra vida. — Enzo levantou o olhar do tablet. — Tem mais se quiser que eu continue, Gamma. Mas foi essa parte que falei. Vocês duas tiveram a mesma sensação.

Dava tossiu e apertou a mão em sua garganta, como se isso fosse manter as lágrimas longe. Sua filha pensava que ela era uma lenda. Antes de sequer se conhecerem, Chaitanya tinha usado essa palavra para descrevê-la. Ela estava sem palavras. Naquele instante, não havia nada que desejasse mais do que estar de volta no bangalô de Chaitanya, sentada na cadeira de encosto alto que ficava de frente para a janela da varanda e emoldurava o jardim dos fundos, com uma vista de duas fileiras de rosas brancas e rosadas formando um semicírculo em volta do Velho Moisés, o apelido carinhoso dado ao salgueiro-chorão. Nas mãos dela estaria uma xícara de *chai*, o aroma de cardamomo misturado com canela lembrando-a do *chai* que a própria mãe de Dava fazia para ela todos os dias depois da escola. Chaitanya sentava-se no lado oposto com seu gato de olhos caídos, Opie, em seu colo, com as notas de seu marido Ram no piano tilintando de fundo. E, durante os momentos em que Chaitanya estivesse ocupada com seu gato ou se movimentando por sua casa, Dava encararia essa pessoa que ela criou, essa pessoa que não se parecia nada com ela, mas que, ainda assim, era realmente de sua própria carne. Ela não conseguia deixar de se deleitar pelo fato de ter dado à luz uma pessoa tão adorável, tão genuína e tão indiana, muito mais do que a própria Dava.

Apesar de elas serem apenas crianças, a educação de Chaitanya tinha sido bem diferente da de Dava: cosmopolitana e diversa, mas ancorada em família e comunidade. Chaitanya havia sido criada por pais hindus devotos que tinham imigrado para Londres do norte do estado de Bihar, cinco anos antes de a terem adotado. Fluente em hindi e inglês, ela passou seus anos de infância e de jovem adulta envolta na cultura indiana, com visitas semanais ao Templo Neasden, treinamento de *bharatanatyam* que começou aos nove anos e filmes de Shah Rukh Khan passando na TV o tempo todo.

"Sempre havia pessoas em nossa casa, ou sempre estávamos nas casas de outras pessoas", Chaitanya tinha dito sobre a comunidade unida do norte da Índia na qual ela foi criada.

"Eu não sabia que havia outras formas de viver, porque era assim que todas as famílias que eu conhecia funcionavam." Ela tinha dito isso para Dava em sua quarta visita, enquanto as duas bebiam *chai* conforme Opie, tendo finalmente começado a gostar dela, aninhava-se aos pés de Dava e lambia seu tornozelo timidamente.

"Se eu não tivesse sabido, desde bem cedo, que tinha sido adotada, teria ficado sabendo por todos aqueles tios e tias que não conseguiam parar de comentar minha cor de pele. 'Fique longe do sol hoje, menina' ou 'Tia Lakshmi tem um novo creme para clarear que você deveria experimentar; vou dar para sua mãe'. Eles eram assim", Chaitanya disse, apontando para sua caneca de *chai* com leite. "Me fez ter ainda mais orgulho de ser tão marrom quanto sou. Mas morar em Londres me ajudou com isso, a diversidade incrível de pessoas e crenças. Às vezes, eu amava o isolamento da minha comunidade e me sentia segura sob o cuidado deles. Porque eles sempre cuidavam, mesmo se não demonstrassem tão bem ou nas palavras mais gentis. Outras vezes, ficava desesperada para me livrar dos olhares deles sobre a minha vida. Então, pegava o metrô para Chelsea ou para o Covent Garden e aproveitava o anonimato."

Todos esses detalhes eram fascinantes para Dava, que os devorava conforme Chaitanya os oferecia sem aviso como migalhas de pão. Porque ela tinha esse desejo de saber cada coisa sobre a filha, uma fome inquisitiva comparável a seu relacionamento com The Replacements. Eles foram seu primeiro amor de adolescente, então sua devoção ardia forte, rápida e profundamente, como a própria banda. Amar The Replacements era se identificar excessivamente com eles e sua música, então seu auge era o auge dela, e sua separação lendária e caótica foi tão devastadora como se ela tivesse sofrido sua própria separação. Se Chaitanya fosse uma banda, então Dava teria seus pôsteres decorando as paredes de seu quarto, os álbuns dela alinhados em ordem cronológica na escrivaninha próxima ao seu rádio, seus vídeos detalhadamente organizados na gaveta, os artigos de revista organizados em um fichário de três anéis (também em ordem cronológica) com a foto de Chaitanya colada na frente. Ela simplesmente precisava saber *tudo*. Mas, diferente de The Replacements, de que ela falava para todo mundo que conhecia, Dava não podia falar sobre Chaitanya com as pessoas de sua vida. Então, ela a enterrou em si, uma obsessão que alimentou com partes iguais de disciplina e entusiasmo.

Quando a adolescente Dava se apaixonava por uma banda, ela lia todo artigo, crítica de música e perfil que conseguia encontrar. Chaitanya não viveu sua vida on-line, e a pouca presença nas mídias sociais Dava monitorava furtivamente, então, de certa forma, Dava criou seu fichário de fã. Após cada visita mensal a Chaitanya, Dava fazia anotações de suas conversas, algo que conseguia revisitar e destrinchar por dias, mergulhando nos detalhes e se maravilhando de novo com o fato de que essa pessoa foi feita por ela. Guardou os maiores sucessos, casos e histórias, e Dava relia várias vezes quando sentia falta da companhia da filha:

Sobre ser adotada: "Quando era jovem, nunca senti que faltava essa outra parte de mim. Minha mãe e meu pai faziam eu me sentir filha deles de todas as formas."

Sobre seus pais biológicos: "Me pegava, sim, pensando neles. Eram míticos para mim, como os Beatles ou a Princesa Diana. Na infância, olhava para toda pessoa sul-asiática que via na rua e tentava me enxergar nelas."

Sobre se mudar para os EUA: "Quis me mudar para cá por três motivos: Beyoncé, Lady Gaga e Rihanna. Elas eram meu tudo quando era jovem, e o motivo de me matricular na faculdade nos Estados Unidos. Vim para Berkeley e nunca mais saí."

Sobre conhecer Ram: "Foi um escândalo. Ele foi meu professor! Consegue adivinhar a diferença de idade? Doze anos. Dá para notar? A barba dele o faz parecer ainda mais velho, mas ele é apegado. Enfim, fiquei loucamente apaixonada por ele, ponto-final. Vim para Berkeley com a intenção de fazer medicina e me inscrevi em um de seus laboratórios. Desisti da aula depois de cinco semanas e o convidei para sair logo depois. E foi isso. Talvez eu devesse ter namorado mais. Há pequenos arrependimentos aqui e ali por eu não ter um histórico romântico mais amplo. Mas aí vejo a vida que construímos, e não a trocaria."

Chaitanya tinha confessado isso para Dava no sétimo encontro alguns meses depois, a primeira vez que Ram não estava em casa. Havia mais coisa que sua filha não estava dizendo, e ela queria escavar o que estava enterrado sem passar dos limites. Ela não se sentia mãe de Chaitanya — estava mais para uma tia legal, do tipo que se pode pedir conselho de namoro e que compraria cerveja para você. Os próprios filhos de Dava — seus outros filhos — raramente confessavam qualquer coisa de suas vidas pessoais, e ela foi apresentada a seus parceiros a contragosto. Ela gostava do fato de uma de suas filhas se sentir próxima dela, então Dava estava sedenta por ainda mais intimidade. E é por isso que ela e Chaitanya acabaram tendo o primeiro desentendimento.

— Tive uma história romântica divertida na faculdade — Dava disse, lambendo de seu lábio a migalha de um bolinho de limão. — Houve muitos altos e baixos, bastante loucura. Olhando para trás agora, queria ter conhecido Arvid muito mais cedo para podermos ter tido mais anos juntos.

— É um bom motivo. — Chaitanya disse com um sorriso solidário. — Vou me lembrar disso da próxima vez que tiver um de meus momentos "e se". — Ela puxou o botão de cima de sua blusa branca de botão. Dava percebeu que era um tique nervoso, e ela tinha mexido tanto naquele botão que estava quase caindo.

— Você tem muitos momentos "e se"? — Dava estava tentando entender melhor como a filha dela se sentia quanto a ser adotada. Sabia que adotados sofriam bastante com o fato de terem sido dados para adoção por seus pais biológicos, então o entusiasmo de Chaitanya por isso a tinha surpreendido. — Você é muito jovem; não tem motivo para olhar para trás com arrependimentos ainda.

— Não sei se chamaria 35 anos de jovem, mas obrigada. — ela disse, rindo, jogando a cabeça para trás para que seus cachos balançassem como o vento que mexia as folhas. — Não sei se tenho muitos, mas eles aparecem de vez em quando. Sou bem satisfeita com minha vida. Ram é um tesouro, e sou realizada com meu trabalho e meus amigos aqui. Eu só… não consigo identificar. Talvez eu ache que deveria querer mais alguma coisa... — Ela deu de ombros timidamente. — Quando eu era uma menininha, idolatrava Bela de *A Bela e a Fera*. Ela fala sobre querer mais do que uma vida provinciana. E qualquer hora que estou tendo esse mínimo "e se", essa lembrança aparece para mim.

— Bom, parece que você tem uma vida adorável aqui mesmo. — Dava assentiu para o cômodo, com seu interior ensolarado e verde-menta e mobília de vime. — Mas não há nada errado em ter mais ambição, se é isso que esse mal-estar significa.

— Não chamaria exatamente de mal-estar. — Opie ronronou no colo dela e se virou de costas, e Chaitanya acariciou sua barriga preta e cinza. — É mais, tipo, talvez eu devesse estar fazendo mais. Talvez esteja muito acomodada na minha zona de conforto. Vir do Reino Unido para cá foi o maior risco que já assumi, e foi, meu Senhor, há mais de quinze anos. — Ela suspirou. — E aí conheço alguém como você, que tem feito um trabalho tão incrível e viajou para trinta países...

— Trinta e dois — Dava corrigiu.

— Isso é quase um quinto do mundo! E eu, dá para contar em duas mãos em quantos lugares já estive. — Ela balançou a cabeça para si mesma. — Sempre fui feliz sendo caseira, mas ultimamente, fico me perguntando se eu não me... não sei se "acomodei" é a palavra certa.

Dava colocou sua xícara de chá na mesa de canto com drapeado de crochê laranja ao lado dela, e então olhou para Chaitanya. Estava tentando decidir se manteria a conversa como se fosse uma Shastri-Persson, o que seria o equivalente verbal a pegá-la pelos ombros e gentilmente chacoalhá-la para enxergar a razão.

Ao ver a expressão confusa e autoflageladora de Chaitanya, e como seus dedos estavam apertando com tanta força o primeiro botão que ameaçava cair, Dava respirou fundo e seguiu em frente.

— Se não se importa, querida, tenho algumas ideias. — Chaitanya assentiu e colocou na mesa sua própria xícara. — Certo, então. Estava pensando na horta, e que pequena organização sem fins lucrativos incrível você criou. Kinghope tem prosperado por ter um espaço comunitário tão maravilhoso. Só fico pensando... e se você desse mais um passo?

— O que quer dizer? — Chaitanya parou de acariciar Opie, fazendo seu gato olhar para ela com irritação, depois pular de seu colo e correr para a cozinha.

— Quero dizer que você é tão brilhante e compassiva, e muito mais pessoas poderiam se beneficiar disso. Está se limitando por não olhar na direção da expansão. — O celular de Dava vibrou perto da xícara de chá, porém ela o ignorou conforme se entusiasmava por estar falando de seu tema preferido com alguém que tinha rapidamente se tornado sua pessoa preferida. — Kinghope pode ser só o começo para você.

— Mas Kin...

— E se você levasse o que fez lá para outras comunidades de refugiados? Há uma escola maravilhosa chamada *A Oficina de Filantropia* administrada pela Fundação Rockefeller. Você pode pegar as estratégias que desenvolveu até agora e aprender como fazer mais integra...

— Dava. — Chaitanya ergueu sua mão, como se fosse uma guarda mandando o trânsito parar. Suas sobrancelhas estavam unidas, dando a ela uma ruga irregular acima do nariz. — Agradeço o conselho. E os elogios. Mas não estou falando do meu trabalho. Estou muito feliz com o que fiz em Kinghope e quero focar nisso exclusivamente. Ainda há muita coisa que precisa ser feita.

Dava recuou, percebendo que ela tinha magoado os sentimentos de sua filha, por, basicamente, chamar a horta comunitária de "provinciana".

Quando tentou falar de novo, Chaitanya se levantou de sua poltrona.

— Está ficando tarde, e Ram vai chegar em casa logo. — A caminho do aeroporto, e, depois, no voo para casa, Dava ruminou a conversa delas e pensou se tinha passado dos limites, e, caso tivesse, se teria causado um rompimento permanente. Uma das músicas de The Bends serpenteou de volta à mente dela, e Dava ficou aflita por ter pressionado demais Chaitanya, esperando muita coisa dela. Se Sita tivesse reagido ao conselho de Dava da forma como Chaitanya fez, Dava teria ignorado pois Sita era sensível demais e não estava pensando grande o suficiente. Mas Chaitanya tinha parecido muito chateada pelo que Dava havia pensado como um encorajamento construtivo. Ao pousar, ela viu que Chaitanya tinha enviado uma mensagem longa para ela na qual expressou remorso por sua reação às palavras de Dava.

> Sinto muito pela maneira como falei com você. Sou muito protetora em relação a Kinghope. Qualquer insulto para K eu levo como se fosse para mim. Mas precisa saber que o único aspecto da minha vida com o qual estou cem por cento é meu trabalho. Meus momentos "e se" se aplicam à minha vida particular, metas individuais, lista de afazeres etc. Desculpe de novo por meu mau humor. Adoraria conversar e falar mais quando você tiver um tempo.

Dava respondeu imediatamente, escrevendo e apagando muitas vezes antes de enviar:

> Sou eu que preciso me desculpar. Não deveria ter presumido que você estivesse falando sobre seu trabalho. Nunca quis insultar Kinghope nem o que você conquistou. Não precisa explicar mais. Eu entendo. Vou ligar pela manhã. Beijos para Ram e Opie.

Um minuto depois, Chaitanya respondeu com "Ufa", depois um emoji de carinha feliz, seguido de um boa-noite e um emoji de coração. Dava encarou o coração até sua visão embaçar, lágrimas de alívio escorrendo por seu rosto.

· · ·

Durante seu décimo segundo encontro, que aconteceu em março de 2031, quase um ano depois do primeiro, Dava levou

Chaitanya em uma viagem de três dias para um spa luxuoso em Sonoma. Ela a surpreendeu com o programa de fim de semana ao chegar em sua casa em um Ford Mustang conversível vermelho-cereja.

— Pensei em irmos comemorar juntas nossos aniversários. — Ela ficou feliz com a expressão atordoada de Chaitanya enquanto absorvia a visão de Dava, usando óculos escuros vermelhos de gatinho e combinando com seu lenço amarrado na cabeça, ao lado do carro clássico.

— Não! — Chaitanya colocou uma mão na boca. — Esse é o carro? O que você dirigiu atravessando o país de volta para Nova York?

— Não é exatamente o mesmo, mas o mesmo modelo — Dava respondeu alegremente. Ela se inclinou para o lado da motorista e buzinou três vezes rápido. — Faça uma mala, querida, e vamos pegar a estrada.

Conforme elas se conheciam melhor ao longo do último ano via troca de mensagens quase diárias e ligações duas vezes por semana, Dava viu-se aproximando-se das semelhanças entre ela e Chaitanya, insinuando sua conexão com a filha como se desafiasse a si mesma para contar a verdade. O mais perto que chegou disso foi nesse fim de semana de aniversário, que Dava tinha planejado após o oitavo encontro, no qual, durante uma conversa sobre astrologia, descobriram (ou, no caso de Dava, "descobriu") que as duas eram de peixes e que faziam aniversário com uma semana de diferença. Após consultar Ram e se certificar de que poderia viajar com sua esposa no fim de semana anterior ao aniversário dela, que aconteceu de cair no aniversário de Dava, ela tinha reservado as suítes mais caras do spa e três dias de tratamentos. Ela pode ter exagerado, percebeu, quando o concierge do hotel lhes entregou as programações e os olhos de Chaitanya se arregalaram com os compromissos consecutivos.

— Oh, uau. Vamos ter tempo para respirar? Podemos marcar de respirar entre o *wrap* de algas marinhas e a limpeza de pele de chá de lavanda? — ela brincou. Então adicionou, indignada: — Isto deve ter custado uma bomba.

Dava deu risada, mas, internamente, se castigou por ter exagerado. Uma vez, Dava tinha planejado um fim de semana parecido para ela, Sita e Kali como presente de formatura para Kali, mas as irmãs tinham implicado o tempo todo com cada detalhe (quem ficava com a cama mais confortável, quem tinha a massagem mais longa), então Dava nunca tentou uma viagem de meninas com elas de novo.

— Vou cancelar alguns — Dava disse, sorrindo entre dentes cerrados conforme as duas seguiam sua bagagem e o carregador para o elevador.

— Não precisa. Todos parecem um paraíso. Só quero ter certeza de que temos tempo para meu presentinho de aniversário para você. — Chaitanya deu um pulinho quando as duas entraram no elevador, seu vestido amarelo esvoaçando em volta dela. — Não se preocupe... não é grande coisa. Peguei de Ram quando estava saindo.

Então, logo as duas estavam vestidas com roupões brancos e máscaras de abacate, assistindo ao pôr do sol da varanda de Dava enquanto aproveitavam o presente de Chaitanya: a maconha de Ram.

— Tem certeza de que ele não vai se importar? — Dava disse ao dar um trago no cigarro antes de passá-lo para Chaitanya. Ela gostava de Ram e de como era apaixonado pela esposa, e secretamente ela pensava nele como um de seus genros.

— Ele estava planejando ir ao dispensário na semana que vem, de qualquer forma, para reabastecer... esse era o último. — Ela ergueu a mão que estava segurando o cigarro, brindando o ar. — Um brinde, Dava. Parabéns.

— E parabéns para você também, querida — ela disse, com os olhos brilhando.

Ela não fumava maconha desde seus dias na Peace Corps, então dar alguns tragos já a deixou alegrinha. Dava ficou na ponta dos pés ao se inclinar na varanda de pedra e olhar cinco andares para baixo, para a entrada circular do spa, alinhada com árvores de álamo com luzinhas penduradas nos galhos. Por um instante, conforme assistia ao sol mergulhar atrás das Montanhas Sonoma, ela quase sentiu que estava com Arvid e que essa era uma de suas noites nos hotéis. Se virasse de lado, Dava pensou que o veria dentro do quarto esticado na cama com suas boxers vermelhas e camiseta da Hüsker Dü, zapeando canais na TV. Quando ela realmente se virou, e, em vez disso, viu Chaitanya ao seu lado, olhando para o horizonte de forma pensativa, Dava ficou surpresa ao se sentir em paz, e não a velha tristeza familiar de quando surgia uma lembrança de Arvid.

— Como você e Ram estão ultimamente, se não se importa que pergunte?

— Muito melhor. Acho que ter conversado sobre filhos tem sido um alívio para nós dois.

Nos últimos meses, e com a ajuda de uma terapeuta, Chaitanya tinha percebido que suas vagas inquietações de descontentamento eram amplamente relacionadas à sua ambivalência quanto a começar uma família e, por não tomar uma decisão, ela se sentia paralisada na vida e incapaz de seguir em frente. Ela e Ram tiveram um romance furacão e se casaram apenas alguns meses antes de ela se formar na faculdade, e, em seus treze anos de casamento, os dois presumiram que, se o outro quisesse filhos, teria tocado no assunto. Quando Chaitanya, enfim, trouxe isso para Ram, ele disse que estaria disposto se ela estivesse, porém acreditava que estava velho demais para ser pai. Para confirmar se queriam uma família, cada um criou sua própria lista de prós e contras e compartilhou um com o outro. Quando viram que as listas de "contra" tinham mais itens do que as de "pró", eles choraram de rir, aliviados. Então, o casal concordou que os dois eram suficientes, mas adicionaram mais um membro na família: uma filhote de bulldog chamada Belle.

— Parece que um peso foi tirado de nós dois. A pior parte foi contar para minha mãe e meu pai, porque sei que eles querem netos. É quase criminoso não dar um neto para pais indianos, certo?

Dava riu exageradamente, tentando ignorar a ardência de identificação percorrendo sua espinha.

— Quando consegui contar para eles e esquecer tudo isso, puf! — Ela riu, dando um tapa em seus joelhos nus.

Dava pensou se o fato de ser adotada também tinha um papel na dúvida dela, mas não perguntou. Chaitanya devolveu o baseado para Dava e tocou seu rosto verde.

— Isto endureceu tão rápido que mal consigo mexer os lábios. — Ela soltou uma risadinha melódica. — Estou fazendo isso certo?

— É assim que máscara facial funciona — Dava disse, dando risada, conforme se sentou em uma das cadeiras reclináveis do jardim, esticando tanto suas pernas que seus dedos cor de tangerina saíram dos chinelos de cortesia do spa. Fazer o pé tinha sido uma escolha impulsiva, e ela estava começando a se arrepender da cor laranja-rosada. — Não acha que tudo isto é muito feminino, acha?

— Eu suportaria ser um pouco mais feminina, para ser sincera. Sempre fui meio moleca. Só usei batom depois dos quinze anos.

— Você e eu — Dava disse pelo canto da boca, enquanto segurava o baseado entre os lábios ao apertar o cinto de seu roupão. Depois, ela o pegou e deu uma tragada extra longa, então soltou um "ahhh" elaborado, como se tivesse acabado de entrar em uma banheira quente em um dia de inverno. — Da última vez que tentei ir a um spa durante um fim de semana foi com minhas meninas, e foi uma confusão. Não acho que um spa sirva para você sair mais tensa do que quando chegou.

— Ah, não... tão ruim assim?

Dava assentiu.

— Ah, sim. Nos vinte e poucos anos delas, quando não se suportavam. Agora estão mais amigas, mas... — Ela fez uma pausa.

— Mas o quê? — Chaitanya insistiu gentilmente.

— Nem Arvid nem eu tivemos irmãos. Então queríamos uma família grande para que nossos filhos pudessem ser melhores amigos uns dos outros, apoiar uns aos outros, a coisa toda. Mas não aconteceu do jeito que eu imaginei. — Dava derrubou o baseado no braço da cadeira, a cinza deixando uma marca com formato de sol no plástico. — Pelo menos os dois mais novos têm esse relacionamento. Mas quero que todos eles sejam próximos. Eles não valorizam uns aos outros, e eu teria feito qualquer coisa para ter tido só um irmão ou irmã.

— Ah, eu também, eu também. Implorava por um irmão para todo mundo que pensava que poderia me dar um: meus pais, Papai Noel, Fada do Dente — Chaitanya disse, tocando o rosto com todos os cinco dedos. Seus lábios, que pareciam ainda mais rosados quando contrastados com sua pele oliva, curvaram-se em um sorriso de indignação. — Uau, parece que temos bastante em comum, não é?

— Parece que sim — Dava disse timidamente, desviando seus olhos de sua filha.

— O que mais você acha? Além de nossos aniversários, de sermos molecas e filhas únicas, mais nosso gosto péssimo para televisão. — Uma das primeiras coisas que as tinha conectado foi um amor mútuo por um *reality show* coreano sobre celebridades treinando para serem astronautas. — Tenho certeza de que tem mais.

Dava deu risada. Ela não conseguia se lembrar da última vez que tinha ficado tão chapada, porém se deixou levar pela sensação de suspensão que a dominava. Mesmo que estivesse aproveitando o momento, sabia que deveria ser cautelosa em relação ao que dizia em seu estado entorpecido. Mas o estado audacioso dela, adormecido por muito tempo e despertado recentemente, desejava testar os limites e ver o quanto ela conseguia chegar perto da verdade. Talvez até dizer as palavras em voz alta.

— Nós duas somos indianas — Dava disse, com uma expressão séria. — Adicione isso à lista.

Após um segundo, ambas riram histericamente.

— Check e check — Chaitanya disse, com um sotaque britânico elegante e limpo. — Essa é ótima. Como me esqueci disso na minha exaustiva lista de todos os pontos em que somos parecidas?

— Ah, mas você é bem mais indiana do que eu, minha criança — Dava respondeu, sentindo uma onda de emoção percorrê-la ao dizer as duas últimas palavras. — Nunca aprendi hindi nem a língua materna de meus pais. Só fui para a Índia três vezes na vida, e sempre a trabalho. — Sem querer se aprofundar demais em um tema em que nunca mergulhava, ela mudou de assunto. — Como está sua máscara?

Chaitanya mexeu na bochecha com os nós dos dedos.

— Dura como uma casca de coco. — Então a barriga delas roncou ao mesmo tempo, e elas reagiram com mais risada histérica. — Até nossos sinais de fome estão sincronizados.

Elas concordaram em tomar um banho e se encontrarem no lobby em trinta minutos para jantar no restaurante do spa. Dava entrou no banheiro de sua suíte sentindo-se leve e delirante. Depois de lavar a máscara de abacate do rosto, investigou sua mala em busca de uma roupa, e provou três *looks* diferentes até escolher um macacão de linho preto e rasteirinhas de couro vermelhas, que tinha mandado fazer depois de ver uma atriz vestindo uma roupa parecida em uma série de TV, porque tinha uma simplicidade elegante que não anunciava o preço alto de sua etiqueta.

Dava sempre foi cuidadosa quanto a não ostentar demais sua riqueza diante de Chaitanya, porque inspirava nela uma culpa latente de que tinha escolhido não criá-la e, ao fazer isso, a havia privado de ter uma vida privilegiada e confortável. Quando ela ia visitar Chaitanya, dava seu máximo para ignorar as manchas de infiltração no teto, a tinta descascando no banheiro, a pilha de contas na mesa de canto que tinha as palavras PRECISA DE ATENÇÃO IMEDIATA carimbadas em vermelho. O fim de semana de aniversário, sem dúvida, foi uma extravagância, mas também foi o único jeito em que Dava pensou para que pudesse cuidar de Chaitanya exatamente como fazia com seus outros filhos.

Quando Dava chegou no lobby, estava quinze minutos atrasada. Vasculhou o salão e ouviu Chaitanya antes de vê-la.

— Está sendo incrível, mãe. Não consigo acreditar no quanto ela está gastando! Ela tem sido maravilhosa comigo.

Os joelhos de Dava enfraqueceram, e ela se apoiou em um pilar de latão para se equilibrar. Seguiu a voz de Chaitanya e avistou a parte de trás de sua cabeça perto da entrada, onde ela estava sentada em um divã de costas para o elevador. Simples assim, ela tinha perdido seu ar chapado e leve, e todos os cinquenta e sete anos de sua vida a atingiram em cheio. Mesmo assim, não conseguiu evitar se aproximar de onde a filha estava sentada para poder ouvir a conversa com sua mãe adotiva.

— Sim. Eu sei. Sim — Chaitanya disse, soando divertida, como se estivesse ouvindo algo de sua mãe que já ouvira muitas vezes. — Claro. Mãe, já te contei.

Pela primeira vez, Dava pensou se a mãe de Chaitanya tinha visto uma foto dela. Quando Dava se encontrou com os Rao, ela tinha dado a eles um nome falso porque havia ficado paranoica com a possibilidade de que a notícia de sua gravidez, de alguma forma, atravessasse o Atlântico e chegasse a seus pais. Então, ela estava tranquila que Chaitanya tivesse falado sobre ela com sua mãe adotiva, mas rezava para que ela nunca quisesse apresentá-las. De novo, será que elas se reconheceriam depois de seu único encontro mais de 35 anos antes? Dava esperava que nunca precisasse descobrir.

— Ah, não, não acredito que o papai fez isso! — Chaitanya riu alto e demoradamente. — Queria ter visto. — Ela suspirou suavemente. — Também estou com saudade. — Dava recuou, sentindo que estava invadindo um momento pessoal. Ela se escondeu atrás de um pilar e se recompôs, guardando seus sentimentos de ciúme e inadequação, depois deu dez passos na direção de Chaitanya, dando um tapinha no ombro dela. Ela pulou de susto.

— Mãe, ela chegou. Tenho que ir. Falei que vou! Beijos para o papai. Boa noite; durmam um pouco. — Ela desligou o celular, seu rosto brilhando. — Minha mãe mandou um oi.

— Oi para ela — Dava murmurou, depois deu o braço para Chaitanya, algo que nunca tinha feito. — Estou faminta. Pronta para comer?

· · ·

O restaurante se chamava Deleite, e a cozinha foi descrita pelo garçom como "fusão asiática/caribenha saudável e vegana, livre de crueldade", mas o cardápio mostrava diferentes tipos de tofu e vegetais cobertos com molho e sabores de soja, todos com valor de dois dígitos. Era o pior tipo possível de comida para duas pessoas que não tinham comido o dia todo e acabaram de compartilhar um baseado feito da segunda maconha mais forte vendida no Pot of Gold.

— É melhor sairmos daqui e pedirmos pizza? — Chaitanya perguntou, olhando para Dava por cima do cardápio. — Porque isto… não parece… bom.

— Eu sei — Dava concordou, desanimada. Seu estômago parecia um abismo enorme, e ela estava com tanta fome que mal conseguia se concentrar no cardápio. — Vamos só pedir um item para podermos comer algo imediatamente, e vou pedir uma pizza para nós agora.

— Brilhante! — Chaitanya disse, colocando um cardápio no topo do prato. — Você escolhe. Como até papelão neste momento. — As duas trocaram sorrisos, e Dava acenou para o garçom. Falou para ele que elas dividiriam um prato de nachos com molho *hoisin*. Quando o garçom ficou ali parado, esperando ouvir mais, ela disse que isso era tudo e pediu que mandassem a conta para o quarto dela. Os olhos dele ficaram rígidos e seu rosto se enrugou em um sorriso afetado.

— Ok, então — ele disse, parecendo irritado e soando como se estivesse falando com uma criança. — Mas temos um mínimo de cinquenta dólares, então não vou poder fazer esse pedido para vocês a menos que escolham mais alguma coisa.

— É mesmo? — Chaitanya disse, aumentando a voz.

— Sim — ele continuou, com o mesmo tom condescendente. Seus olhos varreram Chaitanya, observando a cor de sua pele e o cardigã branco que estava vestindo por cima do vestido, que tinha as mangas arregaçadas. — Então, posso sugerir que você e sua mãe peçam uma garrafa de vinho também? Ou três rodadas de pão assado com limão aioli? Isso as faria gastar o mínimo.

Dava ficou tão abismada ao ouvir a palavra "mãe" que não sabia o que dizer. Chaitanya, parecendo pensar que sua amiga estava paralisada pela raiva, se levantou arrastando a cadeira para trás de forma dramática, o que causou um barulho alto e fez os outros clientes olharem na direção delas.

— Não vamos mesmo comer aqui — ela disse, brava, seu sotaque do norte de Londres emergindo com força total.

— Chait...

— Pode pegar seu aioli e enfiar na sua bunda. Vamos, *mãe* — ela disse, piscando para Dava.

Ainda em choque, ela seguiu Chaitanya para fora do restaurante e de volta para o lobby. Assim que saíram, Chaitanya começou a rir tanto que se curvou e colocou a mão em um pilar para se apoiar.

— Sinto muito, Dava, mas aquele homem passou dos limites — ela disse, seu corpo tremendo com a risada. Então, ela se ergueu e foi parando de rir gradativamente. — Quando fico muito irritada, dou risada como se estivessem fazendo cócegas em mim. Não sei por quê. — Dava, para se equilibrar dos sentimentos agitados ricocheteando dentro dela, concentrou-se em pedir uma pizza pelo app de delivery em seu celular.

— Pepperoni, azeitonas e cogumelos — ela disse, com um sorriso triste.

— Ah, querida, espero que não tenha te envergonhado — Chaitanya respondeu.

— Hã, nem um pouco — Dava retrucou. — Ele foi um babaca. Vou fazer uma reclamação com a gerência. Estou... — Ela parou de falar, colocando a mão na testa. — Não estou me sentindo muito bem. — Preocupada que Dava estivesse sentindo os efeitos nocivos da maconha, ela a acompanhou de volta a seu quarto e insistiu que se deitasse na cama. Assim que Dava entrou debaixo das cobertas, seu celular apitou com um alerta de que a pizza delas tinha chegado e estava aguardando no lobby, dando tempo a ela de se recuperar enquanto sua filha descia para buscar a comida.

— Foi rápido, não foi? — Chaitanya comentou, com um tom extremamente prazeroso. Dava assentiu, cansada, e insistiu que Chaitanya se juntasse a ela na cama enquanto comiam. Então, as duas logo estavam debaixo das cobertas, comendo pizza com um programa de namoro na TV ao fundo.

— Foi muito bizarro para mim — Dava disse abruptamente —, quando ele me chamou de sua mãe.

Ela se virou e viu Chaitanya olhando-a com expectativa, e engoliu em seco. Esse foi o momento em que ela chegou mais perto de revelar a verdade. Sua boca estava aberta, as palavras se formando em seus lábios. Então, viu o celular de Chaitanya na mesa de canto se acender com uma mensagem de texto, lembrando-a da conexão dela com sua outra mãe. E ela não conseguiu dizer nada. Dava não poderia destruir a vida de sua filha só para se sentir melhor.

Então, em vez disso, disse outra coisa que também era dolorosamente verdade.

— Porque, quando eu era mais nova e saía com meus filhos, em oito de dez vezes eu era confundida com a babá deles.

— Não!

— Ah, sim. Meus filhos são muito mais brancos do que eu e têm cabelo mais claro. Meu mais velho, em particular, se parece exatamente com o pai, mais escandinavo do que indiano. Em restaurantes, parques e lojas, geralmente pensavam que eu era a babá enquanto a mãe de verdade estava no banheiro. Acontecia tanto que todos nós nos acostumamos. Às vezes, eu ficava chateada; outras vezes, nem ligava. — Ela colocou a pizza na mesa de canto e limpou os lábios com um guardanapo. — É novidade, para mim, ser confundida como mãe de alguém, para variar.

— Ah, uau, Dava; deve ter sido difícil. — Chaitanya terminou a pizza e deu um gole no vinho branco direto da garrafa. — Consigo me identificar de alguma forma. Eu recebia olhares muito confusos quando saía com meus pais, principalmente de outros indianos. Quando andávamos na rua, meio que parecíamos um Oreo ao contrário: biscoito amanteigado com recheio de chocolate. — Ela passou a garrafa para Dava, que balançou a cabeça. — Mas tenho certeza de que seus filhos não se importavam. Porque comigo, eu me sentia ainda mais ligada aos meus pais. Encarem o quanto quiserem... estes são minha mãe e meu pai, e não, não lhes devo nenhuma explicação.

Dava assentiu, com os olhos cheios de lágrimas. As duas continuaram a comer em silêncio, observando o casal no programa passar por seu esquisito primeiro encontro, que envolvia praticar arco e flecha com os olhos vendados. Enquanto isso, Dava refletia sobre o porquê de as palavras do garçom terem causado um impacto tão estupefato nela. Ela ficou aflita ao perceber quanta alegria sentiu naquele segundo inicial quando ele a chamou de mãe de Chaitanya, e foi o visual delas juntas que causou essa suposição natural. Elas não se pareciam muito em termos de características físicas, mas o tratamento fácil uma com a outra, junto com a diferença de idade e a mesma cor de pele não levavam a uma suposição aleatória ou de alguma forma racista sobre o relacionamento delas. A alegria inicial, no entanto, foi seguida por uma culpa gigante, como se um alfinete caísse em cima de um balão vermelho. Não apenas a culpa de esconder a verdade de Chaitanya, mas também a culpa de que, ao sentir tanto prazer com a suposição do garçom, estivesse de alguma forma desprezando seus outros filhos.

Então, veio o pior pensamento de todos, o que revirava seu estômago enquanto ela comia, roboticamente, uma fatia atrás da outra, concentrando toda sua energia na tela de televisão para que não tivesse que olhar para Chaitanya. O pensamento que ela estivera evitando e afastando nos últimos meses, mas que continuava invadindo-a até estar praticamente pulando em cima dela, como Belle a recebia toda vez que chegava para uma visita. Dava sempre soube que sua decisão de dar sua filha para adoção foi a correta, e nunca se arrependeu nenhuma vez, mesmo depois de conhecê-la e desenvolver uma amizade tão íntima.

E ainda assim.

Dava tinha reparado que, de todos os seus filhos, a única que ela não teve influência na criação era a que parecia mais feliz e mais bem ajustada. E, talvez o mais comovente de tudo, a que era mais nobre, a mais solidária. A que era mais parecida com ela.

— Na mosca! — Chaitanya gritou, erguendo sua fatia meio comida com triunfo.

— O que foi? — Dava perguntou, quase derrubando sua própria fatia de pizza no colo.

— Ela acabou de conseguir acertar o alvo com os olhos vendados. Não é incrível? — Ela apontou para a TV, que mostrava a mulher pulando com empolgação enquanto seu parceiro sorria para ela.

— Sim, incrível — Dava respondeu, baixinho.

CAPÍTULO VINTE E UM

SÓ POSSO SER GRATA

Desde que soube de seu falecimento e ao ver a foto da mãe dela, tento me agarrar ao fato de que posso nunca saber a verdade. As únicas pessoas que podiam confirmar isso para mim são meus pais, mas eles também se foram. Então, tenho que viver nessa incerteza, nesse desconhecimento oficial — mesmo que meu instinto me diga que ela realmente era minha mãe — e pensar no que isso significa. Que ela me procurou, criou uma amizade comigo que, às vezes, a fazia se sentir como uma segunda mãe, mas nunca me contou a verdade sobre quem ela era.

Eu deveria ficar brava. Certo? Deveria. E há uma forte possibilidade de eu ficar amanhã ou daqui a um ano. Mas, neste momento, só posso ser grata. Por ter podido conhecê-la; por ter aprendido como ela é uma pessoa maravilhosa, solidária; por Kinghope ter se beneficiado, diretamente, de sua generosidade; por ter sido a filantropia que nos uniu em primeiro lugar.

Posso nunca saber a verdade. E, sem dúvida, isso é uma perda gigante. Mas também recebi muito dela. Isso precisa ser suficiente.

— Um trecho da mensagem de Chaitanya postada no Clube de Leitura de Oakland

— Então, Gamma… e agora?

A pergunta de Enzo pairou sobre eles enquanto Dava soltava o tablet depois de terminar de ler todo o post de Chaitanya, o que tinha lhe exigido grande esforço, já que a luz do dispositivo a tinha deixado com uma sensação de ardência atrás dos olhos. Mas ela ficou feliz por ter lido. Se as palavras de Chaitanya foram escritas para uma audiência privada, aquela era a forma como ela genuinamente se sentia em relação a Dava. Ela estava deixando Chaitanya em um bom momento de sua vida, e o relacionamento delas foi amoroso e estável até o fim. Mas dava para ela dizer a mesma coisa de seus quatro outros filhos? A resposta, pesada e opressiva, se pendurou como uma âncora em seu pescoço.

Quanto a como confrontar essa realidade dolorosa no tempo que ainda tinha, pensou de novo em *O último concerto de rock*. Não na lembrança que ela conectava tão vividamente a Arvid daquele último feriado de Ação de Graças na casa geminada, mas no filme em si, que ela considerava um ato consciente de criação de mitos.

Ao se despedir de uma forma tão grande e cinematográfica, o filme tinha consagrado The Band na história do *rock'n'roll*, garantindo que a música deles vivesse por muito tempo depois da separação da banda. A despedida do público acabou definindo-os na consciência pública, lançando um brilho em tudo que veio antes.

"O filme termina com The Band tocando sua própria música do cisne", Tom Buck dissera uma vez para ela. "Não dá para ficar mais épico do que isso."

Agora, ali estava sua chance de se despedir e tentar seu próprio tipo de criação de mito. Não apenas por si mesma, mas por Arvid também. Pela família inteira. Ela queria que aquela noite fosse lembrada por seus netos, mitificada até. Então, se um dia alguém resolvesse contar a história dos Shastri-Persson, esse tempo juntos em sua última noite viva faria parte do roteiro.

— Há cartas — ela iniciou, quando sua cabeça começou a flutuar e seus pensamentos se retardaram momentaneamente. Dava cerrou os dentes num esforço para se desviar do tumor que se mostrava presente de novo. — Há cartas — ela disse mais alto, fazendo os outros cinco se sentarem eretos. — O avô de vocês as escreveu para cada um deles. Quero dizer seus pais. Meus filhos. — As palavras saíram atrapalhadas de sua boca, como um bêbado tentando sair de um bar. Ainda assim, ela insistiu. — Arvid escreveu cartas para cada uma das crianças antes de morrer. Coisas que queria que eles soubessem sobre ele, sobre a vida dele.

Dava percebeu as expressões emocionadas e quase incompreensíveis de seus netos e se virou para sua direita, encontrando o olhar solidário de Sandi.

— Gamma... — Klara disse, seus olhos cor de mel se arregalando.

Dava ergueu um dedo, o gesto da sala de reuniões, e sua neta assentiu respeitosamente.

— Quando ele soube que estava morrendo — ela continuou —, escreveu quatro cartas para cada um de seus filhos. Peçam aos seus pais e tia Kali e tio Rev para compartilhá-las com vocês, e leiam cada uma. Vocês mal o conhecem — ela acrescentou, engasgando — e deveriam. Ele era um homem maravilhoso. Teria sido um avô maravilhoso também.

— O.k., Gamma — Klara disse. — Nós vamos pedir. Prometemos. Certo? — ela disse, e sua irmã e seus primos assentiram.

Todos eles olharam com ansiedade na direção de Sandi, como a única outra adulta no quarto, quando sentiram que sua avó estava indisposta, se não fisicamente, no mínimo, emocionalmente. Sandi colocou o braço em volta dos ombros magros de Dava, e percebeu que ela estava tremendo.

— Dava? Não está se sentindo bem? Deveria...

Ela ergueu um dedo pela segunda vez. Expressar as palavras sobre Arvid tinha sido um esforço e, agora que ela as transmitira, sua mente se compadeceu e permitiu que seus pensamentos voltassem. Após tranquilizá-los sobre seu estado, Dava pigarreou e, então, compartilhou os pensamentos seguintes em um monólogo baixo, porém regular, sua voz assumindo uma qualidade rítmica para que, quando o restante do grupo se lembrasse do que ela disse, não fosse apenas o que ela tinha dito, mas como.

— Arvie — ela começou, direcionando seu olhar para as filhas dele. — Quando ele tinha sete anos, disse para mim que queria ser super-herói. E ele me perguntou onde poderia fazer faculdade para estudar para ser um super-herói e aprender a como voar e escalar paredes. Os preferidos dele eram Super-Homem e Homem-Aranha, sabem. Então tive que revelar para ele, assim como seus pais tiveram que revelar a vocês que não existia Papai Noel, que ele não poderia ser um super-herói. E seu queixinho tremeu. Eu o tinha devastado, e me senti horrível. — Dava se encolheu ao se lembrar do jeito como o rosto dele foi ficando vermelho, de seu queixo até suas orelhas até seu nariz e, enfim, sua testa. — Ele chorou o dia inteiro. E não havia nada que eu pudesse fazer para tranquilizá-lo. Às vezes, acho que esse foi o momento em que perdemos alguma coisa entre nós. Nossa proximidade. Ele foi meu primeiro filho que vi crescendo diante de meus olhos, e foi meu primeiro filho que vi agir como irmão para outro. Há muita coisa significativa para mim nisso. — Ela viu Klara segurar a mão de Priya. — Mas eu abalara a fé dele em algo que ele achava especial, e não tive nada a dizer para fazê-lo se sentir melhor. E carrego isso como arrependimento, um dos poucos.

Deveria ter tido uma resposta para ele, uma resposta melhor.
— Rapidamente, Dava tirou os óculos para que conseguisse secar os olhos com a manga de seu pijama. — Ele é um bom homem. Quando o vejo, às vezes é como se Arvid voltasse à vida. Tudo que ele sempre quis ser era o pai dele, e acho que ele é capaz disso. Talvez vocês o ajudem a chegar lá.

Dava continuou, agora olhando para onde Enzo e Theo estavam sentados de pernas cruzadas, aos pés dela.

— Sita. Sua mãe sempre esteve no comando. Desde que ela aprendeu a falar e formar frases, ela era a líder e Arvie e Kali seguiam seus passos. Nem sempre felizes, ou dispostos, mas seguiam — ela comentou carinhosamente. — Ela sempre teve essa autoconfiança natural. Por muito tempo, ela quis seguir os passos do pai e se tornar professora. Mas pedi a ela que fosse trabalhar na fundação, e ela foi. — Dava inspirou o ar com força e outra lembrança surgiu e entrou em foco. — E, quando seu avô morreu, ela tinha mais ou menos a mesma idade de Klara. Mas fez seu melhor para cuidar de mim. Mesmo que ela mesma estivesse sofrendo. Foi ela que me viu em meu pior estado, sabem — ela disse, sua voz assumindo quase um sussurro. — Nos dias em que eu não conseguia sair da cama, ela colocava a cabeça dela para dentro do quarto e, me vendo abatida e exausta, sem falar uma palavra, fechava a porta e cuidava das outras crianças para mim. Sita aguentou muita coisa. Me apoiei demais nela. Não sei se um dia já a agradeci. Era algo que não era falado entre nós. Mas, toda vez que a vejo liderando uma reunião, ou até conversando com vocês dois, penso de novo em quando ela era só uma menininha, e estava carregando toda a família nas costas.

Theo assentiu em reconhecimento às palavras da avó, e a boca de Enzo se curvou para baixo conforme ele esfregou um punho pequeno no olho.

— Sua tia Kali ama tanto e com tanta profundidade. Não consigo deixar de me preocupar com ela, sabem, porque ela sente as coisas muito intensamente. Talvez seja o que a torna uma artista tão boa. Sua empatia está inteira ali, o tempo todo. Ela está constantemente observando. Pode ser irritante, às vezes, sinceramente. — Dava deu risada, mas soou mais como um estremecimento. — Kali sempre foi a cola que nos une. É essa coisa intangível. Talvez seja o fato de ser a filha do meio, então não tem escolha a não ser segurar todos nós juntos — ela disse, as palavras soando como se essa ideia tivesse acabado de lhe ocorrer. — Ela sai do seu conforto para manter contato e ficar perto de cada um dos pais de vocês e, claro, de Rev — Dava disse, distraidamente dando um tapinha na mão de Sandi. — Se ela não se esforçasse, não sei o quanto eles seriam próximos. Admiro isso nela. Eu... eu nunca pensei no quanto isso poderia ser importante. Toda família precisa de alguém como ela. — Dava sorriu com tristeza. — Cuidem dela. Tratem-na bem. Sei que ela fará a mesma coisa com todos vocês.

— E Rev, meu bebê — ela disse, um tom de finitude se alongando pela melancolia em sua voz. O quarto estava iluminado por um único abajur perto da mesinha de cabeceira, e ela só conseguia identificar as formas da mobília e das pessoas à sua volta, então sentiu que estava falando com sombras, o que lhe permitia se abrir um pouco mais. — Ele foi pura alegria na escuridão. Quando Arvid estava morrendo, e depois que ele morreu, eu sabia que não poderia simplesmente me esconder, porque esse menininho precisava de mim. Seu avô amava música, de todo tipo. Vocês vão descobrir quando lerem as cartas dele. E eu queria manter isso vivo em Rev. Quando ele estava passando por um momento particularmente difícil, e eu queria animá-lo, colocava "Yellow Submarine" ou "My girl". E cantávamos a plenos pulmões, às vezes dançávamos pela sala.

Uma vez, depois de um desses momentos, ele me perguntou: "Por que isso faz eu me sentir muito melhor, Amma?". E eu respondi que era porque aquilo era um pouco de felicidade grátis. — As sombras se mexeram ao redor dela, mas não sabia se eram as crianças se movendo ou se sua visão estava começando a falhar. — Houve uma época em que ficamos apenas Rev e eu em casa... todos os outros já tinham ido para a faculdade. E eu tinha começado a me sentir solitária. Ele era adolescente; não precisava pensar em mim ou identificar que eu estava passando pela fase do ninho vazio. Mas ele prestava atenção e, de vez em quando, vinha me ver e falava: "O que acha de um pouco de felicidade grátis?". E cantávamos alto as mesmas músicas de sua infância. Esse era o jeito dele de ver como eu estava. E eu gostava disso.

Agora as sombras estavam flutuando pelo quarto, e a luz do único abajur estava diminuindo. Um último pôr do sol, ela pensou tristemente, mas sem medo.

— Então — Dava disse, enquanto Sandi apertava sua mão —, é assim que vou me lembrar dos meus filhos e do que me deram. Nem sempre fui agradável com eles. Porque conquistei muita coisa na vida, com trabalho pesado e por mérito, e queria que eles fizessem igual. Então fui dura. Exigente. Talvez não tão... maternal quanto as outras poderiam ser, ou como eles quisessem que eu fosse. Mas dei meu melhor. E eu os amo muito. Porque a única coisa que eu queria, por fim, era deixar uma marca, ter feito minha vida e minha presença importarem. No mundo, sim. Mas também com todos vocês. Espero que eu tenha conseguido, mas não posso controlar o resultado. Isso é com vocês. — Dava abriu um sorriso para eles que ela esperava que fosse reconfortante. — É isso, queridos. Era isso que eu tinha para compartilhar. E agora, é melhor eu descansar um pouco. Sei que seus pais estão esperando vocês.

Ela se levantou com pernas vacilantes e rígidas por ficar sentada por tanto tempo. Sandi saltou da cadeira e, com a ajuda de Klara, a acompanhou de volta para a cama. Dava tentou ao máximo não demonstrar o fato de que sua visão estava falhando de novo, e com maior velocidade. Conforme as duas a acomodaram, levando o cobertor até seu queixo, ela ouviu Enzo dizer alguma coisa, a voz dele urgente.

— O que foi? O que você disse? — Dava perguntou.

Klara e Sandi trocaram olhares confusos quando viram Dava olhar na direção oposta de onde Enzo estava parado.

— É amanhã que você se vai, certo? — ele repetiu.

— Isso mesmo — ela respondeu, hesitante. — A médica virá amanhã de manhã administrar o tratamento.

Mesmo na escuridão crescente, ela pôde sentir a tristeza envolvendo o quarto, como uma névoa forte e densa. Quando Dava teve a ideia de ter sua família por perto quando morresse, pensou no quanto significaria para ela estar rodeada por seus entes queridos. Não havia pensado em como seria para eles, principalmente para as crianças. Quando precisou passar pelos rituais de sofrimento pelo pai, pela mãe e, depois, por Arvid, toda vez era mais desoladora do que a anterior. Independentemente da morte visitá-la de repente ou se demorasse para chegar, a dor era sempre igual: pesada, sufocante e impermeável. Ela não queria isso para seus filhos nem para seus netos. Não queria ser o centro de um velório vivo, tê-los enrugando o rosto e chorando enquanto ela respirava pelas últimas vezes. Ela queria alegria.

— Faltam quantos dias para o Réveillon? — ela perguntou.

— É em quatro dias. Mas será meia-noite daqui algumas horas, então, na verdade, três dias — Sandi respondeu. Ela se ajoelhou ao lado da cama de Dava e sussurrou: — Você está bem? Quer que eu chame a médica?

Dava balançou a cabeça.

— Vamos fazer uma festa. O Réveillon é meu feriado preferido... vocês sabiam? A renovação de cada ano. Sempre gostei de me despedir do ano que passou e dar as boas-vindas ao novo. — Ela sorriu e torceu para seu sorriso ser grande o suficiente para todos conseguirem vê-lo. — Não vou poder comemorar este. Mas ainda gostaria de fazer uma festa. Porque estes dias têm sido difíceis. Os dias que virão também serão difíceis. Nesse meio-tempo, vamos tentar ter um pouco de felicidade.

— Felicidade grátis! — ela ouviu Theo gritar de longe.

— Sim, isso! — Dava riu, com surpresa genuína, momentaneamente se esquecendo de que sua visão estava falhando. — É possível, crianças? Deveríamos tentar?

Ela não conseguia ver, mas sabia que todos os cinco estavam parados em pé em volta de sua cama, assentindo.

CAPÍTULO VINTE E DOIS

NOSSA GANGUE FELIZ

Nossa gangue feliz, nossa gangue de três
Vejo seus sorrisos e espero pelo quarto
E que cresçamos, cresçamos e cresçamos
Até sermos uma banda completa
Tantos nomes que preenchemos o palco
Tocamos até as luzes se acenderem
Mesmo assim continuamos tocando
— Um trecho do diário de Arvid Persson, aos 39 anos

Um por um, eles desceram as escadas. Priya primeiro, seguida de sua irmã mais velha, depois pelos gêmeos andando juntos passo a passo, e Sandi por último. Quando Sita ouviu os passos nas escadas, foi a primeira a sair apressada do salão, onde ela tinha ficado esperando com todo mundo, e os encontrou na base da escada. Enquanto os abraçava, os filhos permaneceram parados, todos meio atordoados, olhando para Sandi como a porta-voz deles quando foram inundados com perguntas.

— Ela está bem? Vocês estão bem?

— O que aconteceu lá em cima? O que está havendo?

— O que ela disse?

— Ela ainda está acordada? — Essa última pergunta foi de Kali, que estava olhando para cima enquanto os outros estavam focados nas crianças e em Sandi.

— Acabamos de acomodá-la na cama — Sandi disse a Kali. — Mas pode ser que ainda não esteja dormindo se quiser vê-la.

Kali assentiu, começou a subir as escadas, depois se virou e correu para o vestíbulo, onde pegou a carta de sua mãe do bolso de seu casaco. Saiu de novo com o envelope na mão e voltou para cima, subindo dois degraus de uma vez.

— Sua mãe está bem — Sandi continuou assim que Kali desapareceu. — Mas ela fez um pedido especial, e acho que todos gostaríamos de honrá-lo. — Ela se virou para olhar para as crianças, que assentiram solenemente.

— Está tarde — Sita disse ao olhar para seu relógio. — Vocês, crianças, precisam ir dormir.

— Mas, Amma...

— O que quer que vocês queiram planejar, podemos conversar amanhã. Certo? — ela disse para Sandi, não tão gentil.

— Certo — ela disse, sorrindo amplamente para os gêmeos. — Vamos descansar um pouco esta noite para podermos acordar apropriadamente amanhã.

Sita assentiu em agradecimento, e ela e Colin os levaram para cima, com as meninas, Arvie e Vincent logo atrás. Rev e Sandi os observaram ir e, então, olharam um para o outro e seguiram para seu próprio quarto.

● ● ●

Assim que a porta foi fechada, Sandi trocou de roupa e foi se deitar. Só então ela percebeu a extensão de sua exaustão, e abriu um bocejo colossal. Sua mente e seu corpo desejavam descanso, mas ela lutou contra o sono ao observar Rev também se despir até ficar apenas com a boxer azul.

— Dia longo, hein? — ela começou, tateando, enquanto se sentava e se recostava nos travesseiros.

— Noite longa também — Rev respondeu, pegando os pés nus dela e, distraidamente, massageando o pé direito. Mas ele não olhava para ela, em vez disso, seus olhos estavam voltados para baixo, onde ele apertou o tornozelo dela com tanta intensidade que ela urrou de dor. — Ah, Deus, você está bem? O bebê está bem?

— Estamos bem. Mas você estava massageando bem... forte. — *Não sou uma bola de estresse*, ela pensou ao mesmo tempo. Então, Sandi se lembrou do quase colapso de Rev na casa de barcos com seus irmãos, foi até ele e se enterrou em seus braços.

— O que houve? — ele perguntou, correspondendo o abraço mesmo que ela sentisse que a mente dele estava em outro lugar.

— Eu estive na casa de barcos. — Ela explicou que tinha ouvido a conversa dele com os irmãos até Rev criticar Arvie por sua raiva em relação à mãe. — Teve muito barulho e gritos, então silêncio. Um silêncio demorado. Mas fiquei tão orgulhosa de você, amor, por dar sua opinião e dizer como se sentia. O que aconteceu depois disso?

Rev se afastou de seu abraço para que conseguisse olhar para ela, e sentou de lado na cama, apoiando um pé no chão.

— Na verdade, nos abraçamos. Não me lembro se foi ele que tomou a iniciativa de me abraçar, ou se fui eu, mas, quando vi, simplesmente estávamos abraçados. Ele ficou ficou pedindo desculpas no meu ouvido... Não tenho certeza do porquê. Nós dois choramos. — A voz de Rev parou na garganta enquanto ele se lembrava de abraçar seu irmão mais velho, que ele não abraçava desde criança. — Então, depois de um tempinho, Sita e Kali se juntaram a nós também. — Ele contou que os quatro ficaram com os braços em volta uns dos outros pelo que pareceu muitos minutos. Quando enfim se separaram, viram Colin e Vincent parados ali perto, assistindo à cena com os olhos cheios d'água. — Foi profundo, poderoso. Queria poder explicar — Rev completou, balançando a cabeça com a lembrança. — Não sei se vai resolver alguma coisa a longo prazo, mas acho que todos nós estamos um pouco curados.

— Isso é ótimo, Rev — Sandi respondeu, segurando as mãos dele e esfregando-as entre as dela para esquentá-lo. Ela se inclinou e o beijou nos lábios, que estavam frios. — Estou muito feliz de você ter tido a oportunidade de passar um tempo significativo com eles. E que conseguiu se expressar.

Rev estremeceu e se levantou para encontrar sua calça. Enquanto procurava no closet, com suas costas voltadas para a noiva, perguntou-se se deveria conversar com ela agora sobre suas inseguranças em se casar e sobre querer interromper o noivado. Ele estava quase abordando o tema quando ouviu Sandi começar a chorar atrás dele.

— O que aconteceu? — Rev encontrou sua calça e a colocou rapidamente, mas ele não a tinha puxado totalmente para cima, então tropeçou e caiu na cama com um estrondo, como uma árvore caindo devido a um machado.

— Ah, meu Deus, você está bem? — Sandi perguntou.

A cabeça dele havia pousado no colchão com um barulho perto dos joelhos dela, e ela se esticou para tocar o rosto dele. Lentamente, Rev se levantou e, ao fazê-lo, deu um sorriso desgostoso.

— Estou bem, sim. Só tropecei nos meus próprios pés. — Ao ver os olhos preocupados dela e suas bochechas manchadas com lágrimas, Rev percebeu um sentimento de proteção surgindo. Sentou-se ao lado dela, e ela descansou a cabeça no peito dele.

— Por que estava chorando?

— Estava pensando na sua mãe. — Ele esperou que ela dissesse mais. Como ela não continuou, ele perguntou o que tinha acontecido no andar de cima. Ela se desculpou por não poder ser específica. — Sei que é estranho, mas juramos de dedinho que guardaríamos para nós mesmos. — Mas destacou como o tempo deles juntos fez com que ela se sentisse parte da família pela primeira vez. — Sua mãe... não tenho palavras para descrevê-la. Ela é uma lenda; essa é a coisa mais próxima em que consigo pensar; no entanto, mesmo essa palavra não faz jus a ela. Só me sinto muito feliz e orgulhosa de poder ser parte desta família. Uma Shastri. — Os olhos de Sandi brilharam conforme ela olhou para Rev e passou o polegar em seu queixo com barba por fazer. — Estou feliz que nosso filho possa ser um Shastri, e tudo o que isso significa.

Rev ficou aturdido com as palavras de Sandi, mas não falou nada, só deixou o sentimento lavá-lo. Pela primeira vez em sua vida, mas não pela última, ele se perguntou o que houve entre Sandi, Dava e seus sobrinhos e sobrinhas. E ele nunca saberia de verdade, embora Sandi fosse compartilhar suas lembranças daquela noite com seu filho muitos anos mais tarde.

— Não pode me dar uma dica? Só umazinha? — Seu tom era de brincadeira, mas estava falando sério.

— Não posso, amor. Sinto muito mesmo. — O estômago dela roncou tão alto que eles deram risada. — Parece que o pequenininho está faminto. Acabei não jantando.

— Ele vai ter bastante apetite igual ao papai dele. — Rev resolveu que, no momento, ele iria guardar suas inseguranças quanto ao casamento e apenas focar nesse tempo com Sandi.

— Ou ela!

— Está bem, ou ela. — Ele encostou os lábios no pescoço de Sandi antes de continuar. — Como está nosso amendoim, aliás? Além de estar com fome.

— Ele ou ela está muito bem — ela disse, sorrindo para ele. — Agora, traga algum alimento para nós, por favor.

Depois que Rev pegou uma tigela de risoto da cozinha, ele se sentou ao lado da noiva, acariciando seu cabelo conforme ela comia com colheradas cheias.

— Com base no seu apetite, vou chutar que Rev ou Sandi Junior vai jogar futebol. Ou lutar sumô. Ou ambos. — Ele parou no meio da risada quando Sandi parou de mastigar para balançar a colher para ele. — O que foi?

— Nada de Rev ou Sandi Junior. Se tem uma coisa que aprendi com sua mãe foi que nomes são muito importantes.

— Sério? — Rev respirou profundamente, dominado pela emoção ao pensar em sua mãe testemunhando seu último pôr do sol, e a trilha sonora que o acompanhou. — Eu também, na verdade.

• • •

Sita estava dando voltas no sofá de couro enquanto esperava Colin voltar do banheiro. Seu robe pink flutuava atrás dela conforme olhava para o relógio, sua impaciência aumentando a cada minuto que passava depois das dez da noite. Eles tinham decidido se reunir na biblioteca para conversar sobre os acontecimentos do dia depois que colocassem seus filhos para dormir, mas a tarefa tinha levado mais de quarenta minutos, já que Theo e Enzo estavam hiperativos e falantes como se tivessem comido açúcar, fazendo pergunta atrás de pergunta para eles, primeiro sobre Dava e Arvid, depois sobre os pais de Colin. As perguntas variavam entre consultas sobre histórico familiar ("De onde, na Suécia, veio o avô Arvid?") e consultas sobre sua própria unidade familiar ("Por que não falamos sueco nem português?").

Quando ela tentou perguntar a eles sobre o que tinham conversado com a avó, eles balançaram a cabeça com firmeza.

"Você não entende. Juramos de dedinho", Theo dissera isso com seriedade. "Não podemos te contar."

— Percebeu que eles só perguntaram sobre falar sueco e português? Não hindi, nem sequer japonês. — Foi a primeira coisa que Sita falou ao ver a porta aberta e Colin entrar.

— Espere. Deixe eu sentar por um instante. — Colin se jogou no sofá com um gemido baixo, fazendo careta conforme colocava a mão em sua lombar. — Talvez eu precise do seu massageador. Acho que exagerei brincando com as crianças na neve hoje. Parece que alguém está fazendo polichinelos nas minhas costas.

— Vou pegar agora. — Sita beijou a testa dele antes de sair da biblioteca e entrar no quarto deles, na porta ao lado. Assim que ela estava prestes a virar a maçaneta, ouviu os meninos conversando. Sita pressionou a orelha na porta e tentou ouvir.

— Como descobrimos a música preferida de Gamma? Se queremos fazer surpresa para ela, não podemos perguntar a ela.

— Talvez o tio Rev saiba, já que eles costumavam cantar juntos.

Sita ficou confusa. Ela não tinha ideia do que os gêmeos estavam falando. Quando a mãe dela e Rev cantaram juntos?

— Mas como perguntamos a ele se não é para falarmos sobre o que ela disse?

— Não acho que perguntar sobre as músicas preferidas dela vá revelar alguma coisa. Só precisamos de uma música. Posso colocar para tocar no tablet. Mas tem que ser uma boa. A perfeita.

A mão de Sita escorregou na maçaneta e, sem querer, ela a virou, alertando os meninos de sua presença. Eles se calaram imediatamente e fingiram estar dormindo. *Merda*, ela pensou ao entrar para pegar o massageador de sua mala. Antes de sair, deu uma última olhada em seus filhos, que estavam deitados no chão em seus sacos de dormir, mas estavam de costas um para o outro, do mesmo jeito que dormiam quando eram bebês. Sita suspirou de novo e fechou a porta. Esperou um minuto para ver se eles continuariam conversando, mas não o fizeram. Voltou para a biblioteca e entregou o massageador para seu marido, que começou a massagear sua lombar, agradecido.

— Estou muito brava com ela — ela murmurou, apertando mais seu robe ao redor de si mesma.

— Com quem? — Colin perguntou, erguendo a voz para ser ouvido acima do massageador.

— Amma. Ela fez os meninos guardarem segredo. Não gosto disso. O que ela poderia ter dito que os faria querer não contar para nós?

— Pode ser que as meninas sejam mais acessíveis. Detesto dizer isso, mas elas são meio fofoqueiras.

— Não é essa a questão. — Com irritação, ela pegou o massageador das mãos dele e começou ela mesma a massagear as costas dele. — Ela não deveria encorajar *meus* filhos a guardarem segredos de mim. De nós. — Sita contou a ele como tinha ouvido parte da conversa dos meninos, e como eles tinham sido bem inflexíveis em manter em particular o que a avó disse. — Não consigo não ficar magoada. Por ela, principalmente, mas um pouco por eles também.

— Está pronta para mais alguns pontos de vista do lado "Silva"?

— Ah, Deus. Na verdade, não.

— Que pena… vai escutar de qualquer forma.

Sita desligou o aparelho e cruzou os braços, ainda segurando o massageador.

— O que quer que Dava tenha dito aguçou o interesse deles não apenas sobre ela e seu pai, mas também sobre meus próprios pais. Eles pareceram genuinamente interessados em nossas famílias. Então, acho que, seja lá o que Dava tenha dito, pelo menos os fez pensar na família. Isso significa alguma coisa, não?

— Verdade — Sita disse, fungando. — Continue.

— O que quer que tenham vivido esta noite, com a avó e as primas...

— E Sandi! A porcaria da Sandi. Como ela conseguiu fazer parte disso?

— De qualquer maneira, todos pareciam ter compartilhado algo bem especial. Pode conectar as crianças de um jeito lindo. Era precioso o tempo que eu passava com meus primos quando éramos jovens. — Sita revirou os olhos ao ouvir Colin falar pela enésima vez sobre a viagem de verão anual de seus primos para uma casa na árvore construída na propriedade do avô deles. — Essas crianças nunca foram próximas, Sita. Então, deixe-as ter isso. Pelo menos por enquanto.

Sita fez careta, mas assentiu com relutância. Acreditava que, com o tempo, conseguiria persuadir pelo menos um deles — provavelmente Theo — a contar o que havia acontecido no quarto de Dava. E ela conseguiria algumas migalhas ao longo dos anos, uma parte dita aqui e ali, mas assim como Rev ela nunca saberia a história toda. Mas sentir-se excluída do tempo de seus filhos com Dava só fortaleceu a decisão de Sita em relação a seu próprio futuro.

— Colin — ela disse, descruzando os braços —, acho que vou tirar uma licença sem vencimentos da fundação.

Ele colocou a mão no peito, simulando um infarto.

— Desculpe. Acho que ouvi você dizer que queria sair de seu emprego?

— Não sair. Tirar uma licença sem vencimentos. — Ela explicou que tinha decidido não assumir como CEO da fundação, a menos que o conselho votasse nela. — E eles não vão. Sei que Vash tem os votos. Como deveria.

— Certo — Colin disse, passando a mão pelo cabelo. — O que vai dizer à sua mãe?

— Nada. Ela não precisa saber. Não diz mais respeito a ela, na verdade. É o que ela quer para mim, talvez porque, se eu assumisse, seria como se ela ainda estivesse no comando, pelo menos em espírito. Dava Junior e tal — Sita complementou. — Mas não é o que eu quero.

Em vez disso, o que Sita queria era uma vida que não amarrasse ela e sua família à fundação, com sua agenda de trabalho ditando a rotina deles. Ela delineou sua visão de seis meses sabáticos no ano seguinte, nos quais sua família viajaria pelo mundo, com a ideia de que ela faria *homeschooling* com os filhos enquanto viajavam.

— Os meninos estão crescendo tão rápido que, quando menos esperarmos, estarão na faculdade e longe de casa. Quero acordar de manhã e saber que não serei puxada em um milhão de direções. Quero que eles sejam meu foco por um tempo.

— Além do mais, parece que eles estão começando a expressar interesse na origem deles.

— Exatamente! — Sita comentou. — Poderíamos ficar algumas semanas ou mais no Brasil, na Índia, no Japão, na Suécia. E fazer uma viagem educacional, explorando nossa história, nossas árvores genealógicas. — O ressentimento de Sita em relação à mãe diminuiu quando continuou nomeando todas as cidades que queria visitar com Colin e as crianças. — Quero que eles tenham uma educação global de verdade — ela disse, sorrindo. — Quero que todos nós tenhamos essa grande aventura em família, algo que eles nunca esquecerão.

— Não precisa me convencer, querida — Colin disse, sorrindo enquanto a beijou. — Estou totalmente a bordo. Estou pronto para ir agora. — Sita o viu se encolher de dor, então ligou o massageador de novo e o pressionou nas costas dele. — Obrigado, querida. Então... Acho que visitar seu irmão em Estocolmo é uma opção real, agora que vocês estão se dando melhor, não?

— Não sei se podemos afirmar isso. Não sei como explicar. Mas espero que ele e Vincent consigam resolver as coisas.

Sita se lembrou do momento na casa de barcos em que os quatro estavam abraçados e se afastaram e viram Colin e Vincent os observando. A expressão de seu cunhado pareceu dolorosa e triste, o que a surpreendeu, porque ela pensou que a visão dos irmãos se entendendo, pelo menos por um instante, o teria deixado feliz.

Colin hesitou um pouco, parecendo não querer estragar o bom humor dela.

— E você e Arvie?

— Esta noite foi um começo, mas temos um longo caminho pela frente. — O massageador parou abruptamente de funcionar. — Ah, droga... acabou a bateria. — Ela o jogou no chão.

— Tudo bem. Já estou me sentindo melhor. — Ele o cutucou com o dedão do pé. — E, para dar minha contribuição, acho que Arvie pode estar mudado. Na verdade, acho que... — Sita ergueu uma sobrancelha para ele. — Certo, vou ficar quieto agora.

— Faça isso, por favor.

Ela o puxou para perto dela, e eles passaram o restante da noite no sofá, seus braços em volta um do outro enquanto sonhavam acordados com o futuro na tentativa de não pensar nas horas que viriam.

· · ·

Furtivamente, Kali entrou no quarto da mãe e se sentou ao lado da cama dela para observá-la dormir. Manteve-se rígida como um cão de guarda, tentando absorver a lembrança de sua mãe vivendo, respirando e dormindo, para que pudesse retê-la por muito tempo depois que ela se fosse. Só depois da meia-noite Dava se mexeu, murmurando alguma coisa conforme suas pernas dançavam debaixo das cobertas.

— Amma, é a Kali — ela disse ao acender o abajur ao lado da cama. — Você está bem?

— Estou bem, sim — ela resmungou, soando meio rouca. — Está tudo certo?

— Sim, estamos bem. Só estava vendo como você estava. E queria conversar com você sobre algumas coisas, se estiver a fim.

Dava abriu os olhos e sentiu que havia uma luz iluminando seu quarto, mas mal conseguia identificar a forma dos traços de sua filha mais nova. Ela estendeu sua mão para que Kali a segurasse, como se isso a ajudasse a saber que a filha realmente estava ali, em vez de se confundir entre estar acordada e sonhando.

— Estou a fim — ela respondeu. — Mas vou ficar deitada aqui. Não tenho força para me sentar — ela completou, desculpando-se.

Kali conteve as lágrimas que esperavam para escorrer, exigindo de si mesma que não sucumbisse às emoções, porque haveria tempo para chorar depois. Naquele momento, ela precisava estar em sã consciência e não ter nada para enevoar sua mente. Para se impedir de se render à tristeza, ela beliscava seu braço toda vez que se aproximava do abismo.

— Rev me contou que você queria que Chaitanya soubesse a verdade. Alguma coisa a ver com um filme sobre sua vida. Não me lembro dos detalhes. — Ela se beliscou. — Então, só preciso saber o que realmente quer. Quer que ela saiba sobre você ou não? — Kali tentou fazer essa pergunta delicadamente, mas as palavras soaram acusatórias demais.

— Eu queria? Ah, sim... queria. — Para Dava, parecia que sua conversa com Rev tinha acontecido semanas antes, não mais cedo no dia logo antes de ela ter sua convulsão. — Não sei mais.

Toda palavra proferida agora parecia um pequeno esforço, semelhante a fazer abdominais.

Quanto mais ela falava, mais difícil ficava.

— Ela está feliz. Acho que está feliz.

— Mas o que isso significa? Devemos contar para ela ou não?

— Acho que ela vai ficar bem sem saber. — Dava olhou na direção de Kali. — Estou tentando poupá-la, entende.

— Não, Amma, não entendo. — Kali tentou não se sentir frustrada com sua mãe e seu mistério aparentemente intencional. — Decidi que quero um relacionamento com ela. Quero conhecê-la melhor. Acho que deveria saber que planejo contatá-la... depois.

— Planeja?

Para a surpresa de Kali, a mãe dela pareceu emocionada pela ideia. Ela se beliscou de novo, mais forte, no braço.

— Sim. Mas eu preferiria ter sua bênção. E é por isso que estou aqui. — Ela pegou a carta, que estivera no colo dela, e a colocou na mesa ao lado da cama. — Quero conhecê-la, mas em meus próprios termos. Porque, por mais que eu queira ler esta carta, parece pessoal demais para eu ler. Você merece que seus pensamentos particulares permaneçam seus. Principalmente com o que aconteceu, com a mídia e... você sabe.

Dava assentiu, torcendo para que sua filha pudesse sentir sua gratidão. Agora estava animada em pensar em Chaitanya e Kali se conhecendo, talvez se tornando amigas, mesmo que ela lamentasse demais não testemunhar isso pessoalmente.

— Você tem minha bênção. Mas... — Dava tinha falado a última palavra tão baixo que sua filha não a ouviu, e Kali a interrompeu.

— Tem mais uma coisa. — E agora Kali estava beliscando ambos os braços, tentando manter o controle porque as lágrimas tinham reaparecido, e desta vez ela sabia que não conseguiria impedi-las. — Preciso que saiba que estou bem. Que o jeito que vivo com meus relacionamentos funciona para mim. Não sou essa menina sensível que sente demais e dá seu coração instantaneamente. Meus relacionamentos não são tradicionais comparados aos que você estava acostumada, mas pensei que você, de todas as pessoas, pudesse se identificar em ter sentimentos por mais de uma pessoa ao mesmo tempo. — Ela mordeu o lábio nessa última parte... ela não conseguia mais se censurar. — Não tenho certeza se vou ficar em um relacionamento com Mattius e Lucy. Neste momento, provavelmente não. Mas, em meu futuro, pode haver outro casal. Ou pode não ter ninguém. Fico confortável com ambas as possibilidades. Só... preciso que você saiba que também senti amor. Amor alucinante, amor nobre. Você teve uma grande história de amor. Eu tive várias. — Kali se sentou ereta em sua cadeira e se inclinou na direção de Dava, pressionando sua mão entre as de sua mãe para enfatizar. — Então te imploro, por favor, pare de invalidar como vivo minha vida. Preciso disto de você; preciso que entenda antes de ir. — Então ela estava chorando, embora achasse que suas lágrimas já deveriam ter se esgotado nessa altura.

— O.k., Kali. — Dava estava desesperada para falar mais, para confortá-la. Ela escavou as reservas de energia que tinha sobrando, mesmo que sua visão tivesse escurecido totalmente, e ela só soubesse que Kali ainda estava ali por causa de suas mãos unidas e do som de seus soluços. Ela se apressou com as próximas palavras, mal respirando até terminar. — Entendo, querida. Fico muito feliz por você ter conhecido o amor. — Ela ficou surpresa por Kali ter interpretado mal seu momento com Tom Buck como qualquer coisa relacionada a amor ou sentimentos, mas teve que sacrificar seu esclarecimento a fim de gastar sua energia em um assunto mais urgente. — Quero que faça uma coisa para mim. Relacionada a Chaitanya.

. . .

Arvie se sentou na ilha de mármore de frente para a sala de jantar, suas pernas balançando despretensiosamente para a frente e para trás, mesmo que seu rosto estivesse vermelho e ansioso. Vincent estava parado diante do micro-ondas, aquecendo a sobra das batatas *hasselback*, seu dedo pairando perto do botão para que ele conseguisse desligar antes de os segundos chegarem ao zero.

Arvie o ouviu apertar o botão, desceu do balcão e andou na direção de seu marido, que lhe entregou a tigela de batatas e uma colher.

— Pensei que tivéssemos sobra do risoto também, mas acho que não — Vincent disse, dando de ombros. Depois que as filhas deles tinham voltado do quarto de Dava, ele tinha colocado as meninas para dormir enquanto Arvie tomava um banho demorado e quente, parte para lavar o fedor de ressaca e parte para relaxar da reunião intensa com seus irmãos. Ele tinha saído do banheiro e visto que Vincent o estava aguardando e perguntou a ele se estava com fome. Então, os dois escaparam silenciosamente para a cozinha, onde Arvie sabia que Vincent queria dizer alguma coisa, e temia o que poderia ser.

— Tudo bem. Obrigado.

Os dois se encararam desconfortavelmente até Arvie desfazer o impasse puxando um banquinho para se sentar ao balcão, o barulho de arrastar contra o piso soando especialmente alto no silêncio da madrugada na casa.

— Está tarde — Vincent disse, olhando seu relógio. — Vamos descer — ele acrescentou, já se encaminhando, sem esperar ouvir a resposta de Arvie. Os dois foram até o refúgio, cada degrau descido rangendo alto. O coração dele parava a cada passo, porque o comportamento de Vincent, silencioso, intenso, rugas profundas na testa, significava que eles estavam prestes a ter uma conversa bem séria.

Um dos principais motivos para Arvie ter se apaixonado por Vincent era o fato de que ele o fazia lembrar muito de seu pai. Seu pai, certa vez, tinha dito a ele que os suecos eram normalmente reservados, taciturnos e propensos a guardar seus sentimentos. Como alguém que considerava ter o oposto dessas características, Arvid tinha falado para seu filho que ele tinha se sentido deslocado em seu próprio país durante a juventude e raramente voltara lá depois de se mudar para os Estados Unidos. Mas, quando Arvie começou a demonstrar interesse por suas raízes escandinavas, Arvid aceitou viajar para lá com o filho nos quinze anos dele.

Arvie tinha se sentido em casa imediatamente, pensando que tinha enfim encontrado seu povo. Mesmo assim, foi Vincent que fez o primeiro movimento quando conheceu Arvie, enquanto compartilhavam uma mesa em um café lotado, algumas semanas depois de ele se mudar para Estocolmo com seus vinte e poucos anos. Vincent iniciou uma conversa, instantaneamente reconhecendo que o outro era estadunidense, pois estava ansioso para testar suas habilidades de inglês. Da sua parte, Arvie vinha se sentindo solitário e com saudade de casa, mas, principalmente, com uma saudade intensa de seu pai que ele mal conseguia suportar.

Com seu comportamento conversador e despreocupado, Vincent tinha se destacado dos outros suecos que ele encontrou, e a primeira vez que se viram se transformou, em certo momento, em um primeiro encontro. Eles se casariam exatamente um ano depois.

Tanto no casamento como em relação às filhas, Vincent raramente se chateava. Ele sempre encontrava um jeito de dar um toque positivo para as decepções e de conduzir cautelosamente um desentendimento conjugal de volta para um acordo harmonioso, a maioria deles relacionados à criação das filhas, já que Arvie considerava seu marido brando e clemente demais. Então, quando Vincent estava visivelmente bravo, Arvie, Priya e Klara reagiam como se estivessem vendo um furacão avançando na direção deles e corriam para se proteger, cada um rezando para que não fosse a pessoa que tivesse provocado a ira dele. Porque Vincent de fato tinha uma qualidade em comum com seus conterrâneos: uma tendência de acumular seus sentimentos até que eles explodissem descontroladamente como uma lata de refrigerante chacoalhada, de modo que a pessoa com quem ele estava bravo não fazia ideia disso até o momento em que ele se expressava.

Nesse caso em particular, no entanto, Arvie não somente sabia que a chateação era dirigida a ele, mas também tinha uma ideia do que seu marido iria dizer. Arvie entendia que ele merecia o furacão prestes a destruí-lo, porém isso só o fazia temer mais as palavras de Vincent.

Como a poltrona estava agora no quarto de Dava, eles se esmagaram, bizarramente, na mesa de centro, e o tamanho e a altura de Vincent significavam que ele tomaria a maior parte do espaço mesmo que encolhesse seu corpo o máximo possível. Sentados lado a lado, com suas pernas forçadas a se pressionarem, Arvie queria sentir o toque de Vincent. Então, ele decidiu fazer uma jogada estratégica e antecipar a bronca de Vincent ao compartilhar a novidade que ele torcia que o agradasse.

— Decidi uma coisa importante, *käraste* — ele começou. *Käraste* era "querido" em sueco, e era como eles se dirigiam um ao outro com frequência, embora não recentemente. — Vou sair da Helping Perssons. Já conversei com Kali. Quero poder passar mais tempo em casa, ajudar com o restaurante e estar mais presente para as meninas. O que acha?

Enquanto esperava a resposta dele, Arvie deu uma mordida grande nas batatas, que estavam tão quentes que queimaram sua língua. Por meio segundo, ele se perguntou se Vincent as havia aquecido demais de propósito, porém dispensou o pensamento tão bobo e paranoico. Mesmo assim, Vincent ainda não tinha respondido ao anúncio dele, então Arvie continuou preenchendo a sala com sua voz, transbordando uma falsa positividade.

— Você sabe que a Helping Perssons é um grande negócio para mim, mas eu posso me concentrar mais em nossa vida...

— Que vida? — Vincent o estava encarando, e sua voz saiu com exaustão e um toque de arrependimento.

— O que quer dizer? — Arvie perguntou, soltando a comida. Ele se mexeu para se sentar mais próximo de Vincent e ficou triste ao ver seu marido se encolher.

— Colin foi o primeiro a perceber. O que acho que não deveria me surpreender. — Vincent disse isso em sueco, para o qual ele trocava quando queria se sentir mais confortável organizando seus pensamentos.

Isso sinalizou para Arvie que ele iria fazer um longo discurso, e isso começou a preocupá-lo. Puxou suas pernas compridas e as abraçou no peito, algo que tinha visto Kali fazer desde que era uma menininha, na esperança de ajudar a lhe dar consolo. E ficou surpreso por realmente começar a se sentir acolhido. Não que isso tornasse mais fácil ouvir o que Vincent dizia.

— Colin me puxou de lado no nosso segundo dia aqui e perguntou se estávamos bem. Ele percebeu que não estávamos conversando. E que só falei com você depois de você dizer alguma coisa para mim. — Ele balançou a cabeça e secou uma gota de suor debaixo do nariz. — Pensei que estivéssemos escondendo muito bem. Mas Colin percebeu imediatamente. Espero que as meninas não sejam tão perceptivas.

— Elas têm bastante coisa com que se preocupar ultimamente — Arvie sugeriu, baixinho.

— Fico feliz. Espero mesmo que não tenham percebido seu comportamento este fim de semana, mas talvez já esteja na cara para elas neste momento. Você está ficando pior em esconder as garrafas e o bafo. — Vincent olhou para as batatas esfriando na mesa. — Nesta manhã, depois do incidente com Dava, perguntei a Colin se poderia usar o tablet de Enzo. Queria ler o que estava sendo escrito sobre sua mãe, porque talvez assim eu entenderia melhor sua raiva.

Arvie abriu a boca, e Vincent olhou para ele e balançou a cabeça.

— Entendo quanto ao seu pai. Mas não acredito que sua raiva seja apenas pelo cantor de rock. Eu costumava acreditar em você, sabe. Como você continuava falando sobre o ego de sua mãe e sobre como qualquer bom trabalho que ela fazia era para os aplausos e elogios. Mas quanto você realmente sabe do que ela fez?

Arvie deu de ombros, sua boca firme em um beicinho petulante.

— Ela fez bastante coisa. Nunca neguei isso. Só questionava seus motivos.

Em resposta, Vincent começou a enumerar as estatísticas: quanto a Fundação Dava Shastri tinha doado desde seu início, quantas bolsas Medici tinham sido oferecidas em um período de quarenta anos. Então, ele começou a contar histórias: as alunas de um vilarejo minúsculo afegão que receberam viagem com todas as despesas pagas para a sede da NASA, muitas das quais foram para faculdades nos Estados Unidos depois, com bolsas de estudo patrocinadas pela fundação; a mãe de cinco filhos de San Diego que se formou com honras na Faculdade de Direito de Stanford após serem fornecidos recursos legais e financeiros para ajudá-la a sair de um casamento abusivo; a cantora *pop* de 72 anos que usou metade de sua bolsa Medici Artist para construir um sistema revolucionário de purificação de água. E assim Vincent continuou, até os nomes e números começarem a se fundir e Arvie perceber que estava se desligando da conversa. Então, Vincent deu tapinhas insistentes no joelho dele.

— Eu perguntei o que você acha.

— Hum — Arvie respondeu, abraçando ainda mais forte suas pernas. — Acho que minha mãe fez coisas boas para os outros... sem dúvida. Mas como falei, por que ela realmente as fez?

— Por que isso importa? — Vincent rugiu, e Arvie reagiu se encolhendo do outro lado da mesa. — Não me importo se ela mandou fazer uma estátua de ouro de si mesma no meio da Times Square. Porque ela realmente fez diferença no mundo, Arvie. Não é mera lábia. Ela ajudou centenas, talvez milhares de pessoas.

Arvie assentiu, pensando no quanto a tempestade de ira duraria. Ele que estava acostumado a ser o irado, expulsando sua raiva com comentários sussurrados para si mesmo e sorrisinhos, mas não estava acostumado a ser alvo de gritos por um período longo, principalmente vindos de seu próprio marido.

— Sita tem uma teoria. Eu não iria te contar, porque não queria te magoar.

— Você conversou sobre mim com ela? — Arvie perguntou, desconcertado. Descobriu sua própria raiva crescendo, e sua voz se elevando junto com a raiva.

— E daí se conversei? — Vincent retrucou. — Eu precisava conversar com alguém sobre como estava me sentindo.

— Por que teve que ser ela? Você poderia ter falado com Kali ou Rev, pelo menos. Sabe o quanto...

— Quanto o quê? — Vincent o olhou ameaçadoramente, seus braços estavam cruzados diante de sua barriga redonda e sólida.

— Esqueça. Continue.

— Ela chama isso de síndrome de Rei Edward. — Nomeada por causa do rei da Inglaterra que, notoriamente, abdicou de seu trono para poder se casar com a mulher que amava; Sita tinha explicado que muitos acreditavam que ele tivesse outros motivos para desistir de seu título: era sabido que Edward odiava seus deveres reais e preferia fumar charutos e viajar para locais chiques do que apertar mãos e discursar. — Ela disse que se trata de querer todas as vantagens de ser rico e privilegiado sem fazer nenhum trabalho. Que você realmente reconhece que é pouco inclinado a ajudar os outros, e isso o deixa com vergonha de si mesmo, então desconta sua aversão a si mesmo em Dava.

— Alô, o que acha que eu estava fazendo com a Helping Perssons?

— A quantidade de vezes que você reclamou quanto a trabalhar lá supera qualquer coisa boa que você falou sobre isso.

— Isso é porque minha mãe me obrigou a pegar o trabalho, fazendo eu me sentir culpado se não pegasse. Mas também fiz umas coisas boas lá. Coisas das quais sinto orgulho. E, sem mim, a mamãe talvez nunca soubesse sobre sua suposta filha secreta. Então, não quero ouvir sobre essa merda de síndrome.

— Sei que é difícil ouvir. Não gosto de jogar as palavras da sua irmã na sua cara, considerando a relação de vocês. Mas contei a você sobre meu pai, e como ele respondia com fúria toda vez. Reconheci autoaversão nele, e enxergo em você. Sinto muito que precisei das palavras de sua irmã para me expressar, mas aí está.

Essas últimas palavras de seu marido ressoaram como um tapa na cara, do tipo que deixava uma marca vermelha e dormente por um bom tempo. Mas, antes que Arvie conseguisse argumentar, Vincent tinha mais uma coisa a dizer.

— Se quiser sair da Helping Perssons, saia. Ficaríamos bem sem seu salário por uns seis, oito meses, no máximo. E acho que teríamos os fundos do... testamento da sua mãe — ele acrescentou desconfortavelmente.

— Quer dizer o suborno — Arvie disse, incapaz de se conter.

— Só preciso que você se recomponha, o.k.? — Vincent ergueu suas mãos com irritação. — Sair da Helping Perssons não vai te tornar uma pessoa mais feliz. Você precisa consertar o que tem de errado dentro de você. Talvez isso signifique ir para a reabilitação, fazer terapia para aprender a controlar a raiva ou ambas as coisas. O que for preciso. Porque você não pode voltar para casa até fazer isso. — Vincent se levantou e Arvie, em transe, o seguiu. — Não vou mais ser o marido feliz e fingir que está tudo bem. As meninas podem não falar nada na nossa frente, mas elas sabem.

— Mas... espere. Não pode jogar essa bomba em mim do nada! Não é justo. — Ele segurou a mão de Vincent e a pressionou em seu próprio peito. — Vamos tentar de novo a terapia de casal. Poderíamos contratar um novo terapeuta. Ou ir ao retiro de casais que você comentou na semana passada. Só... só vá com calma.

Vincent retirou delicadamente sua mão da de Arvie e o beijou na testa.

— Preciso que você volte a ser a pessoa que conheci — ele disse em inglês. — Quero ser casado com ele, não com essa pessoa aqui. — Com isso, ele pegou a tigela de batatas e voltou para cima, deixando Arvie em choque conforme o observava ir embora.

Arvie se deitou de costas na mesa, exausto, colocando as mãos sobre seus olhos. Foi a pior briga que eles já tiveram. O ultimato de Vincent tinha sido a cereja em cima de uma merda de bolo de um dia merda; na verdade, ele não conseguiu contar quantas pessoas tinham gritado com ele nas últimas 24 horas. Arvie soltou um gemido baixo e lambeu as lágrimas salgadas que escorreram de seus olhos fechados até seus lábios. Permaneceu nessa posição até cair no sono, acordando muitas horas depois com um susto. Arvie tinha sonhado que seu pai estava lhe dando uma aula de piano, os dois sentados lado a lado no refúgio conforme tocavam "Heart and Soul". Mas o dueto deles não estava sincronizado como deveria, porque Arvie tocava a melodia rápido demais em comparação ao ritmo mais comedido de seu pai.

— Tome seu tempo, filho — Arvid disse, com carinho. Ele tirou a mão do piano, mas as teclas continuaram tocando sozinhas, conforme Arvie continuava a ter dificuldade em acompanhar o ritmo da música. — Vai chegar lá... só precisa de treino.

Essas palavras ecoaram nos ouvidos de Arvie ao acordar, quando ele olhou para o piano na sala como se esperasse que seu pai ainda estivesse sentado ali, observando as teclas dançarem sem tocá-las. Arvie foi até lá e se sentou no banco, descansando sua própria mão onde estivera a de seu pai no sonho, tentando pressionar uma tecla branca, depois uma preta.

A seus ouvidos, a sequência soava lamentavelmente fora de tom. Ninguém da família realmente sabia tocar piano, ainda assim, o Yamaha de armário todo em cerejeira tinha sido um acessório da casa Shastri-Persson desde quando ele conseguia se lembrar. Dava e Arvid o tinham comprado ao se mudarem para a casa geminada, após ele ter sido deixado para trás pelos proprietários anteriores. Então tinha sido absorvido como parte da casa, mesmo que funcionasse mais como um lugar para porta-retratos e pilhas de revistas velhas.

Arvie mirou o porta-retratos da família em cima do piano, seus olhos pulando do pai para a mãe. Não conseguia se lembrar de ter posado para a foto, embora pudesse dizer, pelo corpo frágil de seu pai, que foi tirada nos meses antes de ele morrer. Por alguns instantes, ele olhou para a mãe com seu sorriso rígido, cheio de batom, analisando como o braço dela envolvia os ombros magros do marido de forma protetora. Então, Arvie encarou mais seu pai, o rosto magro, o sorriso abatido e os olhos desfocados. Conforme Arvie envelhecia e ficava careca, às vezes ele se olhava no espelho ou em um reflexo de janela e enxergava seu pai olhando de volta para ele. Mas agora, enquanto Arvie olhava para o porta-retratos, o oposto também aconteceu: quando ele olhou para a versão doente de seu pai, era como se estivesse vendo seu próprio rosto.

O piano fez um som grosseiro e sem aviso, e Arvie percebeu que sua mão tinha se cerrado em um punho tenso contra as teclas. Ele se levantou do banco e recuou como se tivesse visto um fantasma. Então subiu, apressado, surpreso pelos feixes brilhantes de luz solar que iluminavam seu caminho de volta para o quarto, de volta para Vincent e suas meninas.

CAPÍTULO VINTE E TRÊS

VOCÊ SÓ PODE SER GRATO

Queria poder proteger vocês de tanta coisa. Princi-palmente da dor e da perda, começando com a minha. Mas, quando se perde alguém, ou se está prestes a perder alguém, você só pode ser grato pelo tempo que teve. A morte leva muita coisa, mas nunca vai roubar de você suas lembranças.

— Um trecho da última carta de aniversário de Arvid Persson para seus filhos

Domingo, 28 de dezembro

Ela ouviu a música primeiro. Violinos cadenciados e harpas delicadas, o volume em um murmúrio baixo. Dava não sabia exatamente o que estava tocando, mas para seus ouvidos e olhos que nada viam, ela imaginou que era isso que tocava nos alto-falantes enquanto esperava em uma fila infinita para entrar no paraíso. Dava não sabia ou não poderia saber que estava ouvindo uma música chamada "Strings in Bee Major", da Klassical Kids Orchestra, que foi o que seus netos tinham escolhido como a música para acompanhar sua festa de "partida", como eles estavam chamando.

Kali a ajudou a descer as escadas, abraçando-a pela esquerda, seu braço totalmente ao redor da cintura da mãe. Dava tinha insistido em andar em vez de ser carregada, porque nunca pensou em si mesma como uma inválida e não queria começar seu último dia na Terra como uma. Acima da música bonita, mas levemente instrumental demais, ela ouviu vozes chamando-a e falando com ela. "Amma." "Dava." "Gamma, oi!" "Oi, Amma." "Gamma!" "Olá, Dava." "Mãe, bom dia." "Como você está, Dava?" "Quase lá, Amma." Essa última foi sussurrada para ela por Kali, que também contava o número de passos conforme elas desciam, até Dava enfim chegar, com pernas levemente trêmulas, à base da escadaria.

Apenas sua filha mais velha sabia que a visão de Dava era quase zero, equivalente a uma TV com sinal ruim, intercalada com explosões aleatórias de claridade. Mas ela queria impedir que essa informação fosse revelada para o resto da família pelo máximo de tempo possível. Dava deu um pequeno aceno para reconhecer o cumprimento de sua família, e então deixou Kali continuar a guiá-la com cuidado, para a mesma cadeira de balanço em que ela estava sentada dois dias antes — parecia ter passado tanto tempo, outra vida — e, já sentada, sentiu uma manta cobrir seu colo e um pequeno divã ser colocado debaixo de seus pés. Seu cabelo ainda estava um pouco molhado do banho que Kali a ajudou a tomar. Enquanto esteve debaixo da cascata de calor de seu chuveiro, ela apreciou a temperatura da água na pele de seu rosto, que exibia um sorriso satisfeito. Tentou convocar esse sorriso agora, a fim de ajudar a tranquilizar sua família, porém não conseguia fazer muito mais do que curvar os lábios, nervosa. Sem conseguir enxergar nenhum deles, Dava se afligia sobre como poderia fornecer conforto a eles em suas últimas horas e evitar que essa reunião fosse bizarra e mais triste do que precisava ser.

— Me sinto a anfitriã da pior festa do mundo — ela sussurrou para Kali, acreditando que ainda não conseguisse ser ouvida.

— As crianças estão tentando fazer algo especial para você — Arvie respondeu.

Dava se recostou, atordoada. Os dois não tinham se falado mais desde que ela contou a ele e a seus irmãos sobre Panit, e ela se viu momentaneamente perdida sobre como responder.

— Fico feliz — ela disse quando o volume da música aumentou em muitos decibéis. Então, parou abruptamente. — Gostei de passar tempo com eles ontem. Suas filhas são... adoráveis — ela complementou. — Inteligentes. E perceptivas.

— São, sim. Obrigado, mãe.

— É claro, querido.

Ela virou a cabeça na direção dele, então percebeu muitas coisas ao mesmo tempo: que Arvie tinha mudado de em pé ao lado de sua cadeira para sentado ao lado dela; que havia palavras abafadas e bravas surgindo à sua direita, de longe, talvez perto da árvore de Natal; e que tinha sido colocada uma xícara de *chai* à sua direita, o que a lembrou das muitas xícaras de *chai* que sua mãe e Chaitanya tinham preparado para ela ao longo de sua vida.

Ao perceber tudo isso, ela realmente relaxou. Talvez essa reunião não fosse ser tão macabra nem tão sentimental. Talvez hoje fosse ser menos velório vivo e mais como uma reunião familiar, às vezes emotiva e pretensiosa. Ela mal conseguia acreditar que seu filho mais velho estivesse realmente envolvendo-a na conversa sem soar irritado ou na defensiva.

— Como você está, Arvie?

— Não sei. É possível sentir muito e não sentir nada, tudo ao mesmo tempo?

— Sim. Definitivamente. — Dava se virou brevemente de costas para Arvie a fim de pegar seu *chai*, cuidadosamente guiando sua mão até seus dedos passarem pela alça, e ela ouvir a xícara tilintar.

— Deixe eu te ajudar. — Após um instante, ela sentiu a xícara aquecer suas mãos. — Segurou?

— Sim. Obrigada. — Ela deu um gole, depois perguntou a ele se estava se cuidando. Ele disse que sim, mas sem emoção, então os dois ficaram sentados juntos enquanto a conversa ao redor ficava mais animada.

— Sobre o que as crianças estão discutindo?

— Não sei. — Dava sentiu que Arvie estava prestes a se levantar e ir até eles. Ela se esticou na direção dele, algumas gotas de chá derramadas em seu colo. — Espere. Fique sentado por um instante.

— Estou sentado, mãe. Você está bem? Consegue ver...

— Eu amei seu pai. E ainda o amo. Ele é o único homem que já amei.

. . .

Priya e Klara estavam chamando seu pai insistentemente, e Dava ouviu Arvie dizer "Um segundo, mãe" para se juntar às meninas na árvore de Natal. Porém, antes de ouvir sua voz, ela tinha ouvido um nó na garganta dele, e torceu para que as palavras dela sobre seu pai tivessem causado um bom impacto em seu primogênito, quem ela ainda se lembrava de ter recebido nos braços pela primeira vez com um sorriso surpreso e maravilhado. *Finalmente, posso segurar meu filho*, lembrou-se de ter pensado no momento em que levantou o olhar para um Arvid estupefato para depois baixar de volta para seu recém-nascido Arvind, para quem ela murmurou "Bem-vindo" contra sua bochecha macia, a primeira palavra que ela havia dito para ele. Então, se essa breve conversa deles fosse ser a última, Dava acreditava que tivesse conseguido um tipo de acerto de contas, uma mudança no relacionamento deles, e, por isso, ficou aliviada.

Ela virou a cabeça na direção da discussão, para que pudesse tentar identificar o que estava havendo.

— O que foi que aconteceu? — ela disse, esperando que alguém ouvisse sua pergunta. — Por que essa comoção toda? O que houve?

— Vou descobrir, Amma. — Ela ouviu Rev dizer, depois sentiu os lábios dele beijarem sua bochecha, seu bafo cheio de cafeína.

Dava assentiu e deu pequenos goles no *chai*, deixando o gosto doce do leite pontuar sua língua. Frustrada por sua visão obscura, ela se dispôs a focar no calor reconfortante do chá, até perceber a voz de Rev intervir na discórdia, substituindo-a por risadas.

· · ·

O que Dava não sabia era que seus netos estavam discutindo sobre que tipo de música tocar para ela. Priya e Klara tinham pegado o tablet da mão dos primos, com Priya segurando-o acima de sua cabeça, conforme os meninos pulavam, inutilmente tentando tirá-lo dela.

— Vocês não entendem? — Klara disse. — Esta é a última música que ela vai ouvir na vida. E querem que seja coisas clássicas estranhas? De jeito nenhum!

— Mas não conseguimos pensar em mais nada. Ficamos acordados a noite toda, mas percebemos que não conhecíamos nenhuma música que ela gostaria, então pensamos que, pelo menos, começaríamos com algo que nos lembrasse de anjos — Theo explicou, enquanto seu irmão se erguia na ponta do pé, sua mão quase tocando a tela agora.

— Meninas, devolvam o tablet para o Theo — Arvie disse ao se juntar ao grupo. — O que está acontecendo aqui?

— É do Enzo. E estamos tentando decidir que música tocar para Gamma — sua filha mais velha contou a ele, suas bochechas rosadas e determinadas. — Você faz alguma ideia do que ela gosta?

— Entendi. — Arvie deu um passo para trás do grupo, o que o fez pisar em um enfeite de rena que tinha caído da árvore de Natal. — Ai! Merda! Desculpe, não quis xingar. — Ele chutou o enfeite. — Hum, já perguntaram a ela?

— Queremos que seja sur-pre-sa — respondeu Klara, revirando os olhos enquanto alongava a palavra.

— Ah, entendi. Bem, hum, talvez... não sei, que tal...

— Ali está ele! — Enzo gritou, apontando para o outro lado da sala. — Estávamos esperando o tio Rev para que pudesse nos dizer.

— Dizer o quê? — Rev perguntou.

Arvie ficou decepcionado e aliviado ao mesmo tempo ao ver que as quatro crianças voltaram sua atenção para o tio.

— Felicidade grátis! — Theo disse. — Você e Gamma.

— Ah! — Rev ficou boquiaberto ao ouvir seu sobrinho dizer duas palavras tão específicas e únicas de sua infância. — Bom... como sabe disso?

— Dava nos contou ontem — Sandi disse, dando o braço para ele, então virando-se para olhar para Dava, que bebia seu chá de olhos fechados. — Foi uma história fofa sobre vocês dois, sobre como vocês cantavam juntos.

— Certo. Então já que é o último dia dela — disse Klara, baixando a voz de forma conspiradora —, queríamos tocar algo divertido para ela, sem música de igreja. Mas não conseguimos concordar com o que seria. Exceto que não deveria ser música de igreja.

— Precisamos da sua ajuda — Priya disse, abrindo um sorriso para Sandi, que assentiu de volta carinhosamente.

— Alguma ideia, amor? — Sandi perguntou para Rev, piscando seus olhos azuis para ele com tanto carinho que ele ficou estranhamente constrangido.

Sandi realmente se sentia parte da família dele em um nível maior do que ele no momento, considerando a briga dele com Kali na casa de barcos na noite anterior, sobre a qual eles não tinham falado quando se encontraram na cozinha para encher suas xícaras de café de novo. Ele afastou sua constante inquietação quanto a seu relacionamento espinhoso com sua irmã quando analisou as expressões ansiosas de seus sobrinhos e sobrinhas, agradecido por pensar que, um dia, seu próprio filho estaria entre eles, e assim como ele seria o bebê da família.

— Me deem um segundo; vou pensar em alguma coisa.

Rev mudou seu peso do pé direito para o esquerdo e para o direito de novo, dando a ele a aparência de alguém andando no lugar, enquanto lembrava das cantorias com sua mãe. Quando ele tinha uns seis anos, eles cantavam uma música que ele conhecia de um comercial de cereal. Rev gostava tanto de cantá-la — "Me ilumina por dentro" — que tinha perguntado à mãe sobre ela, o que levou a um despertar musical no YouTube, no qual Dava lhe apresentou The Temptations, The Supremes e muito mais.

— Motown — Rev disse ao grupo, com um sorriso. — Amma me contou que essas músicas costumavam fazê-la feliz quando ela precisava pegar estrada com os pais, porque era o único estilo musical que os três conseguiam concordar em tocar. Acho que ela tem muitas boas lembranças de sua infância associadas a essas músicas — ele acrescentou melancolicamente.

— Quem é Motown? — Theo perguntou, enfiando um dedo no ouvido. — É uma pessoa?

Rev olhou para Arvie e os dois contiveram sorrisos. Essa era a primeira vez que os dois se viam desde seu próprio momento na casa de barcos, e diferentemente de Kali, Rev não se sentia estranho com seu irmão mais velho.

— Venham para cá… Vou mostrar para vocês.

Ele acenou para que fossem até o sofá, e seus sobrinhos e sobrinhas seguiram, enquanto Sandi e Arvie, agora juntos de Colin e Sita, os observavam de pé, bebendo café perto da árvore de Natal. Imitando um momento que tinha acontecido mais de duas décadas antes, Rev se encantou ao apresentar a seus sobrinhos e sobrinhas músicas da Motown, e eles ficaram maravilhados por conhecerem algumas, apesar de as músicas serem "muito, muito, muito antigas". Conforme ele tocava trechos para eles e organizava as músicas em uma playlist, seu olhar buscava sua mãe, que tinha mudado da cadeira de balanço para o sofá diante da lareira. Kali estava sentada ao lado dela, e ele conseguia ver a cabeça delas abaixada na direção uma da outra como se estivessem em uma conversa profunda. Rev se perguntou o que as duas poderiam estar conversando que faria Kali pegar a mão de sua mãe e a colocar em seu próprio rosto, não uma, mas duas vezes.

— Todas são muito felizes e lindas — Enzo disse, admirado e com olhos paralisados em Ronnie Spector cantando "Be my baby", invadindo os pensamentos de Rev.

Carinhosamente, ele bagunçou o cabelo do sobrinho. Rev ficou surpreso com o quanto gostava de tocar música para eles. Vê-los se iluminar e sorrir em agradecimento o lembrou de como ele e Dava tinham compartilhado uma conexão semelhante. Depois que ajudou as crianças a organizarem a playlist e colocá-la para tocar, começando com "My girl", ele se retirou para falar com sua mãe. Quando Kali o viu se aproximar, ela abriu um sorriso incerto e se levantou do sofá.

— Rev está aqui, Amma — ela disse, quase sussurrando.

— Vou deixar vocês sozinhos por um instante.

Kali passou por seu irmão e lhe deu um aperto no ombro. Rev assumiu uma expressão alegre e se sentou perto de Dava, perguntando como ela estava se sentindo.

— Tão bem quanto esperado — ela respondeu, com um suspiro, virando-se para ele. — Posso? — ela perguntou, erguendo a mão e tateando o ar em direção ao rosto dele.

Antes que pudesse assentir, Rev sentiu os dedos de Dava desenharem seus traços, das sobrancelhas até seu maxilar. Então, ela pressionou a palma da mão na bochecha dele.

— Você precisa fazer a barba, filho — Dava comentou, com uma risadinha.

— É, preciso. — Ele deu de ombros, mas riu com ela. — Está ouvindo o que as crianças colocaram para você?

Dava inclinou o pescoço, e os óculos que estiveram pendurados no topo de sua cabeça caíram no colo dela.

— Meu Deus, The Temptations! — Ela ficou feliz por sua história sobre Rev ter impressionado tanto seus netos que resultou nesse gesto gentil. — Você os ajudou a escolher.

— E você contou a eles sobre a felicidade grátis. Eu tinha me esquecido completamente disso. — Rev pegou os óculos da mãe e os estendeu para ela. Quando ela não percebeu, mas só continuou piscando na direção dele, caiu a ficha dele de que ela tinha perdido a visão, algo sobre o que a dra. Windsor o tinha alertado quando ele a visitou em seu chalé. — Amma...
— Mas ele se viu perdido sobre o que dizer.

— Kali e Sita me informaram que você tem algumas preocupações relacionadas a seu filho — Dava disse, esticando a mão de forma irregular até encontrar o joelho dele.

Ele olhou para a mão dela, delicada e sem manchas, com apenas as veias se destacando em sua pele marrom como cadeias de montanhas vistas de uma grande altura. Não pareciam mãos de uma idosa, de uma mulher que iria morrer, e muito em breve. Rev ficou tão focado na iminente morte de Dava que não prestou atenção no que sua mãe disse, e precisou pedir para ela repetir. E o que ela lhe disse foi que, apesar de seu direcionamento inicial ter sido que sua cobertura e a propriedade da Ilha Beatrix fossem mantidas como parte dos ativos dos Shastri-Persson, ela pedira a Sita, como executora de seu testamento, para vender ambas e colocar o rendimento em um fundo para o filho dele.

— Eu tinha esperança de que todos vocês voltassem sempre e continuassem a tradição de se reunirem aqui, mas com Arvie fazendo seu lar na Suécia e o resto de vocês vivendo vidas tão ocupadas, talvez não dê certo. — Ela deu tapinhas no joelho dele. — O mais importante é que seu bebê seja bem cuidado do mesmo jeito que meus outros netos. Por favor, avise Sandi, ok? Soube que ela estava especialmente preocupada.

Rev prometeu que avisaria, assim que "My girl" sumiu dos alto-falantes e foi substituída por "Sugar Pie, Honey Bunch". Ele ficou indignado com o quanto as harmonias agradáveis de Motown estavam em desacordo com essa longa despedida que todos estavam vivendo. As melodias empolgadas não o estavam animando, em vez disso estavam exacerbando seu próprio temor e melancolia, principalmente agora que soube que sua mãe estava cega. Mas ele engoliu sua tristeza quando se virou na direção do outro lado do salão e viu que as meninas e os gêmeos estavam vindo até ele e Dava.

Antes de chegarem para interromper o que poderia ser sua última conversa particular com sua mãe, Rev teve dificuldade em decidir se contava que não tinha planos de cumprir seu pedido de produzir um filme biográfico sobre ela.

No fim, ele resolveu não falar nada, porque viu que não faria bem informar a sua mãe em fase terminal que ele não faria o que ela tinha pedido.

Conforme os netos se aproximavam, sentando-se no chão em volta dela em um semicírculo, Rev pensou em se levantar para dar às crianças um momento com a avó. Mas não conseguiu se forçar a sair, porque queria cada último instante que podia ter com ela. Então permaneceu ali com eles, fazendo seu máximo para sorrir e impedir por um pouco mais de tempo que aquela dor antiga e terrível o dominasse totalmente.

Dava sorriu conforme a conversa de seus netos chegou a seus ouvidos, assentindo enquanto cada um deles falava ao mesmo tempo, perguntando a ela se gostou da música e se eles tinham feito uma boa escolha para sua festa de partida.

— Eu queria saber a letra — Enzo refletiu, conforme a música de Four Tops alcançava seu refrão eufórico. — Gostaria de cantar junto. — Uma faixa brilhante de luz entrou pelas janelas e chegou ao semicírculo. Ele se virou para olhar lá fora e viu a neve derretendo das árvores com gotas grandes e gordas de água. — Acho que a neve está derretendo.

— Que bom, já que vamos embora em breve, certo? — disse Priya, antes de perceber o que suas palavras significavam em relação à avó deles. Com o rosto vermelho, ela colocou ambas as mãos na boca e olhou para sua irmã mais velha em apuros. Klara balançou a cabeça, mas não de um jeito cruel, e murmurou *Está tudo bem*.

— Provavelmente, sim — Dava disse, sua voz soando rouca e distante.

Ela tinha acordado com Sita e Kali sussurrando uma para a outra em seu quarto, conforme debatiam quais itens pessoais dela guardariam para levar com elas naquele dia e o que voltariam depois para pegar. Então, embora ela soubesse que sua família estava se preparando para ir embora da ilha após seu tratamento, por algum motivo, ouvir as palavras de sua neta a atropelou com a realidade de que ela nunca mais veria o mundo lá fora, nem sua casa em Nova York, nem o escritório, suas amigas, Chaitanya. Então riu amargamente consigo mesma, porque não somente não veria isso de novo, mas também não conseguiria ver de novo... ponto-final. Ao sentir a mão de Rev, percebeu que estava revelando suas próprias ansiedades a seus netos.

— Tantas possibilidades aguardam vocês quando forem embora daqui. Aproveitem-se de tudo que puderem — ela disse, na tentativa de soar serena, ainda assim sentindo-se um cartão-presente, cheia de chavões vazios que imaginava que as pessoas esperavam dos nobres e moribundos.

— Nós vamos, Gamma... juramos. — Ela ouviu Priya dizer. Mas Dava permaneceu incerta se todos eles estavam só dizendo o que achavam que ela queria ouvir.

Ela teria ficado surpresa e alegre em saber que Klara, Priya, Theo e Enzo — e, eventualmente, o primo deles, filho de Rev e Sandi —, um dia teriam uma tradição de fazer uma viagem anual de fim de semana que quase sempre incluiria uma noite com petisco de batata *hasselback*, cookies de Natal e três tipos de pipoca, durante a qual eles criticariam seus pais, carinhosamente mas também não tanto, e, de vez em quando, reviver a noite estranha e maravilhosa que compartilharam com a avó.

Um breve silêncio carregou a sala enquanto a próxima música da playlist Motown de Rev se recusava a começar a tocar. O silêncio coincidiu com o fim do murmúrio de conversa acontecendo perto da árvore de Natal, e os sentidos de Dava foram sintonizados ao estalo e calor da lareira, e um raio solar passando por seu rosto, como se ela tivesse recebido um rápido beijo do sol.

Naquele instante, ela foi tomada por uma sensação sufocante de calor que se transformou de perplexidade em medo. Como alguém se prepara para se despedir, não apenas de seus entes queridos, mas do próprio ato de viver?

— Como você está, Dava? — Essa era Sandi, agora vindo se sentar perto de Rev, que tinha acabado de voltar para o sofá ao lado da mãe após acender a lareira. A música tocava ao fundo como um sussurro depois que Arvie mexeu no tablet e avançou para a próxima música na playlist de seu irmão, a sonhadora e lânguida "Just my imagination".

— Estou aqui — ela respondeu. Ela estava ficando sem repertório para responder àquela pergunta, mesmo que soubesse que todos eles tinham boa intenção. — Estou feliz por estar aqui por um pouco mais de tempo.

— Ah, que bom. Digo, äh, nós também. — Sandi fez um pausa, então disse em um tom extremamente animado: — Seus brincos são muito lindos. Não posso acreditar que ainda não os tinha notado.

— Eram da minha mãe — Dava disse, ao tocar seu lóbulo da orelha brevemente. — Ela os estava usando na última vez que eu a vi. — Sentiu uma bolha de emoção irritar sua garganta, e engoliu em seco. — Como está indo, querida? — Dava perguntou apressadamente. — O primeiro trimestre de gravidez pode ser difícil, às vezes.

Sandi corou, emocionada por sua sogra estar perguntando sobre ela, considerando tudo que estava prestes a acontecer.

— Estou bem, obrigada. — Ela pausou. — Sempre com fome, sempre enjoada, mas bem — ela completou, inclinando a cabeça no ombro de Rev.

— Cuide dela — Dava disse ao filho.

Ela queria dizer mais, ser uma fonte de conselho sobre os meses que viriam e sobre como lidar depois que o filho deles chegasse, mas estava perdendo energia rapidamente, e de novo estava começando a ficar difícil falar.

— Vou cuidar — Rev afirmou, seus olhos brilhando enquanto segurava a mão de Sandi. — Cuidaremos um do outro.

• • •

— Dava, gostaria de outra xícara de *chai*? Ou posso trazer seu café da manhã. — Vincent tinha curvado seu corpo enorme até a altura dela, para que ela sentisse sua respiração diretamente no rosto.

Diferentemente dos dias anteriores, Vincent não preparou café da manhã para ninguém naquele dia, pois todos tinham sido instruídos a finalizar as caixas de cereal restantes e as frutas não comidas. E Dava já tinha informado seu genro, dois dias antes, que tinha trazido sua última refeição para a ilha, embrulhada em papel-alumínio no freezer. Então, a última tarefa de Vincent na cozinha seria descongelar essa comida para ela.

— Sim, querido, ambos, obrigada. Mas também, por favor, venha se sentar comigo depois. Na verdade — ela acrescentou, torcendo para sua voz chegar aonde o restante do grupo estava no salão —, diga para todo mundo se juntar.

E logo a área da lareira ficou cheia de vozes abafando a música, a maioria delas repetindo bajulações, o que era o exato oposto do que ela queria. Por causa das mãos trêmulas de Dava, Kali lhe deu pedaços de morangos e waffles mergulhadas no mel de sua lanchonete preferida em Upper East Side, enquanto os membros de sua família revezavam-se perguntando a ela como estava se sentindo e se precisava de alguma coisa. Até que percebessem, gradativamente, que sua visão estava gravemente comprometida. Ela conseguia ouvir seus sussurros altos — "Espere, ela está?" "Por que os olhos dela estão assim?" "Ah, meu Deus, ela não consegue enxergar" — e ficou mortificada. Não que Dava esperasse conseguir esconder isso deles, mas não gostou de ser testemunha da percepção coletiva deles de que ela estava perdendo suas capacidades.

— Amma, você perdeu sua visão.

Dava sentiu a presença da filha mais velha primeiro, o cheiro de lilás de seu cabelo recém-lavado. Sita disse isso a ela como se estivesse contando, delicadamente, uma novidade a sua mãe, como se ela já não soubesse o que tinha acontecido.

— Perdi. — Dava notou a doçura fria de um morango tocar seus lábios. Mordeu e mastigou lentamente, sentindo todos os olhos nela e detestando isso. Agora ela desejava não os ter chamado para se aproximarem, se fosse para fazer com que se sentisse uma amostra em um microscópio. — Mas estou bem — ela complementou friamente.

Dava não conseguiu ver, mas Sita recuou como se as palavras dela fossem um tapa.

— Certo, então. Vou ver a dra. Windsor e confirmar se ela precisa de alguma coisa de mim.

Ouvir o nome de sua médica provocou um arrepio na espinha de Dava, e os morangos ficaram moles em sua boca. Ela engoliu em seco.

— Sita — ela disse alto, pigarreando.

— Sim, Amma?

— Obrigada. — Dava sentiu o beijo molhado da filha em sua bochecha, depois em sua têmpora, antes de o cheiro de lilás evaporar tão rápido quanto surgira.

$$\cdots$$

Sita bateu na porta antes de entrar no quarto de hóspedes do andar de baixo, que Rev e Sandi estavam compartilhando. Ao ouvir "Entre", ela entrou e viu a dra. Windsor com sua esposa numa conversa calma diante de uma mesa de canto, onde a médica estava preparando um aparelho conectado a um soro que ficava próximo à cama inofensivamente, como um cabideiro. Ver a dra. Windsor em seu casaco branco, e o soro que aguardava ser conectado à sua mãe, fez Sita se sentir zonza, e a realidade da situação a dominou. A médica e sua esposa se viraram e as duas, imediatamente, a pegaram e a guiaram para a cama.

— Respire, Sita, respire — a dra. Windsor disse a ela, envolvendo-a em seus braços, conforme ela tremia descontroladamente. — Isso pode estar sendo demais para você. Descanse o tempo que precisar.

Sita estava novamente tendo visões de seu pai em leitos de hospital, depois em leitos de internação, seu corpo se enrugando e perdendo massa toda vez que era transferido. Os cheiros de antisséptico, as marcas da inserção constante de soros nos braços, a pele ficando cada vez mais pálida até ele quase combinar com os lençóis. Todas essas lembranças vieram para ela como uma névoa se movendo rapidamente para lhe cobrir com uma tristeza profunda. As Windsor se sentaram com Sita e sussurraram palavras de conforto até ela conseguir superar sua tristeza e aceitar que era ela quem tinha que liderar e guiar sua família nas próximas horas.

— Temos uísque — a sra. Windsor disse, sua voz um sussurro quase melódico que combinava com seu traje de linho branco diáfano. — Às vezes, pode ajudar em momentos assim.

Sita aceitou um copo, agradecida. Pela meia hora seguinte, ela conversou e fez perguntas sobre como aconteceria o tratamento e também informou as Windsor que os funcionários da funerária de East Hampton chegariam na balsa para pegar todos eles e transportar o corpo de sua mãe para a funerária, onde ela seria cremada de imediato. Assim que a médica finalizou suas preparações, Sita começou um movimento frenético, andando para lá e para cá, subindo e descendo, reunindo itens que ela pensava que a mãe iria querer por perto e à mão no fim: porta-retratos com fotos de família, o lenço de seu pai cheirando ao perfume dele, a manta vermelha de flanela para ficar mais aquecida. Ela deu uma última olhada no quarto, em particular na cama com o cobertor estampado de flocos de neve e travesseiros combinando; tudo esperando sua mãe. Sita respirou fundo, então fechou a porta ao sair.

· · ·

Ao retornar para o salão, Sita reparou que a lareira não estava mais acesa e que o ambiente estava silencioso, exceto pela música, que ela meio que reconhecia, mas não conseguia identificá-la. Enquanto desviava da mobília e seguia até seu marido, ela quase bateu na mesa de sinuca enquanto verificava seu relógio, surpresa ao ver que já passavam das nove e meia da manhã. O barco estava marcado para chegar ao meio-dia, e eles só tinham trinta minutos restantes antes que a dra. Windsor, uma ceifadora com um sorriso gentil e tênis vermelho, se juntasse a eles a fim de sinalizar que era hora.

— Preciso de uma bebida — ela murmurou para Colin enquanto se jogava ao lado dele no sofá, à esquerda de onde Dava estava sentada.

— Parece que você já teve uma — ele respondeu, tirando o cabelo dos olhos dela. — Posso pegar outra para você.

— Sita, está de volta? — Dava chamou, reclinando no sofá com seus olhos fechados e uma toalhinha rosa em sua testa.

— Sim, Amma — ela respondeu, olhando preocupada para o marido, depois para Kali.

— Que apelido demos para aquela família da Disney? — Dava perguntou.

— Hum... — Sita começou, gesticulando *O quê?* para sua irmã.

A pergunta pareceu pegar todos de surpresa, porque estiveram sentados em um silêncio longo e desconfortável após

Kali confirmar a eles que Dava tinha perdido sua visão e eles murmurarem suas condolências sem saber o que mais dizer. As crianças sentaram-se de pernas cruzadas no chão, com Klara trançando o cabelo de Priya, enquanto Theo e Enzo comiam fatias de maçã. Eles pareciam tristes e pensativos, e evitavam cuidadosamente olhar para a avó.

— Mãe, você está… — Arvie disse devagar.

Ele estava sentado no sofá à direita de sua mãe, com um espaço de uma almofada entre ele e Vincent, que estava analisando sua ponta dos dedos com uma concentração excepcional. Então, o rosto de Arvie brilhou, e ele se inclinou para a frente.

— Ah, espere, é isso! Ela está falando da viagem no verão antes de meu primeiro ano. Aquela família esquisitona que estava no quarto ao lado do nosso no hotel. — Ele olhou para Vincent, que encontrou seu olhar pela primeira vez naquela manhã. — Foram nossas primeiras férias na Disney com Rev — ele acrescentou, assentindo para o irmão.

— Eu só tinha quatro anos, mas até eu me lembro de como eles tocavam "It's a small world" repetidamente. Mas eles aumentavam, como se estivessem dando uma festa — Rev contou, rindo. — Eu queria ir na porta ao lado porque pensei que era como uma festa de criança ou algo assim.

— É porque todos estavam cheios de ecstasy — Sita explicou, ainda confusa, mas sorrindo para aquela lembrança. — Acho que eles não eram uma família, eram? Mas os chamamos de Sete Anões. Saímos no corredor para que pudéssemos vê-los escoltados pela segurança, e demos um apelido para cada um ao vê-los partir. Veloz, Estranho, Hippie, Bobo…

— O papai ficou orgulhoso desse — Kali disse, passando ambas as mãos em seu cabelo comprido e grosso, que estava solto pela primeira vez desde que chegaram à ilha, sem a trança que era sua marca registrada.

— Quais eram os outros?

— Risadinha era o que tinha *dread* laranja — Arvie completou, e seus irmãos soltaram um "ah é" coletivo em reconhecimento. — Mas não consigo me lembrar dos outros dois.

— Espasmo — Dava disse, bufando um pouco, porém determinada a falar. — E… Cintilantes.

Os Shastri-Persson caíram na risada, primeiro com o absurdo de ouvir sua mãe dizer uma palavra tão boba, depois pelo motivo desse apelido em particular; então a risada continuou porque eles não conseguiam parar. Os netos começaram a rir também, mais por ver Arvie e Sita, normalmente tão sérios, descontrolados com gargalhadas e balançando o corpo. O salão foi tomado pela alegria deles, e Kali sabia que Dava tinha esperado provocar essa reação. Não somente para que ela pudesse fornecer um momento de leveza nessa hora difícil, mas também para poder ouvir sua família se unir com alegria e se reconfortar pelo som da diversão deles. Kali se esticou e apertou a mão de sua mãe, sentindo uma onda de emoção quando sua mãe a apertou de volta duas vezes.

• • •

Outras lembranças que os fizeram rir durante aquela última manhã na Ilha Beatrix: a luta épica de adolescente entre Sita e Kali para ver quem deveria namorar um menino desleixado e sisudo chamado Benz; a foto de casamento de Vincent e Arvie no cruzeiro, estragada pela aparição de uma baleia; os gêmeos tomando conhecimento de que a primeira palavra de Enzo foi Theo, mas a primeira palavra de Theo foi "penico"; Rev se lembrando da sessão de fotos que o fez desistir de ser modelo, que envolvia shorts de ciclismo verde-limão e uma piscina cheia de enguias; a dificuldade infantil na fala de Klara que a levou a chamar Dava de "Gamma" e, mais tarde, sua insistência para que a irmã e os primos fizessem a mesma coisa. Dava ouviu todas as histórias, a provocação gentil e o debate espirituoso sobre esses detalhes ("Ele me pediu para sair primeiro!"; "O capitão disse que foi a maior baleia que ele já tinha visto!") e se sentiu melhor quanto a deixá-los, já que acreditava que esses últimos dias, por mais difíceis e estranhos que tivessem sido, haviam conectado profundamente os Shastri-Perssons, unindo-os em uma experiência que, felizmente, os manteria na vida um do outro por muitos anos.

Então, Dava permitiu que seus pensamentos se concentrassem no futuro imediato, no momento em que ela iria tirar os chinelos e permitir que suas filhas a ajudassem a deitar em uma cama que ela nunca tinha usado. Somente seus filhos estariam presentes na sala com ela e a dra. Windsor, já que ela queria flutuar para a escuridão acompanhada de suas vozes murmuradas e respirações regulares. Ela esperava que, conforme sua vida se esvaísse, sua visão fosse restabelecida, e Arvid fosse a primeira coisa que ela visse do outro lado.

A diversão de sua família ainda estava ecoando pelo salão, agitando-se para o topo do teto abobadado, quando a dra. Windsor entrou, caminhando lentamente para a frente da lareira, suas mãos unidas atrás de suas costas. A médica parecia triste em ver como sua presença fez a leveza diminuir, até o único som que restou ser a música tocando no tablet de Enzo.

— Dava — ela chamou, baixinho.

Dava sentiu cada pessoa na sala se virar na direção dela. Com grande precisão, Dava tirou a toalhinha de sua testa, dobrou-a perfeitamente e a colocou de lado, então esticou a mão na direção do colo de Kali até seus dedos encontrarem a tigela de morangos. Ela tateou para procurar o maior, então deu uma mordida antes de devolvê-lo para a tigela. Ela apertou os olhos fechados e murmurou junto, sorrindo para si mesma, enquanto ouvia "You're all I need to get by". Conforme a melodia desaparecia nas notas de abertura de "My girl", a playlist da Motown se completando e recomeçando, Dava se levantou tão rapidamente que Kali e Rev nem tiveram tempo de tentar ajudá-la.

— Estou pronta.

EPÍLOGO

FLORES DEVEM CRESCER

"De meu corpo, flores devem crescer e eu estarei nelas. E isso é eternidade."

— Uma citação impressa no programa do serviço funerário de Dava

Sábado, 10 de janeiro
Arvie
— Minha mãe era uma lenda. Em sua própria mente. É... — Ele não tivera intenção de dizer essa última parte em voz alta, e se encolheu conforme trezentos rostos o encararam de volta com expressões solenes. Puxando a gravata listrada preta e verde que deixou suas filhas escolherem, continuou: — Mas, hum, também uma lenda no mundo. No que ela se determinou a fazer e em tudo que conquistou, quero dizer. — Ele secou suas narinas com dedos suados. — Minha mãe gostava de dizer que filantropia é um assunto de família... foi o que ela sempre quis para nós. Ela sempre queria o melhor e esperava o melhor. Porque... ela era a melhor. — Ele tossiu, um som de catarro reverberou ruidosamente no microfone. — Em ser ela mesma.

Duas semanas depois do serviço funerário de sua mãe, Arvie deu entrada no Retiro de Meditação e Reabilitação Kahuna Lua, quando ele vislumbrou um futuro que não fora criado para desafiar o que ele nasceu para fazer, mas por suas próprias escolhas. Arvie não estava acostumado a falar sobre si mesmo diariamente, e, ao se abrir na terapia em grupo, que era parte do programa de 45 dias, ele confrontou peças de quebra-cabeça que compunham sua vida e como elas se encaixavam. Ele pronunciou as palavras "culpa", "erro" e "traição" tantas vezes durante a quinta sessão que as palavras perderam, temporariamente, todo o significado e soaram estranhas em sua língua.

Na terapia, seu grupo de companheiros destacou para ele a frequência com que ele jogava a culpa por sua vida ser como era e suas circunstâncias em forças externas, em vez de olhar para si mesmo, a ponto de até Arnold, um chef com estrela Michelin que tinha entrado para a reabilitação após queimar seu próprio restaurante em um ataque de ira, perguntar se Arvie era capaz de admitir qualquer culpa por sua infelicidade. Arvie se encolheu como uma mosca presa debaixo de um copo quando "Arnold Incendiário" chamou sua atenção enquanto os outros assentiram, concordando, totalmente exposto de um jeito que nunca ficara.

Como resultado de sua humilhação, Arvie começou o trabalho de analisar a si mesmo, as coisas que o moviam e as decisões que ele tomava. Como parte desse processo, ele apresentou sua carta de demissão para a Helping Perssons assim que completou o programa no Kahuna Lua. Depois, legalmente, mudou seu nome para Arvind Persson-Lindqvist, eventualmente usando seu nome de nascimento também. Tornou-se sócio no restaurante de Vincent e começou a fazer aulas no piano de cerejeira que ele tinha levado para Estocolmo, a única posse de sua mãe que ele quis.

Por anos, ele se sentiu alternadamente tocado e torturado pela última coisa que Dava lhe dissera, querendo acreditar nela, mas também sentindo que o caso com Buck tinha provado o contrário. Em certo momento, Arvie chegou a um ponto — uma década depois dos acontecimentos da Ilha Beatrix — em que decidiu que aquilo não importava mais. E ele também chegaria a um momento em que pensava em si mesmo como setenta e nove por cento feliz, mas isso demoraria até ele mesmo ter quase setenta e nove anos.

. . .

Rev

— Minha mãe ficaria muito comovida em ver quantos músicos, inclusive da Medici Artists, estão aqui hoje para comemorar a vida dela. Música era seu combustível vital. Foi o que inspirou seus sonhos e o que a uniu a meu pai. Houve mais de trezentas bolsas Medici nas últimas quatro décadas. Uau, certo? — Ele riu de nervoso. — Se ela não tivesse feito mais nada na vida, somente o impacto que causou nesses artistas seria incrível.

Seus olhos pousaram em Sandi, que estava sorrindo para ele orgulhosamente, mesmo que ela estivesse meio verde. Ela apertou sua bolsa preta minúscula contra a barriga, como se pudesse usá-la para diminuir o enjoo. *Merda*, ele pensou conforme seus olhos marejados voltaram para seu discurso escrito à mão. Quando não conseguiu encontrar onde parou, o sorriso de Sandi apareceu em sua mente, e ele falou de coração.

— Até o final de sua vida, minha mãe transmitiu graça. Graça e sabedoria. Ela uniu nossa família em seu amor por nós. E isso — ele disse, fixando o olhar em Sandi — nunca vai mudar.

Ele cancelou o noivado deles mais tarde naquela mesma noite. Enquanto estavam no closet do quarto, apressando-se para tirar as roupas do funeral, Rev recitou para Sandi o discurso que estivera percorrendo sua mente desde que pisaram na balsa que os tirou da Ilha Beatrix: que ele não estaria pronto para se casar enquanto ainda não soubesse quem ele mesmo era como pessoa.

Assim que chegou ao fim do que estava planejado, balbuciou por muitos minutos mais, até terminar com um "sinto muito" triste e desesperado.

Sandi, com apenas chinelos pretos e felpudos, absorveu tudo com uma calma surpreendente. Os dois ficaram em silêncio enquanto ela inclinava a cabeça para um lado e fechava os olhos, parecendo virar as coisas em sua mente.

Após muitos minutos se passarem, ela respondeu dizendo a ele que não queria se casar com alguém que sentia que precisava estar com ela porque estavam prestes a ter um filho juntos.

— Fico bem com a coparentalidade até você descobrir se quer ficar neste relacionamento. Contanto que realmente seja pai, independentemente disso — Sandi disse, brevemente colocando a mão no peito dele, sobre seu coração em pânico. — Só não posso garantir que ficarei te esperando até você decidir o que quer.

Rev sempre se lembraria de Sandi parada diante dele, seu cabelo castanho comprido fluindo para trás dela e suas mãos desafiadoras na cintura, como uma super-heroína logo antes de vestir sua fantasia, e como ela estava inabalável ao falar essas palavras para ele. E ele sentiria uma pequena pontada de arrependimento quando, anos mais tarde, durante a estreia de seu documentário destacando os vencedores da bolsa Medici, Sandi lhe deu um abraço caloroso de parabéns, sussurrando em seu ouvido "Sua mãe ficaria muito orgulhosa".

• • •

Sita

— Vocês podem não saber disso, mas meus irmãos e minha irmã gostam de me provocar me chamando de Dava Junior. — Ela olhou para a primeira fileira, onde seus irmãos mais novos sorriam para ela com um constrangimento divertido. — Quando eu era mais nova, isso me irritava. Mas agora abraço esse apelido. Me sinto muito honrada por ter conseguido trabalhar ao lado dela a fim de ajudá-la a cumprir sua missão de vida pela fundação. — Ela engasgou, mas encontrou as palavras para continuar quando avistou Colin assentindo para ela, encorajando-a. — E, apesar de minha mãe não estar mais conosco, a Fundação Dava Shastri, e tudo que ela representa, vai prosperar por gerações.

Antes da morte de sua mãe, Sita havia decidido não contar a Dava que não cumpriria seus últimos desejos e não assumiria a fundação. E foi uma decisão da qual Sita nunca se arrependeu. Nem se arrependeu de seus seis meses sabáticos que se estenderam para um ano, permitindo que sua família viajasse o mundo, com paradas em todos os continentes, até na Antártica. Porque chegaria o momento, logo depois do aniversário de 25 anos de casamento deles, em que Colin seria diagnosticado com Parkinson, e as lições duras que ela aprendera ao observar seu pai doente por anos e ao acompanhar a partida de sua mãe, mais rápida mas não menos devastadora, acabariam se tornando suas ferramentas para suportar a logística da doença crônica de seu marido. Pelo apoio emocional, ela era grata por seus filhos e suas irmãs, que nunca hesitaram em lhe dar seu tempo e energia pelas décadas de altos e baixos ao conviver com a doença de Colin.

— Dava Junior até o fim — ela murmurava para si mesma ao lado do leito do marido no hospital, há muitos anos do presente, preparando-se para se despedir de outro ente querido e se tornar viúva muito mais rápido do que previa.

. . .

Kali
— O nome de nascimento da minha mãe era Deva, se escreve d-e-v-a. O nome significa "celestial", "divino" ou "a que brilha". É um nome lindo, com um significado lindo. Mas o que minha mãe conquistou pode ser encontrado no nome que ela deu a si mesma. O nome Dava é sinônimo de altruísmo, benevolência, autossacrifício, poder. — Ela sorriu com lágrimas brilhando em seus olhos, conforme reconheceu uma mulher com cabelo cacheado parada no fundo da sala. — E amor... um incompreensível amor de mãe.

Apesar de Kali convidar Chaitanya para o funeral, ela só daria a carta de Dava três meses depois. Dava tinha lhe garantido que poderia contar a ela a verdade imediatamente, sem precisar ficar preocupada de Chaitanya exigir uma parte da herança Shastri-Persson ou dar uma entrevista contando tudo. Mas Kali simplesmente queria saber que tipo de pessoa Chaitanya era — seu temperamento e suas opiniões — antes de revelar sua verdadeira ascendência. Não apenas a identidade de sua mãe, mas também a de seu pai, e a história inteira. Porque Dava não queria que esse aspecto viesse a público, e Kali queria ter certeza de que Chaitanya poderia aceitar esse último desejo.

Quando as duas se encontraram de novo na casa de Chaitanya, onde Kali entregou a carta de sua mãe, as duas tinham criado uma ligação forte baseada não somente no relacionamento delas com Dava, mas também em como se viram tomando decisões com ela em mente. Ao longo da vida de

Kali, isso significou assumir o lugar de Arvie na liderança da Helping Perssons por muitos anos, até ceder o cargo para Klara; viajar para Ruiz com Rev e Sita para comemorar o aniversário de 45 anos de casamento de seus pais com uma contribuição considerável para a cidade no meio da floresta tropical — um fundo de preservação; e doar seu "suborno" do testamento de Dava, parte para as obras de caridade iniciadas em nome de seus sobrinhos e sobrinhas e parte para a Horta Comunitária Primaveril de Oakland.

Mas a decisão mais significativa, para Kali, foi sua primeira: uma instalação tridimensional de um retrato do tamanho de um mural da deusa Kali, com o rosto se transformando em fisionomias diferentes, inclusive na de Dava, e os itens que a deusa multiarmada segurava variando de acordo com o rosto que assumia. Para a mãe dela, esses itens incluíam uma balança da justiça, uma espada, fogo hindu, um CD-rom, um BlackBerry, a capa dura de *Titan* e um espelho, no qual quem olhasse de perto o suficiente conseguiria ver uma pintura realista de todo o clã Shastri-Persson em um ataque de riso, de quando se reuniram no último dia da vida de sua mãe. E bordado em dourado na bainha do sári havia o nome das três mulheres de três gerações diferentes, duas das quais nunca se conheceram, mas todas eram profundamente conectadas.

Um recado de Kali: Minha mãe escreveu esta carta para você após saber que sua doença era terminal. Originalmente, ela não tinha intenção de que você a lesse, mas, logo antes de falecer, ela me disse que eu poderia compartilhar isto com você. Com base no que ela escreveu nesta carta (que nenhum de nós leu), Amma disse que você poderia decidir se a perdoava, e se esse perdão se estendia a querer ser parte da fundação dela e conhecer o restante de sua família. Receberemos você alegremente, mas a decisão é sua.

1º de dezembro de 2044

Minha querida Chaitanya,

Meu maior arrependimento, e maior alívio, foi não segurá-la depois que você nasceu. Eu sabia que, se a segurasse, minha vida mudaria, e eu não conseguiria alcançar tudo que era capaz de conquistar. E, depois do seu nascimento, toda vez que algo importante e lindo acontecia na minha vida, eu sabia que foi o correto não segurá-la. Por causa dessa decisão, consegui tomar muitas outras decisões.

Conforme os anos passaram, pude compartimentar o fato de que você existia, tornar isso pequeno e esconder no fundo de uma gaveta, então, quando cheguei nos grandes marcos familiares — o nascimento de meus filhos, seus primeiros passos e primeiras palavras —, não havia tristeza, não havia pensamentos sobre você, somente alegria pura e absoluta. Ainda assim, quando vi você pela primeira vez, eu a abracei por um bom tempo, surpreendendo até a mim mesma. Não sou de dar abraços, mesmo em meus próprios filhos e netos. Mas você percebeu que, cada vez que nos encontrávamos ou nos despedíamos, era com um abraço?

Todos aqueles segundos acumulados de quando você esteve em meus braços quase compensaram o momento em que me virei de costas para você e disse à enfermeira que não queria segurá-la.

Desculpe por nunca ter lhe contado que você era minha filha. Toda vez que nos encontrávamos, eu gostava de dizer a mim mesma que, em um nível mais profundo, você já sabia. Mas isso não é pretexto para minhas atitudes, incluindo a de ainda não te contar. Torço para que, ao escrever estas palavras, eu consiga esquecer isso e fazer as pazes com todas as decisões que tomei quanto a você.

Os dias que passamos juntas foram uns dos mais felizes da minha vida. Sua amizade me ajudou e encontrar um novo propósito e a satisfação que não pensava ser possível depois que Arvid morreu. E refletir sobre nosso tempo juntas revelou algo crucial para mim.

Nunca conversei com você sobre minha própria mãe. Talvez você tenha perguntado e talvez eu tenha me esquivado. A perda dela foi uma dor indescritível, ainda mais indescritível porque você não sabia a verdade sobre mim.

Mesmo assim, mesmo com tudo que permaneceu não dito, a verdade sobre nossa conexão emergiu: nós escolhemos dedicar nossa vida a ajudar os outros. No fim da vida, minha mãe se voluntariou em um abrigo de mulheres. Ela sempre foi uma pessoa generosa, mas foi no abrigo que acredito que ela tenha encontrado seu propósito. E você se parece muito com ela, Chaitanya. Você é quase um espelho da imagem dela em sua bondade e gentileza.

Só posso me admirar da força de nossos laços familiares, apesar de você não a ter conhecido nem ter verdadeiramente me conhecido.

Ao longo da minha vida, busquei manter o controle sobre tudo o máximo que consegui, principalmente quando se tratava do nome Shastri. Eu não tinha gostado da letra de John Lennon sobre como a vida acontece enquanto nós fazemos outros planos, mas agora consigo enxergar a graça nisso também. Sem nenhum planejamento nem esforço, três gerações estão eternamente conectadas no modo mais profundo. É uma coisa bem reconfortante de perceber quando se está chegando perto do fim.

Ainda estou me defrontando com como me despedir de todo mundo. Mas já sei como me despedir de você: compartilhando minha máxima gratidão. Sua existência me levou a seguir o caminho para uma vida extraordinária, uma que me deu Arvid, minha fundação, minha família. E nossa reconexão impregnou meus anos obscuros com novo significado e alegria inesperada.

Então, envio todo meu amor para minha primogênita, meu esplendor divino, minha Chaitanya. Quando eu respirar pela última vez, meus quatro filhos estarão no quarto, e você estará em meu coração. E eu conseguirei partir deste mundo rodeada de amor, sabendo que o amor vai continuar através de cada um de vocês. O que mais uma mãe poderia pedir?

AGRADECIMENTOS

Quando comecei a escrever este romance, escrevi sem pensar em alguém realmente o lendo. Escrevi mais para desabafar todas minhas preocupações de muito tempo, porque, se eu fosse realmente tentar escrever um pela primeira vez em sete anos, não iria sobrar nada. Mas, depois de terminar o primeiro rascunho, percebi o quanto eu não queria ser a única pessoa a ler esta história, e que talvez isso pudesse ser alguma coisa.

Então, gostaria de começar agradecendo à minha agente, Andrea Somberg, que, desde a primeira vez que conversamos, irradiou tanto carinho, gentileza e entusiasmo por minha escrita que eu soube imediatamente que queria trabalhar com ela. A positividade de Andrea e seus conselhos assertivos têm sido meu guia por muitos altos e baixos, e sou muito grata por isso.

Tem sido um verdadeiro prazer trabalhar com o time da Grand Central Publishing. Muito obrigada à minha editora esperta e generosa, Karen Kosztolnyik. Antes de trabalhar com ela, nunca teria descrito revisões como divertidas, mas suas sugestões criativas e provocadoras tornavam voltar ao livro uma experiência divertida. Minha gratidão a Ben Sevier, Brian McLendon, Albert Tang, Luria Rittenberg, Kristin Nappier, Marie Mundaca, Andy Dodds, Morgan Swift, Ali Cutrone, Karen Torres e Rachael Kelly, principalmente por dar a ideia do nome para este romance. E agradecimentos carinhosos a Sarah Congdon por desenhar uma capa tão bonita e atrativa. Meu máximo agradecimento também a Rich Green da The Gotham Group.

Obrigada a Suzanne Strempek Shea, alguém que tenho orgulho de chamar de mentora e amiga, que é a fã incansável que todo escritor deveria ter ao lado. Carrie Frye foi a primeira pessoa a ler este romance, e seus comentários solidários e perspicazes são o único motivo deste livro existir para o mundo em vez de permanecer no meu computador. Tive muita sorte em ter um grupo de leitores que me deram o *feedback* mais incrível e útil: Mayuri Amuluru Chandra (cujos e-mails gentis eram, com frequência, o ponto alto do meu dia), Ella Kay, Barbara Greenbaum e Sailaja Suresh, para quem peço que leia o que escrevo desde o ensino médio; tenho sorte de ela ainda encontrar tempo para ler meu trabalho agora.

Sempre compartilhei com meu irmão, Pavan Ramisetti, o amor em comum pela cultura *pop*, e sua coleção de CD (e ouvir a KROQ no caminho para a escola todos os dias) foi minha iniciação para meu próprio amor à música. Meus agradecimentos amorosos a ele por ser um irmão mais velho tão maravilhoso.

Sou abençoada por ter quatro mulheres incríveis na família, e cada uma ensinou o que é ter um "incompreensível amor de mãe": Rekha Kandriga, Anjali Ramisetti, Shuba Ramisetti e Leela Srinivasan. É uma honra ser sobrinha, irmã, filha e neta delas. Leela Avva é nossa amada matriarca, e sua inerente bondade e autossacrifício moldaram gerações e vão continuar a moldar. E "parapata" para minha sobrinha Leela Anoushka Rush: ver você crescendo e sendo tão gentil e amorosa quanto sua mãe tem sido uma das grandes alegrias da minha vida.

Meu amor e gratidão aos meus pais, Dr. Dattatreya Kumar e Shuba Ramisetti, por sempre encorajarem meu sonho de ser escritora. Não há palavras suficientes para expressar o quanto devo a eles, e a fé deles em mim tem sido um presente incrível.

As primeiras lições que me deram foram altruísmo e generosidade, e sempre fazemos nosso máximo para viver de acordo com o exemplo deles. Um agradecimento especial ao meu pai por suas sugestões e conselhos inestimáveis relacionados à saúde de Dava.

Sou mais do que abençoada por ter o amor e o apoio do meu marido, Corey. Desde que nos conhecemos, não passei um dia sem receber uma palavra gentil, um elogio brega e um gesto carinhoso, às vezes tudo dentro de um único minuto. Valorizo nossa parceria e nossa capacidade em encontrar humor e alegria em momentos difíceis e nos bons também. E, já que tenho a última palavra, posso dizer isso a ele: você é, sim.

Primeira edição (março/2023)
Papel de miolo Pólen natural 70g
Tipografias ITC Berkley Oldstyle e Gotham
Gráfica LIS